【臺灣現當代作家
研究資料彙編】55

吳新榮

國立台灣文學館
出版

部長序

　　時光的腳步飛快，還記得去年「臺灣現當代作家研究資料彙編第三階段」成果發表會當天，眾多作家、文友，以及參與計畫的學者專家齊聚一堂，將小小的紀州庵擠得水洩不通，窗外是陰雨綿綿的冬日，但溫潤燦麗的文學燭光，卻點燃了滿室熱情與溫馨。當天出席的貴賓，除了表達對資料彙編成書的欣喜之情，多半不忘殷殷提醒，切莫中斷這場艱鉅卻充滿能量的文學馬拉松，一定要再接再厲深入梳理更多資深作家的創作與研究成果，將其文學身影烙下鮮明的印記。

　　就在眾人引頸期盼與祝福聲中，國立臺灣文學館以前此豐碩成果為基礎，於 2014 年持續推動「臺灣現當代作家研究資料彙編計畫」第四階段，出版刻正呈現於讀者眼前的蘇雪林、張深切、劉吶鷗、謝冰瑩、吳新榮、郭水潭、陳紀瀅、巫永福、王昶雄、無名氏、吳魯芹、鹿橋、羅蘭、鍾梅音共 14 位前輩作家的研究資料專書。看到這份名單，想必召喚出許多人腦海中悠遠而美好的閱讀記憶：蘇雪林的《綠天》、《棘心》，謝冰瑩的《從軍日記》、《女兵自傳》，為我們勾勒了 20 世紀初現代女性的新形象；臺灣最早的「電影人」黑色青年張深切、上海名士派劉吶鷗的風采；人人都能琅琅上口的王昶雄《阮若打開心內的門窗》；無名氏純情而又淒美的《塔裡的女人》；鹿橋對抗戰時期西南聯大青年學子生活和理想的詠歎《未央歌》、鍾梅音最早的女性旅遊書寫《海天遊蹤》……。每一部作品，都是一幅時代風景，是臺灣人共同走過的生命絮語，也是涓滴不息的臺灣文學細流。只是，隨著光陰流轉，許多資深前輩作家逐漸滑進歷史的夾縫，淡出了文學的舞臺。

　　而「臺灣現當代作家研究資料彙編」叢書的出版，無疑正是重現這些文學巨星光芒的一面明鏡，透過相關資料的蒐集、梳理、彙整，映現作家的生命軌跡、文學路徑；評論者巧眼慧心的析論，則為讀者展開廣闊的閱讀視野，讓文本解讀的面向更加豐富多元。這不僅是對近百年來臺灣新文學的驗收或檢視，同時也是擴展並深化臺灣文學研究的嶄新契機。在此特別感謝承辦單位台灣文學發展基金會所組成的工作團隊，以及參與其事的專家、學者，當然更要謝謝長期以來始終孜孜不倦、埋首於文學創作的前輩作家們，因為有您們，才讓我們收穫了今日這一片臺灣文學的繁花似錦。

文化部部長　龍應台

館長序

　　作家站在文學與時代的樞紐，在時代風潮、社會脈動中，用文字鋪展出獨具個人風格的作品。透過心與筆，引領讀者進入真與美的世界，與充滿無限可能的人生百態。而作家到底是什麼樣的一群人？他們寫什麼？如何寫？又為何寫？始終是文學天地裡相當引人入勝的問題之一。此所以包括學院裡的文學研究者和文壇書市中的讀者書迷，莫不對「作家」充滿好奇與興趣，想要一窺其人生之路的曲折、梳理其心靈感知的走向、甚至是挖掘、比較其與不同世代乃至同輩寫作者的風格異同。這些面向，不僅關乎作家自身的創作經歷和文學表現，更與文學史的演進有密不可分的關係。

　　作為一所國家級的文學博物館，國立臺灣文學館除了致力於臺灣文學的教育、推廣，舉辦各項展覽，另一項責無旁貸的使命即是文學史料的蒐集、整理、研究，並將這些資源和成果與社會大眾分享，以促進臺灣文學的活絡與發展。懷抱著這樣的初衷，本館成立11年以來，已陸續出版數套規模可觀的文學史料圖書，其中，以作家為主體，全面觀照其文學樣貌與歷史地位的「臺灣現當代作家研究資料彙編」系列叢書，可說是完整而貼切地回答了上述問題，向讀者提出對作家及其作品的理解與詮釋。

　　「臺灣現當代作家研究資料彙編計畫」啟動於 2010 年，先後分三階段纂輯、彙編、出版賴和等 50 位臺灣重要現當代作家研究資料專書，每冊皆涵蓋作家影像、生平小傳、作品目錄及提要、文學年表以及具代表性的評論文章和研究目錄。由於內容翔實嚴謹，一致獲得文學界人士高度肯定，並期許持續推展，以使臺灣作家研究累積

更為深化而厚實的基礎。職是之故，臺文館於 2014 年展開第四階段
計畫，承續以往，以經年的時間完成蘇雪林、張深切、劉吶鷗、謝
冰瑩、吳新榮、郭水潭、陳紀瀅、巫永福、王昶雄、無名氏、吳魯
芹、鹿橋、羅蘭、鍾梅音共 14 位資深前輩作家研究資料彙編。本計
畫工程浩大而瑣碎，幸賴承辦單位秉持一貫敬謹任事的精神，組成
經驗豐富的編輯團隊，以嫻熟縝密的工作流程，順利將成果呈現於
讀者眼前；在此也同時感謝長期支持參與本計畫的專家學者，齊為
這棵結實纍纍的文學大樹澆灌滋養。

國立臺灣文學館館長　翁誌聰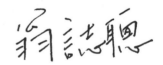

編序

◎封德屏

緣起

1995 年 10 月 25 日，在臺灣師範大學教育大樓的 201 室，一場以「面對臺灣文學」為題的座談會，在座諸位學者分別就臺灣文學的定義、發展、研究，以及文學史的寫法等，提出宏文高論，而時任國家圖書館編纂張錦郎的「臺灣文學需要什麼樣的工具書」，輕鬆幽默的言詞，鞭辟入裡的思維，更贏得在座者的共鳴。

張先生以一個圖書館工作人員自謙，認真專業地為臺灣這幾十年來究竟出版了多少有關臺灣文學的工具書，做地毯式的調查和多方面的訪問。同時條理分明地針對研究者、學生，列出了十項工具書的類型，哪些是現在亟需的，哪些是現在就可以做的，哪些是未來一步一步累積可以達成的，分別做了專業的建議及討論。

當時的文建會二處科長游淑靜，參與了整個座談會，會後她劍及履及的開始了文學工具書的委託工作，從 1996 年的《臺灣文學年鑑》起始，一年一本的編下去，一直到現在，保存延續了臺灣文學發展的基本樣貌。接著是《中華民國作家作品目錄》的新編，《臺灣文壇大事紀要》的續編，補助國家圖書館「當代文學史料影像全文系統」的建置，這些工具書、資料庫的接續完成，至少在當時對臺灣文學的研究，做到一些輔助的功能。

2003 年 10 月，籌備多年的「臺灣文學館」正式開幕運轉。同年五月《文訊》改隸「財團法人台灣文學發展基金會」，為了發揮更大的動能，開

始更積極、更有效率地將過去累積至今持續在做的文學史料整理出來，讓豐厚的文藝資源與更多人共享。

於是再次的請教張錦郎先生，張先生認為文學書目、作家作品目錄、文學年鑑、文學辭典皆已完成或正在進行，現在重點應該放在有關「臺灣現當代作家評論資料目錄」的編輯工作上。

很幸運的，這個計畫的發想得到當時臺灣文學館林瑞明館長的支持，於是緊鑼密鼓的展開一切準備工作：籌組編輯團隊、召開顧問會議、擬定工作手冊、撰寫計畫書等等。

張錦郎先生花了許多時間編訂工作手冊，每一位作家的評論資料目錄分為：

（一）生平資料：可分作者自述，旁人論述及訪談，文學獎的紀錄。

（二）作品評論資料：可分作品綜論，單行本作品評論，其他作品（包括單篇作品）評論，與其他作家比較等。

此外，對重要評論加以摘要解說，譬如專書、專輯、學術會議論文集或學位論文等，凡臺灣以外地區之報刊及出版社，於書名或報刊後加註，如中國大陸、香港、新加坡等。此外，資料蒐集範圍除臺灣外，也兼及中國大陸、香港、新加坡、日本、韓國及歐美等地資料，除利用國內蒐集管道外，同時委託當地學者或研究者，擔任資料蒐集工作。

清楚記得，時任顧問的學者專家們，都十分高興這個專案的啟動，但確定收錄哪些作家名單時，也有不同的思考及看法。經過充分的討論後，終於取得基本的共識：除以一般的「文學成就」為觀察及考量作家的標準外，並以研究的迫切性與資料獲得之難易度為綜合考量。譬如說，在第一階段時，作家的選擇除文學成就外，先考量迫切性及研究性，迫切性是指已故又是日治時期臺籍作家為優先，研究性是指作品已出土或已譯成中文為優先。若是作品不少而評論少，或作品評論皆少，可暫時不考慮。此外，還要稍微顧及文類的均衡等等。基本的共識達成後，顧問群共同挑選出 310 位作家，從鄭坤五、賴和、陳虛谷以降，一直到吳錦發、陳黎、蘇

偉貞，共分三個階段進行。

　　「臺灣現當代作家評論資料目錄」專案計畫，自 2004 年 4 月開始，至 2009 年 10 月結束，分三個階段歷時五年六個月，共發現、搜尋、記錄了十餘萬筆作家評論資料。共經歷了三位專職研究助理，近三十位兼任研究助理。這些研究助理從開始熟悉體例，到學習如何尋找資料，是一條漫長卻實用的學習過程。

接續

　　「臺灣現當代作家評論資料目錄」的專案完成，當代重要作家的研究，更可以在這個基礎上，開出亮麗的花朵。於是就有了「臺灣現當代作家研究資料彙編暨資料庫建置計畫」的誕生。為了便於查詢與應用，資料庫的完成勢在必行，而除了資料庫的建置外，這個計畫再從 310 位作家中精選 50 位，每人彙編一本研究資料，內容有作家圖片集，包括生平重要影像、文學活動照片、手稿及文物，小傳、作品目錄及提要、文學年表。另外每本書分別聘請一位最適當的學者或研究者負責編選，除了負責撰寫八千至一萬字的作家研究綜述外，再從龐雜的評論資料中挑選具有代表性的評論文章，平均 12～14 萬字，最後再附該作家的評論資料目錄，以期完整呈現該作家的生平、創作、研究概況，其歷史地位與影響。

　　第一部分除資料庫的建置外，50 位作家 50 本資料彙編（平均頁數 400 ～500 頁），分三個階段完成，自 2010 年 3 月開始至 2013 年 12 月，共費時 3 年 9 個月。因為內容充實，體例完整，各界反應俱佳，第二部分的 50 位作家，接著在 2014 年元月展開，第一階段計畫出版 14 本，預計在 2015 年元月完成。超量的出版工程，放諸許多臺灣民間的出版公司，都是不可能的任務。

　　首先，工作小組必須掌握每位編選者進度這件事，就是極大的挑戰。於是編輯小組在等待編選者閱讀選文的同時，開始蒐集整理作家生平照片、手稿，重編作家年表，重寫作家小傳，尋找作家出版品的正確版本、

版次，重新撰寫提要。這是一個極其複雜的工程。還好有宇霈帶領認真負責的工作同仁，以及編輯老手秀卿幫忙，才讓整個專案延續了一貫的品質及進度。

成果

　　雖然過程是如此艱辛，如此一言難盡，可是終究看到豐美的成果。每位編選者雖然忙碌，但面對自己負責的作家資料彙編，卻是一貫地認真堅持。他們每人必須面對上千或數百筆作家評論資料，挑選重要或關鍵性的評論文章，全面閱讀，然後依照編選原則，挑選評論文章。助理們此時不僅提供老師們所需要的支援，統計字數，最重要的是得找到各篇選文作者，取得同意轉載的授權。在起初進度流程初估時，我們錯估了此項工作的難度，因為許多評論文章，發表至今已有數十年的光景，部分作者行蹤難查，還得輾轉透過出版社、學校、服務單位，尋得蛛絲馬跡，再鍥而不捨地追蹤。有了前面的血淚教訓，日後關於授權方面，我們更是如臨深淵、如履薄冰，希望不要重蹈覆轍，在面對授權作業時更是戰戰兢兢，不敢懈怠。

　　除了挑選評論文章煞費苦心外，每個作家生平重要照片，我們也是採高標準的方式去蒐集，過世作家家屬、友人、研究者或是當初出版著作的出版社，都是我們徵詢的對象。認真誠懇而禮貌的態度，讓我們獲得許多從未出土的資料及照片，也贏得了許多珍貴的友誼。許多作家都協助提供照片手稿等相關資料，已不在世的作家，其家屬及友人在編輯過程中，也給予我們許多協助及鼓勵，藉由這個機會，與他們一起回憶、欣賞他們親人或父祖、前輩，可敬可愛的文學人生。此外，還有許多作家及研究者，熱心地幫忙我們尋找難以聯繫的授權者，辨識因年代久遠而難以記錄年代、地點、事件的作家照片，釐清文學年表資料及作家作品的版本問題，我們從他們身上學習到更多史料研究可貴的精神及經驗。

　　但如何在規定的時間內，完成每個階段資料彙編的編輯出版工作，對

工作小組來說，確實是一大考驗。每一冊的主編老師，都是目前國內現當代臺灣文學教學及研究的重要人物，因此都十分忙碌。每一本的責任編輯，必須在這一年多的時間內，與他們所負責資料彙編的主角——傳主及主編老師，共生共榮。從作家作品的收集及整理開始，必須要掌握該作家所有出版的作品，以及盡量收集不同出版社的版本；整理作家年表，除了作家、研究者已撰述好的年表外，也必須再從訪談、自傳、評論目錄，從作品出版等線索，再作比對及增刪。再來就是緊盯每位把「研究綜述」放在所有進度最後一關的主編們，每隔一段時間提醒他們，或順便把新增的評論目錄寄給他們（每隔一段時間就有新的相關論文或學位論文出現），讓他們隨時與他們所主編的這本書，產生聯想，希望有助於「研究綜述」撰寫的進度。

在每個艱辛漫長的歲月中，因等待、因其他人力無法抗拒的因素，衍伸出來的問題，層出不窮，更有許多是始料未及的。譬如，每本書的選文，主編老師本來已經選好了，也經過授權了，為了抓緊時間，負責編輯的助理們甚至連順序、頁碼都排好了，就等主編老師的大作了，這時主編突然發現有新的文章、新的資料產生：再增加兩三篇選文吧！為了達到更好更完備的目標，工作小組當然全力以赴，聯絡，授權，打字，校對，重編順序等等工作，再度展開。

此次第二部分第一階段共需完成的 14 位作家研究資料彙編，年齡層較上兩個階段已年輕許多，因此到最後的疑難雜症，還有連主編或研究者都不太清楚的部分，譬如年表中的某一件事、某一個年代、某一篇文章、某一個得獎記錄，作家本人絕對是一個最好的諮詢對象，對解決某些問題來說，這是一個好的線索，但既然看了，關心了，參與了，就可能有不同的看法，選文、年表、照片，甚至是我們整本書的體例，於是又是一場翻天覆地的大更動，對整本書的品質來說，應該是好的，但對經過多次琢磨、修改已進入完稿階段的編輯團隊來說，這不啻是一大挑戰。

1990 年開始，各地縣市文化中心（文化局），對在地作家作品集的整

理出版，以及臺灣文學館成立後對日治時期作家以迄當代重要作家全集的編纂，對臺灣文學之作家研究，也有了很好的促進作用。如《楊逵全集》、《林亨泰全集》、《鍾肇政全集》、《張文環全集》、《呂赫若日記》、《張秀亞全集》、《葉石濤全集》、《龍瑛宗全集》、《葉笛全集》、《鍾理和全集》、《錦連全集》、《楊雲萍全集》、《鍾鐵民全集》等，如雨後春筍般持續展開。

　　經過近二十年的努力，臺灣文學的研究與出版，也到了可以驗收或檢討成果的階段。這個說法，當然不是要停下腳步，而是可以從「臺灣現當代作家評論資料目錄」所呈現的 310 位作家、10 萬筆資料中去檢視。檢視的標的，除了從作家作品的質量、時代意義及代表性去衡量外，也可以從作家的世代、性別、文類中，去挖掘還有待開墾及努力之處。因此在這樣的堅實基礎上，這套「臺灣現當代作家研究資料彙編」，每位編選者除了概述作家的研究面向外，均有些觀察與建議。希望就已然的研究成果中，去發現不足與缺憾，研究者可以在這些不足與缺憾之處下功夫，而盡量避免在相同議題上重複。當然這都需要經過一段時間去發現、去彌補、去重建，因此，有關臺灣文學的調查與研究，就格外顯得重要了。

期待

　　感謝臺灣文學館持續支持推動這兩個專案的進行。「臺灣現當代作家評論資料目錄」的完成，呈現的是臺灣文學研究的總體成果；「臺灣現當代作家研究資料彙編」套書的出版，則是呈現成果中最精華最優質的一面，同時對未來臺灣文學的研究面向與路徑，作最好的建議。我們可以很清楚的體會，這是一條綿長優美的臺灣文學接力賽，我們十分榮幸能參與其中，更珍惜在傳承接力的過程，與我們相遇的每一個人，每一件讓我們真心感動的事。我們更期待這個接力賽，能有更多人加入。誠如張恆豪所說「從高音獨唱到多元交響」，這是每一個人所期待的。

編輯體例

一、本書編選之目的，為呈現吳新榮生平、著作及研究成果，以作為臺灣文學相關研究、教學之參考資料。

二、全書共五輯，各輯內容及體例說明如下：

輯一：圖片集。選刊作家各個時期的生活或參與文學活動的照片、著作書影、手稿（包括創作、日記、書信）、文物。

輯二：生平及作品，包括三部分：

1.小傳：主要內容包括作家本名、重要筆名，生卒年月日，籍貫，及創作風格、文學成就等。

2.作品目錄及提要：依照作品文類（論述、詩、散文、小說、劇本、報導文學、傳記、日記、書信、兒童文學、合集）及出版順序，並撰寫提要。不收錄作家翻譯或編選之作品。

3.文學年表：考訂作家生平所進行的文學創作、文學活動相關之記要，依年月順序繫之。

輯三：研究綜述。綜論作家作品研究的概況，並展現研究成果與價值的論文。

輯四：重要文章選刊。選收國內外具代表性的相關研究論文及報導。

輯五：研究評論資料目錄。收錄至 2014 年 11 月底止，有關研究、論述臺灣現當代作家生平和作品評論文獻。語文以中文為主，兼及日文和英文資料。所收文獻資料，以臺灣出版為主，酌收中國大陸、香港、日本和歐美國家的出版品。內容包含三部分：

1.「作家生平、作品評論專書與學位論文」下分為專書與學位論文。

2.「作家生平資料篇目」下分為「自述」、「他述」、「訪談」、「年表」、「其他」。

3.「作品評論篇目」下分為「綜論」、「分論」、「作品評論目錄、索引」、「其他」。

目次

部長序　　　　　　　　　　　　　　　　　龍應台　3

館長序　　　　　　　　　　　　　　　　　翁誌聰　5

編序　　　　　　　　　　　　　　　　　　封德屏　7

編輯體例　　　　　　　　　　　　　　　　　　13

【輯一】圖片集
影像・手稿・文物　　　　　　　　　　　　　　18

【輯二】生平及作品
小傳　　　　　　　　　　　　　　　　　　　51

作品目錄及提要　　　　　　　　　　　　　　53

文學年表　　　　　　　　　　　　　　　　　63

【輯三】研究綜述
吳新榮研究綜述　　　　　　　　　　　　　施懿琳　83

【輯四】重要評論文章選刊
鹽分地帶的回顧　　　　　　　　　　　珣琅山房主人　99

緬懷小雅園　　　　　　　　　　　　　　　吳南圖　103

醫術、文學、鄉史、吟詠　　　　　　　　　黃得時　111
　　　——屹立的燈塔　多彩多姿的一生

吳新榮評傳　　　　　　　　　　　　　　　林芳年　125

論吳新榮的精神歷程　　　　　　　　　　　林慧姃　137
　　　——以文學創作為探究核心

吳新榮「震瀛詩集」初探 　　　　　　　　　　　　　　　　呂興昌　159

人情練達即文章 　　　　　　　　　　　　　　　　　　　　林瑞明　189
　　　——吳新榮的小說、隨筆、采風

吳新榮：左翼詩學的旗手 　　　　　　　　　　　　　　　　陳芳明　193

吳新榮《琑琅山房隨筆》析論 　　　　　　　　　　　　　　施懿琳　213

擺盪在「科學文明」與「文化暴君」之間 　　　　　　　　陳君愷　249
　　　——吳新榮的科學觀及其實踐上的局限

由《吳新榮日記》看沖繩人的疏散體驗 　　　　　　　　　松田良孝　305

致　吳新榮先生（代序） 　　　　　　　　　　　　　　　　張良澤　317

吳新榮之左翼意識 　　　　　　　　　　　　　　　　　　　河原功　323
　　　——關於「吳新榮舊藏雜誌拔粹集（合訂本）」之考察

日記所見日治時期臺灣人的「打麻雀」 　　　　　　　　　陳文松　335
　　　——以吳新榮等人的經驗為中心

【輯五】研究評論資料目錄

作家生平、作品評論專書與學位論文 　　　　　　　　　　　　　379

作家生平資料篇目 　　　　　　　　　　　　　　　　　　　　　384

作品評論篇目 　　　　　　　　　　　　　　　　　　　　　　　406

輯一◎圖片集

影像◎手稿◎文物

1923年3月4日，就讀臺灣總督府商業專門學校豫科的吳新榮與友人黃寄珍（右）合影。（吳南圖提供）

1925年10月11日，吳新榮（立者左一）與日本金川中學的臺灣留日同學合影。（吳南圖提供）

1926年2月，就讀金川中學時的吳新榮。（吳南圖提供）

1927年3月，吳新榮（立者左五）於金川中學畢業前夕，與校長服部純雄
（中排坐者）及臺灣留日學生合影。（吳南圖提供）

1928年3月,就讀東京醫學專門學校的吳新榮。
(吳南圖提供)

1929年5月,因「四一六事件」被捕獲釋不久的吳新榮(前排右
一)與友人合影於東京柏木宿舍前。(吳南圖提供)

1930年晚秋，吳新榮攝於東京荻窪宿舍。（吳南圖提供）

1931年初夏，與東京醫學專門學校同窗進行軍事訓練，合影於富士山。前排右起：
吳新榮、詹添慶、潘木枝、賴耀煌、蔡樣；後排：王柏青。（吳南圖提供）

1932年7月，吳新榮與未婚妻毛雪合影於東京。（吳南圖提供）

1932年11月，吳新榮迎娶毛雪，攝於臺南六甲庄毛宅。（吳南圖提供）

1933年元旦，繼承叔父吳丙丁之佳里醫院，於重新開業當日與家人合影。前排：
妻毛雪；後排左二起：吳新榮、大弟吳國卿、父吳萱草。（吳南圖提供）

1933年12月24日，與舊「佳里青風會」成員合影於吳宅小雅園。前排：吳新榮（右一）、郭水潭（右三）、陳清汗（右四）；後排立者：父吳萱草（右一）、鄭國津（右三）、徐清吉（右四）。（吳南圖提供）

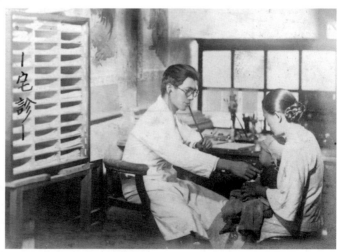

1934年，吳新榮於佳里醫院看診。（吳南圖提供）

1934年11月9日，長子吳南星滿周歲，吳新榮與妻、子合影留念。（吳南圖提供）

1935年6月1日，攝於臺南佳里公會堂舉辦之「臺灣文藝聯盟佳里支部」成立大會。前排：毛昭癸（右三）、王烏硈（右五）、林茂生（右六）、石錫純（右七），葉陶及其子楊資崩（左二）；中排：吳新榮（右一）、王登山（右二）、吳萱草（右五）、王詩琅（右六）、郭水潭（右七），黃清澤（左一）；後排：林芳年（右一）、徐清吉（右二），葉向榮（左一）。（國立臺灣文學館提供）

1935年8月11日，出席「臺灣文藝聯盟」主辦之臺灣文藝大會。前排：田中保男
（右一）、吳新榮（右二）、陳茂堤（右四）、莊遂性（右五）、陳紹馨（右
六）；中排：賴明弘（右四）、張星建（右八）、楊逵（右九）、莊明鐺（右
十），吳來興（左三）、何集璧（左五）；後排：張深切（右一）、王登山（右
三）、陳清池（右四），吳天賞（左二）。（吳南圖提供）

1936年9月23日，東京醫學士會臺灣支部成立，與友人合影於臺南寶美樓。前排：陳清鐘（左三）、吳新榮（左四）；三排：呂成寶（左四）。（吳南圖提供）

1937年元旦，與「旭翠會」友人合影於高雄西子灣。前排：陳清鐘（左一）、呂成寶（右一）；後排左起：吳新榮、黃百祿、王文滔、石錫純、黃明富、林耳。（吳南圖提供）

1937年12月22日，楊逵偕友人拜訪吳新榮，合影於吳宅小雅園。前排左起：父吳萱草、入田春彥、楊逵及長子楊資崩；後排左起：吳新榮、郭水潭。（吳南圖提供）

1938年元旦，佳里醫院開院五周年，吳家全家福。前排右起：妻毛雪與次子吳南河（被抱者）、吳新榮、父吳萱草與長子吳南星（前）、母張實與長女吳朱里（前）、二妹吳雪金。（吳南圖提供）

1939年11月23日，為紀念吳新榮以最高票當選佳里街協議會員，與友人攝於臺南田中寫真館。前排：王烏硈；後排左起：徐清吉、吳新榮、郭水潭。（吳南圖提供）

1940年元旦，吳新榮全家福。左起：長女吳朱里、吳新榮與三子吳南圖、長子吳南星、妻毛雪與次子吳南河。（吳南圖提供）

1941年9月7日，《臺灣文學》同仁拜訪吳新榮，合影於吳宅小雅園。前排右起：巫永福、張文環、陳逸松、王井泉、黃得時；後排右起：黃清澤、林芳年、吳新榮、王碧蕉、郭水潭、陳穿、王登山、莊培初、徐清吉。（巫永福文化基金會、埔里鎮立圖書館提供）

1942年3月29日，與家人攝於前妻毛雪芬葬禮。前排立者左起：長女吳朱里、長子吳南星、次子吳南河；後排左起：吳新榮與次女吳亞姬（被抱者）、大弟吳國卿與三子吳南圖（被抱者）。（吳南圖提供）

1943年7月25日，前妻毛
雪病逝後，吳新榮與林
榮樑再婚，攝於吳宅小
雅園。（吳南圖提供）

1943年12月5日，與親
友祭拜前妻毛雪墓。前
排左起：次子吳南河、
長子吳南星、長女吳朱
里、姪女翠霞；後排左
起：吳新榮、徐清吉、
蘇新。（吳南圖提供）

1946年2月12日，率領北門區隊員參加「三民主義青年團中央直屬臺灣區團臺南分團
北門區隊入團訓練」，合影於北門女子職業學校。前排：吳敏誠（右一）、王金河
（右五）、吳新榮（右六），楊加興（左二）、黃炭（左三）、黃清舞（左四）、郭
水潭（左五）。（吳南圖提供）

1947年6月21日，因二二八
事件被捕，獲釋後與家人合
影於四弟吳壽坤臺北住宅。
前排右起：大弟吳國卿、吳
新榮、妻林榮樑與五子吳夏
統（被抱者）、妹婿林永
睦；後排右起：四弟媳張清
瑛、四弟吳壽坤與其長女
（被抱者）、堂弟吳道明。
（吳南圖提供）

1950年9月18日，吳新榮
（前排右三）攝於臺南佳里
鎮鎮民代表會。（吳南圖提
供）

1951年2月6日，農曆初一，好友來訪，合影於吳宅小雅園。左起：邱東恒、楊加興、吳新榮、徐清吉、吳敏誠。（吳南圖提供）

1952年11月12日，攝於「臺南縣文獻委員會」成立大會。前排：吳新榮（左二）、楊群英（左三）、胡丙申（左四）、高文瑞（左五）、黃清標（左七）、洪波浪（左八）。（吳南圖提供）

1953年，吳新榮與友人採訪西拉雅公廨。右起：吳新榮、江家錦、徐清吉。（吳南圖提供）

1955年3月16日，吳新榮因李鹿案被捕獲釋後不久，攝於友人於陽明山臺灣銀行俱樂部舉行之洗塵宴。（吳南圖提供）

1956年12月2日，與《南瀛文獻》同仁訪高雄路竹「竹滬寧靖王廟」。前排左起：賴建銘、石暘睢、江家錦、連景初；後排左起：黃典權、林勇、吳新榮、韓石爐、盧嘉興。（吳南圖提供）

1958年秋，吳新榮著臺灣衫攝於琉琅山房前。（吳南圖提供）

1958年11月9日，杜聰明與許成章來訪，攝於吳宅小雅園。前排左起：林雙隨、杜聰明、父吳萱草、許成章；後排左起：長媳黃雲嬌、妻林榮樑、吳新榮、長子吳南星、次子吳南河。（吳南圖提供）

1960年8月7日，吳新榮（前排左三）與同業於臺南佳里中山路共組「新生聯合醫院」。（吳南圖提供）

1960年11月10日，吳新榮與楊雲萍（左）拜訪友人曾捷榮（中），攝於臺東博愛醫院。（吳南圖提供）

1962年11月12日，吳新榮（左）攝於「鯤瀛詩社」於佳里金唐殿舉行之成立大會。（吳南圖提供）

1965年2月14日，文友來訪，合影於吳宅琅山房。右起：林勇、吳新榮、許成章、連景初（後）、連風彥、韋雅修（後）、賴建銘、柯寶山（後）、莊松林、鄭喜夫。（吳南圖提供）

1966年7月17日，吳新榮最後一次返回位於臺南縣將軍鄉的吳家將軍舊宅（今臺南市將軍區）。右起：六子吳夏平、吳新榮、四弟媳張清瑛（後）、長孫吳澤光、四弟吳壽坤（後）、盧嘉興、五子吳夏統、四子吳夏雄。（吳南圖提供）

1966年11月12日，吳新榮60大壽，與孫輩合影於吳宅「世外居」。前排右起：吳璟光、魏嘉宏、翁瑞旼、魏玫君；後排右起：吳澤光抱吳奕甫、吳新榮抱吳容青、吳玢光、翁瑞昶、翁瑞旭。（吳南圖提供）

1967年3月25日，應邀出席「臺南縣陳氏宗親會」於佳里主辦之祭祖大典，並發表專題演講「我所知道的陳姓兩三事」，為生前最後一次演講。（吳南圖提供）

1997年3月15日，葉石濤於臺南縣立文化中心主辦之「臺灣文學好年冬——吳新榮文學作品研討會」發表演說「吳新榮文學的特色及其貢獻」。（吳南圖提供）

1997年3月16日，紀念吳新榮逝世三十周年，吳家子女合影於「吳新榮銅像落成典禮」。左起：四子吳夏雄、三子吳南圖、長子吳南星、長女吳朱里、次子吳南河、次女吳亞姬、五子吳夏統。（吳南圖提供）

2007年11月10日，由國立臺灣文學館與吳三連台灣史料基金會主辦之《吳新榮日記全集》新書發表會，於臺北國賓飯店舉行。立者為吳新榮三子吳南圖。（吳南圖提供）

1961年，友人黃寄珍女婿陳紫山所繪吳新榮油畫畫像。
（吳南圖提供）

位於臺南佳里中山公園內的吳新榮銅像。吳新榮身著醫
師袍，手握《隨想錄》，坐於鏤空的「臺灣文學」大書
中。右上方雕刻為〈亡妻記〉女主角。照片右下方為
「吳新榮先生紀念碑文」。（吳南圖提供）

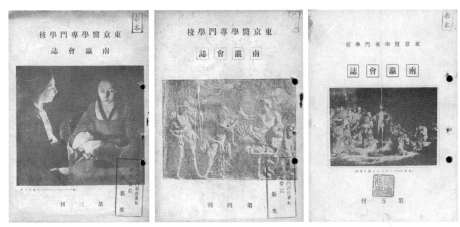

1929年，吳新榮就讀東京醫學專門學校時期籌辦之刊物《南瀛會誌》。（吳南圖提供）

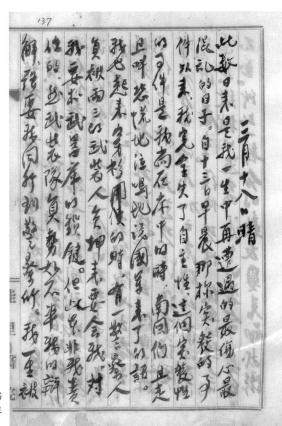

1947年3月18日，吳新榮於日記中描
述二二八事件遭逮捕過程。（吳三連
臺灣史料基金會提供）

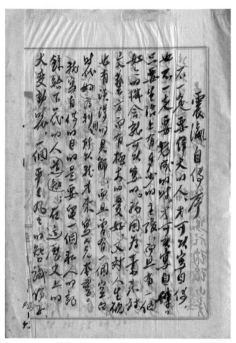

1948年2月，「震瀛自傳」部分手稿。（國立臺灣文學館提供）

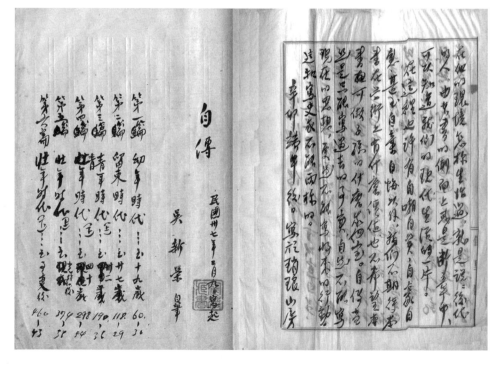

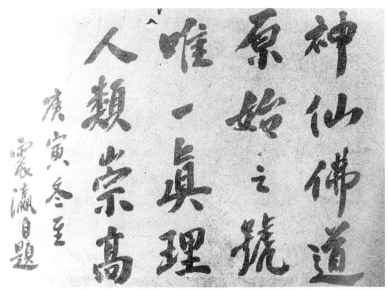

神仙佛道
原始之镜
唯一真理
人類崇高

庚寅、冬至
震瀛自題

1950年冬至，吳新榮墨寶，掛於吳宅琊琅山房。（吳南圖提供）

這座平和而毫林
的寨村是我祖
宗死守的一環，
那時候熱戰的

血湖現在也還
在我的身內循
環！自錄故鄉詩

琊琅山房主人 史民

1950年代初期，吳新榮自題詩作〈故鄉的回憶〉。（吳南圖提供）

1953～1967年，吳新榮主編之《南瀛文獻》。（吳南圖提供）

1955～1965年，吳新榮主修之《臺南縣志稿》13冊。（吳南圖提供）

輯二◎生平及作品
小傳◎作品◎年表

小傳

吳新榮（1907～1967）

　　吳新榮，男，字史民，號震瀛，筆名珝琅山人、世外居士、夢鶴、兆行、延陵生等。籍貫臺灣臺南。1907 年（明治 40 年）10 月 12 日生，1967年 3 月 27 日辭世，享壽 61 歲。

　　臺灣總督府商業專門學校畢業，1925 年赴日本留學，1928 年考取東京醫學專門學校。留日期間，開始從事文藝創作，曾主編《蒼海》、《南瀛會誌》、《里門會誌》等刊物，加入左翼社團「臺灣青年會」及「臺灣學術研究會」。1932 年返臺後繼承叔父吳丙丁「佳里醫院」。行醫之餘，亦積極參與文學活動。1933 年與郭水潭、徐清吉等人成立「佳里青風會」，意在啟蒙地方知識青年的社會意識；後又與郭水潭合力奔走，於 1935 年成立「臺灣文藝聯盟佳里支部」，「鹽分地帶派」也因此形成。二次大戰結束後，一度投身地方政治，1946 年當選臺南縣參議會議員。戰後因政治社會的轉變，遂將大部分精神投注於南瀛文獻考察與方志編纂。

　　吳新榮創作文類以詩與散文為主。其大部分詩作發表於戰前，使用華文、日文與臺語三種不同語言創作新詩、漢詩與俳句，內容帶有濃厚的現實關懷與抗議精神，從勞動者與被統治者的角度，批判資本主義與殖民政權，陳芳明譽為臺灣 1930 年代「左翼詩學的旗手」。但時代因素，使其成為「跨越語言的一代」，以致戰後詩作銳減，自輯有「震瀛詩稿」3 卷。

　　自選集《震瀛隨想錄》中的〈亡妻記〉可謂吳新榮戰前文學代表作。

前篇以日記體寫成，描寫愛妻過世後悲傷與思慕心情點滴；後篇為回溯兩人初識、戀愛至結婚的過程。內容真情流露、誠摯動人，黃得時譽為「臺灣的《浮生六記》」。而《琱琅山房隨筆》筆調幽默諷刺，內容取材自生活，反映戰後吳新榮身為醫生、病者與作者等角色的人生體悟。

《震瀛回憶錄》敘述吳家先祖自清末於臺南將軍庄一帶墾荒，至戰後自身前半生的回憶。葉石濤認為：「這本書不但反映了臺灣歷年來被外來統治者欺凌的歷史，同時也反映了臺灣人堅強的反抗、抗議精神。」此外，橫跨三十多年的《吳新榮日記全集》，忠實記錄了從日治時代至戰後臺灣史上變動最劇烈的時期，不只呈現臺灣知識分子面對時代變異下的心路歷程，更是研究臺灣歷史的第一手史料。

吳新榮認為「地方文化應由地方人士做起」，在 1950 年代後將心力投入地方文史工作。除編纂《南瀛文獻》，主修《臺南縣志稿》13 卷外，更多次於臺南縣境內進行鄉土采風與田野調查，撰寫多篇文章，內容含括民間傳說、寺廟神考、農村俚諺俗語、民俗雜考等，後輯為《震瀛採訪錄》，確立臺灣地方鄉土誌的研究方法。

由於早年深受左翼思想的洗禮，身為「鹽分地帶」的領導者之一，吳新榮樹立「鹽分地帶文學」關注弱勢階級與本土文化的傳統，帶領「鹽分地帶」成為 1930 年代南臺灣最具代表性的文學團體之一，並奠定其在臺灣文學史的地位。陳芳明認為：「因為有吳新榮的掌旗，臺灣左翼文學成為全球反殖民主義、反帝國主義運動不可欠缺的一環。」

作品目錄及提要

【論述】

瑯琅山房 1977　　秀山閣 1978

臺南縣民政局 1981

震瀛採訪錄

臺南：瑯琅山房
1977 年 3 月，25 開，441 頁

彰化：秀山閣
1978 年 1 月，25 開，441 頁

臺南：臺南縣民政局
1981 年 4 月，18 開，441 頁
南瀛文獻叢刊第一輯

本書為刊載於《臺南縣志稿》、《南瀛文獻》之文章集結，是作者歷經數十年於臺南縣境內多次走訪而成的田野調查，為南瀛地方志的珍貴史料。全書收錄〈採訪記〉、〈民間傳承〉、〈南部農村俚諺集〉等九篇。正文前有採訪照片、王詩琅〈王序〉、妻子匡〈婁序〉。正文後有吳南圖〈後記〉。
秀山閣版：更名為《南臺灣風土志》，內容與原書相同。
臺南縣民政局版：正文前新增楊寶發〈代序〉。

【散文】

震瀛隨想錄
臺南：瑯琅山房
1966 年 11 月，25 開，345 頁

本書為作者自選集，內容展現作者身為知識分子、醫生、病者、文獻學家等身分的思想過程與生活片段。全書分為「藝海餘滴」、「社會與家庭」、「鄉土與民俗」、「醫界浮沉」四部分，收錄〈東京時代〉、〈敗北〉、〈點滴拾錄〉、〈光復前夕〉、〈光復當初〉等 59 篇。正文前有黃寄珍〈黃序〉、洪冰如〈洪序〉。正文後有吳新榮〈自跋〉與〈作者簡歷〉。

【傳記】

瑯琅山房 1977　　　前衛出版社 1989

震瀛回憶錄
臺南：瑯琅山房
1977 年 3 月，25 開，286 頁

臺北：前衛出版社
1989 年 7 月，25 開，366 頁
新臺灣文庫 16

本書為吳家自清朝以降至終戰初期之家族史。全書分為「黃：祖代」、「白：父代」、「青：子代」三部分，收錄：1.拓荒者吳廷谷・開基於將軍庄、2.日本割臺亂後・玉瓚建業中興、3.文化先驅穆堂・苦掌戰後困難、4.古都鳳雛離巢・夢鶴隨群爭飛、5.夢鶴留學日本・捲入社會時潮、6.歸臺重整山河・夢鶴參加文運，等 17 章。正文前有吳新榮〈自序〉，正文後有吳南圖〈編後記〉。
前衛版：更名為《吳新榮回憶錄》。全書分為「震瀛回憶錄──此時此地」與「亡妻記」二部分。正文前新增吳南圖〈記小雅園瑯琅山房主人〉。正文後新增張良澤〈都是因為吳新榮〉、古勳〈追憶與新榮伯的神交〉。

【日記】

吳新榮日記全集／張良澤編
臺南：國立臺灣文學館
2007 年 11 月、2008 年 6 月，25 開

共 11 冊，收錄吳新榮 1933～1967 年日記全文。各冊正文前皆有該冊內容相關照片、〈編輯凡例〉，正文後有該冊「人名索引」。

吳新榮日記全集 1（1933～1937）
臺南：國立臺灣文學館
2007 年 11 月，25 開，392 頁

本書收錄吳新榮 1933～1937 年日記全文。全書分「1933 年」、「1935 年」、「1936 年」、「1937 年」四部分。正文前有鄭邦鎮〈鹽分巨人，「擺奅」百年──賀《吳新榮日記全集》出版〉、張炎憲〈跨越時代的見證〉、吳南圖〈序〉等六篇。正文後有〈吳新榮先生年譜〉。

吳新榮日記全集 2（1938）
臺南：國立臺灣文學館
2007 年 11 月，25 開，358 頁

本書收錄吳新榮 1938 年日記全文。全書分為「1938 年（原文）」與「1938 年（譯文）」二部分。

吳新榮日記全集 3（1939）
臺南：國立臺灣文學館
2008 年 6 月，25 開，324 頁

本書收錄吳新榮 1939 年日記全文。全書分為「1939 年（原文）」與「1939 年（譯文）」二部分。

吳新榮日記全集 4（1940）

臺南：國立臺灣文學館

2008 年 6 月，25 開，316 頁

本書收錄吳新榮 1940 年日記全文。全書分為「1940 年（原文）」與「1940 年（譯文）」二部分。

吳新榮日記全集 5（1941）

臺南：國立臺灣文學館

2008 年 6 月，25 開，302 頁

本書收錄吳新榮 1941 年日記全文。全書分為「1941 年（原文）」與「1941 年（譯文）」二部分。

吳新榮日記全集 6（1942）

臺南：國立臺灣文學館

2008 年 6 月，25 開，378 頁

本書收錄吳新榮 1942 年日記全文。全書分為「1942 年（原文）」與「1942 年（譯文）」二部分。

吳新榮日記全集 7（1943～1944）

臺南：國立臺灣文學館

2008 年 6 月，25 開，484 頁

本書收錄吳新榮 1943～1944 年日記全文。全書分為「1943 年（原文）」、「1943 年（譯文）」、「1944 年（原文）」、「1944 年（譯文）」四部分。

吳新榮日記全集 8（1945～1947）
臺南：國立臺灣文學館
2008 年 6 月，25 開，450 頁

本書收錄吳新榮 1945～1947 年日記全文。全書分為「1945 年 1 月 1 日～8 月 15 日（原文）」、「1945 年 1 月 1 日～8 月 15 日（譯文）」、「1945 年 8 月 16 日起」、「1946 年」、「1947 年」五部分。

吳新榮日記全集 9（1948～1953）
臺南：國立臺灣文學館
2008 年 6 月，25 開，296 頁

本書收錄吳新榮 1948～1953 年日記全文。全書分為「1948 年」、「1949 年」、「1950 年」、「1951 年」、「1952 年」、「1953 年」六部分。

吳新榮日記全集 10（1955～1961）
臺南：國立臺灣文學館
2008 年 6 月，25 開，450 頁

本書收錄吳新榮 1955～1961 年日記全文。全書分為「1955 年」、「1956 年」、「1957 年」、「1958 年」、「1959 年」、「1960 年」、「1961 年」七部分。

吳新榮日記全集 11（1962～1967）
臺南：國立臺灣文學館
2008 年 6 月，25 開，444 頁

本書收錄吳新榮 1962～1967 年日記全文。全書分為「1962 年」、「1963 年」、「1964 年」、「1965 年」、「1966 年」、「1967 年」六部分。正文後有吳南圖〈《吳新榮日記全集》出版後記〉、張良澤〈編後記：談日記中最大的懸案〉、〈《吳新榮日記全集》工作同仁一覽表〉、〈註釋參考文獻〉。

【合集】

吳新榮全集／張良澤編
臺北：遠景出版公司
1981 年 10 月，25 開

共 8 冊，依文學著作、鄉土采風、日記、書簡分卷。

吳新榮全集 1 · 亡妻記
臺北：遠景出版公司
1981 年 10 月，25 開，272 頁

本書收錄吳新榮早期文學作品。全書分為「詩歌」、「散文」、「短篇創作」、「評論」四部分，收錄詩〈霧社出草歌〉、〈「阿母呀！」〉、〈不但啦也要啦〉等 26 首；散文〈點滴拾錄〉、〈敗北〉等七篇；短篇小說〈芙美小姐〉、〈亡妻記——逝去青春的日記〉、〈亡妻記——回憶前塵〉、〈街談巷議〉四篇；評論〈醫界兩三題〉、〈社會醫學短論〉等九篇。正文前有張良澤〈致讀者——代總序〉、吳南圖〈家屬代序〉。

吳新榮全集 2 · 琩琅山房隨筆
臺北：遠景出版公司
1981 年 10 月，25 開，186 頁

本書收錄作者發表於《臺灣醫界》雜誌之隨筆文章，書寫幽默諷刺，反映其晚年的人生體悟與生命經驗。全書分為上、中、下三部分，收錄〈養病自語〉、〈玩石堅志〉、〈養生祕術〉、〈人類崇高〉等 34 篇。

吳新榮全集 3 · 此時此地
臺北：遠景出版公司
1981 年 10 月，25 開，184 頁

本書為《震瀛回憶錄》更名出版，並刪去原 12～17 章涉及「二二八事變」部分。

吳新榮全集 4・南臺灣采風錄

臺北：遠景出版公司
1981 年 10 月，25 開，312 頁

本書收錄發表於《臺南縣志稿》與《南瀛文獻》之文章，是
作者半生投入南瀛文獻史料蒐集與研究的精華。全書收錄
〈民間傳承〉、〈南部農村俚諺集〉、〈南縣語言系統及平埔族
系統〉等七篇。

吳新榮全集 5・震瀛採訪記

臺北：遠景出版公司
1981 年 10 月，25 開，301 頁

本書收錄發表於《南瀛文獻》之採訪記，內容為作者自 1952
至 1966 年間於臺南縣進行 74 次田野調查的紀錄。正文前有
王詩琅〈王序〉、妻子匡〈妻序〉。

吳新榮全集 6・吳新榮日記（戰前）

臺北：遠景出版公司
1981 年 10 月，25 開，178 頁

本書為作者 1933 至 1945 年終戰前夕日記節錄，呈現作者戰
前生活的圖像，並記錄當時臺灣文人的往來互動與時代的動
盪，為重要戰前臺灣史料。全書依年代分為 12 篇。

吳新榮全集 7・吳新榮日記（戰後）

臺北：遠景出版公司
1981 年 10 月，25 開，173 頁

本書為作者 1945 至 1967 年逝世前日記節錄，記載作者戰後
淡出政壇投身地方文獻考察的轉折過程，與社會變遷的面
貌。全書依年代分為 22 篇。

吳新榮全集 8・吳新榮書簡
臺北：遠景出版公司
1981 年 10 月，25 開，160 頁

本書為吳新榮家書及寄與文友吳瀛濤、洪冰如之書信，依時間排序。正文後附錄〈家人的懷念〉，鄭喜夫原撰、張良澤刪補〈吳新榮先生事略年譜〉。

吳新榮選集
臺南：臺南縣立文化中心
1997 年 3 月，25 開

共 3 冊。第 1、3 冊書前有陳唐山〈縣長序：典型在夙昔〉、葉佳雄〈主任序：為春秋作典範〉。

吳新榮選集（一）／呂興昌編訂
臺南：臺南縣立文化中心
1997 年 3 月，25 開，460 頁
南瀛文化叢書 55

本書收錄作者手稿「震瀛詩集」、〈亡妻記〉與文學評論。全書分為「震瀛詩集」、「亡妻記」、「文學議題」三輯，收錄詩〈題中山全集〉、〈偶成〉、〈仲秋有感〉、〈初至關門〉、〈金川有感〉等 128 首；散文〈亡妻記（一）──逝去的青春日記〉、〈亡妻記（二）──在世之日的回憶〉、〈青風會宣言〉等 20 篇。正文前有巫永福〈吳新榮兄二三事〉、王昶雄〈吳新榮的志節標誌──紀念塑像該豎立的〉、吳南圖〈家族感言〉等五篇。

吳新榮選集（二）／呂興昌編訂

臺南：臺南縣立文化中心
1997 年 3 月，25 開，432 頁
南瀛文化叢書 56

本書收錄《震瀛隨想錄》、《震瀛採訪錄》、《吳新榮日記（戰前）》、《吳新榮日記（戰後）》部分內容與學者研究論文。全書分為「醫者隨筆」、「文獻訪考」、「日記」、「吳新榮資料研究」四輯，收錄〈醫界兩三題〉、〈社會醫學短論〉、〈一個村醫的記錄〉等 26 篇；日記〈青風會成立──一九三三年十月四日〉、〈青風會──九三三年十二月二十日～二十三日〉、〈臺灣文藝聯盟佳里支部──一九三五年五月六日、六月一日〉等 48 篇。

吳新榮選集（三）──震瀛回憶錄／黃勁連編訂

臺南：臺南縣立文化中心
1997 年 3 月，25 開，320 頁
南瀛文化叢書 57

本書收錄作者自傳《震瀛回憶錄》。正文前有吳新榮照片、葉石濤〈吳新榮文學的特色及其貢獻〉、黃勁連臺譯〈吳新榮文學兮特色佮貢獻〉。正文後附錄吳南圖〈記小雅園琄琅山房主人〉、徐清吉〈追懷知友〉、林芳年〈吳新榮評傳〉等五篇。

文學年表

1907 年 （明治 40 年）	10 月	12 日，生於臺南廳北門郡漚汪堡將軍庄（今臺南市將軍區），因滿月才報戶口，加上中學時期景仰孫中山，遂將自己生日定為 11 月 12 日。父為著名漢詩人吳萱草，母張實。排行長子。
1913 年 （大正 2 年）	本年	就讀臺南廳蕭壠庄蕭壠公學校。後因祖母過世，轉入臺南州學甲庄學甲公學校，改由曾祖母娘家照顧。
1915 年 （大正 4 年）	本年	轉入新設立之臺南廳將軍庄漚汪公學校就讀。
1921 年 （大正 10 年）	3 月	畢業於漚汪公學校。
1922 年 （大正 11 年）	4 月	考入臺灣總督府商業專門學校豫科。在校期間因「新榮」日語讀音相同之故，遂自號「震瀛」，並常與友人赴關帝廟聆聽「臺灣文化協會」舉辦之文化講座。
1925 年 （大正 14 年）	4 月	升入臺灣總督府商業專門學校商專本科。受教於英文科林茂生，深受其思想啟蒙。不久因學校即將裁撤，遂於叔父吳丙丁資助下，赴日本習醫。
	10 月	1 日，與堂叔吳榮宗自基隆港搭蓬萊丸客輪赴日本，插班入岡山市金川中學四年級。
1927 年 （昭和 2 年）	3 月	畢業於金川中學。因祖父吳玉瓚生病返臺。
	4 月	日文〈朋友呀！睨視那爭鬥的奔流〉，漢詩〈偶成〉、〈仲秋有感〉、〈初至關門〉、〈金川有感〉、〈金川雪夕〉發表於金川中學刊物《秀芳》第 30 期。

	9 月	祖父吳玉瓚過世。
	本年	為專心準備考試，與友人黃寄珍寄宿於臺南石門腳黃家。

1928 年
（昭和 3 年）

1 月　再度赴日。考入日本東京醫學專門學校。在校期間參與東醫南瀛同鄉會、東京里門會，籌辦《蒼海》、《南瀛會誌》、《里門會誌》等刊物，加入左翼團體「臺灣青年會」及「臺灣學術研究會」，並以「史民」為字，意指「創造歷史的民族」。

1929 年
（昭和 4 年）

4 月　受日本政府鎮壓共產黨之「四一六事件」牽連，被拘於淀橋警察署，至 5 月 5 日獲釋。自商專時期以降日記全遭沒收，遂停止書寫日記。

11 月　〈敗北〉，日文詩作〈巨人〉、〈贈年輕的詩人〉、〈處女的妳喲　再見〉、〈憧憬（星群）〉、〈思念（撫子）〉發表於《蒼海》創刊號。為首次以日文發表詩作。

1930 年
（昭和 5 年）

2 月　詩作〈這是什麼情〉、〈兩腳獸〉，臺語詩作〈阿母呀〉，日文詩作〈懊惱〉、〈悲歌〉、〈恕詞〉、〈懺悔〉、〈更生〉，日文短篇小說〈女性に告ぐ〉發表於《南瀛》創刊號。為首次發表小說。

8 月　日文詩作〈無題〉、〈春──贈鳳嬌〉、〈新生的力量〉、〈是誰的罪過〉、〈鬱金香──Tulip〉，臺語詩作〈疑〉、〈不但啦也要啦〉，日文〈郊外四景〉、〈憶亡妹〉、〈醫業國營論〉、〈醫藥分離論〉、〈產兒限制論〉發表於《南瀛》第 2 號。

10 月　29 日，為「霧社事件」創作臺語詩作〈題霧社暴動畫報〉。

1931 年
（昭和 6 年）

6 月　詩作〈聖愛嗎！清戀嗎！〉，日文詩作〈花園漫步〉，日文〈送畢業生諸兄〉、〈最後的話〉發表於《南瀛》第 3 號。

11 月　臺語詩作〈躍動〉、〈美人〉、〈故鄉的輓歌〉，日文〈東京

時代〉、〈醫界兩三題〉發表於《里門會誌》創刊號。

1932 年 （昭和 7 年）	3 月	畢業於東京醫學專門學校。因景仰政治、生物學家山本宣治，進入日本醫療同盟為紀念山本宣治所開設之五反田無產者病院服務，從事研究及實際醫療工作。
	4 月	與毛雪（毛雪芬）訂婚。
	9 月	自日本返臺。

詩作〈獨愁〉，日文詩作〈贈書〉、〈試中雜詠〉（筆名延陵生）、〈三月八日翌日──獻給最初的女性〉（筆名藝里），日文〈最高道德仁術之再檢討──論社會醫學〉、〈東醫南瀛會諸兄，再會吧！〉、〈旅之語〉發表於《南瀛》第 4 號。

	11 月	2 日，與毛雪結婚。後繼承叔父吳丙丁開設之「佳里醫院」。
	本年	日文詩作〈徬徨的亡靈〉發表於《東醫校誌》。
1933 年 （昭和 8 年）	5 月	9 日，創作日文詩作〈懷古──獻給阿姨〉。
	7 月	日文詩作〈最後的回禮〉，日文〈一個村醫的記錄〉發表於《南瀛》第 5 號。
	9 月	4 日，恢復寫日記習慣。
	10 月	4 日，與郭水潭、徐清吉共同發起「佳里青風會」，為鹽分地帶文學前身，意在啟蒙地方知識青年的社會意識。成員包括王登山、鄭國津、林精鏐、陳培初、陳挑琴、葉向榮、郭維鐘、曾對等。
	11 月	8 日，創作日文〈青風會宣言〉。

9 日，長子吳南星出生。

14 日，創作日文詩作〈羊群〉。

購買「佳里醫院」後方空地建設為花園，因父親吳萱草號「雅園」，故名為「小雅園」，是當時鹽分地帶文人與臺灣

各地文藝同好聚會的場所。

12 月　23 日，由於日本政府監視，加以成員參與狀況不佳，且發生成員鬥毆訴訟事件，「佳里青風會」宣布解散。

31 日，創作日文詩作〈弔青風〉。

本年　與郭水潭結為好友。兩人共組「佳里青風會」，日後加入「臺灣文藝聯盟佳里支部」，同為鹽分地帶文學領導者。

1934 年
（昭和 9 年）

10 月　日文〈被收買的文學──致郭天留〉發表於《臺灣新聞》文藝欄。

1935 年
（昭和 10 年）

4 月　16 日，創作日文詩作〈故鄉〉。

5 月　6 日，與郭水潭討論「臺灣文藝聯盟佳里支部」成立計畫。

6 月　1 日，與郭水潭奔走有成，「臺灣文藝聯盟佳里支部」於佳里公會堂成立，會員由鹽分地帶成員組成，包括徐清吉、鄭國津、黃清澤、葉向榮、王登山、林精鏐、陳挑琴、黃平堅、曾對與郭維鐘等。「臺灣文藝聯盟」本部亦有張深切、葉陶參與此會。

28 日，長女吳朱里出生。

日文組詩「故里與春之祭」（將這首詩獻給鹽分地帶的同志）：〈河〉、〈村莊〉、〈春之祭〉發表於《臺灣文藝》第 2 卷第 6 號。

7 月　26 日，創作日文詩作〈道路〉。

24 日，創作日文〈致吳天賞〉，後發表於《臺灣新聞》文藝欄。

8 月　11 日，應邀出席「臺灣文藝聯盟」主辦之全島文藝大會，與會者有田中保男、賴明弘、張星建、張深切、楊逵、王登山、吳天賞等。後日文〈第二回文藝大會的回憶──文聯的人們〉發表於《臺灣文藝》第 3 卷第 6 號。

30 日，創作日文詩作〈我們是暴風雨的信奉者——給走出村子的漢子〉。

日文詩作〈煙囪〉、日文〈佳里支部發會式通信〉發表於《臺灣文藝》第 2 卷第 8、9 合刊號。

9 月　23 日，創作日文〈象牙塔之鬼——主駁新垣氏〉，後發表於《臺灣新聞》文藝欄。

日文詩作〈四月廿六日——南鯤鯓廟〉發表於《臺灣文藝》第 2 卷第 10 號。

11 月　16 日，因「臺灣文藝聯盟」路線之爭造成分裂，楊逵來訪，召集「佳里支部」成員討論「臺灣新文學社」成立的問題。結論為該社非「臺灣文藝聯盟」對立團體，為臺灣文學發展，支持該社成立。

創作日文〈十年以來〉。

12 月　6 日，創作日文詩作〈責備妻〉。

17 日，創作日文詩作〈歌唱鹽分地帶的春天〉。

與郭水潭、王登山擔任《臺灣新文學》日文詩歌編輯委員。

日文詩作〈疾駛的別墅〉、與郭水潭合著日文〈對臺灣新文學社的希望〉發表於《臺灣新文學》創刊號。

本年　與郭水潭合著日文〈聯合評論〉於《臺灣新民報》文藝欄。

1936 年　1 月　1 日，與留學東京時期住宿「旭翠寮」友人組成「旭翠（昭和 11 年）　　　會」，成員包括黃百祿、王柏榮、林耳、林泰料、黃明富、呂成寶、王柏青、王文滔。

28 日，創作日文詩作〈某老人的回憶譚〉。

日文詩作〈世界的良心〉發表於《臺灣文藝》第 3 卷第 2 號。

	2 月	日文詩作〈思想〉、〈冬天的早上〉（筆名吳德修）發表於《臺灣文藝》第 3 卷第 3 號。
	5 月	30 日，創作日文〈自己廣告文〉。
	6 月	日文〈文壇寸感〉以筆名吳兆行發表於《臺灣新文學》第 1 卷第 5 號。
	7 月	29 日，創作詩作〈茉莉花——菲律賓國花〉。
		日文詩作〈農民之歌〉發表於《臺灣新文學》第 1 卷第 6 號。
	9 月	23 日，與東京醫學專門學校友人共組「東京醫學士臺灣支部」。
		日文短篇小說〈友情——「青年時代」の一章〉以筆名朱南化發表於《臺灣新文學》第 1 卷第 8 號合刊號。
	12 月	26 日，因「臺灣文藝聯盟」機關誌《臺灣文藝》停刊，召集佳里支部會員開會，決議解散該支部，舊部員仍可稱為「鹽分地帶同人」。
		28 日，與郭水潭、徐清吉赴臺南鐵路飯店拜訪來臺的中國作家郁達夫，談論文學問題，與會者有楊熾昌、趙啟明、莊松林、林占鰲等。
1937 年（昭和 12 年）	3 月	7 日，次子吳南河出生。
	5 月	日文詩作〈混亂期的煞尾〉、〈自畫像〉發表於《臺灣新文學》第 2 卷第 4 號。
	8 月	3 日，創作日文詩作〈哭於大崗山的山腳——獻給陳清鐘君之靈〉。
1938 年（昭和 13 年）	1 月	因皇民化政策，改以日文寫日記。
	11 月	22 日，三子吳南圖出生。
1939 年（昭和 14 年）	9 月	應郭水潭之邀，參加由西川滿、北原政吉、中山侑主導之「臺灣詩人協會」。

	11 月	22 日，當選佳里街協議會員，為踏入政壇第一步。
	本年	創作日文詩作〈南郊悲歌〉、〈舊都回想〉。
1940 年 （昭和 15 年）	1 月	20 日，當選麻豆街及佳里街上水道組合會議員。
	10 月	4 日，次女吳亞姬出生。
1941 年 （昭和 16 年）	5 月	日文〈鎮上的夥伴〉以筆名大道兆行發表於《臺灣文學》創刊號。
	9 月	7 日，《臺灣文學》成員來訪，說明該雜誌編輯理念與經營狀況。與會者有黃得時、王井泉、陳逸松、張文環、巫永福、徐清吉、莊培初、王登山、郭水潭、王碧蕉、林芳年等。
	12 月	為維持鹽分地帶成員的經濟與維繫同志團結，與徐清吉、陳清汗、黃庚申、葉向榮、李自尺、楊助共同創立佳里油肥製造株式會社，並擔任理事。
1942 年 （昭和 17 年）	2 月	日文〈飛蕃墓〉以筆名大道兆行發表於《臺灣文學》第 2 卷第 1 號。
	3 月	27 日，妻子毛雪過世。 日文詩作〈心靈的偷盜者〉發表於《臺灣文學》第 2 卷第 2 號。
	4 月	日文〈佳里隨想〉以筆名大道兆行發表於《臺灣藝術》第 3 卷第 4 號。
	7 月	15 日，赴臺北參加「臺灣文藝家協會」總會，探討重新改組事由，會中被推舉為臺南州地方理事。與會者有矢野峰人、張文環、呂赫若、楊逵、龍瑛宗、中山侑、西川滿、黃得時等。 日文〈續飛蕃墓〉以筆名大道兆行發表於《民俗臺灣》第 2 卷第 7 號。 日文〈亡妻記——逝去青春的日記〉發表於《臺灣文學》

第 2 卷第 3 號。

8 月　日文〈「歐汪」地誌考〉發表於《民俗臺灣》第 2 卷第 8 號。

10 月　日文〈亡妻記——在世時的回憶〉發表於《臺灣文學》第 2 卷第 4 號。

11 月　日文〈帶双妻〉以筆名大道兆行發表於《民俗臺灣》第 2 卷第 11 號。

日文詩作〈獻給恩師〉發表於《南瀛會誌》第 5 期。

12 月　27 日,創作日文詩作〈天文與人文〉。

將小雅園原木造病房改建為「琲琅山房」,以紀念亡妻,並自號「琲琅山人」。

1943 年
（昭和 18 年）

1 月　日文詩作〈旅愁〉發表於《臺灣文學》第 3 卷第 1 號。

3 月　與郡守五藤氏等成立俳句會「白柚吟社」,並自命俳號「無覺」。

4 月　19 日,日文〈思師の思ひで〉發表於《興南新聞》第 4 版。

漢詩〈琲琅山房回想〉發表於《臺灣文學》第 3 卷第 2 號。

日文〈民間藥百種〉發表於《民俗臺灣》第 3 卷第 4 號。

5 月　24 日,日文〈好文章‧壞文章〉發表於《興南新聞》第 4 版。

6 月　10 日,與蘇新等人成立「北門郡養兔組合」。

7 月　1～7 日,整理詩稿,集為「震瀛詩集」。

25 日,與林榮樑（林英良）於北門神社舉行婚禮。

8 月　16 日,日文〈文化戰線的大豐收——讀《臺灣文學》秋季號〉發表於《興南新聞》文藝欄。

10 月　20 日,創作日文〈秋夜閑談〉、〈未寄出的信〉。

	11 月	13 日，出席「臺灣文學奉公會」於臺北市公會堂舉辦的「臺灣決戰文學會議」，與會者有西川滿、濱田隼雄、河野慶彥、龍瑛宗、張文環、楊逵、周金波、陳火泉、黃得時、張星建、呂赫若等。為配合戰爭局勢，會中決定合併文藝雜誌。臺灣文學奉公會後發行《臺灣文藝》，成為文藝雜誌統合後的刊物。 日文〈媳婦仔螺〉發表於《民俗臺灣》第 3 卷第 11 號。
	12 月	6 日，日文詩作〈獻給大東亞戰爭〉發表於《興南新聞》第 2 版。
1944 年 （昭和 19 年）	1 月	6 日，創作日文〈精神的負債〉。
	2 月	22 日，創作日文〈地理的斷想片片々〉。
	4 月	25 日，創作日文〈推進行〉。
	6 月	16 日，四子吳夏雄出生。 日文〈從軍文士の決意〉發表於《臺灣文藝》（臺灣文學奉公會）第 1 卷第 2 號。
	8 月	日文〈私の內臺生活の交流〉發表於《民俗臺灣》第 4 卷第 8 號。
	9 月	2 日，創作日文〈町の日記鈔〉。 整理父親吳萱草詩作，集為「忘憂洞天詩稿」。 日文〈猿談議二十題〉以筆名大道公發表於《民俗臺灣》第 4 卷第 9 號。
	11 月	日文〈蕭壠社剿姓邱故事〉發表於《民俗臺灣》第 4 卷第 11 號。
1945 年	5 月	佳里開始遭受美軍轟炸，災情嚴重，但決定不遷徙。
	8 月	16 日，日軍投降翌日，改以漢文書寫日記。 21 日，參與蘇新籌組之「三民主義青年團」。 27 日，擔任國民政府歡迎籌備會副委員長及北門郡治安

		維持會之副會長。
	9月	8日，創作詩作〈祖國軍歡迎歌〉。
	10月	13日，任「三民主義青年團直屬臺灣區團臺南分團北門區隊」聯合辦事處主任。
		28日，任「三民主義青年團佳里區」隊長。
	12月	任「北門郡自治協會」理事長。
1946年	3月	10日，當選「臺南縣醫師公會北門區分會」主任。
		24日，當選臺南縣參議會議員。
	4月	15日，競選省參議會參議員落敗。
	6月	25日，為佳里國小作校歌。
	9月	13日，五子吳夏統出生。
		〈文化在農村〉發表於《臺灣文化》創刊號。
	10月	22日，競選佳里鎮長落敗。
	11月	詩作〈颱風〉發表於《臺灣文化》第1卷第2期。
	12月	詩作〈故鄉的回憶〉、〈霧社出草歌〉（山歌調、臺灣語音）發表於《臺灣文化》第1卷第3期。
1947年	3月	10日，當選「二二八事件處理委員會北門區支會」主席委員。
		13日，因「二二八事件處理委員會」遭誣告有叛亂之嫌，遭政府羈押，隨即釋放。次日開始逃亡，匿居友人黃騰家中，期間創作詩作〈讀《洪水》後〉抒發對二二八事件的沉痛心情。
	4月	9日，父親吳萱草遭誣告於二二八事件中隱匿匪罪，被拘捕。
		24日，考量家人安危，向臺南市警察局辦理出面自新。
	5月	2日，再遭羈押。在獄中作多首漢詩抒發心情。
	6月	20日警備司令彭孟緝核發「盲從附和被迫參加暴動分子

自新證」，於次日獲釋。父親吳萱草於 9 月 9 日改判無罪後獲釋。

7 月　詩作〈故地〉發表於《臺灣文化》第 2 卷第 4 期。

11 月　7〜20 日，赴臺南縣各地為吳三連競選國大代表助選。

12 月　參加中國國民黨臺南縣黨部成立典禮，當選執行委員。

1948 年　2 月　開始撰寫自傳，記錄前半生與當前環境之變化。

6 月　30 日，六子吳夏平出生。

7 月　7 日，「震瀛自傳」完稿，自謂「一生最大的作品」。

12 月　當選省地方自治協會臺南縣分會後補理事。

1949 年　9 月　漢詩〈夏夕〉發表於《進步論壇》第 1 卷第 2 期。

11 月　16 日，發現罹患高血壓。

1950 年　3 月　1 日，叔父吳丙丁因高血壓過世。

5 月　6 日，參加臺南縣議會全省考察團活動。後作漢詩〈明潭行〉發表於《旁觀雜誌》創刊號。

1951 年　1 月　與父親吳萱草共同參選臺南縣第 1 屆縣議員，於第 3 選區中落選，吳萱草當選第 5 選區議員。

3 月　23 日，創作漢詩〈早晨聞鶯聲有感〉。

5 月　6 日，焚香昭告先祖，誓自此後進入人生另一靜養、避難階段，不再涉足政治。

31 日，創作漢詩〈謁鄭成功祠〉。

1952 年　3 月　創作漢詩〈臺南縣歌〉。

4 月　以「震瀛自傳」為藍本，完成「此時此地」上冊稿。

8 月　28 日，創作詩作〈夜車中〉。

10 月　完成「此時此地」下冊稿。

11 月　任臺南縣文獻委員會委員，兼編纂組組長，召集縣內人士著手修纂「臺南縣志」。此後每周上班 2 日，一日編務，一日採訪。

1953 年	3 月	主編《南瀛文獻》創刊，〈郁永河時代的臺南縣〉、〈採訪記（第一期）〉，漢詩〈琑琅山房詩稿〉（即〈臺南縣歌〉修改）發表於該期。
	8 月	28 日，創作漢詩〈避暑行〉。
	9 月	〈南部臺灣的聚落型態（上）〉、〈採訪記（第二期）〉發表於《南瀛文獻》第 1 卷第 2 期。
	12 月	〈飛蕃墓與阿立祖〉、〈南部臺灣的聚落型態（下）〉、〈採訪記（第三期）〉、〈施琅列傳補遺〉，童謠〈姨仔姑〉（筆名兆行）發表於《南瀛文獻》第 1 卷第 3、4 期合刊。
1954 年	5 月	28 日，應邀出席臺北市文獻委員會主辦「北部新文學・新劇運動座談會」，與會者有廖漢臣、吳瀛濤、吳濁流、王白淵、王詩琅、陳鏡波、陳君玉、溫連卿、龍瑛宗、楊雲萍、黃得時、郭水潭等。座談紀錄後刊於《臺北文物》第 3 卷第 2 期。
	8 月	完成臺南全縣 31 鄉鎮採訪工作。 〈鹽分地帶的回顧〉以筆名琑琅山房主人發表於《臺北文物》第 3 卷第 2 期。
	9 月	〈漚汪地誌考〉、〈南縣地名沿革總論〉、〈青峰關與青鯤鯓〉、〈採訪記（第四期）〉發表於《南瀛文獻》第 2 卷第 1、2 期合刊。
	10 月	9 日，因臺灣共產黨人李鹿被捕案牽連入獄，於次年 2 月 14 日獲釋。其間創作漢詩〈家夢〉、〈獄中過生誕〉、〈我愛臺灣〉。
1955 年	6 月	〈南鯤鯓廟誌〉、〈臺南縣寺廟神雜考〉、〈北投阿立祖新居落成〉（筆名吳夢鶴）、〈新港社的荷蘭教堂圖〉、〈採訪記（第五期）〉發表於《南瀛文獻》第 2 卷第 3、4 期合刊。
	12 月	〈本縣語言系統及平埔族系統〉、〈清代本縣名官略傳〉

（筆名吳夢鶴）、〈「青峰闕」再考〉、〈《斯庵詩集跋》〉（筆名珣琅山房主人）發表於《南瀛文獻》第 3 卷第 1、2 期合刊。

1956 年	6 月	〈採訪記（第六期）〉、〈顏思齊與洲仔尾〉（筆名珣琅山人）、〈本卷出土的石劍〉發表於《南瀛文獻》第 3 卷第 3、4 期合刊。
	12 月	〈採訪記（第七期）〉發表於《南瀛文獻》第 4 卷上期。
1957 年	4 月	任吳三連競選第三屆臨時省議會議員辦事處副幕僚長。
1958 年	2 月	開始發表「珣琅山房隨筆」系列文章於《臺灣醫界》，後輯為《珣琅山房隨筆》。
	6 月	〈採訪記（第八期）〉、〈臺南縣志稿纂修後記〉，詩作〈霧社出草歌〉，發表於《南瀛文獻》第 4 卷下期。
	8 月	編輯父親吳萱草《忘憂洞天詩集》「上卷」，由臺南珣琅山房發行，自謂「有生以來第一本的書」。「下卷」於 11 月發行，「續卷」於次年 5 月發行。
1959 年	3 月	〈南瀛隨想〉（筆名珣琅山人）、〈採訪記（第九期）〉發表於《南瀛文獻》第 5 卷合刊。
	9 月	17 日，創作詩作〈自你去後〉、〈中秋夜〉。
	12 月	〈採訪記（第十期）〉、〈地理上的酷似與顛倒〉（筆名珣琅山人），發表於《南瀛文獻》第 6 卷合刊。
1960 年	4 月	17 日，父親吳萱草過世。
	5 月	編輯《鄭靜夫詩集》，由作者自費出版。
	6 月	《臺南縣志稿》13 冊編修完成，由臺南臺南縣文獻委員會出版。因縣政府經費不足，至 1965 年出版完畢。
	8 月	「佳里醫院」結束營業，另租屋臺南佳里中山路，與 3 名同業合開「新生聯合醫院」，擔任院長兼內科主任，為佳里第一間綜合醫院。

	10 月	13 日,創作詩作〈清淚〉。
1961 年	12 月	〈採訪記(第十一期)〉發表於《南瀛文獻》第 7 卷合刊。
1962 年	11 月	12 日,為紀念 56 歲壽誕及開業 30 周年,作〈三十年來〉紀念之;「鯤瀛詩社」於臺南佳里金唐殿成立,擔任會長一職,會後於小雅園舉行擊缽大會。
	12 月	〈國聖港地名小考〉、〈採訪記(第十二期)〉,〈吊林春水先生〉(筆名琱琅山人)發表於《南瀛文獻》第 8 卷合刊。
1963 年	3 月	編纂《佳里鎮金唐殿善行寺沿革誌》,由臺南金唐殿董事發行。
	11 月	結束「新生聯合醫院」事業合作,另購位於佳里新生路原「樂春樓」地點,重新建醫院獨立經營。並以拆除之日式屋舊材,於「琱琅山房」之左側增建「世外居」,自號「世外居士」。
	12 月	24 日,開始撰寫「震瀛回憶錄」。
1964 年	4 月	〈續狗故事〉發表於《臺灣文藝》(臺灣文藝雜誌社)創刊號。
	6 月	〈採訪記(第十三期)〉發表於《南瀛文獻》第 9 卷合刊。
	9 月	應吳濁流之邀,擔任「臺灣文學獎」評選委員,委員包括林海音、鍾肇政、龍瑛宗、王詩琅、江肖梅、張深切、張文環、李君晰、葉榮鐘。
	12 月	17 日,因黃得時夫人逝世,有感於先室毛雪亦早逝,遂作漢詩〈和韻慰黃得時先生悼亡詩四首〉相贈。
	11 月	心臟不適,於臺大醫院進行治療。
1965 年	2 月	〈新詩與我〉發表於《笠》第 5 期。

	6 月	〈採訪記（第十四期）〉、〈「石故本會顧問暘睢先生紀念特輯」跋〉發表於《南瀛文獻》第 10 卷合刊。
	10 月	〈井泉兄與山水亭〉發表於《臺灣文藝》第 9 期。
1966 年	4 月	〈《金唐殿善行寺沿革誌》序〉、〈《鄭靜夫詩集》跋〉、〈《臺南縣市寺廟大觀》序〉、〈採訪記（第十五期）〉發表於《南瀛文獻》第 11 卷合刊。
	10 月	心臟不適，於臺南醫院進行治療。
	11 月	12 日，《震瀛隨想錄》由臺南琍琅山房發行，此為生前唯一出版之自選集；以「鯤瀛詩社」副會長身分主持雲嘉南四縣市聯吟會。
	12 月	〈陳紹馨同學的回憶〉發表於《臺灣風物》第 16 卷第 6 期。
1967 年	3 月	25 日，應邀出席臺南縣陳氏宗親會於佳里主辦之祭祖大典，並發表專題演講〈我所知道的陳姓兩三事〉，為生前最後一次演講。 26 日，北上參加臺灣省醫師公會年會，並連任監事。 27 日，拜訪吳瀛濤商討「震瀛詩集」翻譯事由，擬由自譯為佳；晚間出席友人黃寄珍賀宴結束後心疾猝發，病逝於臺北，恰與前妻忌日同。
	4 月	9 日，家屬於佳里鎮中山堂舉行追悼會。 《臺灣風物》第 17 卷第 2 期推出「故吳新榮先生紀念文集」。
	6 月	〈南鯤鯓廟代天府沿革誌〉、〈採訪記（第十六期）〉刊載於《南瀛文獻》第 12 卷合刊。 《臺灣風物》第 17 卷第 3 期推出「故吳新榮先生紀念文續集」。
1968 年	8 月	《南瀛文獻》第 13 卷合刊推出「本會吳故編纂組長新榮

先生紀念特輯」。

1977 年	3 月	《震瀛採訪錄》、《震瀛回憶錄》、《震瀛追思錄》由臺南珝琅山房發行。三書各印製 200 本贈送親友。

《大學雜誌》第 105 期推出「吳新榮先生逝世十週年專輯」。

4 月　《夏潮雜誌》第 2 卷第 4 期推出「吳新榮先生逝世十週年輯」。

9 月　鄭喜夫編纂《吳新榮先生年譜初稿》，由臺南珝琅山房發行。

1978 年　1 月　吳南圖、張良澤編《南臺灣風土志》，由彰化秀山閣發行。

1981 年　4 月　《震瀛採訪錄》，由臺南臺南縣民政局出版。

10 月　張良澤主編《吳新榮全集》（共 8 卷），由臺北遠景出版公司出版。

1989 年　7 月　《吳新榮回憶錄》由臺北前衛出版社出版。

1997 年　3 月　15 日，由臺南縣政府文化局於佳里活動中心主辦之「臺灣文學好年冬——吳新榮文學作品研討會」，與會者有葉石濤、葉笛、巫永福、陳芳明、陳千武、林瑞明、陳唐山、吳南圖等。

16 日，臺南縣政府於佳里中山公園設立「吳新榮紀念銅像」與紀念碑文，於其逝世 30 周年紀念前夕揭幕，與會者有陳唐山、葉佳雄、莊柏林、王金河、巫永福、葉石濤、山本修及吳新榮家屬。

呂興昌、黃勁連編訂《吳新榮選集》（共 3 冊），由臺南臺南縣立文化中心出版。

1999 年　6 月　施懿琳《吳新榮傳》，由南投臺灣省文獻委員會出版。

2005 年　12 月　《鹽分地帶文學》創刊號推出「吳新榮特別專輯」。

林慧姁《吳新榮研究———個臺灣知識份子的精神歷程》，由臺南縣政府出版。

2007 年	11 月	10 日，張良澤主編《吳新榮日記全集》1、2 冊，由臺南國立台灣文學館出版。新書發表會於臺北國賓飯店舉辦，與會者有陳水扁、張良澤、向陽、陳萬益、鄭邦鎮、林瑞明、吳南圖等。3～11 冊於 2008 年 6 月出版。
		12 日，吳南圖、張良澤主編《吳新榮先生百歲冥誕紀念集》，由彰化秀山閣出版。
2012 年	5 月	《臺江臺語文學季刊》第 2 期推出「故鄉的輓歌——吳新榮文學專題」。
2013 年	10 月	13 日，由黃俞嘉編導之舞臺劇《故里與春之祭——作家吳新榮》，於臺南佳里「蕭壠文化區」演出。
2014 年	10 月	26 日，由黃俞嘉編導之舞臺劇《故里與春之祭——作家吳新榮》第 2 集，於臺南佳里「蕭壠文化區」演出。

參考資料：

・鄭喜夫，《吳新榮先生年譜初稿》，臺南：琊琅山房，1977 年 9 月。

・施懿琳，《吳新榮傳》，南投：臺灣省文獻委員會，1999 年 6 月。

・林慧姁，〈吳新榮先生年表（1907～1967）〉，《吳新榮研究———個臺灣知識份子的精神歷程》，臺南：臺南縣文化局，2005 年 12 月。

・張良澤總編，《吳新榮日記全集》（11 卷），臺南：國立台灣文學館，2007 年 11 月、2008 年 6 月。

輯三◎
研究綜述

吳新榮研究綜述

◎施懿琳

　　吳新榮（1907～1967）為鹽分地區的醫生詩人兼散文家，一生熱愛文學，對南臺灣的歷史文獻考察與方志編纂亦頗具貢獻。吳新榮 1967 年 3 月北上開會，遽逝於臺北旅次，引發文壇的震驚與不捨。是年 4 月《臺灣風物》第 17 卷第 2 期推出紀念專刊，追懷吳新榮的生平事跡，哲嗣吳南圖的〈爸！你永在〉以家屬身分道出永恆的懷思，文友李騰嶽則發表〈痛失一位道同志合的朋友〉、徐千田〈悼吳新榮先生〉、王昶雄〈悼念琑琅山房主人〉、王詩琅（一剛）〈故吳新榮先生簡歷〉、盧嘉興〈悼南縣文獻指導者吳新榮先生〉、陳少廷〈敬悼吳新榮先生——並記吳新榮先生最後一個演講〉；此外，鹽分地區文友林芳年則有〈悼文化志士吳新榮〉、郭水潭有〈談「鹽分地帶」悼吳新榮〉先後發表於《自立晚報》，這是文壇與學界對吳新榮生平與文學的第一次回顧。

　　1977 年 3 月，吳新榮先生哲嗣吳南圖編纂並出版《震瀛追思錄》，此為吳新榮逝世 10 周年紀念文集，因為有足夠的時間從容準備，這一次的紀念文章，不只收錄吳新榮過世十年間陸續發表的 16 篇紀念文章，更全面性地邀請吳新榮的文友從不同的面向勾勒描述吳新榮其人其事，包括：鄭國滇〈才高人善——回憶吳新榮君生前不尋常的事〉、李步雲〈新榮先生與南瀛詩社〉、洪冰如〈追憶畏友吳史民兄〉、李君晰〈新榮兄的養兔事業〉、楊雲萍〈琑琅山房之春〉、楊逵〈三個臭皮匠〉、徐清吉〈追懷知友〉、黃得時〈醫術・文學・鄉史・吟詠——屹立的燈塔，多彩多姿的一生〉、林芳年〈吳新榮評傳〉、池田敏雄〈亡友記——吳新榮兄追憶錄〉、陳秀喜〈我們

的心聲〉、陳千武〈熱情詩人〉、陳日三〈跟吳新榮先生蒐集俚諺〉等 39
篇，這些文章更清楚地突顯了吳新榮在文學、史學、民俗、醫療的成就，
而他的為人與性格特質也鮮明地展現於其間。本資料彙編，選錄了吳新榮
文學知音黃得時的〈醫術・文學・鄉史・吟詠──屹立的燈塔，多彩多姿
的一生〉，與對鹽分地帶文人群具全面性理解的林芳年的〈吳新榮評傳〉。
黃文追憶了幾件至今猶為文學界津津樂道的往事：第一是 1941 年以「山水
亭」王井泉為首，偕同陳逸松、張文環、巫永福和黃得時等「臺灣文學
社」同仁往訪鹽分地帶作家：吳新榮、郭水潭、莊培初、徐清吉、王登
山、王碧蕉、林豐（芳）年、黃清澤、陳穿，會面的地點就在吳新榮的小
雅園，是日午餐後，五位訪客分別題字紀念：王井泉大大的題了個「誠」
字，黃得時寫了「花落家僮未掃，鳥啼山客猶眠」的對聯，張文環寫的是
「德不孤，必有鄰」，巫永福則寫了「苦節」二字，這些墨寶目前已成為
臺灣文學珍貴的文物；由於這次的來訪，此後鹽分地帶文人只要有作品大
多寄往《臺灣文學》雜誌，是一次相當重要的文學結盟。黃文提到的第二
件重要的事是 1942 年 3 月吳新榮妻子雪芬的遽逝，使得中年喪偶的他傷痛
異常，不久，吳新榮寫了〈亡妻記〉寄到「臺灣文學社」發表，該記共分
兩部，前部為「逝去之春」，從雪芬去世那天寫起，細述心裡的痛苦不
捨，整整寫了一個月的日記；後部為「回憶當年」，敘述兩人相識到結婚
的甜蜜回憶。「其纏綿悱惻的情感和娓娓道來的筆致，令臺灣文學社的同
仁不忍卒讀，莫不為其真心而傷痛。大家都認為這是臺灣文學有史以來，
最精彩、最出色的日記文學，尤其我認為可以媲美沈復的《浮生六
記》……」黃得時這段評語相當中肯，為吳新榮的〈亡妻記〉在臺灣文學
史標記了重要的位置。至於林芳年的〈吳新榮評傳〉，則以「鹽分地帶同
仁」的身分，在吳新榮過世之後，近距離地勾勒、描寫一位令人尊崇的
「儒者」形象。文中提到文學領導者吳新榮過人之處在於，他把夫人香閨
開放給鹽分地帶同人做為聊天、研究、討論問題的場所，同人們經常於下
班之後來此聚會，「認為這種會晤是天堂的聚合」，鹽分地帶之所以會形

成具有高度創作能量的文人群，與吳新榮開明地開放文學討論園地絕對有密切的關係。除了文友之外，這本厚達 330 頁的《震瀛追思錄》也收錄了「家族的感恩」，包括：毛雪芬〈御希望を喜んで實行します〉、吳林英良〈未能投函的信——給幽冥之夫〉、吳南星〈父親的生平軼事〉、翁吳朱里〈親情〉、吳南河〈爸，請聽我傾訴〉、吳南圖〈爸！您永在〉、魏吳亞姬〈盼望南下的火車〉、吳夏雄〈失落的春天〉、吳夏統〈美麗家園〉、吳夏平〈抱我！吻我〉等 16 篇。可以視為吳新榮逝世後第一次全面而完備的追思文集。由於吳南圖先生的積極推動，邀請多位與吳新榮關係密且的年長者，以他們與吳新榮互動的親身經驗，寫出當事人深刻的記憶，這對往後有關吳新榮的研究，幫助頗大。這一年（1977）年譜編纂專家鄭喜夫的《吳新榮先生年譜初稿》由臺南「琅琅山房」編印出版，此書依據吳新榮日記與自傳等資料撰寫而成，為後來編寫吳新榮年譜奠定良好的基礎。

在作品集方面，吳新榮生前文唯一出版的只有 1966 年自行出版的《震瀛隨想錄》。1977 年為紀念吳新榮逝世十週年，哲嗣吳南圖除前述的《震瀛追思錄》之外，又自行出版了《震瀛採訪錄》、《震瀛回憶錄》（臺南琅琅山房），這是早期出版的吳新榮作品集。1981 年張良澤主編的《吳新榮全集》8 卷，由遠景出版社出版，是一次較全面的呈現；1989 年前衛出版社出版《吳新榮回憶錄——清白交代的臺灣人家族史》、1997 年臺南縣文化局委託呂興昌、黃勁連再編訂《吳新榮選集》3 冊。2007 年張良澤總編纂《吳新榮日記全集》11 冊，由國立臺灣文學館出版：同年張良澤、吳南圖合編《吳新榮先生百歲冥誕紀念集》（秀山閣出版），作為《吳新榮日記全集》出版的特輯。至此，吳新榮先生的作品已然有著全面的呈現。在陸續編輯出版吳新榮作品集的過程中，有多位研究者運用了上述資料，加上前往佳里訪問吳新榮家屬，或直接到吳三連基金會查閱吳新榮手稿，在吳新榮過世後的四十多年間，陸續有四百多筆相關研究資料，一直到今年（2014）持續有亮眼的成果。

以下分 1970～1989 年、1990～2006 年、2007 年以後至今三個階段，

說明四十多年來有關吳新榮的研究概況：

1. 1970～1989 年

　　這階段主要由關心本土的作者或學者撰寫有關吳新榮的研究論文，除投注最多精神的張良澤之外，羊子喬、龔顯宗、黃武忠、莫渝、王曉波、陳芳明等都已加入述評的行列。不過，基本上這階段所寫多屬較簡單且概略式的討論，尚未能深入探討吳新榮作品所呈現的諸多面向。

2. 1990～2006 年

　　1990 年之後，吳新榮的研究逐漸進入深入探索期。1994 年 7 月陳芳明發表〈臺灣左翼詩學的掌旗者──吳新榮作品試論〉（南臺灣文學景觀──作家與土地研討會）、同年 11 月呂興昌發表〈吳新榮「震瀛詩集」初探〉（賴和及其同時代的作家：日據時期臺灣文學國際學術會議論文），兩學者同時關注到了吳新榮文學創作中最具特色的「詩」。陳芳明以「左翼詩人」為吳新榮的詩學做定位，而呂興昌則透過地毯式的搜索，在一般研究者所認知的 30 多首之外，再進行增補，而後從華語、日語、臺語不同的語言使用方式探討吳新榮「詩」的特色。其後，陳芳明再度發表〈吳新榮的左翼詩學──臺灣新文學運動的一個轉折〉（臺灣文學研討會，1995）、〈吳新榮：左翼詩學的旗手〉（收入《左翼臺灣：殖民地文學運動史論》，麥田：1998）便參考了呂興昌增補的吳新榮詩。於是，「左翼」、「多語言」遂成了吳新榮詩的主要特色。本資料彙編收錄了呂、陳兩位學者之作。呂興昌〈吳新榮「震瀛詩集」初探〉透過吳新榮自述性的文章〈新詩與我〉、1943年日記，以及 1967 年 3 月 3 日致吳瀛濤書信，比對吳三連基金會所藏「震瀛詩集」、「吳新榮詩文稿」，並增補 1930 年代發表於《南瀛》、《臺灣文藝》雜誌以及日記本中未發表的詩作，共計 89 篇。就語言形式分，有日文詩 60 篇、漢詩 15 篇、臺語詩 7 篇、華語詩 6 篇、日本俳句一題數首。而後從三方面進行討論：1.首先是「臺語詩」，呂興昌認為吳氏這類作品讀來雖顯晦澀，這在臺語尚未完成文字化的日治時期，相當常見；因此，從臺語文學的角度來看，吳新榮的臺語詩仍有其史料上的價值。2.關於「左翼

詩觀」，在陳芳明 1994 年發表的論文之外，再補充若干資料，印證吳氏確有「社會主義的信念」。3.「對戰爭體制的反應」，以 1943 年 12 月吳新榮的〈獻給大東亞戰爭〉一詩為主，加以討論，此詩看似呼應當局戰爭體制，但細讀全詩卻可發現這是作者的「障眼法」，真正的重點在詩的前二段：第一段透過地理位置的對照，點出臺灣為東亞中心，第二段則把臺灣放在整個世界的視野來觀照，此時臺灣真正成為世界的關口，未來充滿了希望與可能。呂文的討論角度，為閱讀日本殖民時代的臺灣文學提供一個具啟發性的方向。陳芳明的〈吳新榮：左翼詩學的旗手〉以 1994 年發表的論文為基礎，撰寫成《左翼臺灣：殖民地文學運動史論》一書的第八章，此文從「生命之鹽・土地之花」開篇，指出鹽分地帶成為臺灣文學史上的重鎮，與 1930 年代左翼詩人的努力有很大關係，對「鹽分地帶文學」做出定義並標舉其特色。其次談「左翼青年的文學道路」，探討吳新榮與左翼思潮的關係，探討吳新榮與左翼思潮的關係，明確地指出必須從「具社會主義信念的左翼青年」這個觀點來看吳新榮的詩，才能看得更為真切。第三部分「弱小民族的聲音」將焦點集中在吳新榮的新詩，認為他「關懷弱者、批判強權，與 1930 年代世界左翼文學的精神主題毫無二致」。第四部分「鹽分地帶的本土意識」，強調吳新榮不是空幻的左翼運動者，他的醫學信念與政治信念以及文學信念是彼此相結合的，因此他所領導的鹽分地帶文學作家都同樣地關心社會大眾、落實土地，強調地方性觀點，並且對於強權壓迫絕不保持沉默。陳芳明特別推崇吳新榮的〈故鄉與春祭〉，認為由三首短詩構成的組曲是說服力極強的雄辯。

　　在學位論文方面，1990 年代中期開始有多位研究生投入以「吳新榮」為主題的探討。最早進行研究的是林慧姃，她在林瑞明指導之下，以〈吳新榮研究———一個臺灣知識份子的精神歷程〉為題（東海史研碩論，1995），全面性的探索吳新榮的生平、作品，從中掌握其精神歷程的發展。完成論文之後，林慧姃又發表了單篇論文〈吳新榮的精神歷程———早期萌芽階段〉（《新生代臺灣文學研究的面向論文集》，1995）、〈論吳新榮的精神

歷程——以文學創作為中心〉（臺灣文學研討會，1995），後者經林慧姃改寫後，收入本資料彙編，代表學術界新生代投入吳新榮研究的最初面貌。此論文透過吳新榮的各類創作（詩歌、隨筆、采風錄），探究其各階段生命歷程的精神表徵。全文共分四個階段探討：1.民族精神的萌芽期（從幼年到金川中學時代）、2.對社會主義的憧憬（東京醫專留學時期）、3.立足鄉土的臺灣文學魂（留日歸臺到戰爭末期）、4.挫敗後的依歸（戰後至逝世）。林慧姃認為從吳新榮的文學創作，可看出其人道主義精神、對土地與人民的關愛、對極權統治的反抗與批判，以及透過文學大眾化的努力，普遍提升臺灣的文化水準。他的民俗采風，保存許多地方文獻，也頗具報導文學的功能。1990 年代，還有兩篇碩士論文，鄭雅黛〈冷澈的熱情者——吳新榮及其作品研究〉（中興中文所碩論，1998）、張雅惠〈日治時期的醫師與臺灣醫學人文——以蔣渭水、賴和、吳新榮為例〉，（北醫醫學研究所碩論，2000）。前者透過吳新榮成長環境、生命歷程，探究其社會主義思想之所以形成，同時論述吳新榮在東京留學時期、鹽分地帶時期，及戰後時期的文學理念。後者，則是蔣渭水、賴和、吳新榮三位醫生作家的比較研究，了解日本在殖民者統治下，北、中、南三個地區的文化精英如何透過社會參與、醫學專業以及文學書寫，實踐他們對時代的關懷。2001 年之後，研究生的學位論文，大多不再是專論吳新榮其人其作，而是以「參照性」的比較，進行探討。林秀蓉〈日治時期臺灣醫事作家及其作品研究——以蔣渭水、賴和、吳新榮、王昶雄、詹冰為主〉（高師國研所博論，2002），從「醫者與文人」的角度，探討蔣渭水、賴和、吳新榮、王昶雄以及詹冰，五位作家之醫學教育、社會參與、文學歷程，以及作品主題與藝術成就，繼而勾勒出日治時期以來，臺灣醫事作家的社會關懷與文學面貌。王秀珠〈日治時期鹽分地帶詩作析論——以吳新榮、郭水潭、王登山為主〉（高師國研教學碩士，2005），則以「鹽分地帶作家群」的角度來探討這個文學團體的集體性格，並進一步比較吳新榮、郭水潭、王登山詩作的「共性」和「殊性」，及其對鹽分地帶文學的成就與影響。

在研討會論文方面，1997 年 3 月臺南縣立文化中心舉行「吳新榮文學作品研討會」，刺激了學界、文學界以更嚴謹的研究方法進行吳新榮作品的研究，當時有：葉石濤〈吳新榮文學的特色及其貢獻〉、葉笛〈論吳新榮先生的「詩」〉、陳千武〈論吳新榮先生的文學思想〉、林瑞明〈論吳新榮的「小說、隨筆、采風」〉、陳芳明〈吳新榮與日據時期的左翼文學〉等論文發表。史學家林瑞明開始關注吳新榮的「小說、隨筆、采風」，為吳新榮的研究開展新頁。這篇論文後來以〈人情練達即文章——吳新榮的小說、隨筆、采風〉，發表於《中國時報》（2002 年 12 月 16 日）也納入本資料彙編，此文強調「以醫職為正妻，以文學為情婦」的「吳神明」（地方上稱呼吳新榮之諧音），在忙於醫務之餘，能夠抓緊時間寫作，並留下豐富的創作，包括漢詩、新詩、文學批評、隨筆、回憶錄，並以臺南文獻委員會委員的身分，踏遍臺南縣的每一角落，留下《震瀛採訪錄》，並糾集了文獻委員們集體完成《臺南縣志稿》，這都是吳新榮留給臺灣的珍貴遺產，其影響力隨時間的推移更見重要性。

期刊論文方面，1997 年 12 月施懿琳有〈《琣琅山房隨筆》初探〉發表於《中正大學學報》第 8 卷第 1 期，針對吳新榮的「隨筆」做多面性的探討。此文在「詩人」吳新榮之外，討論「隨筆家」吳新榮的寫作特色。文中強調吳新榮的隨筆風貌有別於鹽分地帶詩學的陽剛、雄健、苦鬱，他在日治時期所寫的〈亡妻記〉表現了柔性、瑣碎書寫的風格，而戰後所寫的《琣琅山房隨筆》則充分地展現創作力的雄厚、想像力的豐富、學識的淵博以及罕為人知的幽默、機智。此文從醫者之言、病裡乾坤、鄉土臺灣、藝文天地、生活瑣事、人生態度六個面向談吳新榮隨筆的題材，而後又從 1.感受敏銳，聯想豐富、2.博學多聞，幽默善諷、3.善用諺語，雅俗共賞、4.多音交響，風味獨特，總說吳新榮隨筆的寫作特色。在吳新榮「隨筆」的研究上，有較細緻、全面性的分析。此文後來於 2000 年改題為〈吳新榮《琣琅山房隨筆》析論〉，收入作者所撰《跨語、漂泊、釘根：臺灣新文學論集》（春暉出版社，2000 年 6 月），亦收入本資料彙編。2002 年 6 月陳君

愷發表〈擺盪在「科學文明」與「文化暴君」之間──吳新榮的科學觀及
其實踐上的局限〉於《輔仁歷史學報》第 13 期。此文以微觀的角度討探吳
新榮這位受西方科學教育的醫生，如何在理想與現實之間游移擺盪。出身
臺灣社會的吳新榮一方面受傳統文化的薰陶，一方面又接受來自西方的科
學理性之洗禮，這使得他的「科學」具豐富的「人文取向」；也使得他的
「人文學」帶有「科學精神」。文中舉出許多吳新榮既尊重民間宗教與習
俗，也力求以科學態度觀察、了解乃至解構宗教的實例，來說明他的「人
文的科學觀」，也進一步從「戰鬥的醫學」與「抵抗的文學」來說明他「科
學的人文觀」。此文最具特色之處在於：作者仔細地從吳新榮的文章、日
記、親友的敘述裡觀察、分析，身為醫師，在面對臺灣社會存在著的強大
的「文化制約力」，亦即本文所謂的「文化暴君」時，吳新榮有了什麼樣的
回應和探索？他的態度透顯了什麼樣的義涵？其間呈現了什麼樣的心理衝
突、角色衝突乃至於文化衝突？其中反映了臺灣社會什麼樣的文化困境？
作者在此文中都有精采的討論，為吳新榮的研究展開另一個新的研究視
窗。

　　專書方面，1999 年施懿琳完成臺灣省文獻會委託撰寫的《吳新榮
傳》，此書參考吳三連臺灣史料基金會及吳新榮家屬典藏的手稿資料，細緻
地編織吳新榮的生命歷程，分述吳新榮的家世背景及青少年成長經驗、留
學日本時期、鹽分地帶時期、參與政治活動與地方議會、家庭生活與醫療
事業、文獻考察與方志的編纂、文學活動與成就。附錄 100 多張照片及
〈生平年表〉，透過口述訪談、原始文獻的掌握，以文以圖勾勒吳新榮一生
是這本書的最大特色。

　　2005 年由文建會、賴和文教基金會與玉山社費時五年，編寫完成與臺
灣相關的小說、詩歌、散文、戲劇等各類文學作品，集結成《國民文選》。
其中，陳萬益選編的「散文卷」收錄了吳新榮〈〈亡妻記〉（一）──逝去
的青春日記〉，林瑞明選編的「現代詩卷」則收錄了吳新榮的〈故里與春之
祭〉、〈思想〉、〈混亂期的煞尾〉三首詩，首次以貼近民眾的方式向社

會大眾介紹吳新榮的作品，頗具意義。

3. 2007～2014 年

2007 年張良澤總編纂《吳新榮日記全集》11 冊，由國立臺灣文學館出版；同年，張良澤、吳南圖合編《吳新榮先生百歲冥誕紀念集》（秀山閣出版），做為《吳新榮日記全集》出版的特輯，這次的出版為吳新榮研究推上另一個新的里程碑。《吳新榮先生百歲冥誕紀念集》，有吳南圖與張良澤的序，接著有吳新榮子嗣所寫的追思文章：吳南星〈父親的種種〉、吳黃雲嬌〈公公的身影〉、翁吳朱里〈爸爸，您知道嗎？〉、吳南河，郭昭美〈感恩與感懷——為出版父親《吳新榮先生日記全集》而寫〉、吳南圖〈緬懷小雅園〉、魏吳亞姬〈爸爸！我思念您！〉、吳夏雄〈生命中永遠的父親〉、吳夏統〈百歲冥誕追思先父——兼憶與父親兩次奇特的會面〉、魏汝珊〈瑣琅山房主人——我的外公百年紀念〉，本資料彙編收錄了吳南圖先生的〈緬懷小雅園〉作為家屬近距離地回憶吳新榮之代表。誠如吳南圖所說的：「打從 1933 在『小雅園』聚集了北門區鹽分地帶文學青年以來，歷經七十多年，越來越多的文人雅士知曉『鹽分地帶文學』，但似乎淡忘了文藝青年經常會集的『小雅園』。值此日記全集出版之時，讓我們重返詩人家園走一回。」在吳南圖先生引領之下，讀者更具體地聚焦於『小雅園』所在的地理位置，它周邊的景觀、空間的設置、園中的花果，更重要的是生活在其間的吳新榮一家日常生活的點點滴滴，親人的互動，文學、醫療與文獻考察活動的推展，生活中的悲歡憂喜……都在吳南圖的筆下鮮活地展現。紀念集裡，還收錄了多位協助《吳新榮日記全集》編校的學者、專家之作，包括詹評仁的〈吳新榮先生行誼〉、吳登神的〈我與吳新榮先生父子孫三代之友誼〉、潘元石的〈吳新榮先生的藏書票〉、胡紅波的〈自然令我想起《南臺灣風土記》——讀《吳新榮日記》有感〉、楊雅惠的〈天文與人文交響〉等28 篇。其中日本《八重山每日新聞》記者松田良孝所撰的〈由《吳新榮日記》看沖繩人的疏散經驗〉別具隻眼，從 1944 年及 1945 年吳新榮日記中，了解沖繩人在戰爭末期「疏散」到佳里的狀況，若不透過吳新榮日

記，不可能獲得如此詳細的訊息；也由此才知道佳里曾經作為沖繩人的「疏散地」。此外，松田也指出，從日記可清楚地看出包括佳里在內的北門郡戰災實況，受災者臺、日人皆有，吳新榮日記所留下來臺南州周邊戰災的實況，非常珍貴，是善用日記資料探討日治末臺灣社會實況的一個實例，因此將這篇文章收入資料彙編中。此外，「吳新榮研究資料彙編」還收錄了張良澤〈致　吳新榮先生（代序）〉。對吳新榮生平與作品投注最多心力的張良澤在編完《吳新榮日記全集》後，於《吳新榮先生百歲冥誕紀念集》的序文裡，娓娓細訴他與吳新榮作品的種種因緣，從 1970 年代起受家屬之託開始編纂「震瀛三錄」──《震瀛回憶錄》、《震瀛採訪錄》、《震瀛追思錄》，又於 1980 年代編輯《吳新榮全集》8 冊，為吳新榮研究提供了基礎性的材料。任教成大中文系時期，即已在吳南圖醫師協助下影印了 1933 年至 1967 年間的吳新榮日記，這些日記影本隨著他漂流到日本，又返回臺灣，等待了 30 年之後，終於有機會在文建會的支持下，進行整理、翻譯、注釋、出版。序文中，張良澤列出了吳新榮日記的重要性：日記記錄每天生活的瑣事，但是，瑣事連貫了 30 年之後，就成了重要的「史料」。尤其，吳新榮日記經歷了日治的繁榮期到戰爭期，轉到了戰後的動亂期、國民黨專制的苦悶期，足以作為臺灣變動最劇烈時代的證言。有意研究 1930 至 1960 年代臺灣個人史、家族史、文學史、政治史、社會史、經濟史乃至南瀛文獻史料，吳新榮日記都可以作為極重要的一手材料。張良澤也提及整理出版吳新榮日記的種種困難，包括：字體潦草不易辨識，日記內容涉及許多地名、人名、事件，須一一加以考證注釋；戰前世代的日文要忠實傳神地翻譯，頗為不亦；再加上為了趕在吳新榮百歲冥誕紀念出版的時間壓力……都使得張良澤煞費苦心。但，也因此倍覺這套日記出版的珍貴。

　　這階段持續有論文以吳新榮為研究對象，2007 年周華斌發表〈日治時期分地帶作家的短歌與俳句吟詠──以吳新榮、郭水潭、王登山及王碧蕉的作品為例〉，收在《臺灣作家的地理書寫與文學體驗》（國立臺灣文學

館），過去研究多以中譯後的新詩或散文為研究對象，周華斌此文在詩人錦連的協助下，探討了鹽分地帶四位作家的短歌與俳句，頗值得肯定。日本學者河原功於同年（2007）發表〈吳新榮之左翼意識──關於「吳新榮舊藏雜誌拔粹集（合訂本）」之考察〉（張文薰翻譯）刊於《臺灣文學研究集刊》第 4 期。作者在詳閱吳三連臺灣史料基金會收收藏 19 冊「吳新榮舊藏雜誌拔粹集」後，逐一解明吳新榮所剪輯的論文、報導記事、創作 860 篇，漫畫 59 頁，441 頁的照片中除 2 頁出處尚未得知外，其餘皆已知出處。這樣的考索，對解析吳新榮思想之來源有一定的貢獻。河原功將資料出處分為：內地留學期間（1925 年 10 月～1932 年 9 月）、歸臺時期（1932 年 9 月 1939 年 6 月）兩階段進行分析之後指出：吳新榮留日七年所訂閱、剪輯者，除《改造》、《中央公論》為綜合雜誌外，其餘皆為左翼雜誌，甚至連被禁止發行的刊物也運用種種管道購得，可見其對左翼思想之強烈。歸臺後，雜誌種類明顯變少，主要因為臺灣特有的「檢閱制度」之故。不過，剪貼簿中還是有透過特殊管道購得的雜誌，比如《文學案內》、《詩人》等普羅文學重要刊物，在當時臺灣書店是不可能發售的。從這 15 年間的剪報來觀察，可見吳新榮左翼思想的一貫性。河原功認為吳新榮剪貼簿以混亂、無秩序的方式裝訂，目的是為了混淆章篇之出處，以便從日本攜帶回臺灣；返臺之後，為避免左翼刊物一字排開，因此也用同樣的方式處理，這或許可以視為臺灣人吳新榮特有的抵抗手段吧？文末附錄了河原功編的吳三連臺灣史料研究中心所藏「吳新榮舊藏雜誌拔粹集（合訂本）出典一覽」多達 60 頁，是研究吳新榮思想極重要的資料。因篇幅所限，本資料彙編只收錄河原功的正文，附錄的部分有待讀者自行檢索。2009 年河原功又發表〈探求吳新榮的左翼思想──談「吳新榮舊藏雜誌拔粹集」與《吳新榮日記全集》〉（高坂嘉玲譯）於《臺灣文學評論》第 9 卷第 3 期，以前文為起點，進一步對吳新榮的著作與日記進行研究，以探索吳新榮左翼意識之成分及日治下臺灣知識分子之生存方式。

其後，陳偉智於 2009 年清華大學臺灣文學研究所主辦的「總力戰的文

化事情：殖民地後期韓國跟臺灣比較研究」國際學術工作坊會議，發表
〈戰爭、文化與世界史：從吳新榮〈獻給決戰〉一詩出發〉，此文透過對吳
新榮在 1943 年底於《興南新聞》 文藝欄「筆劍進軍」系列中，發表的
〈獻給決戰〉一詩的分析，討論「戰爭」與「文化」的關係，亦即決戰
期，臺灣的知識人對於「文化」議題的思考，以及所呈現的世界史歷史意
識。同年，林佛兒有〈紀念吳新榮文學塑像〉發表於《鹽分地帶文學》第
21 期、蔡惠甄有碩論〈鹽窩裡的靈魂──北門七子文學研究〉（佛光文學
所碩論，2009 年）承襲龔顯宗 1979 年提出「北門七子」之說，以鹽分地
帶文學為研究範圍，透過當地具指標精神的作家「北門七子」──吳新
榮、徐清吉、郭水潭、王登山、林芳年、莊培初、林清文七位作家的文學
歷程與文學作品特色，深入探析鹽分文學的特色。

　　2011 年「鹽分地帶文學學術研討會」有四篇與吳新榮相關的論文發
表，分別是曾馨霈的〈抒情敘事與民俗記述之混融──析論吳新榮〈亡妻
記〉〉、林慧婭的〈吳新榮民間故事采錄的認同意識和個人風格〉、陳瑜霞的
〈郭水潭與同期詩人的空間書寫──王白淵與吳新榮的旅日空間書〉、吳新
欽的〈吳新榮書法敘事中的鄉土認同〉，呈現不同的探討面向。在學位論文
方面，同年（2011）有陳祈伍的〈激越與戰慄：臺南地區的文化發展──
以龍瑛宗、葉石濤、吳新榮、莊松林為例（1937～1949）〉（文化大學史學
系博論）探討 1937 至 1949 年間，面對戰期到國府退守臺灣政治、社會、
文化遞變的時期，臺南地區文化活動的內容，同時觀察當時龍瑛宗、葉石
濤、吳新榮、莊松林四位知識分子，在面對時代轉變的回應與調適之道。

　　2007 年《吳新榮日記全集》出版以後，直接用日記內容來做為了解日
治時期臺灣文化精英生活樣態，最值得矚目的研究者當屬陳文松。他從
2012 年起，陸續發表數篇論文，相當精彩有趣：2012 年 11 月有〈日治時
期文化人日常生活中的「賭博」：吳新榮日記裡的麻雀物語〉發表於「日記
與社會生活史學術研討會」（臺北：中研院臺史所），這是一篇以吳新榮同
時代的人「打麻雀」的經驗為主題的論文，探討鹽分地帶集團、里門會集

團、臺南集團、南瀛集團、血統集團與吳新榮之間的活動，藉以了解吳新
榮在戰爭時期，所從事的娛樂和社交活動。以此文為基礎，陳文松於 2013
年發表了〈日記所見日治時期臺灣人的「打麻雀」──以吳新榮等人的經
驗為中心〉刊載於《成大歷史學報》第 45 期；今年（2014）又發表以吳新
榮為觀察核心的〈日治臺灣麻雀的流行、「流毒」及其對應〉於中研院臺史
所《臺灣史研究》第 21 卷第 1 期。此外，陳文松也在 2013 年中研院近史
所舉辦的「日記中的性別」工作坊，發表〈「看電影」活動中的娛樂、教養
與性別──吳新榮日記裡的「映畫物語」〉。本資料彙編收錄了陳文松的
〈日記所見日治時期臺灣人的「打麻雀」──以吳新榮等人的經驗為中
心〉，此文以吳新榮日記為主，輔以葉榮鐘日記以及尚未出版的吳萬成日
記，試圖了解日治時期「麻雀」在臺灣社會流行的狀況，尤其是知識菁
英，往往因著目的的不同而呈現面貌的差異。過去探討日治臺灣，多從
「反抗史觀」或「宏大敘述」的角度來論述，對於某些看似不起眼，或是
不值得一提的瑣事往往略而不談。陳文松認為這些稀鬆平常、瑣碎無關緊
要的瑣事，正是研究戰爭動員體制下臺灣社會與臺灣日常生活特質的必要
資料；而日記，則提供了細密的私生活細節，不同日記傳主對麻雀經驗的
差異，足以呈現殖民統治下臺灣人日常生活中，較為隱晦且不為人所知的
面向。由此可見歷史學者如何運用吳新榮日記作為史料，進一步去研究日
治至戰後臺灣知識精英的日常生活與休閒娛樂，進而由此探索日治時期豐
富多元的臺灣人心靈圖像，是一個非常值得開發的研究議題。

輯四◎
重要評論文章選刊

鹽分地帶的回顧

◎珝琅山房主人[*]

　　日前曾受臺北市文獻委員會之邀，參加過臺灣北部新文學及新劇運動的座談會。我們本來不是所謂北部的人，也未曾住過北部參加什麼運動。但想到臺灣北部尤其臺北市，過去也和現在一樣同是臺灣文化的中心，就是說臺北市的文化運動即是臺灣全部的文化運動。我們一方面想要明瞭當時運動的情形，一方面也想要會晤一些久闊的舊友，所以才歡喜地而且勉強地赴北參加了，嗣後回來不久，王詩琅兄又來函，要我寫什麼鹽分地帶的舊話。但我想，過去鹽分地帶的東西，都並不值一提的，而且佳里這地方性的問題，也和臺北市沒有關係，所以本不想寫了。但詩琅兄又來函說鹽分地帶文學亦為過去新文學運動的主要部分，說我們自應有所記錄以留後世。到這裡問題愈弄是愈大的，我們固然承認文人是有地域性的，但文學是沒有地域性。就是假使過去的鹽分地帶有什麼文學的話，這只是臺灣文學的一小部分，於是將小題大作起來，寫這一篇沒有甚麼文獻價值的小文，來塞此責。

　　回憶起來，已近二十年前的事情了，在佳里這地方有一個青年，他穿日本文官的制服，任職在北門郡的役所。他說一口很流利的日本話，時常為日人郡守做臺灣話的翻譯，而他一翻話來像雄辯，又像詩吟，使聽眾又歡喜又感激。這時候，他已是個所謂「島の詩人」（可譯為臺灣水準的詩人），他的作品也已發表在日人主辦的雜誌。這位貌秀靈敏的青年，名字為郭水潭，就是鹽分地帶要舉出的第一人。這位「島の詩人」的作風的特徵

---

[*]「珝琅山房主人」為吳新榮筆名。

是在擅用美麗辭句（例如〈棺に哭く日〉──《臺灣新民報》，1939 年），
而且浪漫（例如〈私は村の有力者である〉──《臺灣新文學》，第 1 卷第
3 號），但總不失為日文詩人的一高峰。還有一位和郭水潭有剛頸之交，而
同為高等科的同學，名為徐清吉，當時任瘧疾防遏所的職員。他不過是個
文學的愛好者，在鹽分地帶中並無什麼創作，但他在這裡卻是不可缺的一
人。因為他有一種粘性或油性的性格；粘性是有吸收及團結的作用，油性
是有圓滑及緩和的作用，這使他成為鹽分地帶公認的好人，而且最忠實的
一人。

　　在這時候（1932～1933 年），由日本回來一個青年醫師，他在佳里繼
他叔父之後，開了一所私立病院。他名為吳新榮，就是漢詩人吳萱草之長
男，但他並不受其父親的封建影響，而由日本帶回來一套新的文學理論。
他的性格沉默寡言甚至有驕傲之嫌，所以時人稱他為「大舅榮」，這和郭水
潭為「猿仔潭」徐清吉為「烏面吉」是個三幅對。就是說水潭的性格銳
敏，清吉圓滿，新榮傲慢，這三個人不知不覺之中，打成一片成為鹽分地
帶的基礎分子。因為他們都有不可分開的共同性格，就是有青年人的熱
情，有農民性的毅氣，有反功利的思想，有進取性的行動。吳新榮雖然驕
傲卻有此熱情，他自己雖說是「冷澈的熱情」，而此熱情驅使他做一個熱烈
的文化信徒。泰西有一個文豪說「醫生是他的本妻，文學是他的情婦」，他
常以此言自比，但又自恨先天缺才後天缺能。他寫的日文詩歌雖沒有水潭
那樣美麗漂亮，但卻也有他特有的樸素和深沉。

　　吳新榮以史民的筆名寫詩，以兆行的筆名寫文，有一篇〈生れ里と春
の祭〉（《臺灣文藝》，第 2 卷第 6 號），充滿著鄉土情調，因此有人稱他為
「鄉土詩人」（《臺灣文藝》，第 2 卷第 10 號），但他最怕他人叫他為詩人。
有一篇〈道路〉（《臺灣新民報》，1935 年），此詩中所預言的戰爭，不幸成
為事實，他的同志就稱他為「預言者」，但他也不喜歡這樣稱呼。他在《臺
灣文學》（第 2 卷第 3 號），寫一篇隨筆〈亡妻記〉筆調極為哀惋，有人稱
為臺灣的《浮生六記》（《臺灣文學》第 2 卷第 4 號），這樣一來，隨筆家也

許是他的本色吧。水潭以他在過去臺灣詩壇的聲譽，新榮以用正確的科學理論，牛耳著鹽分地帶，因之鹽分地帶又出了二位的新進，一為林精鏐，一為王登山。

　　林精鏐為書香世家的子弟，他的父親林泮為地方人士所尊敬的漢學者，他承受這遺傳，熱愛學問，也跟人寫文。他在鹽分地帶中是最多作的一人，但多作者常陷於亂作，這樣傾向也許是他當時年輕天真所致的。他在《臺灣新文學》（第 1 卷第 2 號）發表一篇〈原つばに煙突が見える〉，在次號的同誌被人批評為缺乏把握情象技術的認真態度，就是他未爭取更高的世界觀，未整理更深的思想。這他在《臺灣文學》（第 2 卷第 4 號）所寫的〈父〉一詩裡，自己也有承認著，他有天分使他大成，有條件能夠前進，可是自戰爭一起，就不見他的蹤跡了。王登山是最年少的一人，吳新榮曾為他做過冰人，介紹郭水潭之妹妹嫁他，這成為鹽分地帶的美談。王登山也是一個多作的人，作品未必圓熟高雅，但仍不失「鹽田詩人」之稱，其熱情和努力，在其作品中歷歷可見。可恨戰爭一來，不但奪卻了他的寫作環境，也破壞了他的生活基礎，聞他自光復後已走到南部某地方，做個工寮的同居人。

　　這個地方是濱海的鹽分地帶，當時日人官吏也有改良這樣土地的意志，而地方民眾也曾作過這樣的努力，現在已變成一片的美田了。這樣環境的變化，影響著農村的每一個青年，誰都朝氣蓬勃，想要為社會人群做些事情。鹽分地帶就是在這時候豎起旗幟，於是當時街庄役場以及信用組合的智識分子，都容易做文學的愛好者，同情者乃至支持者。所以鹽分地帶中，除前五個主要分子外，還有一群的青年做支持他們的構成分子，他們之中有地主的阿舍（少爺），也有從事工程的技師。他們喜歡他們的同志，發表在報紙雜誌的作品，他們批評如何用日本話寫日本文，在日本報紙發表以攻擊日本人的惡政。他們最初利用的就是《臺灣新聞》的文藝欄，這時候有人批評說在《臺灣新聞》發表過的鹽分地帶的詩集，最為拔群出眾，又有很好的傾向。（《臺灣文藝》，第 2 卷第 1 號）又有人期待這群

年輕的作家，在五年後十年後或十五年後，產生偉大的作品，(《臺灣文學》創刊號)。可惜現在已經過了十有二、三年了，不但不見偉大的作品，連過去活動的那些作家都消聲匿跡了。

後來「臺灣文藝聯盟」成立未幾，鹽分地帶就變為該聯盟支部之一。又「臺灣新文學社」成立時，他們也以新體詩編輯委員會的身分，參加該社的工作。最後啟文社發行《臺灣文學》的時候，他們也認定這是繼續臺灣文學運動的正統，即以全力支持它。這些報紙雜誌都是他們發表作品的舞臺，直到戰爭結束一切的文化運動被取消為止。鹽分地帶只是自然發生的小集團，這集團本身除相互間的友情之外，並無嚴密的組織或規約。這也就是說他們自變成「臺灣文藝聯盟」的支部以後，才納入整個臺灣的文化運動的系統。鹽分地帶雖然沒有留下什麼偉大的作品，可是卻有一點意外的收獲，這就是當時的文人墨客，都想像佳里是個詩人鄉。因之很少文人沒有來這裡巡禮過，假使他們不來的話，就好像他們缺了做文人的資格一樣。至於鹽分地帶的作品，因經過幾次的浩劫，現存的資料少得可憐，所以前面說過的也只是憑著記憶的加以記述而已。

——民國 43 年 6 月 24 日

——選自《臺北文物》第 3 卷第 2 期，1954 年 8 月

緬懷小雅園

◎吳南圖[*]

　　我的父親吳新榮雖然離開「小雅園」都已 40 年了！但是在我們家人心中總覺得他只是離家遠行。三不五時故鄉的友人都會捎來訊息；在文藝營、學術殿堂談到「鹽分地帶文學」時，總會提到他的名字、讚頌他的詩歌，好像他又翩然歸來。打從 1933 年在「小雅園」聚集了北門區鹽分地帶文學青年以來，歷經七十多年，越來越多的文人雅士知曉「鹽分地帶文學」，但似乎淡忘了文藝青年經常會集的「小雅園」。值此日記全集出版之時，讓我們重返詩人之家園走一回。

　　我的父親吳新榮 1907 年出生於臺南縣將軍鄉。1925 年負笈東瀛，1932 年底，父親由東京醫專學成歸臺，與母親毛雪芬結婚後定居佳里鎮，獻身醫療工作及文化活動達 35 年。戰前主導「鹽分地帶文學」與「臺灣文藝聯盟」接軌，這是他最意氣風發的年代。誠如施懿琳小姐在《吳新榮傳》所描述「他創作的詩篇，一貫關懷農村社會，表現人道精神，反抗極權政治與強加於殖民地的國家資本主義，維護正義追求公理」。1942 年所作〈亡妻記〉流露出他對亡妻真情的思慕，是篇淒婉憂傷的臺灣《浮生六記》。可惜創作天地亦隨著二次世界大戰戰局的緊張而被壓縮停頓。1943 年 7 月，父親續弦繼母林榮樑。從此揭開別有一番辛酸又歡樂的「小雅園」故事。

　　日記中時常提到的「小雅園」是父親畢生極力維護，而且讓我們兄弟終身眷念居住的家園。它位處佳里鎮中心，金唐殿及善行寺之南，為當年

---

[*]臺南佳里新生醫院副院長，為吳新榮三子。

佳里醫院（小雅園之東），現今新生醫院（小雅園之南）的後院。1933 年父親以我們的祖父吳萱草之別號「雅園」而命名為「小雅園」。它是以紅磚短垣（早年為木柵）圍繞約一萬平方呎的方形小林園。其主要建築為「琐琅山房」及「八角涼亭」。山房位小雅園之北，原本是木造病房，父親為紀念先母才名為「琐琅山房」，在這兒他以日文寫下〈亡妻記〉發表於當年的《臺灣文學》。此年 12 月整修完成，以便大部分家人由租賃的醫院房子搬來居住。佳里本是西拉雅族之一的原鄉，古稱「蕭壠」，「琐琅」為「蕭壠」之諧音，父親乃號稱「琐琅山房主人」。山房共有三間，西間為主臥室與書房，東間為小孩居域，中間本為父親的書房，1951 年後改為孩子的書房。此間的北面壁龕供奉著觀世音菩薩、彭祖等。其右供奉著先母遺像、神主牌。下面窗子兩側有一幅竹雕對聯「鐵肩擔道義」、「辣手著文章」。在山房正南約五十呎處有座八角型木造涼亭，靠東邊橫樑掛著一面古老的花樟木片仔，上面浮雕著──「小雅園」（先前懸掛在琐琅山房正門）。這座涼亭從東、西、南、北各下落三級階梯，以紅磚鋪成一公尺寬小道連接北邊的「琐琅山房」與東邊的「佳里醫院」。其他四面圍著木欄，中央有八角形磨石桌與圓形磨石凳，這是我們童年最常嬉戲的地方，夏日晴天時經常在此用餐或請客，亦是當年「鹽分地帶」文學青年與臺灣北、中、南文藝同好聚會場所。他們曾留下四冊的可貴陳年墨跡，現珍藏在國立臺灣文學館裡。

　　1947 年 10 月 19 日，父親出獄後，整修小雅園。於是山房之東北角闢為菜園、豬圈。山房與涼亭之間規劃為四塊花圃，各以桂花、樹蘭、黃梔、石榴（先父母於將軍結婚紀念植樹，此時移植於小雅園）為中心，栽種薔薇、瓊花、孤挺花、鳶尾花、茉莉、百合、日日春、扶桑、菊花、蘆薈、萱草（金針花）、化石草、變葉木及鴨拓草（木筆）。在夏天我們常在龍眼樹上黏蟬仔，蓮霧樹上捉金龜。父親為紀念先母毛雪芬而手植「毛柿」，每屆早秋，朱紅色帶毛的柿子結實累累，散發著淡淡幽香。涼亭向南處有一個爬滿藤蔓的株棚，大人可能意在觀賞，孩童卻興奮地貼近觀察它

的生態，希望早日吃到不再是酸澀的葡萄。三月裡柚子與文旦花開時總會滿園飄香，濃郁得叫人難忘。在番石榴、釋迦、楊桃、檸檬、桔子、棗子、芒果、木瓜等樹蔭下，不時穿梭遊走著火雞、番鴨、雞仔、山羊與忠犬。讓我們八個兄弟姊妹遊戲其間，扮家家酒、騎三輪車、水灌肚伯仔（tō-peh-á）、鬥蟋蟀、炕窯仔（khoǹg-ió-á 烤番薯）、打矸轆（phah-kān-lók 打陀螺），真是個名符其實的兒童樂園。不管花樹是自然的凋萎、還是颱風肆虐後的斷枝殘葉，或是辦喜事之前，通常父親會適時檢閱「小雅園」，都能很快的補充蒔花、修剪果樹，在極短的時間讓它恢復美觀，尤其讓百花盛開以生氣勃勃的面貌迎接我們兄弟姊妹的婚禮與喜宴。小雅園的西南角曾長期種植過香蕉，因為吐蕊長蕉後母株必然敗壞，也許父親認為不能再折損山房的女主人，乃於 1955 年改植鵝黃與墨綠直條相間的「七賢竹」（金絲竹），亦寓意著退隱竹林。而我們在中山公園他的紀念銅像之背後山坡亦種下「七賢竹」，讓他長伴先賢分享吟詩之樂。

　　1950 年春，父親發現得了高血壓症，因當時尚無良藥可控制治療，從此心存中風的陰霾。1951 年山房重修後在其西側原來的鴿舍之處蓋了雞舍。1957 年山房、涼亭皆以磚頭加強柱壁，並把屋頂大翻修，以備來年大哥結婚之用。1963 年底，父親利用「樂春樓」拆下的日式房屋的材料，在山房左廂側原樣重建，命名「世外居」，這是最後三年完成《臺南縣志稿》、《南瀛文獻》的臥房與書房，同時亦修繕了涼亭的屋頂。接著 1964 年 4 月於樂春樓原址改建新生醫院落成。1965 年 4 月，他把「世外居」的玄關修改為書房「夢鶴莊」，使用多年的名號終於有一個家，這是他思想實現「建築之夢」以及「退休寫作」的告別傑作。父親嘗言「不斷地築屋，可以延年益壽」，所以直到逝世之前的 3 月 9 日還不停地增建病房，我們正待樂觀其成，可惜天不從人願。1977 年父親去世十年後我們五個兄弟同在小雅園建築房舍，小雅園景觀大變，「琱琅山房」、「八角涼亭」、「世外居」、「果樹」遂一一走入歷史，但永植我們家人的心中。

　　父親戰後因 1947 年「二二八事件」後及 1954 年「白色恐怖」期間，

兩度體驗當代菁英分子無法避免的牢獄之災與人性的屈辱。所以一任縣參議員後，幾乎澆息了「二二八事件」之前那股高昂的革命熱情。嗣後他又回到「文學的吳新榮」。戰前除少數漢詩外，新詩以華文、臺文、日文創作共 92 首。1997 年 3 月，由臺南縣文化中心出版的《吳新榮選集》第二冊中，對他左翼詩學早有精闢的解析。呂興昌兄說〈故鄉兮輓歌〉是父親使用母語中，最能貼切地表達農民心聲的一首詩；他認為〈思想〉雖則使用日文書寫，但是父親提醒詩人不要放棄以母語創作。而陳芳明先生指出〈思想〉可能最具哲理又最代表父親詩觀的一首詩。陳芳明先生與黃琪椿先生都指出〈煙囪〉是勞動者在資本家剝削下，心靈最強烈的控訴。但是戰後僅以華文創作 36 首。新詩的創作量因不易跨越語言障礙而不如戰前。父親比較滿意的是〈讀《洪水》後〉。楊雲萍教授稱譽〈颱風〉已達相當水準，比起王白淵的詩未見得遜色。

　　1948 年 7 月 9 日，父親完成「震瀛自傳」（手稿現珍藏在國立臺灣文學館）。1952 年他以此冊為藍本，將文中所提仍然在世者之名字轉換成同音字的假名，此為戒嚴時期無可奈何委屈求全的寫作，「以類似長篇小說寫法完成《此時此地》，它是個人傳記的憶述，也是自己對生命歷程的全盤省視。」（同前施懿琳小姐之引述）。張良澤兄把《此時此地》編成《震瀛回憶錄》，但施懿琳小姐在《吳新榮傳》有提起「吳新榮在 1963 年起筆，預計寫三十多萬字的《震瀛回憶錄》。但只寫到古都時代便中止，僅有二萬多字的未完稿。」（手稿現珍藏在吳三連臺灣史料基金會）。父親認為此書可作為這個時代，這片土地上一位知識分子的備忘錄，又可以看成是這個偏僻地方一個平凡人所記錄的生活史，這是他一生最大的作品。「1958 年起近十年間，〈琅琊山房隨筆〉系列文章 34 篇，以中文揉合臺語、日語的方言俗諺，或寫物，或說理，或諷刺，在平淡中實蘊藏著莫名的鬱憤，隨筆裡頭風趣幽默的筆觸，呈現他性格的特質」（同前施懿琳小姐之引述）。1962 年 11 月 12 日，臺南縣鯤瀛詩社成立，他獲選為首任會長。他曾嘗試舊文學傳統漢詩的革新，顯然未見成果。1966 年 11 月，父親生前唯一出

版自己著作的一本書 ——《震瀛隨想錄》。之前每隔五年他就寫一次序文，共寫了三次，才於 60 歲生日前完成，這是他平生最高興的重頭戲。其中有「亡妻記」、「隨筆」、「詩歌」、「民俗」、「採訪」等。但為了適應時局，不得不把含有左翼色彩的詩歌割愛。在《震瀛隨想錄》底頁上，貼著一小張珍貴的「藏書票」，那印章是父親設計的，紙張是由池田敏雄先生寄來的日本人間國寶的手造工藝紙。

再談「文獻的吳新榮」。1952 年 11 月 12 日臺南縣文獻委員會成立。在縣文獻會編纂組長任內，主要成果在於《南瀛文獻》季刊（共 12 卷 18 冊，1953～1967 年）、《臺南縣志稿》（共 13 卷，1955～1965 年）的編輯與出版。前後 15 年，他屢次勘察臺南縣內山川名勝古蹟，實地走訪當地耆老，採集第一手資料，以彌補過去文獻資料的不足或修正資料的錯誤。《南瀛文獻》撰述及資料的匯集乃推動《縣志》的編纂成功。其中《採訪錄》就是訪查地方的歷史紀錄，篇篇皆是精采的報導文學。我有幸參與多次採訪活動，深刻體味求證成功的快樂。父親文獻的工作辛苦備嘗，雖然讓他提前眼花髮白，相信他非常欣慰，終於完成不辱沒他別號「史民」的使命，還有他先後共編輯了吳萱草的《忘憂洞天詩集》、《鄭靜夫詩集》、《金唐殿善行寺沿革誌》、《南鯤鯓廟代天府沿革誌》等書。

至於「醫師的吳新榮」，他的醫療生涯相當單純。先前在東京貧民醫院服務半年，回臺落腳在貧瘠的鹽分地帶行醫，善盡「全科村醫」的角色。留日期間與返臺之後發表〈社會醫學短論〉等作品都可以看到他的社會醫學的理念。他主張「醫藥分離」、「產兒制限」，是相當先進的真知灼見。日治時期尚無衛生所，因此防疫工作如日本腦炎、霍亂、天花的預防注射或種痘等，他都義務去工作。有時一天要打五百針以上，尤其疾病流行期，常跑遍北門郡下的荒鄉僻野，猶如救火般的勇往直前，最是難能可貴的義行。戰後比較特殊的是父親於 1960 年 8 月邀同臺南市三位醫師，創立「新生聯合醫院」，由他擔任院長及內科診療職責。其餘三位醫師負責外科、婦產科、小兒科。這是戰後北門區六鄉鎮首創的綜合醫院。它雖於 1964 年結

束營運，但已建立現今「新生醫院」良好基礎。他竭力爭取承辦公、勞保業務，終致身心過勞，遺憾不能實現他退休寫作的大願。但是他在晚年畢竟已然打過最轟烈美好的一仗，實踐醫療制度先驅者的任務；雖然不符合醫院經營的經濟規模，但確已「服務」了「勞工」，實現他戰前就想要設立「大眾醫院」的初衷。

　　父親雖然離開我們已逾四十年了！但是他的精神長存我們家人心中，總覺得他不時會從他的著作裡、相片裡走了出來。當我們兄弟姊妹團聚時，都會一再講起他親自燒煮的「壽喜燒」吃起來多麼鮮美，接著又講著享受 tîm（食物置密閉容器中，內外鍋用滾水煮之）米糕、圍著陶爐烤魷魚、聽故事種種歷歷在目的溫馨場景。而每次提起我們兒時父親一籮筐的醫療軼事，說著說著，就談起「養鴿」的故事來。他熱愛鴿子的靈性，欣賞操練、野放歸巢的樂趣，而他確實利用它做為醫療通信，在我們鄉村久久傳為美談。每當他外出「往診」時，看到在庄頭插著一面紅色旗子，就入庄看診，待為病患診療打針完後，立即飛鴿傳書，讓在醫院等待的病患家屬取得藥品趕快回家。接著他騎機車一庄跑過一庄，不出半天看診了二十幾家，完成 1930 年代交通尚落後時期不可能的醫療任務。大概是「新西醫那（ǹa 像）神明」雅號的緣由之一吧！

　　記得我七歲時，正值二次大戰中，空戰最激烈時期，小雅園曾挖掘了四處大防空壕安排家族使用，亦方便緊急時就近躲避。飛機聲、驚叫聲、掃射聲、爆炸聲，我們至今仍可清晰地憶及當年風聲鶴唳，有如驚弓之鳥的窘態。有一天，父親用腳踏車載我由將軍回佳里時，在路上遇見空襲而躲入二公尺深的防戰車壕溝。飛機飛走後，我們花了不少工夫才爬上來，兩人灰頭土臉，滿身大汗，相顧失笑的情景，歷歷在目。兒時乃至讀初三之前，每隔個把月我就坐在父親的懷前，讓爸爸修剪指甲、掏耳垢，那是感受最溫馨的一刻。

　　打從日治時期至戰後參與文獻工作之前，平日工作之餘，父親常下圍棋。這是他拒絕繼續與損友喝酒、打麻將之後最快樂的休閒活動，他準備

了兩組厚達六吋的檜木棋盤與光亮的黑白磨石碁子，在「琄琅山房」或「小雅園」的樹蔭下與老友、或讓友朋之間，既愛又恨地捉對廝殺了起來。我們兄弟因此耳濡目染、潛移默化之下，亦愛上這種磨練心智的遊戲。

1954 年 10 月 9 日，其時我讀高一，哥姐都在外地念書。毫無預警亦無說明緣由，我竟懵懂開門目送父親任由兩位情治人押解赴北，父親亦沒留下半句話，頭亦不回地像要赴義一般。我的孤援無助，強烈的震撼與驚嚇，叫我久久不能釋懷。四個多月後，父親雖然平安歸來。但是家人心靈再度的創傷，不知何年何日才能撫平？

父親的遺物，最讓我們家人思念不已的，就是他書寫 34 年的「日記」以及他所蒐集的 2276 幀相片（1912～1967）。在 1953 至 1966 年所拍的歷史文物相片，可說是他的另一部「文獻採訪錄」，共二百三十多幀，其中曾留下多幀今日已消失的珍貴歷史文化遺跡。大部分相片他曾書寫著時間、人物、地點，重現一頁頁令人感動的歷史掌故。父親喜歡攝住剎那的永恆，貼切的書寫「家園」，保存了「延陵家族」的容顏。我們非常幸運能夠分享他顧家、念家、疼愛子孫至情至性的一面。他好文學，喜交友、樂旅遊、以及政治受難後的傷痕、歷史文獻的印記，尤其我們兄弟姊妹從滿月、四月、週歲、就學、結婚，以至晚年的含飴弄孫。如同倒轉時光隧道，回到現場，百看不厭，時常讓我們感動得不能自己。我們亦能夠深深體會父親的用心，透過他溫暖的雙手，熱情的視窗，重溫父愛，更讓我們的兒孫輩有聽不完的「小雅園」故事。

1942 年 3 月 27 日，柚花盛開的季節，母親毛雪辭世；25 年後的 1967 年同月同日，父親到臺北參加省醫師公會年會後，心疾突發而告別人間。2007 年農曆 2 月 9 日這一天，神明以三個聖筊設定為先父母採取同方位同時辰，相鄰安置於新建的延陵祖先靈堂。換成國曆正好是 3 月 27 日。我們才領悟三次的 3 月 27 日，是何等神奇的日子！！而 1997 年同月同日，臺南縣政府為感念父親對文學創作的執著與保存地方文獻，所作之貢獻，於

他逝世 30 週年日，特擇佳里鎮中山公園豎立紀念雕像。讓擁抱鄉土，熱愛文學的詩人風采終結了我們多年來的感傷。2007 年 11 月 12 日，國立臺灣文學館將出版《吳新榮日記全集》，來慶賀父親百年冥誕。這又是我們家人至感光榮與安慰的大日子。

　　父親身為大家庭的長子，揹著重責大任，亦負荷超載的經濟與精神壓力，是我們無法想像的難處，這是他早逝的最大原因吧？日記裡常會看到他多情又有義的故事。他是多麼辛苦的一家之主啊！最難能可貴的是他無怨無悔教育弟妹、子女的胸襟，可真教我們欽佩感念不已。而他那樣耿直忠厚的個性，竟遭受扭曲的時代給予的身心凌辱，讓我們非常不捨。如果他能夠活在太平自由的社會，該有多好！值得安慰的是豎立在佳里中山公園裡，他的坐姿銅像，雙側大腿上、膝上不時的光滑溜溜，諒遊園的小朋友時常會爬上嬉戲一番。白天有孩子們作伴，一定不會覺得寂寞吧！

　　　　　　　　　2005 年 12 月發表於《鹽分地帶文學》創刊號
　　　　　　　　　2007 年 6 月 20 日改寫

　　　　　　　　　——選自《吳新榮先生百歲冥誕紀念集》
　　　　　　　　　彰化：秀山閣私家藏版，2007 年 11 月 12 日
　　　　　　　　　——修改於 2014 年 4 月 30 日

醫術、文學、鄉史、吟詠
屹立的燈塔　多彩多姿的一生

◎黃得時[*]

初訪佳里——鹽分地帶群英會

「相識滿天下，知音能幾人」——這句話不知道是誰說的，確實一言道破了人和人相處的道理。

吳新榮兄就是我的知音能幾人中之一人。

我是住在臺北，新榮兄是住在臺南縣的佳里，兩地相隔三百多公里，因此，經常見面的機會並不多，儘管如此，我們的友誼，並不因此而減少。

新榮兄雖然撒手離開我們已經十年了。但是在我的心靈上，仍然存留著他那副戴著黑框眼鏡的慈祥面影。我的腦海裡，依然認為我有一位知音的摯友，住在遙遠的鹽分地帶之佳里。

我初次跟新榮兄見面，是在甚麼時候，我已經記不清楚了。不過，在民國 30 年（日本昭和 16 年，西元 1941 年），張文環兄跟我主編《臺灣文學》雜誌的時候，由山水亭的王井泉兄帶頭，跟幾位文學社同仁，於 9 月 7 日，冒著秋初殘暑、專誠到佳里去拜訪新榮兄時的印象，還很深刻的留在腦海裡面。當天新榮兄伉儷在佳里醫院後面，小雅園之涼亭，慇懃招待我們時的情形，雖然事隔 36 年的今天，一回憶起來，一切的一切，還歷歷在目，不禁令人感慨萬千。那天的經過。新榮兄在〈井泉兄與山水亭〉

*黃得時（1909～1999），臺北人。作家、學者、翻譯家、編輯。發表文章時為臺灣大學中國文學系教授。

（《臺灣文藝》第9號）一文中，有詳細的記載。現在把它抄錄如下：

> 有一夏天、井泉兄為首、和逸松兄、文環兄、得時兄、永福兄等「臺灣文學社」的同仁來訪「鹽分地帶」，這給我們非常興奮。自此，我們的作品，都寄稿《臺灣文學》。
>
> 看當時所留的照片，我們個個都很年輕，井泉兄穿的是灰縞西裝，堂堂的老大哥風貌，逸松兄仍然是一副蝶形的領帶，華奢的態度。文環兄至今還是老態依然，但非常不龍鍾，得時兄的頭髮至今還不抹油，永福兄雖在夏天，也穿著黑色的洋裝，黑色的皮鞋，保持著臺北的遊客。
>
> 他們五位之中，井泉兄可能最高齡者而他先住天國也許是當然的，我們主人九人中最少年的二人——已亡故。這也許因為逆行了時代的關係。
>
> 在這裡拍相的地點，現在是琅琅山房的一角，已變成一個美麗的養蜂花園，看此照片，人地皆變，使人嘆息日月之無情。
>
> 是日午餐後，此五位貴客為我們簽字做紀念，井泉兄大大的題一個「誠」字，這真是表現著他的性格及人格，此書可為井泉兄永久的紀念。同時，得時兄也寫一對詩：
>
> 花落家僮未掃。
>
> 鳥啼山客猶眠。
>
> 文環兄寫一句
>
> 德不孤，必有鄰。
>
> 永福兄寫「苦節」二字。
>
> 我想他們未必還記得他們曾揮毫美句在我這裡。

上面新榮兄所寫的，只是從臺北去的「臺灣文學社」五位同仁而已。

可是當時，還有鹽分地帶的文學朋友八位，這由於當日所拍的照片可以知道。這八位朋友是郭水潭、莊培初、徐清吉、王登山、王碧蕉、林豐（芳）年、黃清澤、陳穿。

　　這張照片，我現在還保存著。我到佳里，前後只有這一次，我很希望將來有機會，再去一次，掃掃新榮兄的墓園。

臺灣的《浮生六記》轟動文壇

　　天有不測風雲，人有旦夕禍福——我們到佳里去的翌年，即民國 31 年 3 月 27 日凌晨，新榮兄的那位賢慧而貞淑的夫人雪芬女士，突然因腹內出血，溘然長逝。訃聞傳來，住臺北的親友，尤其是「臺灣文學社」的同仁，莫不大吃一驚。大家以為這一定是誤傳，因為六個月以前，我們曾到佳里，當時新榮兄和雪芬女士，周旋於賓客之間，其笑容可掬的面影還浮現在眼前，為甚麼她會這麼快就離開我們而去呢？但是事實終究是事實。我們也不知道如何來安慰新榮兄才好。當時雪芬女士享壽只有 31 歲，而新榮兄是 36 歲，中年失偶，是人生的最大不幸。新榮兄含淚在靈前對她說：

> 雪芬啊！妳是偉大的母性，因為您已替我養育了五個愛兒。
> 雪芬啊！妳是偉大的家庭主婦，因為妳在這複雜的大家庭裡，把一切都整理的有條不紊。
> 雪芬啊！對於我，妳是偉大的妻子，因為有妳、我才無後顧之憂地盡力去工作。然而
> 雪芬啊！安心地住天堂吧！五個愛兒的養育責任，我會全部接替下來！
> 唉！唉！安息吧！往極樂淨土的西天去吧！我的人生今後大有轉變哪。

　　從這種出於肺腑之言，可以知道新榮兄對於雪芬女士逝去，何等的傷心。

　　不久，新榮兄用日文寫了一篇〈亡妻記〉，寄到「臺灣文學社」來。該記一共分為兩部：前部為〈逝去之春〉，是從雪芬逝世那天（3 月 27 日）開始，一直寫到 4 月 27 日為止的整整一個月的日記；後部為〈回憶當年〉，是敘述新榮兄和雪芬女士開始認識到結婚為止的經過。一是陷入眼前

痛苦的深淵，一是沉醉於過去甜美的回憶，其纏綿悱惻的情感和娓娓道來的筆致，令文學社同仁不忍卒讀，莫不為其真心而傷痛。大家都認為這是臺灣文學有史以來，最精采、最出色的日記文學、尤其是我認為可以媲美沈復（字三白）的《浮生六記》，這篇〈亡妻記〉，在《臺灣文學》刊登以後，果然轟動當時的臺灣文壇，引起各方面的注目，如臺北帝國大學醫學部的金關丈夫博士以及《民俗臺灣》的主編人池田敏雄先生等的日本人，也大加稱許，認為是不可多得的傑作。這篇〈亡妻記〉，光復後，由臺南林春成先生譯成中文，登載在新榮兄手編的《震瀛隨想錄》。

隔了一年之後，於民國 32 年（日本昭和 18 年，西元 1943 年）7 月 25日，新榮兄與英良女士結婚。女士 23 歲。據聞英良女士是當時佳里幼稚園的老師，對於文學有相當的興趣，因為讀過新榮兄那篇〈亡妻記〉，而受到很大的感動而嫁給新榮兄的。婚後生活至為美滿，將雪芬女士留下來的三男二女，一一加以養育成人，而且對新榮兄的體貼，也極為周到，其良好的女德，深受世人之欽佩。

採訪錄──第一手的寶貴資料

新榮兄雖然是一位著名醫師，可是對於文學以及鄉土研究，也有很濃厚的興趣。民國 41 年被聘為臺南縣文獻委員會委員兼編纂組長，主編《南瀛文獻》以及《臺南縣志稿》的時候，為了要實事求是，特別組織採訪隊，幾乎每個禮拜天，都到縣內各地去採訪資料，或作發掘工作，獲得了不少新的發現。其成果的一部分，載在《震瀛隨想錄》的第三篇「鄉土與民俗」。其中包括十篇報告，都是研究臺南縣和臺南市的史蹟，非看不可的重要文章。

有一年，在臺北市文獻委員會舉行全省各縣市文獻工作檢討會的時候，新榮兄代表臺南縣來參加。當時，我應邀致辭時強調說：

由吳編纂組長所領導的臺南縣文獻委員會的工作，最值得發揚，可供其

他文獻委員會取範。該會的採訪隊每週所得到的都是第一手資料，非常可貴。可是吳編纂組長太客氣。把這種採訪錄，用較小的字體，刊登在《南瀛文獻》的卷末，而把臺北方面的人士所寫的文章，用較大的字體刊在卷首。我認為這是不必要的。因為臺北人士的稿件，大部分都是靠現成的文獻資料湊一湊而寫的。其價值完全比不上各位由實地的採訪或發掘所獲得第一手資料來得可貴。所以應該把這種採訪錄，用較大的字體刊在卷首，而把外地寄來的稿件刊在卷末。

我講完之後，新榮兄走進來，緊握著我的手，很高興地說：

現在拜聽得時兄您的高見，得到了莫大的鼓勵和勇氣，以後，就照得時兄的高見辦理。

原來研究鄉土文化和考察史蹟，有兩種方式：一種是利用現成的文獻資料；另一種是實地採訪或發掘新的資料，而往往後者較前者更為重要，因為所得的資料，有獨一無二的價值，而臺南縣文獻委員會由新榮兄發議，進行這種工作，實在太有意義啦！

以詩慰唁——友情溢於字裡行間

民國 53 年 12 月 17 日，聖誕紅正在豔開的時候，我的前妻桂花女士，因為患胃癌蒙主恩召，別世歸天，享壽 47 歲。當時我在悲傷之餘，做了〈悼亡妻桂花女士〉七言律詩四首，分發給參加追思禮拜的親友們，該詩如下：

孰云天道是無親。禍福偏教降善人。
結髮卅年成夢幻。開刀兩次枉艱辛。
嬌兒撫柩頻呼母。玉照遺徽益愴神。

從此更深風定後。有誰伴讀到清晨。

其二

人去樓空睹物悲。衾寒夜永苦追思。
溫和處世遺庭訓。恭儉治家盡母儀。
澎島觀先空有約。扶桑攬勝已無期。
為何四七遽長逝。搔首問天雙淚垂。

其三

不堪回首憶生前。歷盡悲歡歲幾遷。
信主心堅祈夙夜。讀經理徹貫人天。
百年偕老曾盟約。一病焉知更斷緣。
四女三男傷失恃。從茲重擔壓雙肩。

其四

墓卜陽明近北城。來回方便兩時程。
淡江水咽千秋碧。坪頂雲開一望平。
十字勒碑紅映日。三邊植柏曉聞鶯。
為卿覓得安祥地。於此長眠蔭後生。

　　我將上面四首詩寄給新榮兄，因為新榮兄本身有過失偶的傷痛，所以很能夠理解我的心情，不久就寄來慰唁詩如下：

燈前揮淚寫詩親。遙寄懇勤慰故人。
病入膏肓難挽救。死因命運豈悲辛。
何須不寐銷成骨。勿再追懷損及神。
好作達觀臨順變。免教戚戚夜連晨。

其二

榮歸天國本非悲。何事長思又苦思。
奉倩神傷非禮法。莊周盆鼓順行儀。

人間雖乏長生術。棺內寧無復活期。

發奮丈夫真養氣。莫同兒女淚雙垂。

其三

執紼路遙我不前。吊詩遞到已輀邊。

千秋骸骨長埋土。一道靈魂直上天。

依主歸神應得福。為人轉世信無緣。

傳聞出殯堂堂日。滿具鮮花柩壓肩。

其四

皇壯佳城對北城。是誰設計此工程。

山如虎踞森林茂。地屬牛眠墓路平。

葬玉深深無獻酒。埋香鬱鬱只啼鶯。

開棺不有王承檢。直待耶穌救永生。

——吳新榮〈和韻慰黃得時先生悼亡詩四首〉

　　原來，新榮兄的令先尊吳萱草先生是一位非常著名的詩人，而新榮兄由於家學淵源，世代書香，所以繼承乃翁之詩才，詩也作得很好，並被選為「鯤瀛詩社」社長。像上面所錄這四首，不但每字每句盈溢著安慰喪偶的友人之真情雅意，而且和韻的韻腳也押得非常穩妥，非斯道之能手，不能有此傑作。當時我由於傷心過度，元氣大失，意氣消沉，後來讀了新榮兄這四首詩，得到了無上的安慰與鼓勵，能夠節哀順變，鼓起勇氣朝向光明的前途邁進。

　　新榮兄親筆所寫的這四首詩的原稿，我現在還保存著。本來是安慰我的，想不到 12 年後的今天，反而成為憑弔新榮兄本人的資料，想起來真有無限的感慨。

《震瀛隨想錄》——永垂瀛洲不朽

　　民國 55 年 11 月 12 日是新榮兄 60 歲的華誕，出版了《震瀛隨想錄》

一大冊，係琅琅山房私家版，一共只印 200 部，而贈送我的是其中的第 23
冊。封面及扉頁裝畫由顏水龍兄設計的，令人有清新脫俗的感覺。而且一
打開黃色的封面，就可以看見新榮兄親手寫的「翰墨因緣」四字，以及楊
雲萍、黃得時、陳紹馨，毛一波、呂訴上、賴永祥、王世慶、林衡道、陳
奇祿、林朝棨、唐美君、廖漢臣、王詩琅、陳漢光等 14 位臺北友人簽名的
影印。底面也是一樣的有江家錦、沈榮、黃百祿、楊熾昌、林鶴亭、盧嘉
興、黃天橫、賴建銘、謝碧連、韓石爐、朱鋒、戴明福、蘇昭統、蔡瑞洋
等 14 位臺南友人的簽名。這種別開生面的作法，完全是來自新榮兄獨出心
裁的安排，同時也可以看見他念念不忘南北夥伴的友誼。

　　本書的卷頭有蓬萊古友黃寄珍以及善化冰如洪調水兩位先生的序文。
正文共分三篇：第一篇「藝海餘滴」，包括〈留日點滴〉、〈光復前後〉以及
〈藝海殘波〉；第二篇「社會與家庭」，包括〈街談巷議〉、〈亡妻記〉；第三
篇「鄉土與民俗」包括「鄉土與人物」、「民俗與習慣」；第四篇「醫界浮
沉」包括四章「庸醫痴話」，「琅琅山房隨筆集」（上）（中）（下）等，內容
非常豐富，新榮兄多采多姿的一生，一幕一幕顯現於讀者的面前。所寫的
雖然是新榮兄身邊的私事，但是通過這些零碎而瑣細的私事，我們卻可以
窺看這 60 年來的世界大勢的變遷，大有「一粒砂石看宇宙」的感覺。

　　新榮兄在本書的〈自跋〉說：

　　我希望再五年後，能夠出版我的《震瀛採訪錄》（全集中卷）而又十年
　後，能再出版我的《震瀛隨想錄》（全集下卷）。

　　新榮兄的希望，雖然在他有生之年沒有實現，但是在他逝世十週年的
今天，由其家人繼承其遺志，將出版《採訪錄》、《回憶錄》以及友人之
《追思錄》，可謂克紹箕裘，繼起有人矣。最近我因為要寫這篇紀念文，把
《隨想錄》重新讀一遍，覺得這部書，如同含橄欖一樣，愈含愈有味道。

　　新榮兄把這部《隨想錄》寄給我不久，有一天來信問我說，假如我有

意要續絃的話，他願意盡一臂之力，為我找一位理想的對象。這封信，似乎來得有點突如，其實，這無非是由於新榮兄本人的經驗，一個中年男人失偶之後，生活變成多麼寂寞孤單的一片憐憫和同情心而來的。我立即回信向他道謝，並請他替我物色。新榮兄對於我的關心，從此事也十分可以看得出來。

青天聞霹靂——知音挾白骨

新榮兄是臺灣省醫師公會的監事，所以為了開會，就到臺北來。來了以後，一有空，就到臺灣省文獻委員會看幾位朋友，當時文獻委員會還在臺北。我也都是在該會跟他見面，一見面，就滔滔不絕，無所不談。

民國 56 年 3 月 26 日，新榮兄凌晨由臺南搭乘光華號火車北上，中午抵達臺北，下午出席省醫師公會年會，並被推選連任該公會監事。當夜投宿於黃寄珍兄隔壁之白宮大飯店。翌 27 日上午遊覽榕石園，中午應郭再強先生之招宴，下午到省文獻委員會。我在該會看見他由英良女士陪同，並肩坐在編纂組長王詩琅兄旁邊之沙發上。當日新榮兄神采奕奕，絲毫沒有倦態，大家都談得非常投機。

但是他的夫人英良女士卻說，近來新榮兄心臟似乎有點不正常，所以來北的時候，都由她陪同，而且經常將心臟藥帶在身邊，一有異狀，就給他吃。對於新榮兄這樣無微不至，誠心體貼的英良女士，大家都非常佩服。

我順便問新榮兄，關於我的續絃的事，未知有否找到了適當的對象。他說曾經找到了一位很理想的女性，她本人也非常願意，只是因為她家裡有年老的父母親而且她又是獨生女兒，所以她父母認為只生了這麼一個女孩子，要嫁到那麼遙遠的臺北，以後他們沒有人照顧，因此堅決不同意這門親事，所以只好作罷。我感謝他們夫婦對於我的關心。新榮兄終於含著微笑說：

「老哥！何必著急，緣分一到，萬事 OK，美人會排隊找到門口來。等

一等吧！」

　　這一句話一出，引起哄堂大笑。這樣，我們就在輕鬆愉快的氣氛中，毫無忌憚地交談。臨走的時候，我問他：

　　「您甚麼時候要回臺南？」

　　「今天晚上有應酬，明天一早就要回去。」

　　這樣，我們就握手而別了。

　　第二天，我還以為他們已經回臺南去了，而且我家裡電話不湊巧也壞掉了，所以也不能打聽他們的消息，也沒有人打電話來，加上當天晚上，我因為趕寫一篇原稿，到了夜裡兩點鐘才睡覺，第二天 3 月 29 日又是青年節，臺大沒有課，所以睡到將近八點半才起床。我隨便把《聯合報》翻一翻看，在第 5 版有一條訃聞廣告，如青天聞霹靂，使我嚇了一跳。

　　佳里新生聯合醫院吳故院長新榮醫師於中華民國五十六年國曆三月廿七日下午十一時因心臟病逝世於臺灣大學醫院享壽六十一歲，謹訂於國曆三月廿九日（星期三）上午八時在臺北市立殯儀館火葬場（舒蘭街）舉行火葬，隨即由其家屬迎奉靈骨返回臺南佳里，擇期舉行追悼會，當另訃告，特此奉

　　聞　　　　　　　　　　　　吳故院長新榮醫師治喪委員會

　　我起初懷疑我的眼睛看錯，但是再定睛一看，分明是印著佳里吳新榮醫師的姓名，我立即跑到附近的公共電話亭，打電話給幾位朋友，他們都趕到火葬場不在家裡，最後找到了呂訴上兄，我把這個可悲的消息告訴他以後，立刻跑回家連朝飯也不吃，一跳上計程車，就趕到火葬場，豈料告別式已經在十分前舉行完畢，而新榮兄的遺體，也被送入火化爐去了。啊！我的天啊！只差十分鐘，終於不能瞻仰這一位至親的好友最後一瞬間的玉容，這多麼令我深深感覺遺憾！

　　後來，我跟新榮兄的夫人英良女士和連夜從佳里趕來奔喪的家人以及

寄珍兄等故人的至好朋友七八位，坐在休憩所等候靈骨出爐，彼此都面帶憂容，默默不講話。

約莫在十一點半吧！火葬場的人員來通知靈骨要出爐了，於是英良女士和其家人排在前面，大家跟在後面，每個人都抽抽搭搭在哭著。

不一會，靈骨安放在一塊木板上，被抬出來放在架子上。43 小時之前，新榮兄還跟我在省文獻會談得那麼愉快輕鬆，43 小時後，變成一副白骨陳在面前，此景此情，我要放聲大哭，但是怕會刺激新榮兄家人的傷心，增加他們的痛苦，所以一直忍耐著。英良女士心中，悲傷萬分，已經哭不成聲了，過了一會兒她含著眼淚嘶啞的說：

> 請住在臺北的幾位朋友，每一位挾一塊靈骨，放進壺子裡，以便奉回佳里安葬……

啊！知音挾白骨——天下雖然那麼廣闊，有比這句話更令人傷心嗎？我在萬分沉痛之中，很細心地挾了一塊放進去。這時我一直忍耐著的心坎，好像河水崩潰一樣，不能再忍耐，終於放聲大哭，哭得險一點就要暈倒下去，好在有人在背後把我扶到休憩室去，才漸漸平靜下來。

一切的準備都好了，靈骨由其家人奉護坐一部車子離開火葬場，我們也坐了兩部車子跟在靈骨後面，慢慢地前進，到了中興大橋時，大家就下來，排作一排，向靈骨作最後的敬禮，目送靈骨車渡過中興大橋，一路向佳里的故鄉開往。

矗立的燈塔——放出燦爛的光芒

時間正是 12 點半，寄珍兄請我們到中興大橋附近的七星大飯店吃中飯。這一家飯店，就是前天晚上新榮兄發病的地方。寄珍兄特地選擇當晚新榮兄吃飯時所圍坐的那個桌子，請大家坐下，並空出新榮兄曾經坐過的那個位子排上一個碗、一個匙子、一個酒杯、一雙筷子，把它當作活著跟

我們一起吃飯一樣的安排。據寄珍兄說：

> 新榮兄來臺北時，都是住在我家隔壁的白宮大飯店。前天晚上初次到這
> 裡來吃飯。席上有新榮兄的妹婿林永睦先生夫婦，臺大醫學院張簡耀先
> 生夫婦，新榮兄夫婦以及我和內人等一共十幾個人，非常熱鬧，新榮兄
> 特別高興，胃口大開，吃得很多，大約吃到九點多鐘才散會。當時新榮
> 兄認為回到白宮大飯店也麻煩，就在這家飯店樓上開個房間跟太太一起
> 住。大約在九點半左右，我回到家裡剛上樓，電話聲音大響，原來是七
> 星大飯店通知我說，跟我吃過飯的那位客人突然感覺不舒服，要我趕緊
> 去。我立即下樓，趕到七星的時候，新榮兄已經被送到臺大醫院的急診
> 處去，我又趕到急診處，但已經來不及見他最後的一面，他終於離開我
> 們而去了。

聽完了寄珍兄的報告之後，我深感人生如朝露，在何時、何地、會發
生何種事情，確實是不容預料的。新榮兄這一次來臺北，而且這麼突然逝
世於臺北，無異於向省醫師公會，文獻委員會，以及各位親友做逝前最後
的辭行一樣，令人越想越悲傷。

我們都知道世上有不少醫師，除了執行其本身的業務之外，還為了國
家、為了民族、付出全身的心血。例如孫中山先生，是學醫的，可是他卻
獻身於革命事業，創造中華民國，蔣渭水先生也是學醫的，可是他卻潛心
於抗日運動而受折磨。日本森鷗外，也是學醫的，但是他卻為文學評論以
及小說創作與夏目漱石齊名。齊藤茂吉也是學醫的，可是他卻在日本歌壇
成為第一流的歌人。新榮兄也是學醫的，可是卻他在文學和鄉土研究，以
及吟詠方面，留下許多不朽的事跡。

新榮兄離開我們已經十年了。可是我們認為他的音容和精神，仍然活
在我們的心靈上，跟我們永遠同在。

新榮兄係民國前 5 年（日本明治 40 年，西元 1907 年）11 月 12 日出

生，跟　國父誕辰同日，而他的前室雪芬女士係民國 31 年 3 月 27 日逝世，享壽 31 歲，當時新榮兄 36 歲。25 年後的民國 56 年的同月同日（3 月 27 日）新榮兄也逝世，雖係偶然的巧合，也可認為係出於夫婦情緣之永固而來的。

　　新榮兄雖然出身於鹽分地帶的佳里，但是他卻好像一座矗立的燈塔一樣，放出燦爛的光芒，照耀整個臺灣一望無涯的文化海洋。

——民國 65 年 11 月 12 日

——選自《大學雜誌》第 105 期，1977 年 3 月

吳新榮評傳

◎林芳年*

> 「琯琅山房」裡住了一位失意的政客⋯⋯，吳新榮曾在他的一篇散文中
> 這樣說著，現在他已經蓋棺論定了，他是否政客？還是學人？

一

　　一個人寄生於這凡塵上，一口呼吸尚在，脈動未絕，的確很難捉摸其
真實人格邊緣，這些人們的身上所藏的是骯髒，還是乾淨，其尺度有待以
客觀冷靜的眼光來加以衡量。在黑白不分的人群裡，常發見極平凡的人
物，死後竟被人捧為有超人一籌的深處；相反的，一位極為活躍，滿腹經
綸，頂刮刮不可一世的人物，蓋棺論定為一個渺小不能再予渺小的丑角。
但事實終歸事實，每個人的優劣之處，自有人們做個公正的批評，以免有
魚目混珠，搞不出清濁，造成無法與巷間傳說對證的事實。

　　吳新榮被稱為政客，抑或學人？毀譽褒貶莫衷一是。他早已蓋棺論定
了，到現在，他是被人譽為一位品學兼優，其行徑值得人們尊崇的儒者。

　　鹽分地帶的同人們自與吳新榮結成同志，奉他為領導者時，已經發現
了他有許多凡人無法模倣的長處。他曾以闊達的胸懷，把夫人香閨開放為
鹽分地帶同人聊天及充作學術研究、討論問題的場地。當時的社會環境有
著根深柢固的封建思想，每個人都緊緊的被時代的枷鎖纏住，在這些環境
中，他的這一決定是多麼的開明，多麼的使人欽佩叫絕。因此，同人們常

---

*林芳年（1914～1989），本名林精鏐，臺南人。詩人（日文）、鄉土文學作家。發表文章時為國際紡織股份有限公司常駐顧問。

於他往診疾病患者不在之間，公然成群闖入外人止步的禁臠之地，甚有同人中公然躺在夫人床上以求片刻之休息，對這些，他均採取不介其意的態度，這種情形，一直維持到夫人毛雪芬去世為止。

　　一些薪水階級的人們，下班後回去與太太說說談談，翻閱些輕鬆書刊，的的確確是回復一天疲勞的最好辦法。唯該時的鹽分地帶同人們認為這是將會失去求知的機會，於是不約而同的聚集於吳宅為每日的功課。他們聚集在那裡是談些甚麼？可以說，自社會上日常發生的醜聞，以至當代的政治演變，其情形有如古希臘社會人在爐邊取暖喝喝咖啡，談談政治以裝裝知識分子的架子。回想起床，是多麼天真，同人們在討論問題時候，常持以悲憤填胸、慷慨激昂認真的態度，但卻能夠保持著和藹融融的氣氛，情景比去翻看莎士比亞，或像聽聽目前東西政壇所發生的洛克希德事件還要興趣，認為這種會晤是天堂的聚合。

　　鹽分地帶多屬磽薄地質，缺乏生產條件的地方，因此這塊地上的人們，想法常與凡人迥異，年輕一輩們喜歡遠跑異鄉去謀發展，抱著堅強的向學精神，嶄新的企業經營計畫，開鑿了新構想與新意境。這些說法，與目前的臺灣實際情形不無吻合。因自光復之後，本省政壇的新血與企業鉅子，多由這塊磽薄地上所養成，這是由於刻苦，與運用銳敏的時代感覺帶來暢旺繁榮的景象。如僅以少數的鹽分地帶同人而言，因他們的熱衷心腸未曾消失，雖沒有豐厚的物資享受，唯在精神方面仍能站於鰲頭，與這一些新興階級並駕齊驅，其所抱的構想，已經成長茁壯，未有使他枯萎凋謝。

　　「鹽分地帶」這名詞呼稱於四十年前，當於臺灣文藝聯盟成立時候，佳里為該聯盟的支部，因與荒海毗連相接，平常不呼為佳里支部，以「鹽分地帶」之呼稱代之。該時的鹽分地帶同人並無限制參加資格，凡具有研究文學的熱忱，及有意贊助會務，或對社會有深切認識者一律歡迎參加。

　　文聯佳里支部成立伊始，日本人的猙獰真面目發動了大東亞戰爭，並懸揭了皇民化運動，強迫省民改名換姓，企圖剝奪民族靈魂。到處風聲鶴

喉，社會上失去了溫暖與希望，每個角落的寺廟被日憲強制拆除，民眾迷失信仰途徑，造成一片的空虛。此時的鹽分地帶同人只有備文影射日警，這樣一來，日警施加壓力益為嚴厲，同人們也招來無窮的困擾。

該時的鹽分地帶每個同人含著滿腹的可愛稚氣，想法天真，言行稍有偏激，唯個個都很安分守己，只有發表一些日本人討厭的文章外，殆無危害社會安寧的行動，但基於黃帝的子孫，不肯認賊作父，有些言論觸怒日警，這是基於民族的差異，與倫理道德的不同，因此常有勾心鬥角的事態發生，那是無可避免之事。

這塊地上的人們，譏鹽分地帶同人行動輕浮，想法天真；唯鑑於一個人享生於世，希望能在社會上有所作為，因此行動稍為積極，這些，是不是天真？有些人說：「人生的目的在期獲得最豐富的生活內容。」唯在日本帝國主義統治下的寶島上的人們，經常只有隱藏了真正的心聲，講究說謊，企圖掩護，既無長遠的理想可追，社會重心漸漸消逝。這些情形下，那裡會有豐富生活內容之可言。唯我們結果是中華民族的一分子，具備些抗暴的熱潮，展現著中華民族青年應有的風度，這些行徑是否天真？

鹽分地帶同人每月聚會一次，唯自日本人把戰場擴大，向英美宣戰以後，日警特務活動日趨激烈，臺灣因由於終日枉受盟機的轟炸，人心惶惶，終日忙於避難，生產幾乎完全停頓；一方面，鹽分地帶同人亦由毛雪芬的逝世，每月的聚會也於無形中打了終止符。此時省內各大報紙被迫採取劃一經營方式，由於物資缺乏嚴重，報紙著重報導戰況，而每逢星期三的副刊亦宣告休刊，同人們就此失去表示意志的園地，省內文筆活動終告息影。

二

一個具有智慧的面孔，必有經過了一段心身磨鍊才能鑄成。在賣淫窟裡的女性，找不出有動人的麗影，我們常在巴士中，或熱心在圖書館裡翻看書籍的人們中發現容貌不凡的人物，這種人似非生來就具有那麼樣的秀

逸。有人認為有豐富的物質享受，容貌就可以輕而易舉的改變。這些想法那是大錯而特錯了。物資享受僅能在身上添些無為的肉塊，與智慧的潛藏並無連帶關係。這些智慧洋溢的人物，經常僅以布衣披身，並沒有身上貼金，偽裝豔麗；他們係由書本上得到了哲學，其真理更能溶化滲入了肌膚，導致發揚光大。據說，從前有位身材短陋的學人，竟為一位校花窮追不捨，他醜惡面孔，如逢到庸俗的女性，必定投以冷視的眼色，但他的短小身材，其貌不揚的醜相有著光芒智慧的潛露，他的容貌如寄以一現代術語，無疑係一位最醜的美男子，結果，這最醜的美男子終獲佳人青睞，與如花似玉的女性成眷屬。

　　一個人的外表造型，與其生活環境息息相關。吳新榮雖無走過滿披荊棘坎坷的道路，但生於一個富有倫理道德的書香世家，他飽受了溫暖的精神陶冶，養成一副秀麗有深度的氣質。乃父吳萱草先生國學基礎好，在臺灣詩壇稱為浪漫派的先驅，平常抱定樂觀處世態度，在良好的家庭經濟環境下，將他送去東瀛，順利完成了醫學院的課程。他除了學醫之外，熱衷文學，涉獵中西哲學，培育一副智慧洋溢的面孔，這完全基於他的優良先天，及後天的文學修養。我們常常看到一個勤於農業的田夫，其容貌隨歲月的遷移，慢慢趨於朽瘦如柴的體態，同樣的，充滿了哲學氣氛的學人，因有一段思想的煎熬，否則無法刻成迷人的造像。篤實的田夫，與充滿了智慧的儒者容貌，均有其獨特之處，甚為迷人，為人們所仰慕不已的體型。

　　一個人的優劣長短之處，在同性間常無法得到圓滿的分析答案，唯異性所下定的觀察較接近可靠的境界，我曾在《南瀛文獻》發表了吳新榮的生平逸事，該文章刊登後，曾掀起了一場不大不小的反應，這是有關他與y女士的一段動人故事，該故事係描述一位男性的優處，竟為一位異性所識破拆穿，因此肇致彼此發生精神上莫大創傷。因經過情形頗為純潔，值得人類的同情與歎賞，不妨在此重新一提。

　　當於吳新榮的元配毛雪芬逝世後，他為了物色繼室之事，y女士是臺

南市最紅的助產士，她並非具有無可比擬的迷人容貌，唯其良好待人接物風度，與文靜高雅的談吐，曾為很多未婚的渡洋醫生們所羨慕追求。唯她心目中所想像的造型，並非終日為金錢所驅使的庸俗人物，此時她閱讀了他的〈亡妻記〉，同時，有一偶然的機會碰到了他的似睡非睡，很有哲學氣氛的容貌所迷住，甚至變得如癡如醉。她本應可與他訂婚，只因她含羞寡斷，造成了他另擇佳人的局面。她獲悉他訂婚消息後，幾乎發狂，因此生病而輟其助產工作約半載，據悉，目前她是年齡已達六十有三的未嫁處女。當他的第二公子南河君在某省立醫院實習時，她曾偷偷的去看看南河君的模樣，俗語說：「愛屋及烏」，真的半點都不會差錯。

　　鄉下人曾在吳新榮身上披掛了「大舅降」的別號，到底大舅降是何許人，我曾為這問題去探詢了幾位鄉下的老前輩。據說「大舅降」生於富有人家，嬌生慣養，養成一股眼中無人的驕傲習氣，平常寡言笑，很少與人打打招呼，村中的小孩們一看到他就走，因此，這位「降伯」不久即被稱為「大舅降」了。吳新榮態度嚴肅，寡言笑，雖具有「大舅降」之風，但遇到有趣的問題，也會捧腹哈哈大笑。

　　一個人的外表常為了自己的生活環境，及教養所影響而發生截然不同的造型一節，經已在前節述及。吳新榮因平常熟讀哲學書籍，其學識自有長人一等之處，因此，奠定了一種嚴肅而有深度的姿態，使人感到有點難予親近，導致部分鄉下人認為他的傲氣，與常人大有逕庭，我認為這是皮相的看法。其實，他具有常人無法模倣的熱誠，唯未盡了解他的人們，卻將「大舅降」的別號披在他的身上。我認為這個別稱聽起來蠻動人，不會因此而損到了他的尊嚴及品格，而「大舅降」其人，據說是位性情中人物，平生很樂意為人解決糾紛。

　　一個人的風度不可以單憑嘴巴就能形成了優美的品格，風度的優美仍係內在美的靈魂具現，要培育這些良好的品格，必須研讀書籍以陶冶其品性，經閱一段時光才能奠定崇高的典型。吳新榮有一種獨特的風格，完全歸功於鑽研書籍，有個豐厚的哲學基礎得來，所以說，一個人如果沒有哲

學背景，就無法產生新意境、新構想。當日警橫行巷間，視人命如草芥時候，他一直很安全的屹立於鄉里，這一批狠惡似虎的日警，未敢動他一根汗毛，這些殆與他的剛直，而且具有嚴肅不可侵犯之態度不無關係。

　　人的性格判別，需要經過多接觸，才能深入加以詳實的檢討，獲得正確的答案。吳新榮很尊重鄉下的長輩與忠厚誠實人，該時佳里鎮上有三位未曾受過任何教育的誠實村民，他們經常出入吳家，其親熱程度比如手足，即國術師劉論、請負業者（包商）黃騰、風塵女性阿玉姨，他對這三位賦有義氣的長者愛護備至，在鄉下傳為美談。

　　吳新榮在散文中說：「在這一簡陋的瑚琅山房裡住了一位失意的政客……」。光復後他曾擔任了三民主義青年團北門區隊主任，協助政府清理日本人遺下來的殘渣，同時亦擔任過臺南縣議員。這些短暫的地方政治工作，既不適任他的性格，更不應該因此而背上了「政客」的稱呼。他確實具有政治才幹，但所擔任過的工作，均非他由衷所欲的差事，如以他的才華，希望再爬上高一層樓，的確是輕而易舉的。

三

　　醫生是人群中的搖錢樹，吳新榮既畢業了醫學院，應該安心以盡其職分去大賺其財，唯他偏偏熱愛文學，認為醫生雖然可以拯世，但缺乏搖旗吶喊、振撼人心的作用。他文筆銳利，尤其喜愛參加筆戰，除此之外，他擅長新體詩及散文。他曾以〈臺灣文學自殺論〉為題，與郭天留大展筆戰，當他馳名於臺灣文壇時，我尚屬默默無名的後輩，但該時他的名氣已經紅透了整個文壇。〈臺灣文學自殺論〉我並無熟讀內容，無法深入了解真義，但依當時在日本帝國主義統治下的實際情況，人們對生的意義未敢存著奢望與苛求，只求沒有絕息、沒有沮喪。該時從事文學活動，多係業餘性質，偶有發表的文章，也僅係逢迎性質的作品，並非人類真正心聲，不能掀起矯正世風與美化醇俗的作用。

　　按吳新榮以〈亡妻記〉一篇，膺獲了整個臺灣文壇的推賞，被譽為

《浮生六記》的複版。〈亡妻記〉的優點，是每段中充滿了脈脈的詩情，夫妻的感情有如在詠詩的氣氛中。葉石濤曾在他的論叢中說：「吳新榮的散文，求真、求善、求美，發表在《臺灣文學》的〈亡妻記〉，把人的至純表露無遺。」〈亡妻記〉原以日文寫成，嗣經譯為中文，唯這篇譯文讀起來，不像原文那樣的生動，文中缺乏詩情的躍動，無法與原文媲美，缺具扣人心弦的手法。

　　吳新榮以文學評論家姿態睥睨臺灣文壇，在當時樹立了寫實派論客的旗幟，他除以〈臺灣文學自殺論〉與郭天留展開筆戰外，並與該時的臺南第二高等女學校教諭新垣光一，以「生活之藝術否、藝術之藝術否」為題，再展開為期數個月的爭論。他曾駁斥新垣光一為「象牙塔之鬼」，而轟動了臺灣文壇。他對新體詩的見地很深，曾在《震瀛隨想錄》說：「我對新詩發生興趣，及曾試作的內容，和年齡的增加（時代的變化）及人生觀（環境性）而變化，至現在可分為三期。第一期，青年時代也可謂浪漫主義期；第二期，壯年時代也可謂理想主義期；第三期，老年時代也可謂現實主義期……」。他在遺著所刊載的〈彷徨的亡靈〉的詩篇，乃係他青年時代的浪漫期所作，詩中的一節：

　　日落星出與我有關何？
　　我們只有彷徨只有歡歌！
　　甘露呀！一吻可醫無限的渴乏，
　　微笑呀！一瞬可慰永久的疲勞。

　　這是描寫一個處在浪漫時期的青年，其生活多麼渴望著「愛」的滋潤。這首詩在修詞方面有待考究，但該雄壯的詞調使讀者能深切體念其描寫意念。他的中文修養均憑其聰慧與靈感得來，他並無與乃父或跟老師學些中文的寫法，因此他的中文作品，均充滿了一套臺灣口音，雖然這是缺點，唯文意暢達極富幽默，描寫力有如一個很老成的作家。如國語講得很

流利的人，對他的滿篇充溢了臺灣語調的作品不無有點生疏的感覺。他曾在《震瀛隨想錄》說：

> ⋯⋯像國語中有「很」或「夠」等字眼，由臺灣話看來，很不順眼。所以除學校教育外，我主張在一般文盲的農村大眾，應有臺灣白話文的必要。有人說臺灣話是一種死話，我卻以為未必然。用正確的文字，來表現正確的白話，這必定可為理解國語的基礎；而且研究臺灣白話，使其成為有系統的方言，我相信這可以助長國語更進一步的發展。

他主張研究臺灣話以助長成為有系統的方言一節，目前的臺灣社會環境中，發現很多的臺灣語彙已經滲在日常的國語會話裡，聽起來蠻舒服，對他的提言，已經實現了若干了。

話再說回來，詩是韻律的文學，行間必須有韻律才能助長抒情的意景，這些條件應該沒有新舊詩態之分，否則，讀起來好像僅係文字的排列，乾燥無味。至於舊詩即著重平仄，對舊詩的平仄問題，他曾說：「⋯⋯我們受過日本教育的人，我們不經過祖國教育的人，對舊詩的什麼『平仄』，什麼『押韻』，覺得太生疏太麻煩了⋯⋯。」他因討厭平仄對舊詩的約束，所以他曾試作的幾首舊詩，雖然有豐碩的詩藻，但因缺乏韻律的躍動，結果不得不認為這幾首詩是個缺乏律調的作品。不過，我們認為否定平仄的這一舉動，並非出於他的本意，他曾說：「我是贊成楊雲萍兄的主張，有詩就有韻，不過我們對韻學的不了解和不研究，一時連詩韻也反對在內。」這一段是他對詩韻感覺生疏，並非反對詩韻的有力佐證。

光復後，鹽分地帶同人散於本省各角落，因此，互相失去砥礪切磋的機會。我因服務於比較靠近家鄉的公營事業機構，於星期日常抽空去找他閑談。與他談話中，發現他的呼吸有點吃力，據說，他的心臟病已經到了相當嚴重的階段，他的身體依然肥胖如故，行動已感相當困難。該時他正擔任臺南縣文獻委員會編纂組長，因此他的行醫本行幾乎輟業，專心從事

文獻的編纂工作，他的閱讀中文書籍可能此時最多，我會撰寫〈臺灣糖業史〉等數篇文章，亦在這時候。他雖擅長評論及新體詩之類，但如以一個學人立場而言，他實不愧為一位傑出的散文作家，他的《瑯琅山房隨筆集》裡的〈狗的故事〉、〈良醫良相〉、〈屁的故事〉等應列為上上品。

四

日本文壇有很多終日沉溺於酒色與賭博漩渦的作家，因其生活糜爛，與現實太為離譜，或許他們以為生活如無糜爛，無法產生膾炙人口的傑作。太宰治乃係代表性的生活糜爛作家，其程度將近發瘋，他除了喝酒玩女人之外，還要打打嗎啡才算得過癮。至於三島由紀夫即以憂國分子自居，玩弄革命手段，終以自毀其身以了結一生。在文學圈裡，視自己性命如草芥的人甚多，所以說，如不是精神病者，好像無法擔起作家的差事，也可以說，天才與笨才完全有如一張薄紙之隔。

吳新榮在《震瀛隨想錄》裡的〈光復前夕〉一文中說：「此次世界大戰發生的初期，在日本占據下的臺灣，像我們這樣的青年，誰都淪落在一個最悲慘的心境，而走向醉生夢死的路線。尤其眼看南京陷落，武漢告急的時候，誰都由失望而自暴，由絕望而自棄。甚至生出一種頹廢的生活理論，就是：『戰爭、賭博、戀愛同一論』，這說法，以當時的社會確有如此的情況，如意志不堅強的話，將產生太宰治那樣的病態。人人為了日本歪曲事實所掀起的戰爭，違背人類良心的行為，青年們為此響應『戰爭、賭博、戀愛』的頹廢生活理論乃係情非得已。戰爭、賭博、戀愛等問題，站在哲學邏輯上均係同一門類，可以說，人類每日均為這些問題爭執不休。」

黃寄珍在《震瀛隨想錄》序文裡說：「新榮君有粗放的一面，不修邊幅的性格，有時與他爭辯得氣惱萬分；但他也有細膩的一面，足以拉長補短……。」這段評語是道破了吳新榮的性格。黃寄珍與他是多年同學至友，其所置評甚為中肯，鄉下人為何不稱他為「肯奈迪」，而稱他為「大舅

降」？

　　我曾在《南瀛文獻》發表了〈吳新榮的生平逸事〉，該文裡曾描寫他為
一位濃厚的民族主義者，讚揚他是位愛國分子的看法，於今我的看法仍然
不變。按當時的臺灣社會情形，具有膽色敢與日警做正面的挑戰，的確是
一群曾去日本留學的青年們，他們在日本所看的警察是彬彬有禮，在臺灣
所看的警察，個個都是凶惡醜陋的面孔，這兩樣不同的態度，使青年們感
著悲哀與沮喪。因此，在交談之間，或發表文章的時候，均會觸到了日本
人的痛處，據說，日本警察曾列他為隨時要逮捕管束的危險分子。

　　臺灣的知識分子，向日本官憲所要求者僅為以公平對待省民而已，但
日本政府認為這是反叛行為。吳新榮在日本內地時曾遭了一段坎坷險惡的
教訓，回臺後，由於忙碌醫師行業，及隨年齡的增高，文筆活動斷斷續
續，正吻合了黃寄珍所說：「新榮君有粗放的一面，同時亦有細膩的一
面」，因為他此時已經是位好爸爸、好丈夫了。

　　吳新榮未有嗜酒、賭博等不良習慣，這與他的家學淵源、及環繞其周
圍的交友種類不無關係。他的家庭教育環境，係以研修國學為背景，個個
都有倫理道德的涵養，因此，於無形中培育了一股溫厚優雅的儒者風格。
他的人生行徑裡，雖有一段蹉跌的時光，但對這些，他都逆來順受；對培
育子女與家庭的營運，則持以穩紮穩打腳踏實地的作風，未有絲毫鬆懈。
這種堅強負責精神，多由於其夫人毛雪芬的賢慧、溫柔、體貼所致。

　　毛雪芬生於臺南縣望族毛家，其父毛麟綢曾擔任官派六甲庄長多年，
為人正義剛直，又伯父毛慶堂是一個賦有傳奇性的人物。毛慶堂年輕時曾
被僱鹽水港製糖會社擔任甘蔗推廣員，日本人給以月薪 15 元，他為這 15
元的薪水竟終日耿耿於懷，含羞一生。於是掀起對日本人的報復意念，即
以月薪 45 元僱一日本人為他餵養馬匹，該時當地的日本人支廳長為此大為
光火，臭罵該被僱去毛家餵馬的日本人為不知廉恥，背叛日本天皇陛下的
傢伙，但該日本人即報以：「支廳長閣下，四十五元的薪水比你還高呵，你
罵我有什麼用？」支廳長亦就啞口無言。毛慶堂的豪放大膽，是證明了他

的族人均含一股默默的抗拒異族的血潮，熱心尊奉民族主義的表現。

　　人生能否幸福，應以其結婚對象之當否為分岐點，吳新榮與毛雪芬的結合，不過為十年左右時光，唯他心靈上所得到的慰藉是無可比擬的，他的對象如不是她，可能他的人生觀將呈現了另一種的型式。總之，吳新榮是個對家庭，及對友人肯負起責任的人，而他對子女的教育即以「愛」為基本原則，因此他的子女們也以「愛」為目標，以作服務社會的根本指針，真是正吻合了鄭靜夫所說：「善人有善報」的倫理觀點。

──選自林芳年《林芳年選集》

臺北：中華日報社，1983 年 12 月

論吳新榮的精神歷程
以文學創作爲探究核心

◎林慧姃*

一、前言

　　本文研究的人物——吳新榮（1907～1967）是畢生擁抱鹽分地帶土地
與人民的「醫生作家」，其一生經歷日治、國府兩個政權，活動的面向涵蓋
文學、政治、文獻工作各層面，雖然他的精神歷程與日治時期臺灣的知識
分子一樣充滿「抵抗」與「挫折」，但站在臺灣文學研究的立場，我們如何
剖析這位具有代表性的作家的精神層面呢？

　　吳新榮的文學創作，包含詩歌、文學批評理論、隨筆、回憶錄、民俗
采風等，創作量非常豐富；他不但熱愛鄉土，關心大眾利益，對於殖民統
治更是充滿抵抗精神。本論中將試圖透過吳新榮的文學創作，探究吳新榮
一生每個時期的精神表徵，從文學的角度逐一呈現其精神歷程。

二、本論

（一）第一時期——民族精神的萌芽：從幼年到金川中學時代

　　吳新榮，字史民，號震瀛，1907 年（明治 40 年）陽曆 10 月 12 日生
於北門郡將軍庄。由於滿月後才登記戶口，戶籍登記的生日變為陽曆 11 月
12 日。這個日子恰巧與孫中山的生日同一天，後來就以 11 月 12 日做為自

*發表文章時為東海大學歷史學研究所碩士生，現為真理大學臺灣文學系講師、臺灣師範大學臺灣
語文學系博士生。

己的生日。[1]

　　吳新榮雖然出生在書香世家，畢竟也只是鹽分地帶的望族，生活環境仍舊因循鄉下的傳統，十分純樸。童年吳新榮的生活和一般農村子弟沒有兩樣，他在回憶錄中寫道：「夢鶴（指吳新榮）……未上學的時候，還留著一條的辮髮，辮髮剪後還留著一叢的顛髮。而且至上學校以前，他還未戴過一頂帽子，甚至上了學校後，也還未穿過一雙鞋子。……由學校歸來也時常走到園裡，巡視管顧甚至牧牛割草。」[2]這些經驗，也可能與日後社會主義思想的萌芽與實驗有些關聯，然而青少年時代思想的啓蒙和人格的塑造，以就讀臺灣總督府商業專門學校時期帶來的影響比較明顯。

　　關於吳新榮青少年時代在臺南商業專門學校的過程回憶錄記載不多，幸而透過《追思錄》中金川中學時代的室友戴明福的回憶始有具體說明，顯現少年吳新榮知識廣泛、政治興趣濃厚的原因，他曾向戴明福表示：「在商專的時代對歷史、地理有濃厚的興趣，有好老師分析，有前輩哲學老師做榜樣感化，又在台時有文化協會、農民運動的鬥士前輩言論所激發，朋友、刊物、讀書的影響，這種素質更是來自父親的遺傳……」[3]。

　　1922 年，吳新榮以 16 歲的年齡進入總督府商業專門學校預科。在校期間吳新榮對英語科教授林茂生最為景仰，因而在回憶錄寫道：「初期思想上的萌芽，可說受林茂生教授影響最大。」[4]由於臺灣總督府商業專門學校爲當時最高學府之一，學校來自全島各地，不乏新生的菁英分子。他們從各地帶來文化協會發動社會革命的消息，生長在政治、文化重鎮的中部學生，也常帶東京或上海發行的雜誌借同學閱讀，學生在這種環境的互動下，形成喜愛閱讀、思想作品的風氣。此時，吳新榮廣泛閱讀文、史、哲

---

[1]吳新榮，〈紀念國父百壽〉，收錄於張良澤主編《吳新榮全集 2‧琅琅山房隨筆》（臺北：遠景出版公司，1981 年），頁 166。
[2]吳新榮，《吳新榮回憶錄》（臺北：前衛出版公司，1989 年），頁 81。
[3]戴明福，〈回憶——我奇遇了吳新榮君〉，收錄於《震瀛追思錄》（臺南：琅琅山房，1977 年），頁 63。
[4]吳新榮，《吳新榮回憶錄》，頁 93。

書刊，由當時日本的國民主義、自然主義、現實主義的文藝作品，到中國的虛無主義、革命主義的社會思想。[5]這個階段廣泛的閱讀啓迪了吳新榮日後從事文學創作的動機。

此時文化協會的啟蒙運動已經在各地展開，對臺灣青年、學生產生巨大的影響，最為顯著的是民族主義的喚醒。[6]吳新榮因為學校在臺南，星期日常與同學前往關帝廟聆聽文化協會舉辦的文化講座。[7]文化協會演講的啓蒙，在吳新榮生命中注入時代的政治理念，使他開始關懷臺灣的社會問題；這一份對鄉土的認識，可說是他對國家民族懷抱理想的起步。

1925 年，臺灣總督府商業專門學校即將裁撤，校內學生多半各奔前程，吳新榮也選擇了負笈東瀛的道路，插班進入岡山市郊的金川中學繼續未完成的中學課程。金川中學具有濃厚的自由主義精神，特別尊重臺灣學生，在此，吳新榮得到很大啓發和鼓勵。

留日初期，吳新榮萌發了生命第一次民族主義的高潮。[8]當時，吳新榮透過同鄉會開始和六高學生陳逸松、蘇子蘅、黃介騫三人，與六高的中國學生接觸，一起出入中華會館，也經由他們口中知道中國傑出的文人郭沫若是六高出身。[9]時值孫中山到日本治療肝病，到神戶演講〈大亞細亞主義〉，吳新榮特地前往聆聽。受此影響，回校之後寫了一篇題目為〈爭鬥の奔流を睨視あれ〉的文章，公然抗議日本的侵華政策。由於金川中學的校長服部純雄是一位「新自由主義者」，甚至同情臺灣人，因而將這篇文章刊登於校刊《秀芳》第 30 號的卷頭。[10]

吳新榮在回憶錄上寫著：「夢鶴的思想萌芽，到這時候，已經成長為嫩**幼的雙翼了。**」[11]顯然地，吳新榮已完成思想的萌芽階段，開始向上成長。

---

[5]同前註，頁 94。
[6]蘇新，《未歸的臺共鬥魂──蘇新自傳與文集》（臺北：時報文化出版公司，1993 年），頁 134。
[7]吳新榮，《吳新榮回憶錄》，頁 96。
[8]吳新榮，〈紀念國父百壽〉，《吳新榮全集 2・琅琅山房隨筆》，頁 168。
[9]林忠勝，《陳逸松回憶錄──日據時代篇》（臺北：前衛出版公司，1994 年），頁 96～97。
[10]吳新榮，〈紀念國父百壽〉，《吳新榮全集 2・琅琅山房隨筆》，頁 166～167。
[11]吳新榮，《吳新榮回憶錄》，頁 109。

在這個階段，吳新榮也開始文學創作，金川中學校刊《秀芳》第 30 號不但刊載充滿民族感情的〈爭鬥の奔流を睨視あれ〉，吳新榮創作的五首漢詩〈偶成〉、〈仲秋有感〉、〈至下關門司〉、〈金川有感〉、〈金川雪夕〉亦在其中。[12]

吳新榮雖然一再謙稱自己沒有漢學的根柢，身為漢詩人的父親吳萱草也沒有教過他一個字，但是從他的回憶錄可以看出，在臺南商業專門學校的教育過程中，曾經學過北京話和習字，透過老師所傳授的中國習慣及民間故事，產生了對祖國的情懷。[13]吳新榮在金川中學時代，以漢詩五首刊登在校刊上，雖然教育過程中只接受過日本式的漢文啟迪，然而從發表的漢詩看來，其中不無存在古老文明傳承者之傲氣。

〈爭鬥の奔流を睨視あれ〉一文，以歷史是人類貴重的經驗記，未來唯一的指南針為開端，強調過去的歷史是強者——征服者的侵略史，將來的歷史也許是弱者——反抗者的鬥爭錄。接著以歷史觀點闡述西方帝國主義侵略弱小民族的進程，婉轉呼籲同為亞洲黃種人的日本，應該停止侵華的野心，視鄰邦中國為朋友，關心其內政的和平，順應世界的潮流。

吳新榮這篇文章，有寬廣的歷史視野，以及對祖國的深切的關懷，民族主義的精神深蘊其中。雖然對日本侵華行為的批判不夠鋒利，其膽識與氣魄貫穿全文，震撼人心，足見在吳新榮心中萌芽的民族精神，已逐漸達到巔峰。

（二）第二時期——對社會主義的憧憬：東京醫專留學時期

1920 年代，臺灣留學日本的學生，一方面受到日本民族主義思想高潮（1918 年）和第一次世界大戰結束後殖民地民族自決思潮的影響，另一方面又受到辛亥革命成功（1912 年）、俄國革命成功（1917 年）、五四運動（1919 年）、朝鮮獨立運動（1919 年）、中國共產黨成立（1921 年）和日

---

[12]吳新榮，〈爭鬥の奔流を睨視あれ〉、漢詩五首〈偶成〉、〈仲秋有感〉、〈至下關門司〉、〈金川有感〉、〈金川雪夕〉，《秀芳》第 30 號（1927 年 4 月），頁 4～8、37～38。
[13]吳新榮，《吳新榮回憶錄》，頁 92。

本共產黨成立（1922 年）等各方的衝擊，思想產生深刻的變化，民族意識
或社會意識均有覺醒。此時日本正逢有名的「大正民主時代」，民族主義運
動、思想都達到高潮，雖然有「治安維持法」控制政治活動，共產主義者
被視為企圖變更國體的非法危險分子，卻仍允許各派學術思想自由流通，
風氣開放。[14]瀰漫全國的思想氛圍，造成從 1923 年以後，共產主義思想在
日本思想界明顯抬頭，學校對馬克思主義研究的熱潮迅速增高，在東京的
臺灣留學生受其影響，亦逐漸興起以馬克思為主的社會科學研究熱潮。[15]

　　1928 年，吳新榮考進東京醫學專門學校，定居於戶塚的一間學生宿
舍，戶塚接近早稻田大學，當時最富盛名的早稻田左派教授大山郁夫就住
這附近。吳新榮初到東京時置身的環境，使他受到相當大的影響；如同他
在回憶錄寫的：「他在這滿街橫溢著新興的氣氛下，追隨大山的行跡，傍聽
大山的演講，不知有好幾次。大山郁夫有一個同志山本宣治，他不但是個
激進的政治家，又是一個偉大的生物學者，當他在帝國議會被右派暴徒刺
殺後，夢鶴（指吳新榮）也參加這個革命家的告別式，流了不少的熱
淚。」[16]更甚的是，這份思想與精神的感召，促使吳新榮東京醫專畢業後，
即到「山本宣治紀念病院」服務，研究社會醫學、預防醫學、民族醫學、
醫療制度等，也常到工廠地帶、近郊農村、韓人住區巡診。[17]以社會主義的
實踐完成東京時期的留學生活。

　　吳新榮熱衷於左派思想時，被「學術研究會」負責戶塚町班的臺南人
黃宗堯吸收參加「臺灣青年會」和「臺灣學術研究會」。[18]1929 年 2 月學術

[14]蘇新，《未歸的臺共鬥魂──蘇新自傳與文集》，頁 136。
[15]王乃信等譯《臺灣社會運動史（1913～1937）第一冊，文化運動》（臺北：創造出版社，1989
　年），頁 38。
[16]吳新榮，《吳新榮回憶錄》，頁 115～116。
[17]吳新榮，〈我的留學生活〉，收錄於張良澤主編，《吳新榮全集 1・亡妻記》（臺北：遠景出版公
　司，1981 年），頁 97～98。
[18]王乃信等譯，《臺灣社會運動史（1913～1937）第一冊・文化運動》，頁 48～49。吳新榮，〈我的
　留學生活〉，頁 97。由「臺灣學術研究會」的組織，以及吳新榮在〈我的留學生活〉所寫：
　「有一天一位臺南人來訪我，並勸我加入臺灣青年會及學術研究會。」兩處線索研判吳新榮由負
　責戶塚町班的臺南人黃宗堯吸收入會。

研究會獲得臺灣青年會的領導權，吳新榮被選為改組後青年會的幹部[19]，其政治信仰和政治活動皆表現出強烈的左翼色彩。最後雖在 1929 年掃蕩日共的「四一六」檢舉被捕入獄[20]，但經過一年的政治活動，吳新榮已被鍛練成一位堅定的左翼青年；政治的衝擊，使他更確立社會主義的信念。

此後，吳新榮漸漸與政治活動疏離，在準備接受醫師的國家試驗期間，恢復了對文學的創作，於 1930 年開始發表新詩作品。吳新榮在東京時期的詩文創作，透過強烈的馬克思主義，站在社會弱小者的立場，對缺乏公義的殖民體制，以文學形式進行批判。他在詩文中指涉階級問題，引發壓迫者與被壓迫者、統治者、資本家與無產大眾等對立的雙元概念，以堅定社會主義思想，闡論階級問題。但在殖民地社會，臺灣所有的階級，包括民族資本家在內，都是被壓迫者，因此殖民地臺灣的階級問題還帶有強烈的民族主義色彩。[21]

1930 年臺灣發生慘烈的霧社事件，吳新榮在日本看了報導「臺灣霧社暴動」的畫報之後，寫了一首新詩，表達對臺灣弱小民族的聲援，為被壓迫階級的反抗鬥爭留下紀錄，他以唱山歌調寫出臺語詩〈霧社出草歌〉[22]，以人道主義的精神，肯定臺灣弱勢族群原住民身為「人」的尊嚴，同情他們悲慘的歷史命運，他深信被壓迫階級雖然手無寸鐵，在反抗鬥爭中也能展現震撼的力量。因此他寫下這首詩：

雖然生番也是人／日日強迫無錢工／古早都敢反一過／這時敢就去投降
搶我土地佔我山／辱我妻女做我官／高嶺深坑飛未過／冬天雪夜餓加寒
我有一族數三千／雖然無刀也無銃／但是天地已寒冷／眼前那有紅頭兵

---

[19]王乃信等譯，《臺灣社會運動史（1913～1937）第一冊，文化運動》，頁 50。
[20]王乃信等譯，《臺灣社會運動史（1913～1937）第三冊，共產主義運動》（臺北：創造出版社，1989 年），頁 105～106。
[21]參見陳芳明，〈臺灣左翼詩學的掌旗者──吳新榮作品試論〉，發表於「南臺灣文學景觀──作家與土地」研討會，1994 年 7 月 16～17 日，頁 6。
[22]吳新榮，〈霧社出草歌〉，《吳新榮全集 1‧亡妻記》，頁 3。

相同於賴和聲援霧社事件的〈南國哀歌〉，不僅肯定原住民抗暴行為的正當性和犧牲的價值，而且在詩中直接控訴殖民統治者的殘酷血腥暴力。

又在〈試中雜詠〉[23]一詩中，陳述馬克思主義無產階級鬥爭的理念，相信無產階級專政的科學概念，儘管殖民地統治者的不斷叫囂、恫嚇，殖民地被壓迫、被剝削的人民終必獲得解放。詩一開頭就以「我必戰鬥／非但為民族也為人類／我必戰鬥／非但為國家也為社會」激昂展開，雖然在考試期間，吳新榮心中馬克思主義戰鬥的精神依然不敢鬆懈，當時他整個思想是沉浸在社會主義思潮裡的。從「否定暴力的人／卻肯定暴力」的詩句，我們看見吳新榮以文學創作者之身支持戰鬥與暴力的二元對立思想邏輯，也可看出吳新榮的國家社會關懷遠強於單純文學創作。

吳新榮在〈故鄉的輓歌〉[24]一詩中，對於當時日本以誘騙、欺罔、壓榨、剝削、掠奪的方式建立起來的殖民地資本主義，有生動的描繪及嚴厲的譴責，在新舊社會的對比當中，也流露出對資本主義社會疏離（異化）的感慨。吳新榮在詩中透過臺灣被日本殖民統治前後經濟生活的比對，刻畫出帝國主義底下臺灣農村經濟被剝削中人民生活的苦痛。這份從社會主義的思考當中表達出來的關懷，流露著急切喚醒臺灣同胞的心情，也可以看出，在吳新榮的心中，臺灣被壓迫的大眾，是他認同的兄弟。

吳新榮以醫生的身分接觸弱小的大眾，他的醫學信念與政治信念是結合在一起的。在〈不但啦也要啦〉[25]一詩中，反映出他學醫所懷抱的志向，具體道出一個臺灣醫生該有的使命，因此他詩中寫道：「南方的青年呀／我們學醫／不但要治自己的空腹／不但要圖家族的幸福／我們學醫／也要治社會的病毒／也要圖民族的光復」。這首臺語詩，也讓我們看到日治時期臺灣醫生投身反殖民體制運動的信念。

日治時期臺灣醫生好比舊時代的「新科舉」，擁有社會地位和豐厚的收

---

[23]吳新榮，〈試中雜詠〉，《吳新榮全集1・亡妻記》，頁7。
[24]吳新榮，〈故鄉的輓歌〉，《吳新榮全集1・亡妻記》，頁13～14。
[25]吳新榮，〈不但啦也要啦〉，《吳新榮全集1・亡妻記》，頁9。

入，社會上對醫生抱著欽羨的心態，但吳新榮對於新社會中功利的觀念，也在文章中提出批判，強調：「醫生不是人類的吸血鬼，也不是黃金的奴隸。醫生任何時都要為病社會的救護者，新世界的創造人」。[26]這樣的自我期許，促使吳新榮畢業後進入山本宣治紀念醫院，醫療普羅大眾。

吳新榮在東京時期的詩作把社會主義的精神發揮的即為透澈，他關心弱小民族，闡論階級問題，譴責日本殖民政府對殖民地的壓迫，表明他的醫學信念。此時，吳新榮也開始試以臺語寫詩，秉持左翼文學的觀點，試圖使語言等同於文字，因唯有透過我手寫我口的白話文，才能使缺乏教育的民眾經由熟悉的母語了解文學的義涵，使文學掙脫統治者的語言，達到大眾化的目的。這個階段，吳新榮以社會主義的思想從事創作，強烈的鬥爭、抗議之中，也洋溢青春的理想與憧憬。

（三）第三時期——立足鄉土的臺灣文學魂：留日歸臺到戰爭末期

吳新榮回臺之後，在佳里開業行醫，但仍未忘記他的理想，於是透過留學東京的見聞和吸取的經驗，於 1933 年成立「佳里青風會」。企圖以現代化的思想觀念和行動，建設朝氣蓬勃的文化生活、嚮導知識分子。

當時參加「青風會」的地方青年有郡役所（區署）、街庄役場（鄉鎮公所）、信用組合（農會）之臺灣人公務人員，總共有十幾人。這些人當中，以吳新榮、郭水潭、徐清吉為基礎分子，它們不僅有年輕人的熱情和農民的樸實堅毅，而且富有反功利的思想和進取性的行動，這些共同的性格，形成鹽分地帶社團的特色。

當時，「青風會」在鹽分地帶知識青年中間發揮了相當程度的影響力，吳新榮平時開放自宅供知識青年閱讀、討論、活動，透過這個組織形成一股知識青年的政治力量，不僅帶動鹽分地帶的文學活動，在地方各種產業組合的選舉中發揮影響力，更為戰後地方青年的政治參與奠下基礎。雖然「青風會」只維持兩個多月即告解散，但是已在鹽分地帶凝聚成一個青年

---

[26]吳新榮，〈點滴拾錄〉，《吳新榮全集 1‧亡妻記》，頁 79。

的派系。

「青風會」解散後剩下的幾個文學青年，變成為「鹽分地帶」初期的基本同人，先有吳新榮、郭水潭、徐清吉、王登山、陳培初、鄭國津、葉向榮、黃清澤，後來又有林精鏐、莊培初、黃炭、曾對、黃平堅、郭維鐘、陳挑琴加入，總共有 15 人，至此「鹽分地帶」一派逐漸形成。[27]

郭水潭在臺灣文藝聯盟的成立大會上，當選南部的負責委員。經過與文聯本部商量並獲得同意後，終於 6 月 1 日成立臺灣文藝聯盟佳里支部。部員有郭水潭、徐清吉、鄭國津、黃清澤、葉向榮、王登山、林精鏐、陳挑琴、黃平堅、曾對、郭維鐘、吳新榮 12 名。[28]「臺灣文藝聯盟佳里支部」的成立，是鹽分地帶文化活動的大事，自此以後，鹽分地帶的文學活動匯入臺灣新文學運動的主流。

從〈臺灣文藝聯盟佳里支部宣言〉來看，文學無法大眾化，也是鹽分地帶的文學青年極想突破的問題。在宣言中，他們深刻反省文學無法被民眾接受與認同的各種因素，也期望改變自以為是的文學態度，落實在生活中與民眾結合，並試圖透過文學修養的態度改變民眾對他們的觀感，促使文學進入民間，影響社會，普及庶民大眾。他們更在宣言中表明成立佳里支部，不僅是文聯的擴大強化，更要鮮明地表達地方性觀點，鼓足幹勁在開拓中的鹽分地帶，種植文學的花。[29]鹽分地帶同人主張文學須走向民眾，植根鄉土的左翼思想昭然若揭。

鹽分地帶並非以吳新榮行醫所在的佳里為主，而是以其周遭鄉鎮所構成的鹽分氣質下去定義的。因此，鹽分氣質所涵蓋的意義應該有二，一是在地理上以鹽分地帶的生活為中心的文學活動，一是在思想上以具有普羅思想色彩的文學作品為主。其中較值得注意的，自然是「普羅文學」一詞

---

[27]郭水潭，〈從「鹽分地帶」追憶吳新榮〉，收錄於羊子喬主編，《郭水潭集》（臺南：臺南縣立文化中心，1994 年），頁 250～251。
[28]吳新榮，〈民國 24 年（1935 年）6 月 1 日〉，收錄於張良澤主編，《吳新榮全集 6·吳新榮日記（戰前）》（臺北：遠景出版公司，1981 年），頁 15。
[29]郭水潭，〈臺灣文藝聯盟佳里支部宣言〉，《郭水潭集》，頁 176～177。

的出現。所謂普羅（Proletariat），指的是無產階級，亦即富有社會主義傾向的。這種精神，正是臺灣左翼文學運動的支柱。[30]

從 1930 年代吳新榮所領導的文學活動看來，在臺灣文學史上，鹽分地帶之所以成為文學重鎮，與當地文學風格的建立，有密切的關係，然而若沒有吳新榮的領導，恐怕鹽分地帶的文學風格也很難建立起來。

此外，吳新榮將從日本回臺以後至臺灣光復這一段時期，稱為「鹽分地帶時代」。這個時代生理、思想都發生變化，內在的理想主義已經轉變成為實踐的行動。此時意氣風發的吳新榮不但透過文學創作來反抗日本人對臺灣人橫暴的政策，更進一步糾合熱情的文化人，企圖建立明朗的生活，把握健康的人生，樹立對抗地方阿諛強權的舊勢力[31]，在順應時勢的發展中將建設鄉土文學的草根運動帶入臺灣新文學運動的主流。這個時期的作品，已經脫離學生時代那種理論的推演，透過行醫不但與弱小的大眾接觸，也在出診的過程中遍行鹽分地帶。

吳新榮在「鹽分地帶時代」的詩，對人民與土地充滿感情，並且呈現強烈的階級意識，對資本主義的剝削提出控訴。鹽分地帶的寫實精神和地方色彩在〈故鄉與春祭——僅以此篇獻給鹽分地帶的同志〉、〈四月二十六日南鯤鯓廟〉、〈煙囪〉、〈疾馳的別墅〉等詩中表露無遺。

〈故鄉與春祭〉[32]是一首由「河流」、「村莊」、「春祭」三個主題所組成的詩篇，吳新榮將這首詩篇獻給鹽分地帶的同志，表達對同志與鄉土的愛，也期待鹽分地帶文學的精神能透過這首詩與同志產生共鳴。

從「河流」這個主題可以看出，吳新榮對故鄉充滿強烈的情感，從小將軍溪引發他的遐想與憧憬，都是使他從鄉土出發創作詩篇的源頭。「河流」好比身上的「動脈」，供給他充沛鮮活的創作熱血，因此詩一開頭就寫

---

[30]陳芳明，〈臺灣左翼詩學的掌旗者——吳新榮作品試驗〉，發表於「南臺灣文學景觀——作家與土地」研討會，1994 年 7 月 16～17 日，頁 2。

[31]吳新榮，〈新詩與我〉，《吳新榮全集 2‧琅山房隨筆》，頁 172。

[32]吳新榮，〈故鄉與春祭——僅以此篇獻給鹽分地帶的同志〉，《吳新榮全集 1‧亡妻記》，頁 21～22。

著：

> 環繞故鄉的河流／是我身上的脈動／它激盪著我的熱情／使我永遠謳歌
> 詩篇／難得春祭我歸鄉的時候／我必不忘訪問這條河流

第二個主題「村落」，表現出吳新榮對故鄉風土的認同，是他生命的根
源。故鄉的歷史充滿祖先抵抗精神的遺跡，這股精神銜接了他的政治信念
創作風格。詩中強烈迸出「這村莊是我的心臟」，凝聚一個表現充滿生命動
力的焦點，強調抵抗精神是鄉土文學的重心。從鄉土培育出來的新生命，
也將繼承村莊的精神，不慕名利與富貴，唯有追求正義與真理。

> 被暮色包圍的村落／是我夢的故鄉／堡壘就在那不遠的／竹叢的稍間可
> 以看到／那述說歷史與傳統的滿苔壁上／砲眼已經崩頹／啊，從前我祖
> 先死守的村莊／這村莊是我的心臟／而我激跳的心臟沸騰著／昔時戰鬥
> 的血／在守衛土地與種族的鐵砲倉裡／今日掛上搖籃於鐵架之間／吾將
> 安眠於你的裙裾下／母親唱的搖籃歌裡／應該沒有名利與富貴／只有正
> 義之歌、真理之曲／飄入我夢

第三個主題「春祭」，透過鄉土傳統祭祀文化，描繪出人民在殖民統治
下被壓迫者生活的辛勞苦悶和物質的欠缺，以人民從祭典的熱鬧喧騰中得
到自由與解放情境的強烈對比，引出普羅大眾亟欲擺脫壓迫者的強烈渴
望。

> 欠收不是神們的作祟／沒有水流的埤圳／收入不足糊口／當平時累積的
> 鬱憤／承歡聲而飛時／人們的心才得明朗
> 保正那傢伙／喝酒臉紅通通來回吆喝／平日被趨使的打鼓者／故意敲得
> 特別響／保甲會議誰還來聽／今日春祭自由日／爆笑、示威和歡聲／人

們這樣就好了

　　這首詩是吳新榮在鹽分地帶建設臺灣鄉土文學的最佳示範,從經營的技巧看來,吳新榮沒有因為表現土地的愛或抵抗精神而犧牲詩的藝術性,在 1930 年代臺灣文學的創作場域中,是篇值得讚揚的詩作。

　　吳新榮心中,有強烈的歷史意識,他一直將鄭成功視為臺灣的開基先祖,並藉由史料見證臺灣民間信仰中的「王爺」是鄭成功的化身。〈四月二十六日南鯤鯓廟〉[33]一詩,除了描寫鹽分地帶香火鼎盛的南鯤鯓廟宇的王爺祭典,終末所揭櫫的歷史淵源與民族意識,則顯出殖民地臺灣抵抗意識中揮之不去的民族色彩。他寫道:

　　試翻閱青史的一頁/這四月二十六日裡/吾們的聖祖延平郡王/驅走紅毛領略澎湖/登陸熱蘭遮城/爾來興祠築廟/祭祀大漢英主民間義士

　　在吳新榮的文學創作中,並沒有遺忘資本主義社會中的階級問題,他的詩常表達對農民和勞動者的關心。〈煙囪〉[34]這首詩就是吳新榮針對製糖會社的剝削提出的強烈抗議。從這首詩中,也可看出南臺灣嘉南平原的特殊景觀。

　　青青甘蔗園連綿的大平原/五月風/涼爽吹來時/葉尾顫顫/次第傳著波浪/一幢白色壯觀的屋宇/浮現於遙遠的彼方/黑高的煙囪聳立/直接碧空/青——白——黑——碧/微風和葉波/那太過於和平的光景/任何畫家也畫不出來

　　這段詩表現出農村自然豐美的意境,連遠方白色壯觀的製糖會社、黑

---

[33]吳新榮,〈四月二十六日南鯤鯓廟〉,《吳新榮全集 1‧亡妻記》,頁 31～32。
[34]吳新榮,〈煙囪〉,《吳新榮全集 1‧亡妻記》,頁 27。

高聳立碧空的煙囪，都是構成這幅畫的文學地景。這是一幅象徵帝國資本主義神話的風景，但最後兩行詩卻諷刺地否定這個假象。因為後面繼續寫著：

> 但一到冬天／這白色的屋頂下／資本家嗤嗤而笑／這黑色煙囪上／喘出勞動者的嘆息／啊，榨出甘甜的甘蔗汁／流出腥腥的人間血！／於是煤煙與沙塵染遍了／陰慘灰色的平原／沉悶的天空／終至腐蝕了人們的心胸／啊，任何畫家也不能畫出／這歷然光景

資本家與勞動者的對立，藉此則導入詩中的主題。吳新榮以「榨出甘甜的甘蔗汁／流出腥腥的人間血」兩行詩，強烈象徵資本主義社會階級的對立，以及資本家剝削的本質，勞動者的苦痛，在此也如腥紅的鮮血般流露出來。在最後一段詩中，充滿勞動者被壓迫著無奈的怨恨，也點出蔗農在日本資本主義主導的臺灣糖業發展過程所經歷的真相，以及勞動者被剝削的過程。詩云：

> 不久結帳的日子到了／煙囪底下聚集的黑影／人人手裏兩張白紙／「領狀証」與「借用證」的金額／不平又何奈／哀嘆的妻子／挨餓的孩子／指著這白圭的高塔吧／白色的屋宇是枉死城／黑色的煙囪是怨恨的標的

顯然，吳新榮始終站在蔗農的立場，直言抨擊日本資本主義掌控下製糖會社的欺罔和壓榨行為，也表露出蔗農目睹饑餓的妻女，只能憤恨地望著象徵資本家的白色屋宇和黑色的煙囪的激烈無言。

殖民地的階級問題，也包含民族對立的問題，吳新榮在〈疾馳的別墅〉[35]一詩中，藉著描寫搭乘火車的經驗，凸顯臺灣人被視為二等公民的差

---

[35]吳新榮，〈疾馳的別墅〉，《吳新榮全集1‧亡妻記》，頁35～36。

別待遇，以及身為本土小資產階級──面對殖民者的自我觀看和認同過程中的游移與覺悟。原來，在穿和服的殖民者和穿燕尾服的資本家眼中，臺灣的本土小資產階級也被歧視為髒汙、卑下隸屬於擁擠「三等車廂」的公民。

> 如此擁擠連腳跟站的地方都沒有／我就注意到緊臨的二等車廂／何等雪白的套子套在椅子上／到處都空著沒人坐／對於這群婦孺與過勞的我而言／隔壁的車廂宛如天堂／至少這遠程的三分之一／至少這夜間的一兩小時／真想到那疾馳的別墅休息一下／我望了這年關的逼迫／引率妻和子魚貫而入／我像嘗得了一生的願望
>
> 又像一個大富翁／昂然一個人坐了一個位子／然後移目看了四周／不意四五個穿和服或燕尾服的人種／正驚奇的望向這邊！／我忽然注意到我古舊的西裝／和沾滿污泥的鞋子／次一瞬間我悟出偉大的發現：／假若這地上沒有……的話／就沒有畫了界線的天國／隨著夜漸深我們越感覺寒冷／還是三等車廂裏的人較溫暖／何況那體臭也令人懷念

　　在殖民統治的社會中，任何階級的臺灣人都受日本人歧視。在詩中，吳新榮將頭等車廂象徵為「天堂」，在天堂中應該是人人平等，享受兄弟姐妹的同胞親情，可是對殖民地的歧視劃分了臺灣人與日本人的社會地位與生活世界，使臺灣人逐漸失去自尊。由「還是三等車廂裏的人較溫暖／何況那體臭也令人懷念」這兩句詩，可以看出吳新榮的自我認同與國族認同，也表達出他向無產階級靠攏的階級意識。

　　這段時期創作風格向來陽剛的吳新榮，曾以一篇追念愛妻的悼文〈亡妻記〉轟動一時，該文被譽為臺灣的《浮生六記》，而膾炙人口飲譽不衰，這篇文章發表在戰爭時期，真摯的感情紓解了戰時的苦悶，因此特別感人肺腑。〈亡妻記〉分為前、後兩篇，分別刊登在張文環主編的《臺灣文學》，1942 年 7 月號及 10 月號。前篇〈亡妻記〉有個副題「逝去的青春日

記」。後篇〈亡妻記〉也有個副題「在世時的回憶」。〈亡妻記〉前篇是日記體，從前妻毛雪女士在她娘家六甲去世的 3 月 27 日開始寫起，大約每日有一篇，寫到 4 月 27 日，前後過了一個月。日記裡主要流露出的是失去愛妻的中年男子的感傷、沮喪、落寞和抑不住的悲傷和思慕。不過從民俗學來看，這前篇〈亡妻記〉也按日提供了臺灣人死後，繁雜的喪葬過程、人際往來、禮儀進行的大致內容。〈亡妻記〉後篇「在世時的回憶」主要寫的是，吳新榮和他的前妻毛雪在東京留學時代做為訂婚者來往的情形，訴說熱戀中互慕的愛意和關愛，在這樣純愛的紀錄中，吳新榮做為作家、詩人、文化人的敏感性表露無遺。

在鹽分地帶建設臺灣鄉土文學是吳新榮在這階段的理想。他否定了日本人認爲臺灣沒有文學的說辭，以寫實主義的精神提倡反映社會現象的大眾化文學，主張文學之根本在於其社會性和思想性。他的文學精神與鹽分地帶文學風格的建立密不可分。鹽分地帶作家以詩爲重心，充滿以集體意識闡揚社會主義的精神，形成一個富有地方特色的文學流派，吳新榮推動是不容忽視的。

（四）第四時期──挫敗後的依歸：戰後至逝世

戰爭的結束，帶給臺灣人無限的希望，許多知識分子期望透過政治、經濟、文化等各方面的重建，建設一個新臺灣，吳新榮亦滿懷重回祖國的喜悅，在戰後積極發揮知識分子的使命，組織三民主義青年團、參與臺南縣醫師公會、當選第一屆縣參議員。當時臺灣知識分子由於缺乏掌握時局的資訊來源，多半天真的認爲在祖國的懷抱中，有自由的空間可以發揮才能與施展抱負，在民族主義的驅動下，願爲社會服務、敢爲國家犧牲。但是隨著國民政府接收而來的政治腐敗、經濟萎縮、社會不安，使知識分子逐漸產生挫折感，雖然在二二八事變當中，知識分子發揮過安定地方的功能，也曾組織「二二八事件處理委員會」與行政長官公署抗衡，但是來自國民政府的軍事鎮壓和一連串的逮捕行動，使臺灣知識分子的心靈遭受強烈的衝擊，導致對政治的失望、恐懼和冷漠。

　　經過由二二八事變而起的政治受難，使吳新榮徬徨、消極，但是知識
分子的良心並未因此而滅絕。在調整生活和待人處事的原則之後，又重返
以往的生活領域，吳三連出馬競選國大代表，使吳新榮重新燃起政治的熱
情，他認為在當時的政治環境中，幫助吳三連當選才有政治的出路，因此
樂於幫吳三連助選。[36]吳新榮是熱衷政治的，但是戰後政治體質轉變，封建
的地方勢力依舊、金權介入選舉，光憑磊落的人格與民主思想的理念，已
無法說服逐漸被賄選左右的選民，因此吳新榮在戰後大小選舉中屢遭挫
折。

　　二二八事變促使吳新榮全面退出政治，在這人生的轉振點中[37]，適逢內
政部於 1952 年正月函囑臺灣省政府轉飭各縣市應設立文獻委員會，以纂修
地方志書。[38]當時臺南市已率先在 1951 年成立文獻委員會，石暘睢、楊熾
昌、莊松林、賴建銘等人曾到佳里訪吳新榮，由吳新榮帶領他們採訪民
俗。雖然吳新榮在日記上僅淡淡地寫道：「……自日人歸去以後，研究民俗
的問題像滅了跡，但最近又抬頭起來，是個可喜的現象……」。[39]日後他卻
積極訪問臺南縣議會議長陳華宗，對臺南縣文獻會之設置貢獻意見，並至
臺南訪問石暘睢參考文獻委員會之規程，至臺北訪問郭水潭談論文獻委員
會之問題。[40]

　　對吳新榮而言，文獻委員會恰好使他想致力於文化的抉擇得到出路，
而具有歷史意義的文獻工作亦適合其志向。因此吳新榮被新成立的臺南縣
文獻委員會聘請擔任編纂組長後，在日記上一再表示這是他最感興趣和持

---

[36]「吳新榮日記原稿」，1947 年 10 月 5 日。
[37]吳新榮，〈民國 36 年（1947 年）3 月 18 日〉，《吳新榮全集 7・吳新榮日記（戰後）》（臺北：遠景
出版公司，1981 年），頁 28。
[38]王世慶，〈參與光復後臺灣地區修志之回顧及對重修省志之管見〉，《臺灣文獻》（第 35 卷第 1
期），頁 2。
[39]吳新榮，〈民國 41 年（1952 年）1 月 30 日〉，《吳新榮全集 7・吳新榮日記（戰後）》，頁 20。
[40]「吳新榮日記原稿」，1952 年 3 月 16 日。
　「吳新榮日記原稿」，1952 年 7 月 23 日。
　「吳新榮日記原稿」，1952 年 8 月 29 日。
　「吳新榮日記原稿」，1952 年 3 月 9 日。

有希望的一件事，在精神上，他也認為文獻工作在當時是最有意義、最合乎他性格的，所以他願意為文獻工作來作些犧牲。[41]

臺南縣終於 1952 年成立文獻會，纂修地方縣志。吳新榮被聘為委員兼編纂組長，他將這份文獻工作視為個人的文化事業[42]，積極投入的過程中，也將他的精神歷程轉向懷抱臺灣鄉土的新里程。吳新榮在編纂組長任內，為了主編《臺南縣志稿》、編輯《南瀛文獻》，履勘了臺南縣轄內各地山川名勝，他所使用的科學方法不僅合乎戰後初期修志的要求，也展現他向來對科學精神的推崇。

從事文獻處理工作的過程中，吳新榮寫下許多民俗采風的紀錄，這些具有文獻資料價值的文章，後來輯為《南臺灣采風錄》與《震瀛採訪錄》。《南臺灣采風錄》所輯的文章，包含民間傳承、南部農村俚諺、鄉土・民俗雜考、修志文叢。《震瀛採訪錄》則輯錄吳新榮 1952 至 1966 年之間從事田野調查的紀錄。[43]

《南臺灣采風錄》中的民間傳承，多半採自臺南縣一帶的民間故事，這些鄉野傳說，經過吳新榮以史料佐證、或利用民俗學解釋之後，便成為地方文獻的素材。例如：〈北頭洋與飛番墓〉一文[44]，由北頭洋的發展與變遷，述及西拉雅族的蕭壟社平埔族的發源，荷蘭時代由印度引起耕年的畜牧歷史，並由風砂搬移二座砂崙到北頭洋的傳說，談起北頭洋的平埔族崇拜阿立祖的信仰內容及崇拜方式。由拜壺民族所敬拜的壺神與石器，論及民俗學的性器崇拜，最後則帶出北頭洋平埔族英雄程天興父子面聖三次的傳說。隨筆式的撰述技巧輕鬆自然流暢，富有淡淡的趣味。

《採訪錄》是吳新榮田野調查的紀錄，對於人、地、時、事，一一詳

---

[41]吳新榮，〈民國 41 年（1952 年）8 月 5 日〉，《吳新榮全集 7・吳新榮日記（戰後）》，頁 65。

[42]吳新榮，〈民國 41 年（1952 年）11 月 11 日〉、〈民國 42 年（1953 年）1 月 1 日、2 月 10 日、3 月 29 日〉，《吳新榮全集 7・吳新榮日記（戰後）》，頁 66～70。

[43]參見張良澤主編，《吳新榮全集 4・南臺灣采風錄》（臺北：遠景出版公司，1981 年），頁 1～4；《吳新榮全集 5・震瀛採訪錄》（臺北：遠景出版公司，1981 年），頁 1～6。

[44]吳新榮，〈北頭洋與飛番墓〉，《吳新榮全集 4・南臺灣采風錄》，頁 9～21。

盡報導，不論在任何時代閱讀，都能帶領讀者回到當時的場景，極具新聞意義與報導文學的效果。採訪記所採得的文獻資料，不但可做為修志參考，也可用爲田野調查、民俗采風的方法依據。

從吳新榮的采風，看到人民與土地的關係；透過歷史不斷延續，在土地上到處都可能留下人民生活的痕跡，在吳新榮心目中，點點滴滴都有其歷史、文化的意義。

戰後吳新榮從政治挫敗回歸鄉土之後，採訪之餘，常以生花妙筆描繪難以形容的身邊雜事，反映自己的見聞、體驗、感想，鮮明地刻畫出人、事、物特有的氣習。在文學上吳新榮以隨筆聞名。他認為隨筆的本質是「用其機智、諷刺、幽默、教養等來批判人生，而其批判的結果，再來具現新的人生」。而隨筆的方式是「隨興之所至、意之所至，隨意記錄，因其後先無復詮次」。[45]

戰後吳新榮大量從事隨筆的創作，其取材都直接和生活經驗有關，身為一個日治時期的臺灣醫生和文化人，所觸及的範圍大部分是醫學見聞或由文化引發的雜感，大致可分為——「人生哲學的彰顯」、「醫學見聞的雜感」、「萬物眾生的觀照」、「鄙俗題材的書寫」四種特色。他的《琅琅山房隨筆》裡〈狗的故事〉、〈屁的故事〉、〈玩石堅志〉、〈良醫良相〉等都可列為上品。吳新榮的隨筆輕鬆幽默，富有人生的智慧。作品的脈絡與分析，充滿科學觀念，新鮮而不陳腐，具有大眾化色彩。

在〈狗的故事〉一文中，經由一則夫婦無意中看見野狗交配之後的笑話，提出所謂「膣痙攣」的病理現象。吳新榮以醫者之筆行文，科學上的知識常高過於文學素養，字裡行間醫學知識的說明，使隨筆中的文學成分相對減少，但作品中常援引笑話、故事，將冷澈的醫學專業敘事，轉化為人間無奇不有的病理紀錄。然而在〈屁的故事〉一文中，不僅傳達醫學知識，行文之際一再展現作者的幽默風格，以男女之間放屁時相互的接受程

---

[45]吳新榮，〈情婦〉，《吳新榮全集2‧琅琅山房隨筆》，頁172。

度作為譬喻愛情的晴雨計──戀人→愛人→情人，妙趣直搗人心，因此這種由醫生視角切入書寫的隨筆特色，形成了施懿琳所謂的「醫生文學」。[46]

　　吳新榮隨筆的題材多元，其中也有將觸角延伸向「物」的關照，除了人以外，宇宙自然所存在的生物、無生物，甚至各種現象，都可在他行文走筆之間，展現流瀉的生命情調和光華輝映的「物趣」。在〈玩石堅志〉一文中，便描寫他從事文獻工作時對大大小小的「石」產生的研究和喜愛之心；遇見特殊或有紀念性的石器，不僅研究、賞玩，甚至視為珍寶。石頭、化石、石碑等，本身是無生命的，也從無有趣可言，但是透過吳新榮主觀的聯想，賦予它趣味，因此「無情」的石頭，看來也成「有情」了，他甚至認為「有情」的人生，不及「無情」的石頭，「石」似乎來得更為永恆。[47]

　　戰後的國語推行運動，使日治時期的作家，面臨語言、文字運用的困境，成為「跨越語言的一代」，吳新榮寫文章時將臺語寫成中文或日文，混然形成他語言、文字運用上的特色，頗有我手寫我口的意味，其大眾化的語言特質，使讀者倍感親切。

　　1952 年，吳新榮開始撰寫自傳式的隨筆《此時此地》，從歷史的軌跡反映他的心路歷程。《此時此地》最初以《震瀛回憶錄》為書名出版，從《震瀛回憶錄》的撰寫，可以發現吳新榮對歷史的重視，他不僅要寫下時代的歷史，而且也想讓自己成為歷史人物，名留青史，這可從他將寫詩的筆名取做「史民」看出端倪。

　　吳新榮能按計劃完成一本回憶錄，歸功於三十多年來有恆寫日記的習慣。他的日記提供的鉅細靡遺的紀錄，使他的回憶錄能道出自己的精神狀態，清楚交代歷史事件的始末，記載家族的重要大事。當今在臺灣史的研究中，其日記和回憶錄都成為珍貴的史料。

---

[46]「醫生文學」一說，參見施懿琳〈吳新榮《琅琅山房隨筆》初探〉，《國立中正大學學報》第 8 卷第 1 期（1997 年 12 月）。

[47]參見鄭黛雅，《冷澈的熱情者──吳新榮及其作品研究》，中興大學中國文學所碩士論文（1998 年 6 月）。

從《此時此地》的自序中,可以發現吳新榮是以唯物史觀撰寫這一部生活史的,他將社會組織分為封建主義末期、資本主義極期、社會主義初期,來看清朝時代、日本時代、民國時代,解釋祖、父、子在不同社會組織中所呈現的性格和處世態度。也期勉人類的將來以革命的精神,追求的真理[48];對於人類的前途他也充滿著對唯物史觀的信念。

吳新榮的民俗采風、隨筆、回憶錄從廣泛的定義來看,都是隨筆性質的文學創作。這個階段,一向與人民站在一起的吳新榮,被迫離開大眾,保持沉默,從政治挫敗回歸鄉土;他的文學創作也由於語言的限制,放棄詩篇走向隨筆與民俗采風。雖然民俗采風歷史、文獻的意義勝過文學價值,但是對於吳新榮而言,擁抱這塊被忽略的土地,實地採訪、調查、記錄,使人民在鄉土生活所累積的文化透過文獻工作而存續,使他個人感覺在精神上獲得永久的成就,締造空前絕後的事業。退出政壇的生活雖然平實,但此時吳新榮更可以凝視內外的新鮮事物,將其間的經驗,以隨筆的形式寫下許多雜記見聞。他的回憶錄,也成為歷史的見證,極有價值。

雖然他在現實政治上感到挫敗,但正好有機會讓他回歸鄉土文化,得到他終其一生的歸宿。

三、結論

綜合上述吳新榮的四個人生階段,正可看出四個階段的精神歷程。但貫穿其一生的不外是「熱情」而已。

尤其從他的文學創作中,不難看出他人道主義的精神。熱愛土地,關心人民、反抗極權統治,站在弱者的立場,維護正義、追求公理。而且希望透過文學大眾化的努力,普遍提升臺灣的文化水準。他擁抱鄉土,重視鹽分地帶的地方特色,致力解放臺灣,建設臺灣鄉土文學。因為他主張結合文字和語言,用臺語來寫作,使文章通俗化,拉近文學與大眾的距離,

---

[48]吳新榮,《吳新榮全集3‧此時此地》,頁3～4。

因而產生極爲動人的隨筆。他的民俗采風，保存許多地方文獻，也頗具報
導文學的功能。

　　由於吳新榮的耕耘，鹽分地帶至今仍繼續放射其特殊的魅力，吸引每
年慕名參加「鹽分地帶文藝營」的文學活動的人潮，新生代鹽分地帶作家
也多半起繼承其傳統，繼續發揚光大。同時，南臺灣一向文獻風氣大盛，
也是吳新榮開發出來的結果。吳新榮一生秉持知識分子的良知，在鹽分地
帶爲鄉土人民盡心盡力，其貢獻實有不可抹滅的歷史意義。

——選自「臺灣文學研討會」

臺北：淡水工商管理學院主辦，1995 年 11 月 4～5 日

——修改於 2014 年 4 月

吳新榮「震瀛詩集」初探

◎呂興昌*

一、前言

　　從事臺灣文學研究，文獻資料的蒐集整理至為重要，然而像筆者這類起步極晚，半路出家的「臺灣文學學者」，想要獲得第一手的原始資料，例如日據時期前輩作家的作品，可說戞戞乎其難矣。蓋老成凋謝，許多國寶級的作家作品，在學院毫不重視臺灣文學教學與研究的輕忽中，早已散佚殆盡。在我多次田野工作中最常聽到的喟歎便是：「你如果早十年……」是的，如果我早十年著手挖掘的工作，那麼許多活字典似的作家俱在，許多珍貴的文學資料尚未散失（例如廖漢臣先生及其收藏），也許我便不必多走冤枉路，研究工作也會更迅速更有效的展開。

　　正因為這個緣故，對於畢生奉獻心血，蒐集、整理、出版日據時期臺灣文學資料集的專家學者，筆者內心總是充滿無限的感激與崇敬，同時也見賢思齊，在無情時間的淘洗下，越來越迫切地想多挖一點資料。不錯，這個工作顯然是愈來愈不容易有什麼新成果，只不過筆者認為，文學資料的出現，有時是很偶然的，它常隨著不同的歷史階段而有令人意想不到的出土機會。因此，對於許多眾所公認早已不存人間、恐怕出土無望的資料，絕不能就此作罷，而應堅持鍥而不捨的傻勁，繼續追蹤，以期能夠重見天日，為臺灣文學的豐富有所貢獻。

　　就在這種認知下，筆者很偶然地，也很幸運地在諸多前輩、朋友的協

*發表文章時為清華大學中國語文學系教授，現為成功大學臺灣文學系兼任教授。

助下，蒐集到一些珍貴的手稿資料，例如鹽分地帶的詩人郭水潭、王登山等。最近又偶然發現鮮為人知的吳新榮「震瀛詩集」稿，遂決定撰文討論，公諸於世。

二、「震瀛詩集」的提出

1965 年 1 月 7 日，59 歲的吳新榮應笠詩社吳瀛濤之邀，為《笠》詩刊「詩史資料」專欄寫成一篇〈新詩與我〉，發表在 2 月 15 日出版的第 5 期。[1]該文描述一生創作新詩的歷程，分為三個時期：

> 第一期青年時代也可謂浪漫主義期，第二期壯年時代也可謂理想主義期，第三期老年時代也可謂現實主義期。第一期是學生時代⋯⋯這時代我稱為「搖籃時代」，所發表在同人雜誌或學友會誌的舊文詩三十五首，收錄在「震瀛詩集」稿第一卷。
>
> 第二期是我自日本回臺以後至臺灣光復的一段時期，我們自稱為「鹽分地帶時代」，所發表都在臺灣人主辦的文學雜誌及報紙的文藝欄。⋯⋯在此時代的作品比較少量，僅作二十五首收錄於「震瀛詩集」稿第二卷。
>
> 第三期是老年時期⋯⋯我所作的新詩不多，共十多首，為「震瀛詩集」稿第三卷。[2]

這段文字清楚地記錄了吳新榮在 1965 年或之前，曾將自己的詩作分期整理，編抄成稿，擬定的詩集名稱就叫「震瀛詩集」。

不久，笠詩社籌畫的「笠叢書」準備出版，吳瀛濤有意將吳新榮的詩集收入該叢書之中，吳新榮卻於 10 月 1 日致函婉拒，理由是：「我的詩集要編入笠詩叢是非常感覺光榮，但自光復後我很少寫詩，而且寫的都是一

---

[1] 見鄭喜夫，《吳新榮先生年譜初稿》（臺南：琅琊山房，1977 年 9 月），頁 126。
[2] 見吳新榮，〈新詩與我〉，《吳新榮全集 2‧琅琊山房隨筆》（臺北：遠景出版公司，1981 年 10 月），頁 171～177。

種自己安慰的程度而已，不能說可併入詩叢。」[3]這封信透露了吳新榮的謙虛以及「震瀛詩集」失去了一次出版行世的機會。

1967 年 2 月 22 日，吳新榮在臺北，與吳瀛濤見面，兩人談起整理光復前後新詩的計劃，吳新榮回臺南後，於 3 月初便將「震瀛詩集」寄給吳瀛濤，並於 3 月 3 日致函說明詩集的相關事宜：

> 拙稿……很幼稚的，不會有利用價值吧，勉強地說或者不會沒有存在價值。只要當做它是在日據時期苦悶的一個年青人所寫的笨拙的文字（而且是日本文）就是……可以將必要的部份以拔萃的方式發表，譯文雖有一點困難，不過如有適當的譯者，可以翻譯，譯好讓我看一下。出版費如果是按照你說的程度，我當會負擔。我想還是以全集的一部份出比較好。但如不適合這時代，也不妨當廢紙處理，……只是請記住我到了這樣的年代還不把詩忘掉了的這一點。[4]

可見吳新榮還是受到吳瀛濤的鼓舞，終於改變心意，決定以選集的方式正式出版詩集，而且有意請適當的人進行漢譯，同時還吐露了 61 歲的吳新榮對於詩的一往情深，無時或忘。

到了 3 月 27 日，吳新榮趁赴臺北之便，於下午五點多拜訪吳瀛濤，一見面便談起「震瀛詩集」的事，並另外帶來了其它找到的稿子。同時商量譯詩的事，最後決定最好還是自譯為佳，於是吳新榮又把詩稿連同新找到的稿子全部帶回。[5]可是當天晚上，吳新榮赴友人祝宴，九時許感覺身體不適，在飯店旅館部休息，到了 11 點便溘然辭世，病因是心肌梗塞。

由此可見，吳新榮臨終之前的幾個小時，是決定自己將詩作翻譯之後出版的，可惜他這個心願已不及實現。

---

[3]見吳瀛濤，〈新榮兄書簡錄·第四封信〉，《震瀛追思錄》（臺南：琅琅山房，1977 年 3 月），頁 191。
[4]見吳瀛濤，〈新榮兄書簡錄·第九封信〉，《震瀛追思錄》，頁 195。
[5]同前註，吳瀛濤附記，頁 196。

　　1977 年 3 月 27 日，吳新榮逝世十週年，張良澤受吳氏遺族之託編輯
的《震瀛採訪錄》、《震瀛回憶錄》大功告成，但其中並未提及「震瀛詩
集」。到了 1981 年 10 月，同樣由張良澤主編的《吳新榮全集》八冊出版，
雖在第一冊《亡妻記》中收錄了若干詩歌，但在〈致讀者——代總序〉
裡，張良澤清點吳氏一生的「有形遺產」，除了編輯雜誌、編輯別人詩集、
出版個人著作外，尚有

　　未出版遺稿——
　　　1. 日記（共三十二冊）
　　　2.〈亡妻記〉自譯稿
　　焚燬文稿——不可考

也未提及「震瀛詩集」。此外，張良澤在全集第八冊附錄了一篇根據鄭喜夫
《吳新榮先生年譜初稿》刪補的〈吳新榮先生事略年譜〉，特別將吳新榮一
生的詩作逐篇繫年，其中漏編了一些詩，如 1930 年的〈懊惱〉、〈悲歌〉、
〈怨詞〉、〈懺悔〉、〈更正〉、〈鬱金香〉、〈玉蘭花〉等，均不在年譜中。由
此可見，張良澤在整理吳新榮資料時，雖然曾經翻譯了吳氏日記（即 1943
年 7 月 1 日部分），知道吳氏有編輯「震瀛詩集」的計劃，但他似乎仍未曾
發現這部「震瀛詩集」事實已大致編好。職此之故，一般人甚至是研究臺
灣文學的學者，根據全集所輯的詩篇，總認為吳新榮一生所有的詩作不過
三十首左右而已[6]，其實，這是不正確的。即使不計戰後的作品，光就日據
時期而言，吳氏現存的詩作，總數便達九十篇之譜。如果再加上有目無詩
的部分，篇數當然更多。
　　如所週知，吳新榮是日據時期臺南地區鹽分地帶詩人群的核心人物，
在文學運動的推展上貢獻極大，這不只是他做為醫生的社會地位使然，也

---

[6]如陳芳明〈臺灣左翼詩學的掌旗者：吳新榮作品試論〉（高雄：一九九四臺灣文化會議論文，1994
年 7 月），便認為如此。

不僅是他對臺灣文化、文學強烈的使命感與旺盛的活動力使然，更重要的是他本身以相當數量的詩篇，證明了他是一位優秀的「鄉土詩人」。[7]而要了解吳氏做為一個臺灣詩人的全貌，當然不能只看目前行世的有限詩作，因此，對於抄錄吳氏畢生心血所寄的「震瀛詩集」，自必予以較仔細的探討，本文之作，正是企圖把「震瀛詩集」的相關問題提出討論，以就教於方家。

三、「震瀛詩集」已收作品

前節提到，1967 年，吳新榮曾將整理好的「震瀛詩集」稿寄給吳瀛濤，臨終之前又取回準備自譯出版，這部詩稿可能一直由其家人珍藏著。到了 1992 年 3 月，吳家把所有吳新榮的手稿、藏書全部捐給吳三連臺灣史料基金會，可能詩稿也一齊轉由該會庋藏。此外，尚有一部「吳新榮詩文稿」，也由該會珍藏，其中詩作部分有若干首並不在「震瀛詩集」之中，合計二稿，去其重複，再加上散見其他文獻的作品，便是吳新榮現存詩作的總數。

不過，這部「震瀛詩集」雖然與〈新詩與我〉一文所提到的那部卷數一樣，同為三卷，但作品分期的方式卻有不同。〈新詩與我〉的分期如下：

> 第一期青年時代，也可謂浪漫主義期……學生時代……搖籃時代……舊詩文三十五首，收錄在「震瀛詩集」稿第一卷。
> 第二期……自日本回臺以後至臺灣光復……為鹽分地帶時代……二十五首，收錄於「震瀛詩集」稿第二卷。
> 第三期是老年時期……共十多首，為「震瀛詩集」稿第三卷。

而吳三連基金會所藏的「震瀛詩集」稿（以下簡稱「基金會藏稿」）的分期

---

[7]「鄉土詩人」一詞見吳新榮，〈鹽分地帶的回顧〉，《吳新榮全集 1・亡妻記》（臺北：遠景出版公司，1981 年 10 月），頁 269。

卻是：

　　第一卷　自昭和二年至昭和七年　三十八枚　三十五首　東都游學時代
　　搖籃時代
　　第二卷　自昭和七年至昭和十二年　四十二枚　二十五首　鹽分地帶時
　　代（前期時代）
　　第三卷　自昭和十五年至昭和十□年　□□枚□首□台灣文學時代（中
　　期時代）（後期時代）

這三卷詩，就實際編輯而言，吳新榮幾乎全已編上頁碼（稿紙一張為 1
頁），即第一卷自頁 1～38，第二卷自頁 39～80，第三卷中期時代自頁 81
～98（時期則自 1940～1943）；至於後期時代，則各詩自為起迄，並未自
頁 99 續編，而且摻入一首戰後的〈歡迎祖國軍來〉，其餘則全是戰前之
作，同時還收有他人的作品，編錄較為混亂，似乎只是先行抄錄，準備正
式就編時再行去取。

　　據此推斷，如果吳新榮撰寫〈新詩與我〉，已照文中所述，編好詩集，
那部詩集顯然不是現存的「基金會藏稿」，至於他寄給吳瀛濤的，到底是現
存僅有的這部「基金會藏稿」或〈新詩與我〉所述重編的另一部，則已無
法考訂。

　　不過可以確定的是，這部「基金會藏稿」絕對是日據末期開始編輯，
戰後略加補充的作品。這除了從第三卷仍用昭和年號，且後期時代摻有戰
後詩可以看出外，也可以從吳新榮自己的日記中得到證明。

　　1943 年 7 月 1 日，吳新榮在日記中如此記載：

　　接到林榮子來函後（筆者案：繼室林英良答應吳新榮求婚），過去數月的
　　混亂心境終於恢復了平靜。於是把到目前為止所寫的詩稿集成「震瀛詩
　　集」。為何要如此做？因為自己深覺目前正處於時代的轉捩點。同時朋友

還告訴我我的詩境已陷入困境，我自己也頗有同感。因此，這部詩集將

如下分成四期：

第一、東都游學時代……搖籃期

第二、鹽分地帶時代……前期

第三、臺灣文學時代……中期

第四、　　　　　　　……後期

現在仍處於第三期中，至於第四期則尚在未知之天。

7 月 3 日的日記則記載：

連續二晚抄寫「震瀛詩集」，搖籃期大致已完成，共計三十三首，三十七

張稿紙，自己很驚訝，這些詩幾乎不是全屬戀愛詩，而是鬥爭之作。

到了 7 月 6 日，鹽分地帶時代 42 張，25 首；7 月 7 日，臺灣文學時代

17 張，9 首，也陸續完成。[8] 短短一個禮拜時間，便已全部編竣，足見吳氏

編集態度之積極。雖然篇數、頁數略有出入，但可確定日記所述正是現存

的這部「基金會藏稿」。因此，要研究吳新榮日據時期的詩作，這份資料至

為重要。

底下便先就這部「震瀛詩集」所收詩篇的相關問題略加敘述：

第一卷　收詩 35 首　1927 年～1932 年

1.〈題中山全集〉　漢詩　六言四句

　　1927 年 4 月 29 日作

2.〈偶成〉　漢詩　七言四句（非七絕，平仄不合）

3.〈仲秋有感〉　漢詩　七言四句（非七絕，平仄不合）

4.〈初至關門〉　漢詩　七言四句（非七絕，平仄不合）

---

[8] 四段日記均見吳新榮日記原本，現藏吳三連臺灣史料基金會。譯文由葉笛口譯，筆者整理寫定。

5.〈金川有感〉 漢詩 七言四句（非七絕，平仄不合）

6.〈金川雪夕〉 漢詩 七言四句（非七絕，平仄不合）

　　以上五首發表於日本金川中學自敬會刊行的《秀芳》雜誌第 30 期，1927 年 4 月。

7.〈巨人〉 日文詩 吳新榮自譯（散文形式）

8.〈若き詩人へ〉（給年輕的詩人） 未譯

9.〈處女なる君よさらば〉（再見在室的你） 未譯

10.〈憬れ〉星群 （嚮往） 未譯

11.〈思ひ〉撫子 （思慕） 未譯

　　以上五首發表於東京醫專蒼海會發行的《蒼海》創刊號，1929 年 11 月。

　　〈巨人〉吳氏自譯為散文，收於《吳新榮全集 1·亡妻記》中之〈點滴拾錄〉第十則。

12.〈兩腳獸〉 華語詩

13.〈阿母呀〉 臺語詩

14.〈懊惱〉 日文詩

15.〈悲歌〉 日文詩

16.〈怨詞〉 日文詩

17.〈懺悔〉 日文詩

18.〈更生〉 日文詩

　　以上七首發表於《南瀛》創刊號，1930 年 2 月 10 日。

　　〈兩腳獸〉吳氏又以散文形式收於《吳新榮全集 1·亡妻記》中之〈點滴拾錄〉，為第五則。

19.〈探妹墓〉 漢詩 七言四句 二首

20.〈呈南方的青年〉 臺語詩

21.〈春──鳳嬌に贈る〉（春──贈鳳嬌） 未譯

22.〈新生の力〉（新生之力） 張良澤譯

23.〈誰が罪だ〉（誰之罪） 未譯

24.〈鬱金香——Tulip〉（鬱金香） 日文詩 未譯

　　以上六首發表於《南瀛》第 2 號，1930 年 8 月。

　　〈探妹墓〉原為散文〈憶亡妹〉文末附詩，編入「詩集」時加上詩題。

　　〈呈南方的青年〉原題作〈不但啦也要啦〉。

25.〈玉蘭花〉 日文詩 未譯

　　發表於《東醫校誌》，卷期不詳，1930 年。

26.〈題霧社暴動畫報〉 臺語詩山歌調

　　作於 1930 年 10 月 29 日，後改題為〈霧社出草歌〉。

27.〈聖愛嗎！清戀嗎！〉 華語詩

28.〈花園に步みて〉（花園漫步） 未譯

　　二詩發表於《南瀛》第 3 號，1931 年 6 月 27 日。

29.〈亡靈は徨ふ〉（徬徨的亡靈） 吳新榮自譯

　　發表於《東醫校誌》，卷期不詳，1931 年。

30.〈躍動〉 臺語詩

31.〈美人〉 臺語詩

32.〈故鄉的挽歌〉 臺語詩

　　以上三首發表於東京里門會《里門會誌》創刊號，1931 年 11 月 22 日。

33.〈獨愁〉 華語詩

　　發表於《南瀛》第 4 號，1932 年 9 月 1 日，後吳氏將此詩寫入〈亡妻記〉中。

34.〈櫂手よ梶手よ〉（擺槳的喲掌舵的喲） 林春成譯 張良澤譯

　　此為吳氏致妻書簡中之詩，1932 年作，後吳氏將此詩寫入〈亡妻記〉中。

35.〈雜詠〉 日文詩 張良澤譯

　　發表於《南瀛》第 4 號，1932 年 9 月 1 日，原題〈試中雜詠〉，以「延陵生」之名發表。

第二卷　收詩 25 首　1932 年～1937 年

36.〈結婚の言葉〉（結婚辭）　林春成譯　張良澤譯

　　此為吳新榮致友人書簡中之詩，1932 年作，後吳氏將此詩寫入〈亡妻記〉中。

37.〈故鄉〉　日文詩　未譯

38.〈再起〉（再起的衝動）　吳新榮自譯

39.〈月下にて認む〉（月下確認）　未譯

　　以上三詩不知是否曾經發表。〈故鄉〉作於 1935 年 4 月 16 日。

40.〈五月の思ひ出〉（五月的回憶）　未譯

　　發表於《臺灣新聞》，1933 年。

41.〈最後の返禮〉（最後的答禮）　未譯

　　發表於《南瀛》第 5 號，1933 年 7 月。

42.〈生れ里と春の祭・一、川〉（故鄉與春祭・河流）　張良澤譯

43.〈生れ里と春の祭・二、村〉（故鄉與春祭・村莊）　吳新榮自譯　張良澤譯

44.〈生れ里と春の祭・三、春祭〉（故鄉與春祭・春祭）　張良澤譯

　　發表於《臺灣文藝》第 2 卷第 6 號，1935 年 6 月，〈村〉一詩吳氏曾自譯於〈新詩與我〉一文中，題〈故鄉的回想〉。

45.〈煙突〉（煙囪）　吳新榮自譯　張良澤譯

　　發表於《臺灣文藝》第 2 卷第 8、9 合併號，1935 年 8 月。吳氏自譯題為〈天柱的煙筒〉。

46.〈南鯤鯓廟祭〉　日文詩　張良澤譯

　　發表於《臺灣文藝》第 2 卷第 10 號，1935 年 10 月。原題〈四月廿六日——南鯤鯓廟〉。

47. 〈道路〉（公路）　吳新榮自譯

　　發表於《臺灣新聞》，1936 年，月日不詳。

48. 〈吾輩は嵐の信奉者──村を出た男への言葉〉（吾們是狂風暴雨的信

　　徒──給離村者的話）　張良澤譯

　　發表於《臺灣新聞》，1935 年，月日不詳。此詩與 1935 年 8 月 30 日

日記所記之〈村を見棄つた男への送る〉不知是否同一首詩。

49. 〈疾走する別墅〉（疾駛的別墅）　吳新榮自譯　陳千武譯　張良澤譯

　　發表於《臺灣新文學》創刊號，1935 年 12 月。吳氏自譯題為〈夜行

車──天國般的夜車〉。

50. 〈妻を叱を〉（妻在罵了）　未譯

　　吳氏自註發表於《臺灣新文學》，1935 年。然遍查該刊各期，並無此

詩，恐係投稿未蒙刊用。

51. 〈鹽分地帶の春を歌ふ〉（歌頌鹽分地帶之春）　吳新榮自譯

　　未知是否曾經發表。吳氏譯文以毛筆直接書於詩稿下方。

52. 〈農民の歌〉（農民之歌）　張良澤譯

53. 〈鍛冶屋〉　日文詩（打鐵店）　未譯

　　二詩發表於《臺灣新文學》第 1 卷第 6 號，1936 年 7 月。

　　然該刊所載〈鍛冶屋〉之作者卻為「葉向榮」，不知係吳氏以葉向榮之

名發表，抑或純屬誤收。案：葉向榮亦鹽分地帶作家。

54. 〈世界の良心〉　吳新榮自譯　張良澤譯

　　發表於《臺灣文藝》第 3 卷第 2 號，1936 年 1 月。

55. 〈思想〉　日文詩　陳千武譯

56. 〈都會〉　日文詩　吳新榮自譯

57. 〈牛乳と蓬萊米〉（牛乳與蓬萊米）　月中泉譯

　　以上三詩發表於《臺灣文藝》第 3 卷第 3 號，1936 年 2 月 29 日。〈思

想〉一詩，據吳氏 1936 年 2 月 12 日日記，原題〈詩と思想〉。但〈都會〉

作者題葉向榮，〈牛乳與蓬萊米〉題曾曉青。據吳氏 1936 年 3 月 12 日日

記，應是葉、曾二人之作，然吳氏既先編入「震瀛詩集」，後又將〈都會〉譯為中文，輯為「日據時期自由詩九首」[9]，因此到底是吳氏誤收或原即以葉、曾二人之名發表，頗難斷定。

58. 〈混亂期の終末〉（混亂期的終末）　吳新榮自譯　陳千武譯　張良澤譯

59. 〈自畫像〉　日文詩　吳新榮自譯　張良澤譯
   二詩發表於《臺灣新文學》2 卷第 4 號，1937 年 5 月。

60. 〈大崗山の麓に哭く──陳清鐘君の靈前に捧ぐ〉（大崗山麓哭陳清鐘君）　未譯
   發表於《臺灣新聞》，1937 年，月日不詳。

第三卷　（中期時代）　1937～

61. 〈恩師に捧ぐ〉（獻給恩師）　張良澤譯
   發表於《南瀛會誌》第 5 期，1942 年 11 月。

62. 〈舊都回想〉　日文詩　未譯

63. 〈南郊悲歌〉　日文詩　未譯
   二詩均未曾發表，作於 1939 年 9 月。

64. 〈心の盜人〉（盜心賊）　陳千武譯
   發表於《臺灣文學》第 2 卷第 2 號，1942 年 3 月。

65. 〈旅愁〉　日文詩　吳新榮自譯
   發表於《臺灣文學》第 3 卷第 1 號，1943 年 1 月。

66. 〈瑯琊山房回想〉　漢詩　七言二首
   發表於《臺灣文學》第 3 卷第 2 號，1943 年 4 月。

67. 〈大東亞戰爭に捧ぐ〉（獻給大東亞戰爭）　未譯
   發表於《興南新聞》，1943 年，月日不詳。

68. 〈天文と人文〉（天文與人文）　未譯

---

[9]這是吳新榮自譯日文詩之手稿，以毛筆書寫，現藏吳三連臺灣史料基金會。

未發表，作於 1942 年 12 月。

69.〈白柚吟社句集〉　日文俳句　未譯

發表於《鳳凰》，1944 年。

（後期時代）

70.〈青風を吊ふ〉（弔青風）　未譯

作於 1933 年 12 月 31 日，未知發表與否，作者題為「焦黑生」。

71.〈懷古──阿姨に捧ぐ〉（懷古──獻給阿姨）　未譯

作於 1933 年 5 月 9 日，未知是否發表。

72.〈或る老人の思ひ出話〉（某老人的回憶）　未譯

作於 1936 年 1 月 28 日，未知發表與否。

從這份篇目清單可以看出，除了三篇作品尚不能確定作者到底誰屬之外，吳氏收於「震瀛詩集」的日據時代詩作，共計 69 篇。

四、「震瀛詩集」未收作品

然而吳新榮的日據時期詩作，還不僅僅這 69 首，有許多「震瀛詩集」稿未收入的作品仍須加以爬梳，底下分別從不同的文獻資料說明這些漏收之作。

（一）見於雜誌未被編入「震瀛詩集」稿者：

73.〈這是什麼情〉　華語詩

發表於《南瀛》創刊號，1930 年 2 月 10 日。

74.〈無題〉　日文詩

75.〈疑〉　臺語詩

二詩發表於《南瀛》第 2 號，1930 年 8 月 26 日。

76.〈贈書〉　日文詩　吳新榮自譯

77.〈三月八日の翌日──最初の女性に捧ぐ〉（三月八日翌日──獻給最初的女性）　未譯

　　二詩發表於《南瀛》第 4 號，1932 年 9 月 1 日。

　　〈贈書〉吳氏自譯為散文形式，成為〈點滴拾錄〉第八則。〈三月八日〉詩以「藝里」筆名發表。

78. 〈冬の朝夕〉（冬之朝夕）　未譯

　　發表於《臺灣文藝》第 3 卷第 3 號，1936 年 2 月。

　　作者題吳德修，但據吳新榮 1936 年 2 月 12 日日記所記，乃吳氏借德修之名發表者。

（二）見於「日據時期自由詩九首」者：

79. 〈餘錄（二）〉　漢詩　四言四句

　　寫作與發表時也均不詳。

（三）見於「吳新榮詩文稿」者：[10]

80. 〈この町は嫌になった〉（這城市令人厭煩）　未譯

81. 〈私は逃れる〉（遁逃）　未譯

　　二詩無寫作或發表時地資料。

（四）見於《吳新榮全集 6・吳新榮日記（戰前）》者：

82. 〈羊群〉　日文詩　張良澤譯

　　記於 1933 年 11 月 14 日。

83. 〈題茉莉花──菲律賓國花〉　華文詩

84. 〈不圖天下事〉　漢詩　五言四句

　　記於 1937 年 8 月 13 日，詩題筆者所擬，乃此詩首句。

85. 〈國破山河在〉　漢詩　五言四句

　　記於 1937 年 12 月 13 日，詩題筆者所擬，乃此詩首句。

86. 〈若有支配我思想的人格者〉　日文詩　張良澤譯

　　記於 1938 年 6 月 22 日，詩題筆者所擬，乃此詩首句。

---

[10]這是吳新榮的日文詩文稿，中多修改處，可能是定稿之前的底稿，現藏吳三連臺灣史料基金會。

87.　〈不管東西亂醉遊〉　漢詩　七言四句

　　　記於 1942 年 6 月 22 日，詩題筆者所擬，乃此詩首句。

88.　〈崔浩奇才雖難求〉　漢詩　七言四句

　　　記於 1942 年 10 月 3 日，詩題筆者所擬，乃此詩首句。

（五）見於 1966 年自編《震瀛隨想錄》者：

89.　〈鼠と羊〉（鼠與羊）　林春城譯　張良澤譯

　　　此為〈亡妻記〉中詩，題目為筆者所擬。

90.　〈古都行〉　華語詩

　　　此為吳氏據〈盜心賊〉一詩，以華語再創作之詩[11]，唯何時所作不詳，吳氏自註，「1941 年《台灣文學》」，恐誤。

（六）見於《震瀛回憶錄》者：

91.　〈異鄉逢舊友〉　漢詩　五言八句
92.　〈又是睡難去〉　漢詩　五言四句

　　　二詩載於第八節，詩題筆者所擬，均各詩首句。

（七）僅存詩題，未見詩作者：

1.　〈鹽分地帶の人人へ〉（給鹽分地帶的人們）
2.　〈白髮の處女〉（白髮的處女）

　　　二詩見 1935 年 4 月 17 日日記。

3.　〈エチオピアを援けよ〉（援救衣索比亞喲）

　　　見 1935 年 10 月 10 日日記。此詩應是針對當時義大利入侵衣索比亞，國際聯盟於 10 月 7 日宣布義大利為侵略者而作。

4.　〈青春〉

　　　見 1936 年 2 月 26 日日記。

5.　〈破戀詩〉

---

[11]此從張良澤在《吳新榮全集 1・亡妻記》所錄此詩之按語。

　　見 1936 年 3 月 5 日日記。

6.〈古畫帖〉

　　見 1936 年 3 月 16 日日記。

　　總計「震瀛詩集」已收作品 69 篇（作者存疑三首不計），未收作品 20 首，可知吳新榮現存詩作全數為 89 篇。

　　在這 89 篇作品中，就語言形式區分，計日文新詩 60 篇，數量最多，其次為漢詩，15 篇，再其次是臺語詩 7 篇，華語詩 6 篇，最後是日本俳句，占一篇（事實上是一題數首），如果將臺語、華語、漢詩等合計，其數 28 篇，剛略等於日文詩 60 篇的一半。

　　這種現象，就鹽分地帶的詩人群而言，是極為特殊的，因為除了吳新榮之外，其他像郭水潭、王登山、林精鏐、莊培初等人，幾乎全都只用日文從事新詩創作。雖然吳氏不止一次謙稱自己沒有漢文的根底，其父吳萱草雖是著名的漢詩人，也未曾教過他一個字，而且除日本式的漢文讀法以外，未曾讀過古式的書房[12]，然而從他 1933～1936 年的日記全以華文書寫看來，他還是相當熱衷於華文的學習的，他在〈自傳〉中曾說，早在就讀臺南商業專門學校時（16 歲～19 歲），「雖然日人禁止教育漢文，但我們在有志在此暗暗地自己學習到我國國文」[13]，足見吳氏學習華文是早於赴日留學的。因此，他的詩作中有三分之一是華文、漢文、臺語詩，也就不足為奇了。

　　底下擬從三個方面來探討吳新榮這些作品所呈現出來的現象，即：臺語詩（包括漢詩）、左翼詩觀與戰爭體制的反應。

---

[12]見吳新榮，〈語文〉，《吳新榮全集 2・琑琅山房隨筆》，頁 61，又同書〈談詩〉，頁 99。
[13]這份〈自傳〉係手稿，現藏吳三連臺灣史料基金會。

五、吳新榮的臺語詩

　　1920 年代早期，臺灣文學在「新舊文學論爭」中，主要是為了解決語言的問題，而當時新文學家堅持的是對抗舊文學的「白話文」，這白話文就是張我軍等人自中國引進的「中國白話文」，理論上說，語言與文字合一，以我手寫我口，當時的臺灣作家是頗為贊成的，但在實踐的過程中，他們發現臺灣的口與中國的口差異極大，因此，同樣稱作「口語」的「白話文」，從臺灣作家看來，是有極大的閱讀障礙的。因此，到了 1930 年代，在追求文學本土化的「鄉土文學論戰」中，相對於中國白話的「臺灣話文」也就應運而生，部分詩人如楊華，遂在中國白話詩之外，也抒寫了不少臺灣話文詩。[14]

　　這段期間，吳新榮尚在日本求學，他可能並不清楚島內正在進行一場語言的論爭。然而，遠在扶桑的他，卻也很自然地，在日文詩之外，寫起母語詩來，總數是七首。

　　這七首作品是：〈阿母呀〉、〈呈南方的青年〉、〈題霧社暴動畫報〉、〈躍動〉、〈美人〉、〈故鄉的挽歌〉、〈疑〉。

　　從臺語的文字標記而言，這幾首詩大致採用訓讀的書寫方式，偶而則用音讀；使用音讀，就華語而言，會造成語義的障礙，但用訓讀，雖然語義較貫串，但從臺語的立場看，則又顯得生澀難讀。這種現象在臺語尚未完成文字化、統一化以為，是相當平常的事，即使到了 1990 年代，如果仍採用訓讀與音讀，照樣無法解決這個難題。例如〈美人〉一詩，描寫搭車驚豔的浪漫情懷，首三句云：

　　　　打是絕世的美人？

　　　　也是至美的妖婦？

---

[14]見呂興昌，〈引黑潮之洪濤環流全球──楊華詩解讀〉《臺灣文藝》新生版第 3 期（1994 年 6 月）。

　　不疑誤和你同車又同驛

　　「絕世的」的「的」是訓讀，讀做 e；「打是」的「打」是音讀，讀
taN，意指「到底」、「究竟」；「也是」亦是音讀，意指「或是」，讀 asi 或
iasi；「不疑誤」亦為音讀，意指「沒想到」，讀 bo gi gou；「和你」的
「和」，「又同驛」的「又」，則都是訓讀，前者讀 ka 或 kap，後者讀 koh。
可見這種臺語詩必須訓讀音讀交錯進行，如果對臺語詩缺少同情的了解，
再加上完全站在華語中心的立場來看待它，就難免要加以排斥了。

　　從詩的精神內容看，吳新榮這幾首臺語詩，除了〈阿母呀〉寫親情，
〈躍動〉讚美心臟的力之美，〈美人〉寫驚豔，〈疑〉可能是抒發愛情挫
折，較偏於個人情感的詠歎外，其餘三篇則全屬社會性的觀照；這些赴日
求學時代的少作，正如吳氏自編詩集所說的，具有強烈鬥爭、抗議的意
味。像〈呈南方的青年〉（即〈不但啦也要啦〉），在臺語「不但」（m na）
「也要」（a beh）不斷重複的節奏中，企圖掃除「社會的病毒」、追求「民
族的光復」、「奪還一切的自由」、「打倒人間的怨仇」，而這種抗爭正是一個
學醫的青年終身的職志。從吳氏這真摯的呼籲中，我們彷彿目睹了日據時
期那些從事民族鬥爭與文化運動的諸多醫生們，凜然的先覺風範。

　　再如〈故鄉的挽歌〉，作者特別標明「讀地方音」，更是如實地反映了
殖民統治下臺灣農民飽受剝削的「心聲」。此詩前三段採用對比的手法寫出
臺灣人民以手工舂米時代的滿足與和諧，但到了以機器大量碾米的時代，
反而變成多人餓死的慘況，充分凸顯日本帝國主義者以經濟資本化來壓榨
臺灣人的橫逆與霸道。最後一段說：

　　　現在呢！
　　　登記濟證已屬別人的，
　　　稅金不納不准你動犁，
　　　生死病痛不管你東西，

又嚇又罵說這是時世。

把臺灣人民走投無路的困境簡捷地點出，詩題〈挽歌〉，則遊學異國之知識分子對於故鄉陷入絕境的焦急與無奈也就溢於言表了。

至於〈題霧社暴動畫報〉（即〈霧社出草歌〉），標明「唱山歌調」，顯然也是要透過臺灣人的肺腑，表現出對於原住民的真誠關懷。1930 年 10 月 27 日，霧社發生原住民襲殺日本吏民一百餘人的抗日事件，日本軍警大舉出動圍剿，是為霧社事件。事件後第二日，吳新榮即作此詩聲援原住民；詩的前二段云：

雖然生番也是人，日日強迫無錢工；
古早都敢反一過，這時敢就去投降。

搶我土地佔我山，辱我妻女做我官；
高嶺深坑飛未過，冬天雪夜餓加寒。

既道出原住民之所以起義的原因，也趁勢鼓舞原住民，希望他們一本傳統的反抗精神，雖在日方大軍反擊下，也不輕言放棄、投降。「這時敢就去投降」，「敢就」讀「Kam to」，意謂「難道需要」，整句意指原住民絕對會抗爭到底。此詩不管題為〈霧社出草歌〉或〈題霧社暴動畫報〉，都具有強烈的抗爭暗示：「出草」強調正面的攻擊，是忍無可忍的孤注一擲；「暴動」云云，顯然是吳氏在東京閱報所見日本逕以「暴動」看待這次的事件，如此則詩題雖為反面的暴動，本文卻正面的肯定原住民的抗暴，吳新榮有意挑戰日本觀點的用心，不言可喻。

附帶一提吳新榮的漢詩作品。

所謂漢詩，原指在臺灣的古典詩歌，應屬傳統詩範圍，但由於吳氏所作的漢詩，其平仄韻律均不合傳統詩的規矩，可說只是採取五、七言的形

式而已，與古詩之精神面貌並不相同，再加上當時之漢詩，全以臺語吟詠，因此可以吟詠，因此可以把這類作品視為廣義的臺語詩。

吳氏對這類舊詩或漢詩，觀念上也是不重視其平仄規矩的，例如戰後寫〈新詩與我〉時便說：

> 我們受過日本教育的人，我們不經過「五四運動」的人，舊詩的什麼「平仄」什麼「典韻」，覺得太生疏太麻煩了。[15]

另外在〈養病自語〉一文的〈養病吟〉題詩之後也說：

> 舊詩本有平仄，但像我們這輩人，因受教育在日據時代，對國文沒有根底，所以勉強撰來撰去，結局成了這樣無平仄的詩，而且自己也很得意，說走胡適的路線，不重典故不必平仄。[16]

雖然不合舊詩格律，但仍深覺得意的原因，除了生疏之外，主要還是認為精神內容最為重要，至於形式，原是可以一再變換的，戰後即使已被選為傳統詩社的社長，也仍然認為：

> 我想這個舊革囊要來盛新酒，要來加添時代精神⋯⋯至於詩的形式，我們不必拘束，形式是歷史造成的，英國有英國的形式⋯⋯古代有古代的形式，現代有現代的形式。[17]

以這種觀念加以實踐的結果，吳新榮的漢詩自也有他特殊的風味在。例如1942 年讀完上村忠治所著作《從詩人看支那文化》一書後，詩興大發，有

---

[15]吳新榮，〈新詩與我〉，《吳新榮全集 2・琅琅山房隨筆》，頁 171。
[16]吳新榮，〈養病自語〉，《吳新榮全集 2・琅琅山房隨筆》，頁 3。
[17]吳新榮，〈談詩〉，《吳新榮全集 2・琅琅山房隨筆》，頁 101。

詩云：

> 崔浩奇才雖難求　　何知恩愛變怨仇
> 三十六年如大夢　　萬卷詩史可忘憂

與 1937 年所寫的：

> 不圖天下事　　不讀社會書
> 默默獨圖生　　日日依然舊

兩相對照，後者的鬱鬱沉悶與前者的意氣飛揚，各自恰如分，可謂不是古詩的古詩，別有蹊徑了。

　　總之，吳新榮的臺語詩，雖然並非已臻上乘之作，但從臺語文學發展的歷史脈絡去觀察，仍然是值得重視的歷史資料。

六、吳新榮的左翼詩觀

　　陳芳明在最近的一篇論文裡，特別強調吳新榮是「左翼詩學的掌旗者」，他從吳氏赴日遊學正值日本社會主義運動最為蓬勃的時期談起，追蹤吳氏加入臺灣青年會、臺灣學術研究會（臺共東京特別支部的外圍組織），並成為研究會的會計部幹部，當臺共東京特別支部遭受檢舉，多人被捕時吳氏與其他未入獄者發表宣言抗議，結果被捕入獄，從而鍛鍊成一位左翼青年，因為經歷了政治的衝擊，使他確立社會主義的信念。[18]

　　吳新榮留學時代是位具有改革理想的社會主義者，這是不爭的事實，在此僅補充一些鮮為人知的資料，證明此項事實的無可置疑。

　　吳三連臺灣史料基金會所藏的吳新榮捐贈資料裡，有好幾大冊精裝的

---

[18] 陳芳明〈臺灣左翼詩學的掌旗者——吳新榮作品試論〉，發表於「南臺灣文學景觀——作家與土地」研討會，1994 年 7 月 16～17 日。

剪報集，只要翻閱過，便知道這是吳氏留學東京所讀雜誌的分類剪報，分類項目甚多，有國際現勢、傳記、會報、創作、拔萃……，各類都有手寫目錄的編製，這些吳氏親手編目、分類精裝的剪報集，書背均燙有鉛字，乍看令人以為係出版社的出版品，由此可見吳氏對這些資料是如何的珍視。

從這批剪報集中可以發現，許多 1920 年代末 1930 年代初的日本左翼刊物，甚至臺灣文化協會分裂後的機關刊物，幾乎全在剪藏之中，底下將這些刊物的名稱列出並略加說明：

　　改造　　大眾（無產階級評論雜誌）
　　中央公論　　新興科學
　　政治批判　　インタナショナル（無產勞動調查所編輯）
　　河上肇社會問題研究　　學生運動
　　社會思想　　ナップ（全日本無產者藝術團體協議會機關誌）
　　法律戰線
　　勞農　　戰旗
　　勞働者　　文藝戰線
　　農民運動　　大左派
　　閃火　　プロレタリア（文藝戰線打倒同盟刊物）
　　プロレタリア文化　　臺灣大眾時報
　　プロレタリア文學（日本プロレタリア作家同盟機關誌）

剪報集中有一部分是所有這些刊物封面的匯集，另一部分則是將這些刊物的發刊詞輯在一起，至於左翼創作包括詩與小說，也分別各自匯編。所收刊物最晚到 1932 年為止，可以確定這批資料都是留日時期購閱，1932 年返臺時帶回整理的。

從赴日時購閱這些左翼雜誌，返臺後分類編成剪報集，可以證明日據

時期的吳新榮，他整個思想是沉浸在社會主義的思潮裡的，因此，他許多
重要的詩作都具有左翼的詩想，毋寧是極為自然的事。而這方面的討論，
前面提到的陳芳明論文已處理得相當精闢，此地不贅，僅補充該文未見的
幾首作品做為參證，例如 1932 年在畢業考試期間所寫的〈贈書〉一詩中便
如此說道：

> 「自覺的個人便是社會」
> 如此主張的你　我送你歷史唯物論
> 「並不是為議論而議論」
> 而是要給你徹底理解我內心的努力
> 在實際觀念上不能互相尊敬的人
> 彼此要成為朋友是痛苦的
> 等到我們確定在辨證法上成為真正的同道
> 那時再來徹夜長談吧
> 再說一遍　無論何時理論應有系統
> 無論何時真理本應嚴肅[19]

做為一個社會主義者，吳新榮苦於朋友的不能志同道合，只好以贈送《歷
史唯物論》來改變對方的個人主義，詩雖然流於觀念敘述，但左翼的立場
至為顯明。

再看〈最後的答禮〉一詩：

> 最深重的恩惠
> 如果資本主義願意把它賞給我們
> 我們最後的答禮

---

[19] 此詩吳新榮雖曾自譯為散文式的〈點滴拾錄〉第八則，但關鍵字眼均已略去，故重行翻譯，譯文
由葉笛口譯，筆者整理寫定。

> 絕不吝惜
> 把生活的全部如數
> 一舉償還給他
> 「你們小資產階級清償不了啦」
> 如果有人如此叱罵
> 注意聽　火的繼承者是率直的
> 而實踐率直正是鬥爭的途徑[20]

「火的繼承者」所指為何？在 1936 年所寫的〈農民之歌〉裡可以得到印證，該詩表現農人渡臺開闢新天新地的精神說：「我們的祖先持有一種偉大的東西／他們相信那東西是一種火／那火發自五體，則／臨大敵而奮戰到底／為生活而勞動不息／最後不忘把那火傳給子孫……／這火是燧火而不是煙花／這火有時如雷電奔騰／……／啊，想起我們祖先的往昔吧／當他們初臨大地時／雙手空空什麼也沒有／有的只是一葉扁舟一把鋤頭」。在歷史記憶中，來自階級的鬥爭遂與民族的抗爭結為一體，這火正是面對異族統治與階級不平的反擊。這種站在民族立場，表現弱小民族悲慘處境的作品尚有〈羊群〉一詩：

> 牧童鞭打的羊群
> 將被帶去屠場就死
> 有蹄腳而不戰鬥
> 我可不如此
> 啊，牧場甚窄
> 啊，絕種可悲

---

[20]譯文由葉笛口譯，筆者整理寫定。

只不過吳氏不願意屈服於永被宰制的殖民命運罷了。

1933 年 5 月 1 日，返臺已經八月的吳新榮，眼見臺灣的社會運動、政治運動飽受殖民當局鎮壓，幾乎全部消聲匿跡，不禁感慨萬千，憶起去年仍在東京，目睹五一勞動節工人遊行的場面，遂有〈五月的回憶〉之作，表現了臺、日被剝削階級類似的處境，期待臺灣也能激起相同的抗爭：

　　患病的同志也好
　　受傷的鬥士也好
　　這一天全在隊伍中
　　英勇地吶喊

　　被虐的市民也罷
　　煩惱的階級也罷
　　朝著相同的目的地
　　大家臂挽著臂邁進

　　被鐵蹄驅散的
　　民眾又向每個城市推進
　　每個板壁都寫了字
　　一見醒目的字就高喊
　　○○○○○萬歲[21]

素樸的語言，直率的節奏，不假修飾的激情，把勞動階級的神態表露無遺，這些都鮮明地道出吳新榮社會主義的關懷面。

---

[21]譯文由葉笛口譯，筆者整理寫定。

七、對於戰爭體制的反應

　　日據末期進入戰爭體制，許多臺灣作家或自願或被迫表態反應有關
「聖戰」的「想法」，皇民化運動也如火如荼地展開，吳新榮當然也無法倖
免，例如 1942 年 11 月 8 日日記記載參加皇民奉公會北門郡支會的委員
會，12 月 1 日提到準備參加在臺南舉行的大東亞文學者會議作家座談會，
1943 年 11 月 12 日赴圓山參加臺灣文學決戰會戰。而之前的 1940 年 11 月
23 日，甚至已在考慮如果非改姓名不可，應如何進行才不會辱沒祖宗的辦
法。

　　值得注意的是 1943 年 12 月 3 日，吳新榮曾經寄了一篇詩稿給黃得
時，黃即將該詩登於《興南新聞》文藝欄，詩題是〈獻給大東亞戰爭〉。

　　表面看來，這似乎是一首呼應當局戰爭體制的作品，尤其是末二行更
清楚地表明了歌頌這場戰爭的態度。然而細讀全詩，卻又大謬不然，甚至
還可讀出另一層幽微的涵意。茲將全詩引錄如下：

　　　地軸不斷迴轉

　　　歷史永遠延續

　　　我　站在新高山上思索

　　　東臨渺渺太平洋

　　　西控茫茫亞細亞大陸

　　　北繫神州日本列島

　　　南顧熱國馬來群島

　　　啊本島　咱台灣

　　　東亞的中心　世界的關口

　　　太陽燦爛輝耀四方

　　　萬物活潑生機勃然

> 我　站在新高山上瞭望
>
> 那邊麥哲倫海峽歷史古老
>
> 對面巴拿馬運河未免過窄
>
> 右手澳大利亞說是別有洞天
>
> 左手阿留申列嶼恰似踏腳石
>
> 啊　這大海　太平洋
>
> 新時代之搖籃　新世紀之祭壇
>
> 硝煙已在海中每個島嶼升起
>
> 爆聲也在密林各個角落響遍
>
> 我　站在新高山上呼喚
>
> 勤勉的黃帝子孫
>
> 勇敢的成吉思汗末裔
>
> 虔誠的釋迦弟子
>
> 大家一齊與天孫的子民相繼奮起吧
>
> 啊　這場戰爭　大東亞之戰
>
> 新秩序的建設　新文化的創造[22]

從整首詩的發展脈絡來看，末段固然有表面迎合時局，歌頌大東亞之戰的意味，但這只是障眼法，是故意留下「光明的尾巴」，詩的重點仍在前二段所醞釀的暗示。

第一段，透過整齊對照的地理方位，點出臺灣確為東亞的中心，在此，日本與其他諸國並列，而臺灣正處諸國的樞紐地位，隱隱之中已將臺灣從殖民地的從屬身分解放開來，提升成與東亞諸國並駕齊驅的獨立實體。

第二段承前，更進一步把臺灣置放在整個世界的視野中來觀照，這

---

[22]譯文由葉笛口譯，筆者整理寫定。

時，日本已不在考慮之內，臺灣真正成為世界的關口，未來充滿希望與可能。

如此解讀後，第三段的暗示意義亦可咀嚼得出，在前二段的「思索」與「瞭望」後，詩中的我終於發聲「呼喚」，採取行動了，他呼籲「黃帝子孫」「成吉思汗末裔」「釋迦弟子」隨著「天孫子民」（日本）奮起，表面是建立日本所希望的新秩序、新文化，其實何嘗不是臺灣人趁著這場戰爭建設臺灣本身的新秩序，創造臺灣本身的新文化呢？

這種詩想是否可以驗證？除了詩本身的語言脈絡可資尋索之外，也可以從吳新榮個人的思想去觀察；就在 1941 年 8 月 10 日的日記中，清楚地記載吳氏在書房中，對著壁上的地圖，理清思緒，完成「臺灣中心說」的思考。他一共列舉了十條地理學的理由，證明世界的中心確實就在臺灣，其中第四條說「越東海，北控日本列島；越南海，南控南洋群島。」這種「臺灣中心說」能否成立，並非筆者關心的所在，筆者深感興趣的是這種想法所具有的超越殖民母國的飛躍奇思。可以說，〈獻給大東亞戰爭〉正是「臺灣中心論」的藝術再創造。

八、結語

最後，筆者要用吳新榮〈思想〉一詩所表達的觀念，做為本文的結論。

不持語言的詩人們啊
假使歌唱就是你們的生命
就多歌唱吧
然而不要刻薄的隨便寫
過份要求你們是無意義的
高爾基教示他的人民
說詩人應該學習斯拉夫語法

不持語言的詩人們啊

泰戈爾用很優美的聲音

歌唱了印度的有閒哲學

然而那些英國佬的商用英語

有沒有給諾貝爾獎的評選委員們

帶來驚喜和滿足？

究竟有沒有給印度人帶來了甚麼？

……

從思想逃避的詩人喲

不要空論詩的本質

倘若不知就去問問路上的行人

但你不會得到答覆

那麼就問問自己的心胸吧

熱血暢流的這個肉塊

生產落地的瞬間已經就是詩了啊[23]

此詩特別強調詩不可逃避思想，而思想不是空論，是來自芸芸眾生的生活，來自有血有肉的良心，它不為有閒階級增添談辯的資料，這是從詩的精神方面討論的，吳新榮那些左翼色彩濃厚的作品，正是符合這類的思想。不過此詩另一重點則是前兩段刻意經營的對語言形式之反省。高爾基勸其國人學習斯拉夫語，這是針對俄國作家曾經普遍使用歐洲語文創作而發的，吳氏引高爾基之語，顯然是在提醒臺灣詩人不應放棄自己的母語，一味盲從日文。至於泰戈爾，雖然貴為諾貝爾文學獎的得主，但不以母語孟加拉印度語之原詩得獎，而以英文譯詩獲得青睞，仍是美中不足，對於印度國人的意義也不太大。

---

[23] 此段譯文根據陳千武漢譯，筆者略作修訂。

　　吳氏如此重視母語，反映在自己的創作上，便有了前述的那幾首臺語詩。只是，大體而言，處在那個特殊的時代環境裡，這種重視也不免心有餘而力不足了。

附記：

　　本文之撰述，主要是由於吳三連臺灣史料基金會適時提供吳新榮相關文獻，乃能順利完成；對於該會樂於公開各項資料，毋任感謝，特記於此。

1994 年 11 月完稿

　　本文為清華大學「賴和及其同時代的作家──日據時期臺灣文學國際學術會議」宣讀論文，1994 年 11 月 25～27 日。

──選自呂興昌《臺灣詩人研究論文集》
臺南：臺南市立文化中心，1995 年 4 月

人情練達即文章

吳新榮的小說、隨筆、采風

◎林瑞明[*]

◎林瑞明[*]

　　吳新榮（1907～1967）字史民，號震瀛，臺灣文學代表性的作家，也是鹽分地帶的領航員。日本殖民時代與郭水潭、徐清吉、王登山、莊培初、林精鏐等 15 人組織「佳里青風會」，後來因緣際會擴展成為「臺灣文藝聯盟佳里支部」，在臺灣社會運動漸告衰退之際，推動寫實主義文學，主張文學須走向民眾，並且植根鄉土。吳新榮與他的文學夥伴們互相扶持，終於在南臺灣的臨海地區，開出了文學美麗的花朵。鹽分地帶成為臺灣文學的重鎮之一，文風之盛不僅光耀於戰前，亦影響了戰後世代，當 1960、1970 年代西風盛行，鹽分地帶的年輕作家群林佛兒、黃勁連、蕭郎、羊子喬等人，即秉持前輩作家的寫實精神，延續傳統、發揚本土意識，免於淪為無根的一代，這不能不說是吳新榮等前輩作家之遺澤深厚。

醫職為正妻，文學為情婦

　　吳新榮身為醫師，每天忙於醫療工作，曾自言「日日為診察室之囚人，日日與病者為伍」，猶能抓緊時間寫作，留下了豐盛的創作，包括漢詩、新詩、文學批評、隨筆、回憶錄等，並且以臺南縣文獻委員的身分，踏遍了縣內每一角落，留下了一部《震瀛採訪錄》，並糾集文獻委員們發揮專長，集體合作，留下了一部評價非常高的地方誌《臺南縣志稿》，這些都是他留給臺灣的豐富遺產，其影響力隨時光的推移，更日見其重要性。

---

[*]發表文章時為成功大學歷史學系教授，現為成功大學歷史學系與臺灣文學系合聘教授。

　　由於本職是醫師，只能利用零碎的時間寫作，小說方面作品不多，1942 年發表膾炙人口的〈亡妻記〉，副標題「逝去青春的日記」，至情至性，亦可當成私小說來解讀；《震瀛隨想錄》、《震瀛回憶錄》既是自傳，也是文學。吳新榮以自身經歷，串連起時代風潮，別具特色：吳新榮的隨筆，其取材都與生活有緊密的關聯。他個人認為隨筆的本質是「用其機智、諷刺、幽默、教養等來批評人生，而其批評的結果，再來具現新的人生」，《琅琅山房隨筆》一卷，具體呈現了他的主張，隨筆〈後來居上〉，我們看看他如何下筆：

> 本山房位在本鎮的市街地區，前有酒家（菜店），後有禪寺（齋堂），本山房為原來病室（醫院）。這樣的酒家、醫院、禪寺排在一起，是一個現實社會的縮圖，歡樂、痛苦、修善的順序，是一齣人生過程的寫照。

　　身處紅塵中的「吳神明」（地方上稱呼吳新榮之臺語諧音），從不諱言上酒家，自有其風流本色；視醫生的職業為「正妻」，以文學為「情婦」，一生與「情婦」周旋到底；由於對人生觀察深刻，什麼題材都可以行之為文，〈屁的故事〉、〈大便〉，是典型「以俗為雅」的文章，不是一般人敢輕易下筆的。吳新榮這樣寫：

> 有人說屁為愛情的晴雨計，就是說愛情的對象分為三種，一為戀人，一為愛人，一為情人，而且放屁的程度就可衡量他們的愛情是屬什麼類，而進行到什麼程度。戀人為初戀之人，或單戀之人，這為愛情表現的初級階段，在此階段談愛情的時候千萬不可放屁。……愛人是戀人進一步的愛情對象，他們互相談愛已達到可以相許的程度，所以對方如果放一響屁也感覺可愛，甚至臭屁也感覺是香的，他們可談到自己身體上或生理上的祕密，所以放屁一事已屬不客氣，也不要客氣的人。情人是愛情最後的階段，他們不是結婚就是同居，已解放了一切祕密，一切都可以

公然，所以連放屁也公然可為，甚至在性行為的時候，都可大放響屁而稱快，有人說結婚是戀愛的墳場也許是為此的緣故。

從這一小節，即可看出吳新榮洞察人生世故，讀到這一段，沒有人不莞爾一笑，因為這是人共同的經驗；以〈大便〉一文而言，吳新榮從「十人九痔」談起，提及：

內人最知道丈夫的底細，最知道丈夫褲底的祕密，她就不怨言的洗濯。至此我們不得不感謝內人的美德，日語說：「實に家內は有り難いものだ」。我們的俚諺可譯做：「一個老某，較好三個天公祖。」

這種坦然陳述，正反映了文學的「真」，不忸怩作態。這是高段的表現法，如果我們拿來和當今文壇青春玉女型的作家之不食人間煙火，或高貴的官夫人之夫賢子孝之作品稍一比較，高下立判。吳新榮的隨筆，表現的範圍很廣，幾乎任何題材都可以行之為文，而背後總有個醫生在，從細微的事務，引出了一些大道理，因為不板著臉孔說教，所以更令人感覺可親。

《震瀛隨想錄》除了部分民俗與考古的文章外，大半是精采的隨筆，前輩作家王昶雄悼念〈琅琊山房主人〉一文中曾深刻地指出吳新榮「是一個道地的隨筆家」，並強調說：「他為人厚實，平生不務虛名，已欲立而立人。文章如其人，行厚而辭潔；他的為文，用意深切，立辭卻淺顯，不喜用典故辭藻，都是日常臺灣口語，天機流行，純任自然，有如家人相處。在極輕鬆的筆調裡，表現出豐富的情韻，幽默的意境，真令人不忍釋卷。」

民俗采風獨樹一格

　　吳新榮的另一成就則表現在從事文獻整理工作的過程中，寫下許多民俗采風的紀錄，這些具有文獻資料價值的文章，後來輯為《南臺灣采風錄》與《震瀛採訪錄》。《南臺灣采風錄》所輯錄的文章，包括民間傳統、南部農村俚諺、鄉土民俗雜考、修志文叢。《震瀛採訪錄》則輯錄吳新榮1952 至 1966 年之間從事田野調查的紀錄。

　　《南臺灣采風錄》中的民間傳承，多半採自臺南縣一帶的民間故事，這些鄉野傳說，經過吳新榮以史料佐證、或利用民俗學解釋之後，便成為地方文獻的素材。例如：〈北頭洋與飛番墓〉一文，由北頭洋的發展與變遷，述及西拉雅族的蕭壠社平埔族的發源，荷蘭時代由印度引進耕牛的畜牧歷史，並由風砂搬移二座砂崙到北頭洋的傳說，談起北頭洋的平埔族崇拜阿立祖的信仰內容及崇拜方式。由拜壺民族所敬拜的壺神與石器，論及民族學的性器崇拜，最後則帶出北頭洋平埔族英雄程天與父子面聖三次的傳說。隨筆式的撰述技巧輕鬆自然，富有淡淡的趣味。

　　《震瀛採訪錄》是吳新榮田野調查的紀錄，對於人、地、時、事，一一詳盡報導，不論在任何時代閱讀，都能帶領讀者回到當時的場景，極具新聞意義與報導文學的效果。採訪記錄所採得的文獻資料，不但可做為修志參考，也可用為田野調查、民俗采風的方法依據。

——選自《中國時報》，2002 年 12 月 16 日，39 版

吳新榮：左翼詩學的旗手

◎陳芳明[*]

生命之鹽・文學之花

延伸於臺南海岸線的貧瘠土地，在 1930 年代初期，奇蹟般地盛開了詩的花朵，對於殖民地社會的文學而言，可以說是具備了高度抗議意味的象徵。他們是鹽分地帶的詩人，是臺灣新詩運動史初期最具規模的一股創作力量。由於有鹽分地帶詩人的加入行列，使得日據時期的臺灣文學顯得更為強悍有力。

鹽分地帶在臺灣文學史上之成為一個重鎮，自然與 1930 年代當地左翼詩人的努力有很大的關係。到今天為止，鹽分地帶文學已經成為一個固有名詞，而且還繼續放射其特殊的魅力，這都必須追溯到最初的文學領導者吳新榮（1907～1967），沒有吳新榮的掌旗，恐怕鹽分地帶文學的風格很難建立起來。

何謂鹽分地帶文學？吳新榮出身臺南佳里，他參加文學活動後與臺灣南北作家建立了密切的聯繫。但是他的投入並非只是單獨一人而已，而是結合佳里附近的作家一起從事文學工作，終於蔚為風氣。他的同輩文人郭水潭，對於這個地區的文學有較明確的解釋：「1934 年臺灣文藝聯盟結成時，成立佳里支部，常在文藝雜誌或新聞副刊發表文藝作品的，計有：郭水潭、吳新榮（筆名兆行，史民）、王登山、王碧蕉、林精鏐、莊培初（筆

[*]發表文章時為民主進步黨文宣部主任，現為政治大學講座教授。

名青陽哲）等，我們傾向普羅文學，故被世人稱為『鹽分地帶派』。」[1]

在同樣的文章裡，郭水潭繼續如下的解釋：「其所謂『鹽分地帶』另有原由。唯佳里本來是個富庶的地方，但其接鄰的鄉村，如七股、將軍、北門等鄉，臨近海邊，土壤多含鹽分。嘉南大圳未開鑿以前，在行政劃分上稱為『鹽分地帶』，而佳里鎮上的文學同人，其文藝作品多取材於『鹽分地帶』，且帶有濃厚的鹽分氣質。所以文藝批評家，冠以『鹽分地帶』文學，我們也樂於接受這一名詞，由來如此。」[2]

從郭水潭的解釋，可以知道鹽分地帶並非是以吳新榮的故鄉佳里為主，而是以其周遭鄉鎮所構成的鹽分氣質去下定義的。那麼，鹽分氣質所涵蓋的意義應該有二，一是在地理上以鹽分地帶的生活為中心的文學活動，一是在思想上以具有普羅思想色彩的文學作品為主。其中較值得注意的，自然是「普羅思想」一詞的出現。所謂普羅（proletariate），指的是無產階級，亦即富有社會主義傾向的。這種精神，正是臺灣左翼文學運動的支柱。

鹽分地帶文學的另一特色，郭水潭未及提到的，便是他們在新詩方面的成就都很受矚目。遠在 1941 年，左翼小說家呂赫若對鹽分地帶作家就抱有極大的期待。在一篇報導當時臺灣文壇動態的文章裡，呂赫若是這樣表示的：「南部的佳里有許多年輕的文學家。如吳新榮氏、郭水潭氏、王登山氏、林精鏐氏等。……五年後，十年後，或五十年後，他們一定會做出一番大事業吧。」[3]呂赫若的預言，終於在歷史的檢驗中得到印證。臺灣左翼作家王詩琅也曾說過：「佳里這地方，地雖偏處一隅，可是開發較早，文化發達，文學青年特別多，除了新榮兄之外還有郭水潭、徐清吉、林精鏐、王登山、莊培初、王碧蕉等人。這些青年主要都是寫日文的自由詩，因為

---

[1]郭水潭，〈談「鹽分地帶」追憶吳新榮〉，《臺灣風物》第 17 卷第 3 期（1967 年 6 月），頁 52。
[2]同前註。
[3]呂赫若，〈我思我想〉，原載《臺灣文學》創刊號（1941 年 6 月）；收入林至潔譯，《呂赫若小說全集》（臺北：聯合文學出版社，1995 年），頁 565。

佳里是屬於鹽分地帶，所以人家把它稱為『鹽分地帶的詩人』。」[4]王詩琅
以「日文的自由詩」來概括他們的文學作品，足夠顯示鹽分地帶作家的文
體乃是以詩為重心。

　　新詩文體在文學運動中可能是較晚成熟的，這是因為臺灣詩人在語言
方面所遭遇的困擾相當難以克服。在臺灣新詩發展史上，從來沒有一個地
區，以一群文學工作者的集體力量，如鹽分地帶詩人集團那樣，認真在詩
體方面全心經營，而且是以集體的意志闡揚社會主義的精神。吳新榮的創
作，帶動了臺南海岸線的作家，為臺灣文學開闢了全新的空間。他的新詩
道路，可以追溯到他留學生活的時期。

左翼青年的文學道路

　　生於 1907 年臺南佳里的吳新榮，在晚年曾經有過如此的回顧：「我對
新詩發生興趣，及所試作的內容，和年齡的增加（時代的變化）及人生觀
（環境性）而變化，至現在可分三期。第一期青年時代也可謂浪漫主義
期，第二期壯年時代也可謂理想主義期，第三期老年時代也可謂現實主義
期。」[5]以這段自白檢驗吳新榮的創作，自然可以了解他文學發展的軌跡。
他一生的新詩作品，大約九十餘首左右。[6]僅憑這少量的創作，就能帶動一
個文學集團，毋寧是一種奇蹟。

　　吳新榮與左翼思潮的接觸，稍晚於文學生涯的出發。從現存的詩稿來
看，最早發表的年代是在 1930 年，亦即臺灣左翼思想臻於成熟的階段。現
在要找到他浪漫主義時期的作品，恐怕是不易的事。有一個事實可以確信
的是，吳新榮先有左派的政治活動，才有左翼的文學創作。因此，要認識

[4]王詩琅，〈地方文化的建設者〉，《臺灣風物》第 17 卷第 3 期（1967 年 6 月），頁 61。
[5]吳新榮，〈新詩與我〉，張良澤主編，《吳新榮全集 2・琅琊山房隨筆》（臺北：遠景出版公司，1981 年），頁 171～172。
[6]根據呂興昌的發現與研究，吳新榮的新詩作品應在九十首以上，糾正了筆者過去所認為三十餘首的說法。在此，必須向呂興昌致謝。參閱呂興昌〈吳新榮「震瀛詩集」初探〉（新竹：清華大學中國語文學系文學研究所主辦，日據時期臺灣文學國際會議論文，1994 年 11 月），頁 4。

他的文學性格，顯然有必要探究他早期政治意識的形成。

他在 19 歲赴日就讀金川中學，時在 1925 年至 1927 年，正是日本社會主義運動最為蓬勃發展的時期，也是日本警方大肆搜捕左翼人士的階段。中學畢業後，吳新榮考進東京醫學專門學校，思想開始發生變化。他後來回憶說：「戶塚是近早稻田大學的郊外街，那時候日本的學生運動分為左右派，對立非常激烈，而因左派的教授大山郁夫住在這條街上，自然左派的勢力非常浩大。在這樣的環境中，有一天一位臺南人來訪我，並勸我加入臺灣青年會及學術研究會。因為我曾在金川受過新自由主義者服部純雄校長的薰陶，我也很容易接受了他的提議。這就是在這個日本社會裡最高潮的一段時期中，一個殖民地臺灣的青年最初所受的衝動。」[7]這是發生在 1928 年的事情，充滿理想主義精神的吳新榮與社會主義運動正式銜接起來。從他的回憶，可以發現他之參加左派運動，乃是有一定的思想基礎，而並非如後人所說「不知不覺捲入思想鬥爭之中」。[8]

從政治發展史的觀點來看，左翼思潮之衝擊殖民地知識分子，戰爭無可避免。俄國革命在 1917 年成功之後，橫跨國際的社會主義思想就洶湧澎湃傳播到世界各國。1919 年俄國革命領袖列寧在莫斯科創建「第三國際」（The Third Communist International），又稱「共產國際」（Commintern）。通過這個機構，社會主義運動有系統、有組織地在資本主義國家與殖民地完成共產黨的組黨，並且也相當深刻地把左翼思想與運動策略推廣到被壓迫的殖民社會。臺灣留學生到達日本時，在 1920 年代晚期正好遭逢社會主義思潮的崛起。吳新榮就是在這段時期，迎接了這一股強大的浪潮。

吳新榮在 1928 年到東京醫專讀書時，臺灣青年會剛剛完成了左右分裂的過渡階段。臺灣青年會原是臺灣留日學生的組織，由於受到馬克思主義的影響，許多留學生逐漸熱中於社會科學的研究。早期左翼運動的先驅者

---

[7]吳新榮，〈我的留學生活〉，張良澤主編，《吳新榮全集　1・亡妻記》（臺北：遠景出版公司，1981年），頁 97。

[8]參閱鄭喜夫編撰，《吳新榮先生年譜初稿》（吳新榮先生逝世十週年紀念出版，臺南：琅琅山房，1977 年），頁 11。

包括許乃昌、商滿生、高天成、楊貴、楊雲萍、林朝宗，在臺灣青年會裡成立了「社會科學研究部」，開始吸收左傾的學生。[9]這批學生的崛起，對舊有的青年會領導權威構成重大挑戰，而終於占領了臺灣青年會。

　　1928 年 4 月，臺灣共產黨在上海建黨成功，並在東京成立一個特別支部，由留學生陳來旺主持。經由這個組織，臺共與臺灣青年會社會科學研究部建立了聯繫關係，在留學生中間擴大了左翼思想的影響力。[10]社會科學研究部在成立不久後，即遭日警解散。因此，同樣的一批學生緊接著成立了「臺灣學術研究會」，成員繼續擴大而吸納林兌、蕭來福、何火炎、蘇新等成員。臺灣學術研究會終於變成臺共東京特別支部的外圍組織，負責人正是陳來旺。[11]吳新榮自述他參加臺灣青年會與學術研究會，指的就是這段時期的活動。縱然他本人並非臺灣共產黨的成員，但是，他與臺共關係之密切，則無可否認。從以下的史實，自然可以窺見他的政治信仰政治活動之一斑。

　　吳新榮在臺灣學術研究會的組織中，被編入戶塚町班。誠如他自己所說，當時有一位臺南人來吸收他，此人乃是黃宗堯，負責戶塚町班的領導。[12]1929 年，學術研究會在臺灣青年會的組織調整中重新獲得領導權，其班底如下：委員長黃宗堯，宣傳部林兌、何火炎，教育部陳火土、鄭昌言，調查部黃宗堯、賴遠輝，會計部吳新榮、林有財，書記部郭華洲、楊景山、蘇新。在這些成員中，吳新榮、蘇新都出身於臺南佳里，同樣屬於鹽分地帶的重要知識分子；而蘇新不僅參加臺灣共產黨，後來還成為臺共的領導人之一。[13]吳新榮參加學術研究會的這段期間，相信一定熱中於閱讀

---

[9]臺灣總督府編，《警察沿革誌・第二篇》，臺灣有複刻本，又稱《臺灣社會運動史》（東京：臺灣史料保存會複刻，1969 年），頁 37～40。

[10]有關陳來旺在東京的活動，參閱〈日本共產黨臺灣民族支部東京特別支部員檢舉顛末〉，收入山邊健太郎編《現代史資料 22・臺灣（二）》（東京：みすず書房，1971 年），頁 83～110。較為扼要的研究，參閱盧修一著，《日據時代臺灣共產黨史》（臺北：自由時代出版社，1989 年），特別是第 2 章第 1 節〈在日本的臺灣共產主義運動〉，頁 31～35。

[11]參閱陳芳明，〈林木順與臺灣共產黨的建立〉，《臺灣史料研究》第 3 期（1994 年 2 月）。

[12]臺灣總督府編，《警察沿革誌・第二篇》，頁 45。

[13]蘇新，〈蘇新自傳〉，《未歸的臺共鬥魂——蘇新自傳與文集》（臺北：時報文化出版公司，1993

左派的書籍，甚至還聲援臺灣島內的工人與農民運動。

　　1929 年 4 月，日本發生了「四一六」事件，許多日本共產黨員被捕。臺共的東京特別支部也遭到日警大逮捕。陳來旺、林兌等人入獄，臺灣青年會的許多成員也被搜捕、拘禁，整個組織活動幾近瓦解癱瘓。身為醫專學生的吳新榮，也被拘捕；但是，在這段期間他不但沒有畏縮，反而在出獄後挺身出來進行援救的工作。他與其他未入獄者以「東京臺灣學術研究會」與「東京臺灣青年會」的名義發表了宣言，其中的主要內容如下：「被壓迫的臺灣民眾啊，現在擺在我們面前的道路，有兩條可以選擇：一是朝向違背正義的道路，甘於成為彼輩統治階級的忠僕奴隸而滅亡，或者是敢於痛擊社會的虛偽，為了自己的解放而戰鬥。這兩條道路是我們所周知的。殖民地被壓迫民族的解放，乃是全日本無產階級解放的前提；而日本大眾的解放，也是臺灣、朝鮮被壓迫民族解放的前提。我們要向彼輩展現我們全體被壓迫大眾的腕頭與拳頭。以大眾的力量，恢復學術研究會與青年會，我們誓與彼輩進行再一次的決戰。」[14]

　　宣言裡表達出來的意志與精神，頗為準確地反映了吳新榮在這個時期的思想狀態。非常清楚的，吳新榮的反帝國主義思想，乃是以臺灣為中心，結合日本、朝鮮的左翼力量，一起行動。這種強烈的國際色彩，正是1920、1930 年代左翼知識分子的共同基調。他自己在隨筆裡就說過：「我們的時代無疑地是要打倒強權主義的時代，我們的鄉土無疑是被榨取的殖民地臺灣。」[15]顯然，吳新榮非常強烈意識到自己是殖民地知識分子的身分，誰是支配者與被支配者，在他內心有著分明的界線。當他提出戰鬥的主張時，絕對不是停留於呼口號的層面，而是付諸實際的行動。

　　對於這次入獄經驗，吳新榮在戰後有過如此的回憶：「當時日本帝國主義者，眼看日本社會運動的發展這麼厲害，而且為要實現對華侵略起見，

年），頁 40～41。

[14]臺灣總督府編，《警察沿革誌・第二篇》，頁 51。

[15]吳新榮，〈點滴拾錄〉，《吳新榮全集 1・亡妻記》，頁 80。

他們竟造成三一五及四一六兩大事件，徹底地掃清一切的反政府分子。臺灣青年會也受這四一六事件的打擊，重要的幹部都被警視廳拘去了。夢鶴（吳新榮自傳的化名）也不能免受這大虧，而被提到淀橋警察署，初次嘗到監禁的滋味，經過廿九工（天）的受苦，才釋放出來。」[16]

經過了被捕之後，吳新榮開始受到日本警方的監視。這個事件對他的打擊，不可謂不深，雖然在後來的自傳裡，他說這次被捕「卻不能使夢鶴對民族愛、祖國愛有何灰心」；但是，在 1929 年發表的一篇散文中，吳新榮有著刻骨銘心的喟歎：「我備嚐一切的苦痛與恥辱，並不曾有絲毫的反抗。」他甚至還這樣描繪自己：「有時，我回憶著故鄉──遙遠的南國──的父老，他們飢餓，他們無智。也許他們的眼底描寫著我一定會解放他們痛苦的幻想，而且我的腦裡也曾夢想著我一定會給予他們的安慰，而今因為我的頭上掛了一個『你是弱小民族』的名銜，所以我懊悔！自棄！甚至墮落！」[17]他以〈敗北〉為主題所寫的這篇散文，便是在被捕後情緒低落的典型產物。「弱小民族」的意識，貫穿他的思想，成為他日後從事文學創作的主題。

在日警的紀錄裡，吳新榮的政治活動止於 1929 年。他的投身介入雖然只是短短的一年，但已經把他鍛鍊成為一位有信念、有方向的左翼青年。曾經陷入挫折深淵的他，因為經歷了政治的衝擊，使他確立社會主義的信念。也許只有從這個觀點來看他的新詩，才能看得更為真切吧。

弱小民族的聲音

吳新榮開始發表新詩，是在 1930 年。當時，他正準備接受醫師的國家試驗，漸漸與政治運動疏離。不過，恰恰就是因為離開政治，他才選擇文學的形式來表達他的信仰。

---

[16]吳新榮，〈五、夢鶴留學日本，捲入社會時潮〉，張良澤主編《吳新榮全集 3・此時此地》（臺北：遠景出版公司，1981 年），頁 78。這本書是吳新榮的自傳。
[17]吳新榮，〈敗北〉，《吳新榮全集 1・亡妻記》，頁 83～84。

他的作品，往往是以弱小民族的立場來表達抗議的聲音。他關懷弱者，批判強權，與 1930 年代世界左翼文學的精神主題毫無二致。吳新榮從殖民地臺灣到東京求學，非常能體會自己的命運，也能夠認識整個臺灣的命運。現在所能看到的第一首詩，便是 1930 年霧社事件發生後，他以唱山歌調的形式寫出〈霧社出草歌〉。[18]雖然全詩形式都以七言表現，頗有古典詩的味道，但內容卻是白話文：

> 搶我田地占我山，奪我妻女做我官；
> 高嶺深坑飛未過，冬天雪夜餓加寒。

這是詩的第二節，深刻描述了日本警察對霧社原住民的欺凌。詩中蘊藏的反殖民精神，儼然可見。這首短詩，記錄了 1930 年原住民在霧社的抗暴事蹟。由於日警對原住民的長期欺壓剝削，終於在臺灣中部的深山裡點燃了革命的火花。日警對霧社地方進行滅種方式的生物戰，震驚了世界各國。[19]遠在日本留學的吳新榮，受到事件的搖撼，終於提筆寫下了詩篇。

1930 年代臺灣左翼詩學，與當時其他地區反帝國主義的文學，精神上大致是共通的。其重要特色，都在強調擺脫殖民地社會的桎梏，富有濃厚的現實主義精神。處在那個時代的吳新榮，遵循的正是現實主義的道路。左翼的寫實主義，基本上執著於「階級」與「正義」的主題，在階級問題上，壓迫者與被壓迫者、統治者與被統治者、資本家與無產大眾，是對立的雙元概念。離開階級問題，社會主義思想的基礎就發生動搖了。在殖民地，階級問題還帶有強烈的民族主義色彩。因為，在殖民地社會，臺灣所有的階級，包括民族資本家在內，都是被壓迫者。表現在文學裡，殖民者與被殖民者的分野是極其清楚的。殖民者是少數，被殖民者是多數，這樣的統治違反了正義的原則。站在「弱小民族」的立場，自然寓有維護正

---

[18]吳新榮，〈霧社出草歌〉，《吳新榮全集 1・亡妻記》，頁 3。
[19]霧社事件始末，參閱史明《臺灣人四百年史》，頁 68～85。

義、追求正義的意味。〈霧社出草歌〉正是弱小民族中弱勢者之微弱聲音，
吳新榮表現出來的左翼精神，於此可以印證。

　　滯留於東京期間，吳新榮的作品都沒有偏離這種弱小民族的立場，例
如〈不但啦也要啦〉，便是對「南方青年」的召喚，要臺灣的子民起來奮
鬥。又如〈新生之力〉，也是對陷於考試壓力下的臺灣留學生勿忘創造的力
量。這些作品的內在張力往往過於鬆弛，不免淪於口號式的吶喊。在他結
束留學生涯之前，較值得注意的詩作大約有二，一是〈試中雜詠〉，一是
〈徬徨的亡靈〉，都完成於 1932 年。這兩首詩流露創作技巧之端倪，採取
反諷的方式，對殖民者予以批判。

　　〈試中雜詠〉，想必是作於考試期間，藉以發抒胸中的苦悶。詩的最後
一節，有如此轉折的表現手法：

> 預言者在叫：
> 奴隸於解放之前必站起，
> 因為他們於被解放之時，
> 便是死日。
> 奴隸們在唱：
> 預言者是預言的奴隸，
> 要是他們的預言僅止於預言，
> 他們的人生便不如奴隸。

　　正如前面提及的，以雙元對立的意象來表現，頗合乎左翼詩人的正反
辯證思考。這首詩也不例外，「預言者」與「奴隸」是兩種相反的地位，是
互相剋制的兩種階級。所謂預言者，無非是指預言統治者終有掙脫枷鎖的
一天，而刻意施放種種脅迫性的語言。然而，這種語言若果未能實現，則
統治者終將永遠困守於他們所創造出來的語言囚房。

　　另外一首〈徬徨的亡靈〉，則以生與死的對比，來嘲弄人間的桎梏。浪

漫主義期的作品，雖然他沒有闡述這首詩的背景，不過，詩中表現的音
色，顯然與一場愛情的終結有密切的關聯。為什麼這首詩值得討論？因
為，它顯示吳新榮不是教條的左翼詩人，在緊張的政治思考中，嘗試作突
破的工作。

> 在那森林裡擁抱而細語，
> 在這花園裡提攜而踊舞，
> 可是，地球的迴轉常起逆風，
> 世上的興憤時逢淚雨。

　　這首詩很清楚描繪愛情經驗的結束，吳新榮以「亡靈」自況，對於曾
經發生過的戀情喻為闇愚，對於自己與愛情的割捨形容為理性。不過，對
於曾經有過的擁抱與踊舞，他仍然難以掩飾自己的眷懷。內心的猶豫、矛
盾、苦痛、掙扎，都匯集在亡靈的意象之上。這首詩可以說是他東京時代
的總結，但這並不是他社會主義信仰的終止。相反的，當他學成返回佳里
時，行醫於自己的家鄉，以行動來實踐他的左翼思想。

鹽分地帶的本土意識

　　吳新榮是在 1932 年回到佳里，繼承了他的叔父所開設的佳里醫院。鹽
分地帶文學的建立，便是從這段時期出發。在自己的家鄉懸壺濟世，無疑
是他生命中的轉捩點。他以醫生的身分接觸弱小的大眾，又以詩人的身分
從事批判性的文學創作，可以說全然脫離了學生時代那種理論的推演。

　　在討論他回臺後的詩作之前，有必要引述他在 1932 年發表的〈社會醫
學短論〉一文。他說：「政治家若不顧大眾而一己奔走，這個後果當然是可
怕的，假使醫生也是做過這樣行為，也是當然要予以排擠而加以唾棄。這
樣道理我們未曾問而看過。或者有人說政治家和醫生不可同日而論，那麼
他們曾否考慮到政治家和醫生的存在理由和社會意義。他們兩者均不是以

大眾為對象嗎？可是大眾不是為他們而存在的，反之他們才是為大眾而存在的。」[20]社會主義精神在這段話裡發揮得極為透澈；甚至可以說，這樣的精神幾乎把他的行醫與政治運動緊密銜接在一起。

　　吳新榮絕對不是空幻的左翼運動者，他的醫學信念與政治信念完全無可分離。這兩種信念又與他的文學生涯結合起來，完成了醫者、政治、文學的三位一體。典型的左翼行動派，思考裡是以大眾為重心。偏離大眾或凌駕大眾，必然違背了社會主義的精神。吳新榮這樣公開表達態度，雖然未嘗一字提及左派，但他的思考方式與左翼運動者是一致的。從這個觀點來看，吳新榮在臺灣的文學創作方向，已定下了基調。

　　1935 年 5 月 6 日，臺灣文藝聯盟在臺中成立，吳新榮受到文藝聯盟發起人張深切的鼓勵，也決定在佳里組成聯盟的支部。鹽分地帶作家的集結，應該是以這次支部的建立為轉捩點。在臺灣新文學發展史上，臺灣文藝聯盟的結盟，從組織的第一天開始，就已帶有左派色彩，其成立大會的宣言便透露了這樣的信息：「自從 1930 年以來席捲了整個世界的經濟恐慌，是一日比一日深刻下去；到了現在，已經是造成舉世的『非常時代』來了。看！失工的洪水，是比較從前來得厲害，大眾的生活是墮在困窮的深淵底下；就是世界資本主義圈的一角的咱們臺灣，也已經是受到莫大的波及了。」[21]在失業浪潮擊打之下，臺灣文藝工作者也體會到社會所面臨的危機，而亟思以文學的方式來批判當時政治環境。

　　在臺灣文藝聯盟佳里支部成立於 1935 年 6 月 1 日，鹽分地帶作家相當整齊地參加了這個盛會，包括吳新榮、郭水潭、徐清吉、鄭國津、黃清澤、葉向榮、王登山、林精鏐、陳挑琴、黃平堅、曾對、郭維鐘。[22]佳里支部成立大會的宣言是由郭水潭執筆的，他特別指出，「由於我們以往懦弱的、自以為是的文學態度，終於造成越來越離開社會民眾的狀態。」他又

---

[20]吳新榮，〈社會醫學短論〉，《吳新榮全集 1・亡妻記》，頁 213～214。
[21]賴明弘，〈臺灣文藝聯盟創立的斷片回憶〉，收入李南衡主編，《日據下臺灣新文學・明集・文獻資料選集》（臺北：明潭出版社，1979 年），頁 383。
[22]吳新榮，《吳新榮全集 6・吳新榮日記（戰前）》（臺北：遠景出版公司，1981 年），頁 15。

指出,「本支部的成立,不僅是聯盟機構的擴大強化,我們也要鮮明地說出我們的地方性觀點,鼓足幹勁在這個開拓中的鹽分地帶,即使微小也無妨,種植文學的花,並且深信其結果一定是輝煌的。」[23]

郭水潭的論點與前述的吳新榮醫學論,完全相互呼應。質言之,他們都認為社會大眾是他們要關心的,離開了大眾,無疑就是懦弱與自傲。他們對於「地方性」的觀點,也非常堅持。在貧瘠的鹽質土壤上要種出文學之花,這種野心正好反映了左翼運動者的視野。鹽分地帶文學一詞的成立,就是在這樣的心情下組合而成的。吳新榮在回顧自己的「鹽分地帶時代」時,也如此強調:「這時代我生理上的變化,使思想上也發生變化,已由乳臭時代漸變化成個主張人權的人,我內心已藏有理想主義,所以眼看日本人對臺灣人橫暴的政策,自然發生一種反抗心理。」[24]

綜合上述的論點,這裡似乎可以為吳新榮的左翼詩學抓住輪廓。第一、文學是不能離開大眾的,它與社會脈搏是一起跳動的。第二、文學是不能離開土地的,它有其一定的原鄉,無需忌諱文學的地方性。第三、文學是反抗的,對於壓迫、剝削、掠奪的政策,絕對不保持沉默。從現在的眼光來看,左翼詩學似乎談的都是意識形態,文學內容反而是一種從屬性的存在。不過,就吳新榮經營的技巧觀察而言,他並沒有因此就犧牲了詩的藝術性。在他的鹽分地帶時期,詩作的精神臻於成熟,細緻地實現了他的詩觀。

發表於 1935 年的〈故鄉與春祭〉,標題下特別附上一句:「謹以此篇獻給鹽分地帶的同志」,恰可看出吳新榮對人與土地的情感。

> 環繞故鄉的河流
>
> 是我身上的脈動

---

[23]郭水潭著;蕭翔文譯,〈臺灣文藝聯盟佳里支部宣言〉,《文學臺灣》第 10 期(1994 年 4 月),頁 37～38。此文已收入羊子喬主編《郭水潭集》(臺南:臺南縣立文化中心,1994 年),頁 176～177。

[24]吳新榮,〈新詩與我〉,《吳新榮全集 2・珧琅山房隨筆》,頁 174。

　　它激盪著我的熱情
　　使我永遠謳歌詩篇
　　難得春祭我歸鄉的時候
　　我必不忘訪問這條河流

　　在 1930 年代能有這樣的表現手法，足可了解吳新榮在詩方面的天分。
他把家鄉的河流與自己身上的脈動貫穿起來，以象徵他與土地之間的牢不
可分。沒有原鄉，就沒有文學的泉源。〈故鄉與春祭〉是由三首短詩構成的
組曲，包括〈河流〉、〈村莊〉、〈春祭〉。吳新榮以自己家鄉的風土人情為
傲，是他的精神據點。在強調鄉土文學的 1930 年代，他雖然沒有參與論
戰，但是，這首詩就是說服力極強的雄辯。

　　最能表現他對鄉土的擁抱，莫過於組曲裡的第二首：〈村莊〉。全詩由
17 行構成，意象鮮明，節奏穩定，允為鹽分地帶文學的代表作。詩的前八
行，迂迴推進，把讀者帶入一個夢境：

　　被暮色包圍的村落
　　是我夢的故鄉
　　堡壘就在那不遠的地方
　　竹叢的梢間可以見到
　　那訴說歷史與傳統的滿苔壁上
　　砲眼已經崩圮
　　啊，從前我祖先死守的村莊
　　這村莊是我的心臟

　　夢裡故鄉，並非只是供作記憶的取暖，而是充滿深長的歷史意識。為
什麼村莊的那麼多景物中，吳新榮獨取堡壘做為詩的焦點？最主要的關
鍵，乃是為了凸顯這「祖先死守的村莊」。不過，他不是要回顧歷史，吳新

榮刻意把祖先的抵抗精神與自己的政治信念銜接，以簡單的一行詩帶出：
「這村莊是我的心臟」。家鄉的河流是他的脈動，這裡又說村莊是他的心
臟，在意象上可以說相當統一。吳新榮警覺到，詩的意象是不宜跳躍的，
而必須兼顧到前後的呼應。當他看到古堡上的砲眼已經傾塌，並不意味歷
史的傳承宣告中斷；在後面的九行詩裡，祖先的精神再次復活過來：

　　而我激跳的心臟沸騰著

　　昔日戰鬥的血

　　在守衛土地與種族的鐵砲倉裡

　　今日掛上搖籃於槍架之間

　　吾將安眠於妳的裙裾下

　　母親的搖籃歌裡

　　應該沒有名利與富貴

　　只有正義之歌、真理之曲

　　飄入我夢

　　以故鄉做為精神原鄉，做為批判意識的據點，是殖民地詩人的最高策
略。詩中的「夢」，絕非是脫離現實而存在，它其實是詩人理想的代名詞。
這樣的理想，乃是以先人的鮮血所凝鑄的抵抗傳統為基礎。

　　吳新榮的歷史意識，在這首詩裡鏤刻得非常清晰。從前的反抗精神，
早在他的體內燃燒。如果他還懷抱著戰鬥的血，不就暗喻臺灣人在殖民社
會的抵抗意志依然牢不可撼？這裡應該注意詩中意象的轉換，從前置放武
器的槍架，如今只是懸掛著搖籃。到底「搖籃」在詩裡是具體的，還是想
像的，似乎模稜兩可。不過，吳新榮有意要暗示新一代的反抗精神，已經
孕育誕生。吳新榮的技巧純熟，在這首詩中足可窺見。當他以「搖籃」的
意象來隱喻新生代的誕生時，又立刻以這個意象與母親的搖籃歌聯想起
來。這裡的轉喻並不顯得突兀，祖先、母親、搖籃的類比，環環相扣，正

好顯示歷史傳承的完成。吳新榮在佳里的原鄉所獲得的抵抗精神，為的是什麼？做為一個左翼詩人，他要維護的只不過是正義與真理而已。

　　以吳新榮的作品來檢驗日據時代的左翼詩學，可以發現在國際主義盛行的 1930 年代，政治運動與文學運動仍然還是堅持本土意識的。如果失去了精神的原鄉，左翼詩人關心的對象便失去了焦點。對他們而言，如果自己家鄉的問題不能解決，就不足以解決家鄉以外的事務。文學史的論釋，可能會出現不同的立場，但是絕對不能忽略文學作品中人與土地的連帶感。吳新榮的本土意識可以定位為地方性，不過，這種地方性並不是狹義的鹽分地帶，而是指同樣承擔歷史命運的整個殖民地臺灣。論者恆以地域性為恥，對於左翼作家而言，地域反而是光榮的印記。在他們的文學思考裡，大眾絕對不是抽象、空幻的名詞，而是生活周遭的群眾。沒有原鄉據點的國際主義，最後必注定落空。

　　有土地的問題，才有人的主題，也才有文學的問題。所以，在吳新榮的詩中，他沒有遺忘對農民與勞動者的關心。階級意識的處理，在吳新榮的詩中占有重要的分量。他在 1935 年發表的〈煙囪〉，便是針對製糖會社的剝削提出強烈的控訴。他頗能營造詩中的氣氛，塑造出迫人的意象。詩的第一節，速度緩慢，循序漸進，彷彿是一首抒情詩的流淌：

青青甘蔗園連線的大草原

五月風

涼爽吹來時

葉尾顫顫

次第傳著波浪

一幢白色壯觀的屋宇

浮現於遙遠的彼方

黑高的煙囪聳立

直接碧至

> 青—白—黑—碧
> 微風與葉波
> 那太過於和平的光景
> 任何畫家也畫不出來

　　吳新榮全心集中於景物的描繪，彷彿是一幅寧靜農村的油畫。尤其是他著墨於鮮豔色彩的對比，頗能收到聲東擊西的效果，讀者可能以為即將投入一個畫境。出現在這首詩的色彩，包括青色、白色、黑色、藍色。在顏色的對比上，既對稱又敏銳。吳新榮的觀察力，在詩中發揮得淋漓盡致。這種手法，彷彿電影遠近鏡頭的移動，在讀者面前刷出寬闊的風景。如果沒有最後兩行的文字，這首詩蘊藏的諷刺，恐怕還會更強烈。因為，緊接的第二節，筆鋒驟然掉轉，批判的主題具體呈現出來：

> 這白色屋頂下
> 資本家嗤嗤而笑
> 這黑色的煙囪上
> 喘出勞動者的嘆息
> 啊，榨出甘甜的甘蔗汁
> 流出腥腥的人間血！

　　從祥和的畫面跳躍至社會的矛盾與衝突，頗具突兀的效果。對殖民地體制不能了解的人，必感動於農村景象的欣欣向榮。但是，對於左翼詩人如吳新榮者，則在美景的背後揭露醜惡的本質。階級對立的問題，終於導入詩中。甘蔗汁與人間血的對比，劃清了資本家與勞動大眾的界線。1930年代左翼運動者關切的勞資對立、利潤問題與剩餘價值等等議題，都在這短短的詩行中呈現。他的其他作品，如〈疾馳的別墅〉、〈農民之歌〉、〈自畫像〉，都凸顯了階級問題在文學思考中的重要性。他見證的剝削與掠奪，

都活生生的出現在他的鹽分地帶原鄉。他並沒有使用空洞的口號，遂行其社會主義思想。在行醫與參加政治運動之餘，他繼之以銳利的筆對殖民者予以抨擊。在臺灣新詩發展史上，吳新榮誠然是兼具自覺與行動的詩人。

結語

殖民者往往以強勢的論述迫使被殖民者屈服。在後殖民理論中，有一個重要的主題便是抵抗文化的存在。[25]吳新榮表現出來的一股不可忽視的力量，便是對日本帝國主義的批判與抵抗。他強調理想的實踐，而不是夢想的沉溺。

吳新榮始終深信，詩的語言是不能與現實分家的。陷於夢境的詩人，寫出來的，必定是「詩屍」，吳新榮有過如此嚴厲的責備。對他而言，詩寫出來若果只停留於囈語的層面，就不能產生任何的生命活力，也自然會遭到嘲弄。所以，他在〈思想〉這首詩裡，向臺灣詩人提出這樣的忠告：

> 從思想逃避的詩人們喲
> 不要空論詩的本質
> 倘若不知道就去問問行人
> 但你不會得到答覆
> 那麼就問問我的心胸吧
> 熱血暢流的這個肉塊
> 產落在地上的瞬間已經就是詩了

在吳新榮的作品中，〈思想〉可能是最具哲理又最代表他詩觀的一首詩。「行人」若是代表客觀的現實社會，則詩人的「心胸」則代表了主觀的意志。透過詩的表現，吳新榮清楚地鋪陳了他的文學立場，他的主觀意志

---

[25]有關後殖民理論抵抗文化的檢討，參閱 Edward Said, *Culture and Imperiallism*（New York: Vintage Books, 1994），pp.209～220。

與客觀現實，無疑是相互結合在一起的。這是多麼深刻而獨到的體驗。吳新榮在這裡提到的「思想」，絕對不是純粹理論的演繹，而是具有行動意義的精神指導；逃避了這樣的思想，就等於是逃避了行動。詩是什麼？詩是街頭上的芸芸眾生，是生活中的發現與提煉，是以生命與情感凝鑄出來的藝術。真摯的生命，經過生命的鍛鍊，一旦發抒內心的聲音，就是償張的詩了。

　　詩，並不是靜態的思考，而是行動的結晶。尤其在殖民體制的高壓統治下，任何突破官方的語言，本身便是一種抵抗行動的浮現。在他的作品裡，吳新榮從來沒有吐露消極、悲觀的情緒。凡是筆尖傳達出來的感情，都沒有偏離戰鬥的立場。他深深了解，弱小民族沒有悲觀的權利。吳新榮的詩觀，從弱小民族的意識出發，並且也以實際的反抗行動奠基。在學生時代就有過坐牢經驗的吳新榮，終於體認了詩的釀造必須回歸到本土的原鄉。然而，這樣的原鄉並不是情緒性的依靠，而是他生活戰鬥的堡壘。他以堅定的本土意識與歷史意識為憑藉，對他生活中的受難同胞表達關切，進而以詩為武器，對日本統治者與資本家進行撻伐。他的文學與政治，意識與行動，醫師與社會，都是互不偏離的結合。所以，在鹽分地帶文學中，吳新榮之被視為領導者，並非是偶然的。

　　臺灣文學史的詩論，可能需要從史實中去發現更多有關詩人活動的資料。畢竟，吳新榮已說得很清楚，不要空論詩的本質。因為，吳新榮的文學生涯已充分證明，詩的本質是生活，是抵抗，是戰鬥。那麼，從史實去了解吳新榮，當會有更多的發現。他的詩，並不是最好的。不過，置放在1930 年代世界的左翼文學行列，吳新榮絕不遜於其他地區的詩人，因為有吳新榮的掌旗，臺灣左翼文學成為全球反殖民主義、反帝國主義運動不可欠缺的一環。吳新榮帶動鹽分地帶文學的傳統，為臺灣的殖民抵抗精神注入強有力的力量。左翼小說家呂赫若對鹽分地帶的詩作之所以評價那麼高，更是因為他肯定了吳新榮所提倡的寫實批判精神。呂赫若說：「真正寫實派的詩人，應該對現實有正確的認識，將自己真實的感情表現於詩的真

實之中。」[26]這句話對鹽分地帶詩人是一種高度的評價，也是對吳新榮的文
學志業給予最為清晰的定位。

──選自陳芳明《左翼臺灣──殖民地文學運動史論》

臺北：麥田出版公司，1998 年 10 月

[26]林至潔譯，〈關於詩的感想〉，《呂赫若小說全集》，頁 551。

吳新榮《琑琅山房隨筆》析論

◎施懿琳*

一、前言

　　吳新榮（1907～1967），字史民，號震瀛，為佳里地區的醫生作家。父親吳萱草為著名的漢詩人，原居於將軍庄，後始遷至北門郡最富庶的佳里鎮。雖然出身漢詩人家庭，吳新榮並未依循父親的腳步，走上漢詩創作的道路，而完全是一個接受現代思想薰陶的新文化人。早年在「臺南商業專門學校」受到林茂生老師思想的啟發，奠定了他人生哲學的基本方向；青年時代正逢日本大正民主思潮的狂飆時期，留學東京的吳新榮在此波瀾衝激之下，成為具有濃厚社會主義思想的文藝青年。返臺後，除了從事他的本行──醫療工作之外，更領導故鄉的文藝青年參加「臺灣文藝聯盟」，形成頗具特色的「鹽分地帶詩人群」。該團體所具有的濃厚鄉土色彩和強烈批判性格，在日治時期臺灣文壇具有相當的知名度。

　　由於「鹽分地帶詩人群」極具特色，因此目前學界對該集團的主導者──吳新榮的研究，大多集中於他日治時期在鹽分地區所從事的新詩作品（詳後），尚未著力於他其它文類或戰後的文學作品之探討。這對於了解吳新榮其人其作，終究有所不足。誠如葉石濤在〈吳新榮文學的特色及其貢獻〉一文所說的：「戰後吳新榮的文學創作很豐富，他的日記、諸多隨筆，多是饒富趣味的好作品，這方面期待專家學者再予以研究論述，以表彰吳

*發表文章時為中正大學中國文學系副教授，現為成功大學中國文學系與臺灣文學系合聘教授。

新榮文學的卓越成就」。[1]1997 年筆者因接受「臺灣省文獻會」委託，撰寫《吳新榮傳》[2]之故，有機會閱讀吳新榮目前出版的所有作品[3]，對於葉石濤所提出的觀點頗有同感。因此嘗試以《琑琅山房隨筆》為對象進行析探，希望藉此將吳新榮文學較為人所忽略的另一個面相呈現出來。

　　本文雖以吳新榮戰後的作品《琑琅山房隨筆》為研究對象，但是探索一位作家晚年的作品，必不能忽略他早期所處的文化環境、所接受的文藝思潮、所投入的文學活動；乃至創作《琑琅山房隨筆》時期，作者的人生處境和角色扮演，也都會影響到他作品的取向和性格特質。因此，本文首先追溯「鹽分地帶文學時期」吳新榮的思想淵源，並勾勒當時文學活動概況，接著標舉出「鹽分地帶文學的掌旗者」這個標誌，做為對日治時期吳新榮的總描述。然後轉而指出，日治時期鹽分地區文學尚有一值得注意的作品，此即吳新榮的〈亡妻記〉。這部真情流露的著作，在以「抗議精神」為主的日治時期新文學時，開展出了另一個書寫的方向。而這個柔性書寫的取向，在戰後吳新榮文學創作裡，反成了他主要的寫作風格。不同之處在於：〈亡妻記〉悽婉哀傷、摯情動人；而《琑琅山房隨筆》則輕鬆幽默、嬉笑怒罵兼而有之，呈現了吳新榮比較不為人知的另一個特質。戰後由於現實社會的種種打擊，吳新榮從反抗詩學的戰場退了下來，在 1950 至 1960 年代的臺灣社會裡扮演了：「醫生、病患、文獻學者、文學作家」四種角色。立基於此，吳新榮從 1958 年開始了他《琑琅山房隨筆》的撰寫，一直到過世的前兩年（1965 年）方才終止。這近十年間所寫的隨筆，或寫

---

[1]葉石濤此文收在《吳新榮選集（三）》（臺南：臺南縣立文化中心，1997 年 3 月），頁 5～11。

[2]施懿琳，《吳新榮傳》（南投：臺灣省文獻會，1999 年 6 月）。

[3]目前出版的吳新榮作品，有兩種版本：其一、是張良澤於 1981 年 10 月編輯出版的《吳新榮全集》，由遠景出版公司出版，共有八卷：第一卷《亡妻記》、第二卷《琑琅山房隨筆》、第三卷《此時此地》、第四卷《震瀛採訪錄》、第五卷《南臺灣采風錄》、第六卷《吳新榮日記（戰前之部）》、第七卷《吳新榮日記（戰後之部）》、第八卷《吳新榮書簡》。其二、是呂興昌、黃勁連兩先生於 1997 年 3 月編輯出版的《吳新榮選集》，由臺南縣立文化中心出版，共三冊。一、二冊由呂興昌編輯，第一冊共分：「震瀛詩集」、「亡妻記」、「文學議題」三輯；第二冊共分：「醫者隨筆」、「文獻訪考」、「日記」、「吳新榮研究資料」四輯，其中有部分採張良澤原譯，有部分由葉笛重譯。在作品方面除了節選張良澤所編者之外，又蒐集了當年未錄的作品。至於第三冊則由黃勁連編輯，刊印了吳新榮自傳性的小說《此時此地》，又名《震瀛回憶錄》。

事、或寫物、或說理、或諷刺，在平和沖淡中實又蘊藏著一種難名的鬱
憤，由此頗能看出吳新榮的晚年心境以及他在面對困頓所做的自我調適，
相當值得重視。

二、鹽分地帶文學的掌旗人

（一）就讀商業學校

　　1922 年，自將軍庄漚汪公學校畢業後，吳新榮進入當時臺灣總督府立
的三個最高學府之一「商業專門學校」預科就讀，開始接觸新知識。當時
影響他的主要有兩位先生，一是英文老師林茂生，這位日本東京帝大文學
部哲學科出身的優秀臺灣人，秉持著無限的熱忱，指導學生閱讀卡雷爾
（Thomas Carlyle, 1795～1881）的《法蘭西大革命史》、《英雄論》以及托
爾斯泰的《幸福家庭》等作品[4]，使年輕的吳新榮在當時便種下了「理想主
義」的種子；戰後他對政治理念的許多堅持，都和早年林先生的啟發有
關。另一位影響他的，則是同為臺灣籍的陳姓教師，雖然陳老師不比林茂
生對學生影響力大，但是他所教授的北京話及習字，亦使吳新榮對中國漢
文化有著無限的憧憬。[5]吳氏後來成為具有「民族主義傾向的社會主義
者」，[6]便是在此時種下了根苗。商業學校時代還有一件值得注意的事便
是：從彰化、臺中來的同學對吳新榮所造成的影響。日治時期臺灣文化抗
日的主要成員乃以中部地區人士為核心，當地子弟放假返鄉後，往往會傳
遞各地的消息，「尤其中部的人們，都帶來東京或是上海發行的雜誌給同學
看。在這樣的環境下，學生除了學課外，大都有愛讀思想文藝的作風」。[7]

---

[4]吳新榮，《震瀛回憶錄》，《吳新榮選集（三）——震瀛回憶錄》，頁 56～57、63。
[5]同前註，頁 56。
[6]據吳新榮的回憶：「大戰後各國的經濟大恐慌，加上歐羅巴出現一個社會主義國家，世界的思想潮
　流又昂揚起來，殖民地和半殖民地的民族主義運動又加上社會主義運動起來。臺灣也是不能例
　外，『民族主義傾向的社會主義』和『社會主義傾向的民族主義者』分為左右兩派……」，一般多
　將吳新榮視為社會主義者，較少談及其民族主義色彩。參考《震瀛回憶錄》，《吳新榮選集（三）
　——震瀛回憶錄》，頁 59。
[7]同前註，頁 57。

感受敏銳，對未來充滿理想的吳新榮，便是在這樣的文化氛圍下，開始至各圖書館閱讀日本的國民主義、自然主義、現實主義的文學作品，以及中國的虛無主義、革命主義的社會思想；並於每週日偕同志同道合的友人到關帝廟前聆聽臺灣文化協會所開設的講座[8]，由此逐漸使他成為文藝青年及社會主義的信奉者。

（二）留學東京

1925 年，商業專門學校因改制之故，面臨被裁撤的命運，吳新榮毅然決定前往日本繼續未完的學業。他首先進入具有濃厚自由思想的岡山金川中學就讀，結識六高的陳逸松，開始了他第一次民族主義運動的高潮。因六高朋友之故，吳新榮接觸了中國青年，並跟隨他們到「中華會館」活動。他推崇曾在六高就讀的郭沫若，也在孫中山先生至日本治病時，前往神戶聆聽孫先生演講。這種刺激和震憾，使吳新榮熱血沸騰地寫了〈朋友啊！睨視那爭鬥的奔流〉一文，強烈反對日本侵華活動，而此作竟獲得服部校長的欣賞，將之刊載於金川中學校刊卷頭[9]，這種自由主義的思想對吳新榮往後的人生觀，有著相當大的影響。

金川中學畢業後，吳新榮於 1928 年入東京醫學專門學校。20 世紀初，臺灣留日學生，一方面受到日本大正民主思潮的影響，一方面受到中國辛亥革命成功（1912 年）、俄國革命成功（1917 年）、中國五四運動（1919 年）、朝鮮獨立運動（1919 年）的衝擊，思想產生了極大的變化；尤其進入 1920 年代後，中國共產黨（1921 年）、日本共產黨（1922 年）先後成立，其左翼思想的主張對知識青年造成極大的刺激和震撼。吳新榮，一位原本即具有社會思想及自由心靈者，進入這樣的一個環境，他會選擇投入日本新興的社會主義運動，並不令人驚訝。他先後參加了左翼色彩濃厚的社團「臺灣青年會」、「臺灣學術研究會」，並曾擔任改組後的青年會幹

[8]吳新榮，《震瀛回憶錄》，《吳新榮選集（三）——震瀛回憶錄》，頁 57～59。
[9]同前註，頁 73～74。

部。[10]由於積極投入社會運動，並閱讀左翼刊物[11]，因此在日本爆發「四一六」事件時，吳新榮與臺灣青年會其他重要幹部一樣都遭到拘捕而入獄，「經二十九工（日）的受苦，才釋放出來，但自此以後他已是日本政府的注意人物了」，雖然遇到這樣的挫敗，「卻不能使夢鶴（案：即吳新榮）對民族愛、祖國愛有任何灰心」。[12]事件之後，他停止了社會運動，將滿腔的熱情化為文字，而於 1929 年進入新文學創作生涯的第一階段[13]，從此開始了他的寫作生涯。將政治理念轉而以文學形成表現，可以想見留日時期吳新榮的作品必然成為傳達弱小民族爭取正義、自由、平等與尊嚴的載體，呈現了左翼文學寫實、批判的強烈色彩[14]，連吳新榮後來在整理自己東京時期的作品時也驚訝地道：「這些詩幾乎不全是戀愛詩，便是鬥爭之作」。[15]

（三）主導鹽分地帶文學

1932 年吳新榮回到故鄉佳里，為當時的南臺灣文壇注入一股清新的生命力。他於 1933 年 10 月和郭水潭、鄭國津、徐清吉、陳培初、黃清澤等十餘人共組「佳里青風會」，以「鼓勵文藝思想並作社交機關」為主旨，以「交換社會智識、養成青年風氣、建設文化生活、嚮導知識分子」為目

---

[10]參考王乃信等人所譯之《臺灣社會運動史》第一冊〈文化運動〉中載有：臺灣學術研究會「學校班」裡，東醫班的負責人即吳新榮；又 1929 年臺灣青年會於 7 月改組後，中央幹部裡的「會計部」乃由吳新榮及林有財負責。可見吳氏與兩團體的關係極密切。（臺北：創造出版社，1989年），頁 48～50。。

[11]吳新榮於日本留學時讀的左翼刊物極多，請參考呂興昌〈吳新榮「震瀛詩集」初探〉，此文原為 1994 年清華大學主辦「賴和及其同時代的作家：日據時期臺灣文學國際學術會議」宣讀論文，今收錄於《吳新榮選集（二）》（臺南：臺南縣立文化中心，1997 年 3 月），頁 236～237。

[12]吳新榮，《震瀛回憶錄》，《吳新榮選集（三）——震瀛回憶錄》，頁 80。

[13]吳新榮開始文學創作時期相當早，據呂興昌的研究，吳氏在 1927 年即有漢詩作品發表於金川中學的《秀芳》雜誌。如果單就新詩而言，在 1929 年 11 月東京醫專蒼海會發行的《蒼海》創刊號，吳新榮即有五首日文詩刊登於其上；而目前所知吳氏最早的華語詩為〈兩腳獸〉、臺語詩為〈阿母呀〉，故筆者將 1929 年視為吳新榮進入新文學創作的起始。參考〈吳新榮「震瀛詩集」初探〉，《吳新榮選集（二）》，頁 213～214。

[14]陳芳明有兩篇文章：〈臺灣左翼詩學的掌旗者——吳新榮作品試論〉，發表於「南臺灣文學景觀——作家與土地」研討會，高雄縣立文化中心主辦，1994 年 7 月 16 日。〈吳新榮的左翼詩學：臺灣新文學運動的一個轉折〉，發表在「臺灣文學研討會」，淡水工商管理學院主辦，1995 年 11 月 4～5 日，皆以左翼的觀點來探討吳新榮的詩作。

[15]參考吳新榮 1943 年 7 月 3 日日記，收在《吳新榮選集（二）·日記》，頁 158～159。

的，[16]並由吳氏撰寫成立宣言。只可惜這個代表「和平景象」的「青色的風」，代表「進步氣象」的「青年的風度」的組織，維持不到兩個月，便因會員酒醉衝突而解散。[17]雖然理想幻滅了，但是年輕的吳新榮並未失望，青風會部分同志為基礎，再吸收新血輪，於 1935 年 6 月成立「臺灣文藝聯盟佳里支部」，至此「鹽分地帶文學」一派逐漸在臺灣成為重要的文學團體。當時與吳新榮共同推動當地文學活動的郭水潭曾對「鹽分地帶文學」做了具體的說明[18]：

> 在日據新文學運動鼎盛時期，佳里鎮上有十數人的文學同志，以佳里醫院作為聯絡中心，常集會、談文學，進而與全省的文學同道聯繫結交。所謂「鹽分地帶」同人計有吳新榮、郭水潭、王登山、林精鏐、王碧蕉、莊培初、陳挑琴、黃炭、葉向榮、徐清吉、鄭國津、郭維鐘、曾對等，這班人均參加新文學運動。一九三四年臺灣文藝聯盟結成時，成立佳里支部（筆者案：當是一九三五年）……我們傾向普魯文學，故被世人稱為「鹽分地帶派」。其所謂「鹽分地帶」另有原由，唯佳里本來是個富庶的地方，但其接鄰的鄉村，如七股、將軍、北門等鄉，臨近海邊，土壤多含鹽分。嘉南大圳未開鑿以前，在行政劃分上稱「鹽分地帶」。而佳里鎮上的文學同人，其文藝作品多取材於「鹽分地帶」，且帶有濃厚的鹽分氣質，所以文藝批評家冠以「鹽分地帶文學」……

當年鹽分地帶作派的成員之一林芳年，在戰後（1976 年）所寫的〈吳新榮評傳〉一文，對當時鹽分作家群的活動概況亦做了頗清楚的描述[19]：

> 鹽分地帶同人們……不約而同地聚集於吳宅為每日的功課，他們聚集在

---

[16]吳新榮，《震瀛回憶錄》，《吳新榮選集（三）——震瀛回憶錄》，頁 92～93。

[17]參考吳新榮 1933 年 12 月 20、22、23 日日記，收在《吳新榮選集（二）‧日記》，頁 124～125。

[18]郭水潭，〈談「鹽分地帶」追憶吳新榮〉，《臺灣風物》 第 17 卷第 3 期（1967 年 6 月），頁 51。

[19]林芳年，〈吳新榮評傳〉，《林芳年選集》（臺北：中華日報社，1983 年），頁 342。

那裡是談些甚麼？可以說自社會發生的醜聞以至當代政治的演變……同
人們在討論問題時候，常持以悲憤填膺，慷慨激昂認真的態度……該時
的鹽分地帶每個同人含著滿腹的可愛稚氣，想法天真，言行稍有偏激，
唯個個都很安分守己，只有發表一些日本人討厭的文章外，殆無危害社
會安寧的行動。

　　由此可知，「鹽分地帶派」的文學特徵是：以民眾為關懷對象，用寫實
手法表現斯土斯民生活的勞苦與艱辛，具有積極的抵抗精神。呂赫若在
1936 年發表的〈兩種空氣〉一文中，曾對 1930 年代中期的臺灣文壇進行
觀察，他認為在文聯大會上相較於某些以「文學青年」自居而忽略文學創
作本身的人而言，鹽分作家王登山的發言，令他深受感動。呂氏認為這才
是真正樸實地執著要從事文學創作的人，他讚許道[20]：

　　佳里支部的諸君只要抱持著這種信念，應該不會出現「文學青年」，也不
　　會出現瀰漫文學的流浪者、頹廢的氣氛……佳里支部醞釀出的空氣，可
　　說是極為甜美，是值得期待的，他們能掌握住現實客觀的事實之日子即
　　將到來！

　　除了反映現實的批判精神外，鹽分作家另有一特色值得注意，此即：
他們在新詩方面的成就都很受矚目。當代學者陳芳明在〈吳新榮的左翼詩
學：臺灣新文學運動的一個轉折〉一文中曾舉臺灣左翼老作家王詩琅的話
來印證[21]：

---

[20]呂赫若〈兩種空氣〉，收在林至潔譯，《呂赫若全集》（臺北：聯經出版社，1995 年 7 月），頁 553
～554。

[21]陳芳明，〈吳新榮的左翼詩學──臺灣新文學運動的轉折〉（臺北：臺灣文學研討會，1995 年 11
月 4～5 日）；而王詩琅的說法則出自王氏所撰〈地方文化的建設者〉，《臺灣風物》第 17 卷第 3
期（1967 年 6 月），頁 61。

……這些青年主要都是寫日文的自由詩，因為佳里是屬於鹽分地帶，所
以人家都把它稱為「鹽分地帶的詩人」。

之所以以「詩」為主的原因何在？鹽分詩人之一林芳年解釋道：因為
成員個個生活忙碌，無法花很多時間去撰寫小說，因此選擇了最精簡的文
學形式，來描述社會實態，表達他們的思維情感[22]，這是鹽分地帶之所以被
稱為「詩人之鄉」的緣故。而這個文學團體的領導核心便是吳新榮。在
1935 年 12 月 31 日的日記裡，吳新榮回顧該年的成果，首先列出的是：

社會上：組織「鹽分地帶」的文學青年參加「臺灣文藝聯盟」為佳里支
部，以獲得臺灣文藝界的上層的指導地位。

不僅吳氏本人如是評斷，與他同世代者也指出了吳新榮在當時「鹽分
地帶」的主導性地位，比如林芳年在〈吳新榮評傳〉裡便寫道[23]：

鹽分地帶的同人們自與吳新榮結為同志，奉他為領導者時已發現他許多
凡人無法模仿的長處。他曾以豁達的胸懷，把夫人香閨開放為鹽分地帶
同人聊天及充作學術研究、討論問題的場地……這種情形一直維持到夫
人毛雪芬去世為止。

不僅在行動上領導鹽分文學，在實際的創作上，吳新榮的作品亦是鹽
分地帶文學的典型代表。茲舉吳氏最為人所津津樂道的詩作〈煙囪〉之局
部，乃是針對製糖會社對農民的剝削所進行的批判，由此可略見其作品特
色[24]：

---

[22]林芳年，〈鹽分地帶作家論〉，《林芳年選集》，頁 406。
[23]林芳年〈吳新榮評傳〉，《林芳年選集》，頁 339～341。
[24]此詩採用張良澤先生的翻譯，取自張良澤編，《吳新榮全集 1・亡妻記》「詩歌」之部分（臺北：
　遠景出版公司，1981 年 10 月），頁 27～28。

青青甘蔗園連綿的大平原／五月風／涼爽吹來時／葉尾顫顫／次第傳著
波浪／一幢白色壯觀的屋宇／浮現於遙遠的彼方／黑高的煙囪聳立／直
接碧空／青―白―黑―碧／微風和葉波／那太過於和平的光景／任何畫
家也畫不出來

但一到冬天／這白色屋頂下／資本家嗤嗤而笑／這黑色煙囪上／喘出勞
動者的嘆息／啊！榨出甘甜的甘蔗汁／流出腥腥的人間血……

　　從上述的說明，我們可以得到一個總體的感覺就是：鹽分地帶文學所
代表的精神是積極的、抗議的、苦澀的、屬於廣土大眾的……而領導者吳
新榮便是透過新詩作品，表現這樣的精神特質，目前一般研究者大多從這
個角度來理解鹽分地區文學以及吳新榮其人其作。[25]然而，我們要問的是：
鹽分地帶文學是不是還有它文類的書寫？「詩人」吳新榮之外，還可不可
能有其它角色的他？

（四）〈亡妻記〉所開啟的柔性書寫風格

　　所謂柔性書寫風格乃相對於前文所云，鹽分地帶作家具有剛健的批判
精神而言。1990 年代臺灣文學研究者探討吳新榮的作品時，多從他具強烈
的社會主義思想、濃厚的批判意識，以大敘述的書寫策略，表現被殖民者
昂揚的批判精神這樣的角度來論述，而忽略了他的作品，尤其是隨筆，實
具有柔性、纖細的瑣碎敘述之風。假如從與吳新榮同世代的作家友人的角
度來看吳氏，他們所給予的評價恐怕是：「隨筆家吳新榮」更為貼切吧！我
們來看以下幾則資料[26]：

---

[25]從這個角度來探討的，除註 11、註 14 所引的呂興昌、陳芳明兩先生的論文外，尚有黃琪椿〈農
　村與社會主義思想：吳新榮日治時期詩作析論〉，為「臺灣文學研討會」宣讀論文，淡水工商管
　理學院主辦，1995 年 11 月 4～5 日，今收入《吳新榮選集（二）》，頁 284～340。以及林慧娅
　〈吳新榮的精神歷程――以文學創作為中心〉，亦為「臺灣文學研討會」宣讀論文，淡水工商管
　理學院主辦，1995 年 11 月 4～5 日，今收入《吳新榮選集（二）》，頁 341～373。
[26]以下所引乃摘錄於張良澤〈致讀者――代總序〉，《吳新榮全集 1‧亡妻記》，頁 11～13。唯最後
　一條王昶雄的引文則選自〈吳新榮的志節標誌〉，《吳新榮選集‧序》（臺南：臺南縣立文化中
　心，1997 年 3 月），頁 8～17。

吳新榮君的〈亡妻記〉，幾次賺了同人的眼淚。我邊哭邊校對……
　　　　──呂赫若，《臺灣文學》第2卷第3期〈編輯後記〉，1942年7月

臺灣文學裡，詩人有郭水潭，隨筆家有吳新榮、張星建、陳逢源諸氏。發表於《臺灣文學》第二卷第三號的吳氏的〈亡妻記〉，令人想起《浮生六記》，讀之令人垂淚。
──黃得時，〈晚近的臺灣文學運動史〉，《臺灣文學》第2卷第4期，1942
　　年10月

他的餘技非止於隨筆，具文藝天才向著多方面發展。詩的產量雖然不多，但每首詩均有其份量……
──王昶雄，〈悼珣琅山房主人〉，《臺灣風物》第17卷第2期，1967年4月

……儘管他創作不夠多，可是他的隨筆在文學界的形象相當突出，尤其是〈亡妻記〉另創高峰，對夫妻情深的描寫，力透紙背，被譽為經典之作。他的隨筆在那個時代而言，所注入的觀念，一點也不覺迂腐，也已不算保守……
　　　　　　　──王昶雄，〈吳新榮的志節標誌〉，《吳新榮選集》，1997年3月

不只文友們肯定他的隨筆，吳新榮本身也以隨筆家自豪。他在〈鹽分地帶的回顧〉一文中對自己的文學創作做了如下的評價[27]：

吳新榮以史民的筆名寫詩，以兆行的筆名寫文。有一篇〈生れ里と春の祭〉充滿著鄉土情調，因此有人稱他為「鄉土詩人」，但他最怕別人叫他詩人……他在《臺灣文學》寫一篇隨筆〈亡妻記〉，筆調極哀婉，有人稱

---

[27]此文原刊載於《臺北文物》第3卷第2期（1954年8月），今收錄在《吳新榮選集（一）》，頁345～460。

為臺灣的《浮生六記》，這樣一來隨筆家也許是他的本色吧！

　　緣此，重新審視吳新榮的作品，為他在臺灣文學史上找尋更適切的位置，實乃本文的目的。認識「隨筆家吳新榮」最直接的切入角度是以其〈亡妻記〉做為探討對象，此作以日記形式書寫，在愛妻猝亡之後，展現了對妻子無比的深情與難以言喻的憂傷，為日治時期臺灣文學的寫作風格開展出另一條柔性的路線來。然而，本文並不擬討論這部作品。主要的原因在於「〈亡妻記〉乃臺灣之《浮生六記》」，此觀點經黃得時倡說後，後人皆已可概略掌握此作之性格特質了。加上〈亡妻記〉原為日文書寫，目前雖有張良澤、葉笛兩先生的譯本，但閱讀中文譯本畢竟有隔，在談到文章的藝術特質時也不夠中肯。這是本文之所以選擇以中文書寫的《琑琅山房隨筆》為探討對象的原因之一。再者，筆者想要強調的是，吳新榮的隨筆風貌，誠然有別於鹽分文學主流作品的陽剛、雄健、苦鬱，但他所走的柔性瑣碎路線並不止於〈亡妻記〉的纖細多感，在他晚年重要的作品《琑琅山房隨筆》裡，我們可以看到柔性書寫中，另一個面貌的吳新榮。此書充分地將吳新榮創作力的雄厚、想像力的豐富、學識的淵博以及不為人知的幽默、機智等面相呈現出來，使我們認識了吳新榮較為人所忽略的一面。讓作家的面貌作多元而立體的呈現，亦是本文寫作之重要目的所在。

三、戰後吳新榮的現實處境及角色扮演

　　在探討吳新榮戰後的作品《琑琅山房隨筆》之前，首先分析戰後吳新榮的現實處境及角色扮演，如此方能比較中肯地掌握該作的寫作視角及內容特質。

　　懷抱政治理想與文化熱忱，在地方上具有一定影響力的吳新榮，戰後初期和臺灣其他社會菁英一樣，因為對祖國懷有過高的憧憬和期待，同時未能了解兩種文化衝突所可能產生的危機，吳新榮在措手不及的情況亦跌入了政治的漩渦中。1945 年 9 月 8 日，吳新榮以歡欣鼓舞的心情寫了〈國

軍歡迎歌〉，表現了濃厚的民族情感。9 月 22 日成立「三民主義青年團曾
北分團籌備處」時，他與地方人士努力地共商重整事宜。此後，吳新榮更
積極地參加政治及社會事務：1946 年 3 月先後當選臺南縣醫師公會分會主
任、臺南縣參議員；該年 4 月參加省議員選舉、1946 年 10 月參加佳里鎮
長選舉。雖然後兩次選舉，皆因為他堅持清白競選而落選；雖然對當時臺
灣政局及某些腐敗分子的行為不滿，但是吳新榮仍對政治投注了相當程度
的關心，從當時的日記可略見其心情[28]：

> 青年團、醫師公會、縣參議會等三團體是我公的生活三陣營……我不做
> 官、不賺錢，但永久甘願為民犧牲，為大眾服務。所以當選為縣參議，
> 反而覺悟一種的悲愁。
>
> ——1946 年 3 月 24 日

> ……常常有友人問我為甚麼我即參加「這樣政治」？這樣政治我並不全
> 部贊成，但是第一、「這樣政治」的內面有好的政策，這個好的政策我們
> 要爭取實現；第二、「這樣政治」的內容我們是不可不知道，我們要知道
> 這樣內容，結局我們就要參加「這樣政治」。第三「這樣政治」是現代的
> 主流，是現實的問題，所以我們離了現實結局，我們自滅而已。
>
> ——1946 年 8 月 16 日

這樣的熱情與堅持，後來竟在現實生活的挫敗中，逐漸被摧毀。二二
八事件發生後，吳新榮擔任了「處理委員會北門區支會」的主席委員，卻
遭人陷害而入獄，雖然隨即獲釋，但是在不安的情緒及家人的勸告下，吳
新榮開始了月餘的逃亡生涯。一直到 4 月 19 日與黃百祿商量後，始決定向
憲兵隊自新。從 3 月 14 日開始逃亡，到 6 月 21 日核發「盲從附和被迫參

---

[28]參考張良澤編，《吳新榮全集 7‧吳新榮日記（戰後）》（臺北：遠景出版公司，1981 年 10 月），
頁 12、19。

加暴動分子自新證」獲釋止，共歷經了六十多天，其中的痛苦、折騰以及家人的耽憂驚怕，實難言喻。逃亡期間，吳氏在 3 月 18 的日記裡寫道[29]：

> 遇此事變以來，我們漸覺我民族的前途，我們國家的將來難禁傷淚，任你一個人如何活動也難加減的。所以我當然是要從政治方面全部退場，對文藝方面加以勉勵，對生活方面當然要設法打開窮局。這也可為本事變一種的好教訓，也可為我一生的大轉換期。

　　這個大轉折，使得吳新榮的心靈烙下永遠的傷痕；他逐漸淡出政治圈，而朝向自己的本業——醫療，及自己的興趣——藝文發展。不幸的是，1949 年吳新榮在體格檢查時發現血壓過高的毛病；次年，同樣擔任醫生工作的叔父吳丙丁腦溢血過世，這兩個打擊使得吳新榮的心中留下難以抹卻的死亡陰影。身體的不適，使他無法出外就診，致使原本有「吳神明」之譽的他，病患因此減少；加上，戰後密醫橫行而執政者未力加取締，更使他醫療事業受到極大影響。[30]1952 年臺南縣文獻委員會成立，吳新榮被聘為《臺南縣志》的「編纂組長」，每週工作兩日，從此他定期與石暘睢、莊松林、賴建銘等同好，走訪南縣各地採集文獻史料，積極地為文化從事撰史的工作。詎料，已決心脫離政治圈的吳新榮在 1954 年 10 月 9 日，又因「李鹿案」受牽連而繫獄四個月又二日，直至次年 2 月 20 始獲釋。[31]這對境遇原本即相當坎坷的吳新榮而言，無疑是雪上加霜。因此，一直到 1967 年心疾猝逝為止，吳新榮就是在這樣充滿不安、愁鬱的心情下過

---

[29]同前註，頁 28。
[30]參考吳新榮〈後來居上〉，收在張良澤主編，《吳新榮全集 2‧琑琅山房隨筆》，（臺北：遠景出版公司，1981 年 10 月），頁 51～52。
[31]吳新榮在 1955 年 2 月 13 日記中寫道：「自去年十月九日被保密局扣到臺北，至今二月十四日獲得自由，剛好為四個月連二日生活於獄中。」據其 7 月 1 日日記可知出獄後的吳氏行為仍多受限制，同時要求他讀《三民主義》、《共匪禍國史》、《共產黨理論批判》等書，並作讀書報告。10 月 8 日日記則讚當地派出所警員來電話查問，並派員來突擊檢查戶口，因該週為「防諜週」之故，可見當局是把吳新榮當作「共產黨的同路人」監看。參考《吳新榮全集 7‧吳新榮日記（戰後）》，頁 71、75、76。

日子。但是，他並沒有因之被擊倒，在文學與文獻的世界裡，他找到了抒洩的出口：以文學寫作提升了他痛苦的靈魂，以文獻考據充實了他失落的心靈。

因此，戰後的吳新榮，尤其是 1950 年代以後的吳新榮，基本上是扮演著：「醫生、病患、文獻學者、文學作家」四個角色。而 1950 至 1960 年代，正是吳新榮《琑琅山房隨筆》的撰寫時期，我們讀到的 34 篇隨筆，皆是由這樣一位人物筆下流瀉出來的智慧語。不再是 1920、1930 年代意氣風發的熱血青年，也不再是細膩易感的喪偶男子。此時的吳新榮抑鬱多病，卻又能在重重打擊下，讓自己沉浸在喜愛的工作中，以投入文獻採集的愉快，書寫文章的滿足，來安撫自己受創的身心。[32]

四、《琑琅山房隨筆》的內容及特色

吳新榮之哲嗣吳南圖在〈記小雅園琑琅山房主人〉一文中，曾對山房命名的來源及特色做了說明[33]：

> 以紅磚短垣圍繞約一萬坪的小林園，以祖父別號——雅園而命名為「小雅園」，其主要建築為琑琅山房及涼亭。山房位小雅之北，原本病房為紀念先母毛雪芬而修改為「琑琅山房」……琑琅是蕭壟（原住民語音，佳里原為蕭壟社）的仿音，山房是我們居住讀書的地方。

吳新榮便是在這裡讀書、寫作，許多動人的章篇，如早年的〈亡妻

---

[32] 吳新榮在 1959 年 3 月 18 日日記中寫道：「近年有數件事很不高興；第一就是當局對我的政治注意還未放鬆……；第二就是聞說文獻會將被取消……第三就是我的身體強強支持不下去……第四就是英良（案：即其繼室）的身體……」；1960 年 6 月 17 日的日記中寫道：「在社會上，我的事業遲遲不進……他們的不講情理，甚至陰謀作怪，使我無限的痛心，這也使〈疑為「是」字之誤〉我憂鬱的所在。在此個人、社會上的打擊之下，這又使我閉在文化工作的軀殼中，而此工作最愉快，給我每時無限的安慰。」參考張良澤編，《吳新榮全集 7・吳新榮日記（戰後）》，頁 98～99、114。

[33] 此篇為前衛版《吳新榮回憶錄》之序文。（臺北：前衛出版社，1989 年 7 月），頁 36～37。

記〉以及後來的《琅琊山房隨筆》皆在此處完成。《琅琊山房隨筆》共有 34 篇文章，分上、中、下三卷。除了〈時間〉、〈週末〉、〈大便〉、〈往診用車〉等十一篇有明顯的寫作時間外，其餘皆未加以標註。然而吾人仍可從內容來加以判斷得知，這部書所收錄的作品最早當在 1958 年，最晚則在 1965 年。[34]

何謂「隨筆」？吳新榮在〈情婦〉一文中曾做了相當明確的定義[35]：

> 它和詩歌固不同，和小文（Conte）又有異，其地位差不多在兩者之間。隨筆即：用其機智、諷刺、幽默、教養等來批評人生，而其批評的結果，再來具現新的人生。這是隨筆的本質，而隨筆的方式即：隨興之所至，意之所至，隨即記錄，因其無後先無復詮次，故曰：「隨筆」。
>
> ——頁 57～58

吳新榮的隨筆，的確能夠表現這種文體所特有的：機智、幽默、諷刺和學識見聞，而明顯地呈現其性格特質。他認為讀林語堂諸作品，「可以開脾利水，又可降下血壓，以致長生益壽」（〈情婦〉，頁 58），此語直可視為吳新榮之「夫子自道」。《琅琊山房隨筆》雖只收錄了 34 篇，但是包括的內容頗豐，亦相當能表現吳新榮寫作的風格和特色，是了解晚年吳新榮及其作品，不容忽視的材料，以下就依內容題材及寫作特色兩方面來加以說明。

（一）內容題材

如前所云，1950 年代以後吳新榮的角色扮演為：醫生、病者、文獻學

---

[34] 在 1958 年 1 月 23 日的日記裡，吳新榮寫道：「完成〈琅琊山房隨筆（一）〉，以供《臺灣醫界》創刊號之求，又連寫三篇，以為此後三個月之用。」可見隨筆起始於 1958 年。而《琅琊山房隨筆》的最後一篇〈井泉兄與山水亭〉乃發表於 1965 年 10 月的《臺灣文藝》，1966 年 9 月 9 日的日記亦已計畫《震瀛全集》的編輯出版，是《琅琊山房隨筆》的起迄年當是 1958～1965 年，參考《吳新榮全集 7‧吳新榮日記（戰後）》，頁 87。
[35] 凡引《琅琊山房隨筆》文章，皆取自張良澤編，臺北：遠景出版公司，1981 年 10 月初版的版本，以下都只在正文標註頁數，不另行說明。

者、文學作家，因此他隨筆多是以這四個角度為核心向外輻射，映照出繽
紛多彩的人間世：

1. 醫者之言

《琅琅山房隨筆》的特色之一，在於它可視為一種「醫生文學」，若非
具有醫學素養者，恐無法寫出如此專業的東西來。難能可貴者在於，由於
對專業知識的深刻了解和稔熟，因此他能將看似單調、枯燥乏味的科學知
識，透過文學之筆或幽默的口吻傳達出來，使讀者感受到一定的趣味。比
如〈良醫良相〉、〈模範醫師〉、〈屁的故事〉、〈大便〉、〈往診用車〉、〈同
學〉、〈醫箴〉、〈養生祕術〉等，都屬於這類作品。

〈良醫良相〉主要就當時吳新榮最感沉痛的現象：密醫、庸醫橫行，
而且大多名過其實加以批評。他首先站在醫學立場，從一般贈匾「心心相
印」、「永浴愛河」用詞之不當說起，再推而說明一般人贈匾給醫生有所謂
「華陀再世」、「醫德可風」之讚辭。吳氏就當時社會現象質疑道：「到底我
們醫德有可風的餘地嗎？我們也要反省使我們醫德無可風之地是誰呀？」
他認為最好是將「醫德可風」匾歸還原主，如果真要贈匾，還是以「世風
日下」來取代可能適當些。文章最後，他有一段頗有趣的結尾，在幽默中
寓有諷刺之意：

> 本山房不想再掛甚麼牌匾了，我已過了好古愛書之癮，因為我看過很多
> 「匾仔店」及「有應公廟」，使我很討厭。某新落成之家，為其祝賀的牌
> 匾，確實滿目琳瑯，連廁所之前也掛上「為民前鋒」之匾，真讓人誤以
> 為這是「匾仔店」……

——頁 24

至於〈模範醫師〉與〈醫箴〉主要就當前醫德、醫術之墮落來進行批
評，是專業色彩較濃的作品。而從醫學知識來書寫，又適於大眾閱讀的則
有：〈屁的故事〉、〈大便〉兩篇，以日常生活中最低俗之事入筆，卻寫得逸

趣橫生，所謂「俗中見雅」，妙語解頤，堪稱集中之上品。茲以〈屁的故事〉為例說明：此文首先從醫學觀點說明放屁之重要：「放屁雖是不潔的話，但是生理上卻是不可或缺的作用」，手術開刀的病人何時可開始進食？「只要放屁就沒問題」，可見放屁在腸內為異常的發酵，在治療疾病的判斷上非常重要。據聞中國古代大臣上朝都要帶足以致死的毒藥，因為萬一他們在皇帝面前不小心放了屁，就必須自殺以謝不敬之罪。吳氏云，若果此事為真則「我寧願放屁，不願做大臣」。他引用中國的俗諺說，人生三大爽快事為：「放響屁、穿新鞋、遊岳家」，後二者未必真快活，至於放響屁呢？

> 這我也很歡迎，自己也實行過。第一、可表示屁是我放的，不過賴他人負責，不要在夜暗放冷箭。第二、響屁大概通過直腸部位的時間短暫，臭氣比較無聲屁甚輕，不致遺臭萬年⋯⋯但老人家要注意：「食老真正醜（讀如 Bye）、哈欠（讀如哈戲）流目屎、放屁加滅（讀如雪）屎。」請年紀有輩的人，千萬不要想放響屁。
>
> ——頁38

該文中談到了屁醫學、屁哲學、屁笑話，也有因食物不同而產生的「其臭紛紛的『牛蒡屁』」和「滑稽可愛的『綠豆屁』」，文末作者還大發奇想，將屁與愛情做了有趣的關聯：

> 屁有「可愛的屁」和「可恨的屁」，這是真正笑話。但有人說屁為愛情的晴雨計，就是說愛情的對象分為三種：一為戀人、一為愛人、一為情人，而且放屁的程度就可衡量他們的愛情是屬甚麼類，而進行到甚麼程度⋯⋯
>
> ——頁40

底下有作者更精彩的發揮，限於篇幅，不再多加援引。雖然筆者所引只是吳氏作品之一端，但是仍可看出吳新榮的隨筆不避俚俗，在嬉笑怒罵中其實自有寄托、有懷抱，更有學問在。

2. 病裡乾坤

做為一個醫生兼病患，吳新榮對於疾病的體會自然較一般人深刻。他的〈養病自語〉、〈粗餐英雄〉、〈住院歸來〉、〈眼睛疲勞〉等篇，大概都是從病者的立場來發言。

〈養病自語〉以輕鬆的態度來談自己的病，首先說到自己血壓偏高的事實，而後逐一談到幾種療病法，包括：忘卻療法、西藥療法、漢方療法，最後談到非科學的精神療法，亦即信仰鬼神或方士，亦可以達到療效。使得一向具有科學精神的吳新榮感到安慰而不恐慌的，居然正是這種療法，為其診病的「半仙」說道：「你身材高大，多高些血壓有甚麼關係？反正你生活夠平衡！」這種不按牌理出牌的「平衡說」竟是讓嚐試過各種藥方，而終歸無效的「科學信徒」吳新榮感到放心的最佳藥帖，實在諷刺之至！

〈住院歸來〉則是吳新榮因狹心症住院，久未發表文章，擔心友人未見其作，以為他已不在人世，同時為了告知諸親友他的身體狀況，故有是作。長期當醫生的人，一旦罹病住院，那種角色互換的心情，實在相當複雜！吳新榮寫道：

> 三十年來，我一向是看病人的醫生，現在地位相反，雖未曾領略到病人的心情，但是想到醫生的心理，是十分尷尬的。

——頁 115

住院原本是相當無聊而且無奈的，而吳新榮卻不忘「苦中作樂」，試看以下這段文字：

這樣無聊乏味的時間，我本來可以讀書或寫字來消遣，但這次是做病人，我也應該靜養身神才對。有時我的病床讓給內人暫用，我像個忠實的看護者，表現著憂愁的面貌，在旁邊默坐一下。而遇到醫生或護士要來巡診時，就發生問題了，在紀錄上明明是♂的，但在病床上的是個♀的。經過一番解釋，才搞清楚病人是在這邊。

——頁 116

更難得的是，做為一個躺在病床上的醫生，當吳新榮聽到隔壁病房傳來嘔吐聲或叫苦聲，他就想到鎮靜劑或鎮痛劑。看到急救患者用擔架抬進來，他便無意識地跳起來，是否要強心劑或鹽水針？這不單是職業的習慣而已，更令人動容的是他無處不在的濃厚的人道主義精神。

3. 鄉土臺灣

吳新榮是一位熱愛鄉土的文化人，這種性格在青年時期便已透現端倪。他所領導的鹽分地區文學強調人民愛、土地愛，即是根源於這樣的性格特質。晚年的吳新榮雖然在現實生活中傷痕累累，但是他對鄉土的情懷並不因此而稍減。編纂《臺南縣志稿》讓他上山下海、廢寢忘食，但他卻是樂此不疲，因為這件為地方撰史的工作是晚年吳新榮最大的精神寄託所在。[36]由於關懷土地，再加上文獻採集勤跑地方，吳氏之隨筆所呈現的「鄉土臺灣」要比一般作家更具體而確實，因考察文獻所搜集的古文物可謂琳瑯滿目，在其作品中散發著迷人的光彩，如〈玩石堅志〉、〈週末〉、〈枕頭〉、〈憐憫之門〉、〈後來居上〉等篇即屬之。

〈玩石堅志〉一文，乃是針對「玩物喪志」的俗語而發的「反語」。文章一開始，作者便理直氣壯地寫道：因為罹患高血壓的關係，夜間或遠途出診皆盡量婉辭；婉辭的結果是患者日少，自然清閒的時候愈多。雖然

---

[36]吳新榮 1957 年 12 月 20 日的日記寫道：「精神方面，我有一個永久性的成就，那就是《臺南縣志稿》的出版，這是我一生的空前或者絕後的事業……」，參考《吳新榮全集 7・吳新榮日記（戰後）》，頁 86。

「能得清閒就是仙」，吳新榮認為，這話是針對「君子」說的；若是「小人得閒」卻要比「小人得志」還可怕呢！這是他老來勤跑田野之故。證諸吳氏生平，晚年的他之所以沉醉於文獻工作，其實是壯志難酬，對現實政治心灰意冷，不得不退到文化事業中，找尋心靈的慰藉。但是，隨筆中的他何等灑脫地把所有沉重的鬱結輕輕撥除。這是智慧，也是涵養！而進行田野工作的實況如何呢？

> 所謂田野工作，大多是採訪或採集。在此工作的我們的同道，時常被人誤解為「風水師」或「看命仙」。因為我們在山陬海角，一看到像樣的墓碑就要稽考其年代、姓名、後裔，或者古廟破屋中也不忘究明所有的神像或遺牌的原主。石類尤其是我們的對象，除墓碑之外，石類有石碑、石敢當、石柱、石礎、石器、化石等。石器中以化石等為史前之品，尤為寶貴。石碑的石刻等可研究當時之政治、經濟、文化、美術，在文獻上甚為重要。
>
> ──頁7

由於實際採集之故，吳新榮往往帶回許多物形輕小的石器，留在山房賞玩。文章隨後如數家珍般地介紹了山房的藏石；由藏石再引申出相關的史事及故事，最後則以幽默之筆作結，使一篇偏向知識性的文章，寫來妙趣橫生。

〈週末〉一文敘及作者為消除生活的緊張壓力，固定每週有一日的休閒。因為平常看書太多、與家人相處的時間太多，因此，週末的旅行是不帶書亦不帶家人的。吳氏小旅行的對象，一為關子嶺、一為臺南市。到臺南是「草地人進城」，通常他會以五種方法達到休息的效果：逛街、看電影、吃點心、找朋友、按摩，其中與鄉土文化最相關的則為「逛街」和「吃點心」。我們來看吳新榮如何進行這兩項活動：

　　我盡量找舊街步行，甚麼大銃街、甚麼摸乳巷，這都是我常流連的地方。我在那彎彎曲曲的小巷裡吸盡著古都的風味，並能夠欣賞僅殘留的舊文化。

——頁 92

　　點心是代表那地方的文化，所以臺南點心可冠於全省的。但人間嗜好也因年齡環境而變化，我最初愛吃「當歸鴨」，因為那種湯路給我們懷念著漢藥的滋味。次愛吃「鱔魚麵」，回憶幼時母親給我們吃鱔魚，所以至今我們還愛吃鱔魚。次愛サシミ（日本鮮魚片），此因日本菜較淡泊可口，對我們肥胖人種有利，而且我留日八年對日本菜也難忘……至於現在最愛吃沙茶牛肉，那個牛肉爐和日本的「好燒」（スキヤキ）一樣是最好吃的點心……

——頁 93～94

　　感情豐富的吳新榮有著極細膩的心思，單談小吃亦能縮結著：對漢族的情感、兒時的記憶乃至青年時候所浸潤的日本文化色彩，顯示出臺灣多元文化的特殊性質。

　　由於隨筆具有自然舒展、信手拈來，「意之所到，則筆力曲折，無不盡意」（蘇軾〈春渚紀聞〉）的特色。因此，吳新榮在許多章篇裡，或多或少會因靈感的觸發，而談及他所鍾愛熟悉的鄉土風物。比如在〈憐憫之門〉他藉著前往探視烏腳病患而述及「北門發展史」（頁 153）；〈後來居上〉則談到自己的山房所在地時，順帶談及「佳里」地名沿革考……凡此種種，皆可看出吳新榮對鄉土文化的深厚素養。

4. 藝文天地

　　終吳新榮一生，最貫徹的兩項工作是：醫療和寫作。至於兩者在他生命中的分量，孰輕孰重？吳氏在〈情婦〉一文中曾作了很貼切的說明：

> 泰西一位醫生 Tchechov 出身文學家曾說過：醫學是他的本妻，文學是他的情婦。我也曾選擇這條路……
>
> ——頁 56

雖然戰後的吳新榮已不如戰前般，活力無限地帶領當地的文學活動，用他的話來說「我的情婦已無愛嬌也無情感，以致我永不成一個像樣的文人」，但是，事實上他還是從不放棄他所鍾愛的文學。以詩、以小說、以隨筆、以評論，來餵養他終生的「情婦」。

《瑣琅山房隨筆》裡，除〈情婦〉外，尚有〈語文〉、〈談詩〉、〈書法〉、〈新詩與我〉、〈井泉兄與山水亭〉等篇，或談文學書寫的困境、寫作的理念、或敘述文壇活動的概況、文學創作的成果……所談者大抵以藝文為內容。其中〈語文〉一篇相當值得重視，因為它指出了「跨越語言一代」作家面對語文轉換困境時種種尷尬和無奈：

> 本來我們沒有國語的根底，家父雖也多少識字能詩，但未曾教我們一個字，而且除日式的漢文讀法之外，我們也未曾讀過古式的書房。因此我們不得不默守「沉默為金」、「雄辯為銀」的西諺，除出於萬不得已外，蠻不說話……因此卻有人說我們為驕傲，又有人真的誤解我們為不合作，於是現在不得不跟孩子們學習國語……
>
> ——頁 61

據同世代的作家回憶，鄉里中人大多認為吳新榮是一個嚴肅、寡言笑而有些傲氣的人，因此稱他為「大舅降」[37]，林芳年認為這是因為吳氏平常熟讀哲學書籍，其學識自有過人之處，因此常持一種嚴肅而有深度的姿

---

[37] 據佳里地區的老輩說，「大舅降」是一個富家子，因為嬌生慣養，自幼養成一種目中無人的傲氣。平常寡言語，很少與鄉人打招呼，村中小孩一看到他就走避。參考林芳年〈吳新榮評傳〉，《林芳年選集》，343 頁。

態，使人感到有點難以親近。[38]其實，吾人若閱讀吳新榮的作品，當可了解吳氏實乃一性情中人，也有獨具的幽默和趣味；之所以被認為「嚴肅、難以親近」，真正原因乃是由於勵行國語政策下，無法純熟地以北京話表達的知識分子尷尬和無奈的心情所致。

在〈語文〉中，吳新榮指出臺灣剛脫離日本殖民時，語文紛擾的問題：「已有國語又有方言，再受文化較高的鄰國所影響，也參雜英語或日語」（頁 60），這遂造成表達與溝通上的困難。吳新榮舉了兩個光復初的實例，可以作為了解當時狀況的參考，茲舉其一如下：

> 一個外省同胞走進一處診所，治療他的擦傷，那個醫生很高興地用他初學的國語說：「你是很淺」（你傷得不深），言下「沒有關係」之意，而加以安慰。殊不知那個外省同胞馬上怒髮衝冠，並大叫「我不是漢奸！」，而給那個愛講國語的醫生一個耳光，原來他們都不能了解「很淺」與「漢奸」之差。
>
> ——頁 60

吳新榮在該文最後，對政府的禁用臺語政策提出建議：根據連雅堂的《雅言》，臺灣的方言即古代的中國話，由中原河洛傳來，所以有福佬「河洛話」之稱。河洛既風雅不俗，又含有濃厚的民族精神，那麼方言應可與國語並行，以幫助國語的發達才對。吳氏又根據他的語言學知識說道，漢藏語族是世界五大語族之一，而閩南話又是漢語群的十方言之一，不僅使用於臺灣，且遍及東南亞……「我們說本地話，依舊是炎黃的子孫」（頁62），因此沒有禁止的必要。由吳新榮如此苦口婆心地解說，吾人可約略了解當時跨越語言一代知識分子之窘境。

〈新詩與我〉是了解吳新榮詩作歷程頗為重要的一篇文獻，他將自己

---

[38]同前註。

的詩分為三個階段：第一期、青春時代，也可謂浪漫主義時期；第二時期
壯年時代，也可謂理想主義期；第三期老年時代也可謂現實主義期。第一
期是留學時代，充滿了天真浪漫、青春潑辣，所愛的是純情與悲壯，最喜
歡「力拔山兮氣蓋世」那樣的詩歌，吳氏舉當時所寫的〈徬徨的亡靈〉為
代表。第二階段是自日本返臺至光復的一段時期，乃所謂「鹽分地帶時
代」，此時思想逐漸成熟，基於理想主義的堅持，對日本殖民政權帶有反抗
的心理，而表現了愛好自由、鄉土及藝術的特質。吳氏舉〈故鄉的回想〉、
〈再起的衝動〉等詩為此期的代表。至於第三期是：不再行荒唐無稽冒險
的老年期。值得注意的是這個階段吳新榮的某些矛盾與心理轉折：

> 在此時期我們甚至讚美古董趣味或復古思想，而回頭研究李白杜甫，而
> 接近舊詩，因而發生了科學與非科學，新與舊的矛盾衝突。在此苦悶中
> 我們時常想以科學打進舊詩的陣營，企圖以新方法來改革舊詩的非科學
> 性，所以我現在也願當一舊詩社長。

──頁 176～177

1962 年被推舉為臺南縣「鯤瀛詩社」社長，這位懷抱有科學思想的新
式文人，究竟要如何來改革舊詩呢？吳新榮在〈談詩〉一文中說到：

> 我想這個舊革袋要來盛新酒，要來加添時代精神，使能趕上太空時代，
> 而貢獻於國家社會。至於詩的形式，我們不必拘束，形式是歷史造成
> 的。英國有英國的形式，希臘有希臘的形式，古代有古代的形式，現代
> 當然要有現代的形式。其形式越美化、越整齊、越純粹、越簡潔，就是
> 好詩……又詩的精神我們一定要提倡：高潔的風度、豪傲的意志、素樸
> 的氣品，這都可為詩的基本精神……

──頁 101

由此文可略知戰後初期臺灣文壇的走向，也可用來說明身為漢詩人之子，吳新榮所作的漢詩卻往往不守格律之故。他努力地要拋棄舊有的包袱，強調感情的真摯，不重平仄、不用典，嘗試走出詩歌改革的新道路來。

5. 生活瑣事

　　除了上述以四種角色為核心所撰寫的隨筆外，亦有部分作品是常人常語，雖然仍不脫前述四種角色的限制，但是作者所述及的生活瑣事卻因為它的平凡與平常，更拉近了作者與讀者間的距離，如：〈狗的故事〉、〈水災〉、〈亥年〉、〈褲的故事〉、〈續狗的故事〉等篇皆屬之。

　　〈亥年〉寫於己亥年（1959 年）一方面是應時之作，一方面又表現了作者的幽默風趣。一起頭，作者即據連雅堂的說法強調：我們對外族是如何的厭惡鄙視，因此，我們農村稱豬為「胡亞」；而日治時期臺灣人稱呼日本人叫「臭狗」，「可表現我們對外族的統治如何痛心」（頁 73）。接著，作者談及農村對豬的看重，母豬生小豬時，農民往往要延設電燈在豬舍，日夜輪流待產。一旦生產後，就要買南洋鮋仔（吳郭魚）給母豬做月內，比他們自己生男孩還要高興，簡直尊敬得有如祖公。豬族生病時，就請獸醫前去醫療，甚至請人醫，吳新榮說：

> 我也時常被請去看病豬，但我每說不是獸醫而婉拒之。可憐得很呀！奉豬做祖公是他們的自由，但看我做獸醫太不應該……他們獸醫發了財，就不能分別獸或人，連病人也看做病豬。不但不試驗後才打 Penicillin，連獸用的 Penicillin 都做人用，這就是密醫的開始，而且一開始就食髓知味了。

　　　　　　　　　　　　　　　　　　　　　　　　——頁 74

　　這一方面反映了當時豬隻在農村的重要性，一方面也批評當時臺灣社會密醫橫行的現象，是身為敬業醫生的吳新榮所不能接受的。

　　〈狗的故事〉、與〈續狗的故事〉皆是以追念又無奈的心情來回想作者家裡所曾養過的許多「可憐狗」、「枉死狗」。從第一條亦跨越兩時代，日治時期叫「チビ」，戰後叫「紫微」（案：臺語發音同日語）的狗開始寫起，以至她的孩子「希特勒」、「麥克瑟」以及稍後的雜種「突鼻仔太空狗」，和一雙和善的好狗──「甘迺迪」及「卡斯羅」……如此多的狗群們在山房裡，最後的命運是：病的病、老的老、死的死、失蹤的失蹤，似乎除了始祖「紫微」得以因「老衰症」壽終正寢外，其餘的大多讓山房主人的孩子們賠了不少眼淚，因此吳新榮在文章最後說道：

　　　　人們養的都是甚麼忠犬義犬，我們的都是這麼可憐狗、枉死狗。人的一
　　　　生如果要嗣十代的狗，差不多五、六年就要葬一次狗，這是太難堪的
　　　　事，自此我不想再寫狗故事了。

　　愛狗族看到這兩篇文章，想必也有同樣的感受吧！此文看似只單純寫狗，然而，從配合時代所取的狗名來看，亦可窺見世界局勢起伏變化之快速。

6. 人生態度

　　吳新榮隨筆中還有一些文章，以傳達自己的人生觀或生命哲學為主，如〈時間〉、〈人類崇高〉、〈三十年來〉、〈三的觀念〉、〈憐憫之門〉、〈年齡語彙〉、〈紀念國父百壽〉等。

　　〈人類崇高〉一文裡，吳新榮談到他年輕時曾有過豪情壯志，但是，俗話說「上冊（讀如澀）就勿會皺」，亦即上了四十以後凡事就力不從心了。在年紀逐漸老大之後，「不認老」、「不認輸」將會使人過得極矛盾痛苦，但只要「認老了，矛盾的心理自然解消；一旦認輸了，快活的心情自然流露」（頁 17），這是吳新榮在歷盡挫傷之後的豁然醒悟，如果沒有這樣灑脫的襟懷，怎可能在多哀多病的晚年，猶得以作嬉笑怒罵語呢？在這樣的人生體悟裡，吳新榮於〈三十年來〉一文中提出了他「新貴族主義」的主張：

新的貴族主義，是不以壓制而以自由，是不以奴役而以平等，是不以獨
裁而以民主，是不以權威而以進步為思想。新的貴族主義，是希望人人
都有豐富的三餐可吃，人人都有美麗的衣服可穿，人人都有舒服的家屋
可居，人人都有高級的汽車可乘，這是生活樣式。新的貴族主義，是為
著高血壓才不食油腥，不是為了要拜佛才素食，為著探求人生才研究宗
教，不是為了逃避人生才隱居精舍

——頁 138

　　上述的描述，可以說是吳新榮烏托邦社會的藍圖，也可以說是他對現
實社會的反諷；同時，在這裡我們隱約可以讀到孫中山先生「三民主義」
思想的色彩，吳新榮深受三民主義的影響，在他的作品中曾一再地強調
過。〈紀念國文百壽〉一文裡，他追本溯源地從「商業學校」時代開始說
起：由於彰化來的同學帶來傳單，吳新榮第一次知道孫中山先生之名，知
道三民主義，更巧合的是他的生日竟與孫先生相同。知道國父的職業是醫
生後，吳新榮也以考醫學校自許。就讀東京醫專時，他藉著出入中華會館
的機會購得三張孫先生遺照貼在宿舍，並自誓終身為其信徒。1917 年 4 月
購得日本列為禁書的《孫中山全集》，返臺後將之隱藏在天花板十餘年。在
日治末盟軍大轟炸的非常時期，吳新榮便躲在防空洞裡閱讀這套書籍。因
此，他一生皆努力奉行著孫先生的理想，該文寫道：

我在留學日本的初期，可說是我的民族主義第一次高潮；第二次高潮是
在光復，當時在此激動之間，我也不知不覺走到民權主義的路，或參加
民意機關或參加人民團體，終於我自己缺乏這方面的才能……還是回到
杏林之園。我回到杏林之園後，才想起我曾對某方面大膽放言我要建設
「民生主義醫學」，這就是現代所謂「社會醫學」的真諦了。

——頁 168～169

　　因為和中山先生同日生,致使自己一生都向孫先生看齊,而這樣的一位理想主義者,果真能在現實社會裡實踐他的抱負和理想嗎?恐怕未必如此。在現實與理想相悖反的時代,一位理想主機者如不能保有透脫的襟懷,恐怕很難無所牽掛地活下去吧!我們看他〈住院歸來〉一文,對「人生的活法」所提出的觀點:

> 人生的活法有兩種:一是「細而長」,另一種是「粗而短」,此為有吟味的必要。神仙佛道是求「細而長」的,英雄豪傑是傾向「粗而短」的,可是我這樣平凡的人,只希求在此不長不短的人生中,得到一種諦觀,就是「活到死」為止。何必憂愁人生幾何?如果活到百歲以上,這簡直是酷刑,所以得到如此諦觀,就可說每時都與神仙相鄰,何必殘虐此餘生?

　　　　　　　　　　　　　　　　　　　　　　　　　　　　——頁119

　　這種對歲壽豁達的看法,相當接近魏晉人士「劉伶荷鋤死便埋」的灑脫;如果吳新榮事先知道自己可以如此快速而不帶痛苦的離開人世,應該可以對如此多憾的人生感到一點安慰吧!

(二)寫作特色

　　《琑琅山房隨筆》的內容概述於前,接著筆者將進一步就此內容來分析吳氏隨筆的幾個特色。

1. 感受敏銳,聯想豐富

　　人的年紀漸增,心靈蒙受的塵埃越多,因此對外界事物的敏銳度和感受力往往相對地減低。尤其是曾經涉足政治社會活動,曾在地方擁有領導權的菁英領袖,更難在紛擾的俗務中保有一顆敏感而柔軟的心靈。吳新榮卻是一個相當特殊的例子,他往往能因生活事物小小的觸發,而引出長篇宏論來。讀吳新榮隨筆,我們常要讚歎其感受之敏銳與聯想力之豐富。原本是尋常事物,在他敏銳的思維裡,便能成為豐富多采的寫作題材,比如

前面所提及的〈玩石堅志〉、〈屁的故事〉、〈亥年〉以及〈時間〉、〈枕頭〉等篇，不僅就眼前景、眼前事物發議論，而且能上下千古、縱橫四海，將看似不相干的事物，用一個中心主旨將之串連起來，使文章展現極廣闊而足以任意悠遊的天地。

　　比如〈枕頭〉一文，作者開頭從閱讀日本《實驗治療》中一篇隨筆〈旅の枕〉說起，而後談到關子嶺附近的名勝之一「枕頭山」，由此帶出當地的相關神話及地理特徵，而後轉寫各種枕頭類別及其效用：玉枕的風流故事、陶枕的醫療效果以及農村老人用來存放軟細的竹枕……接著，又轉筆寫枕頭與天下的關係：「高枕安睡是天下太平之世，枕戈待旦是心存軍國亂世之謂，所以枕頭對國家社會也有相當的表現」（頁 79）。復言枕頭與健康、色情、愛情與國家建設都有密不可分的關係，最末一段則言及中國人作〈枕中記〉以耽於太平夢，作者也願為盧生，做個美夢；但夢的內容與其希望娶嬌妻、生賢子、做大官、長歲壽，倒不如「乘人造衛星，來周遊大宇宙，看九層天九層地的佛教思想如何偉大」（頁 80）來得有趣些。整篇文章取材豐贍，如泉水汩汩湧出，自然流暢；而想像力則有如天馬行空，不可羈勒。最可貴者在於章法渾然天成，結構完整，是一篇頗為成功的作品。

2. 博學多聞，幽默善諷

　　吳新榮一生嗜書如命，不僅在躲空襲時讀《三民主義》（詳前），早期出外診病時亦在車上讀大部頭的書，如威爾斯的《世界文化史大系》（1939年日記），甚至當年因政治冤獄而逃亡時，他亦手不釋卷地閱讀威爾斯的《世界文明史》、鄭坤五的《鯤島逸史》、林語堂的《生活操求》（1947 年日記），據他自己的估計，一個禮拜大概要讀上十萬字的書。[39]由於讀得書多，層面又廣，因此他在隨筆中可展現極遼闊的視野和豐富的知識，大抵醫學、文學、語言學、民俗學、文獻學……的相關知識，都曾被他援引到

---

[39]根據吳新榮，〈週末〉一文，收在《琍琅山房隨筆》，頁 92。

作品中，在他純熟而自然的揉合之下，更添加了作品的深度和興味。〈枕頭〉、〈大便〉、〈屁的故事〉、〈褲的故事〉、〈狗的故事〉、〈三的觀念〉等文，皆具此特色。

做為一個理想主義者、科學主義者，吳新榮對當時臺灣社會的種種亂相，往往忍不住要加以批評。但是這種方式不是嚴厲峻切的，而能在嬉戲談笑中直指問題的核心。比如〈良醫良相〉裡諷刺一般人的「名過其實」、〈後來居上〉諷刺密醫的大肆氾濫、〈醫箴〉裡諷刺中國傳統醫學密而不宣的「祖傳祕方」、〈水災〉諷刺政府的嚴苛重稅，至於〈同學〉一文則在敘述了當年東京醫專的同學「拾仁會」的概況後，隱微地批判了政治冤獄的可怕。在冷靜平和的回憶裡，其實有著個人身世之感的傷痛：

> 木枝君也是開業成功的一人，我曾訪問他一次，一直到下午十二時也不能和我談一談宿情。他因開業成功而獲得社會地位，以致在光復初期的事變中，犧牲了一命……自此，我們都相戒開業不必成功，只要多活一些時間，我們就能看到更多的光景。

——頁 87

至於吳新榮作品中所表現的幽默風趣，從前面的引文已概略可見，茲再舉〈往診用車〉為例說明之。文章一開頭說到：對鄉下開業醫生而言，往診的代步工具是重要的東西。童年時候看到騎馬往診的醫生，威風凜凜，不可一世，所謂「乘轎無人知，騎馬較儌俳」（讀 Hiapai，筆者案：即今日常說的「搖擺」，「得意」、「不可一世」之狀），有趣的是後來這位醫師因道路不完善，曾陷馬於竹橋下，往後就不再騎馬出診了……到了吳新榮返鄉行醫時，最常用的交通工具不再是轎子或駿馬，而是腳踏車。「自到腳踏車時代，醫生的身價漸漸低落。因為同業者越增加，競爭意識也越猛烈，所以有些同業連夜路雨天都不辭……」（頁 122）有時一日跑了十餘家，入病家大門時，看到庭中有腳踏車痕跡，知道已有早到的醫生了，只

好轉頭回病院去。大致上說來，腳踏車時代是醫師比賽體力和效率的時代。不久，進入摩托車時代，因為腳踏車已應不及病家急躁的心理，這時比的不再是體力而是財力了。當時，醫師若無自備摩托車，就被病家看成落伍。為了「打腫臉充胖子」，只好想盡各種方法來支撐門面：有一醫生因未能自備機器腳踏車，硬著頭皮誑騙病家說是乘摩托車來的，但因趕路過急，心狂火熱，竟不能準確按脈。至於為了健康之故，放棄原有的摩托車改用腳踏車的吳新榮，在病家要求騎摩托車出診時，不好意思說已無此車了，只好推託說：「摩托車正修理中」而婉辭之……醫生難言的苦衷，唯有嘗過箇中滋味的人方能知曉；而透過吳新榮幽默之筆來訴說，使人在同情之餘，卻又不禁莞爾。

3. 善用諺語，雅俗共賞

在吳新榮隨筆裡，極容易引起人會心微笑的是臺灣俗諺的貼切運用。在臺南縣文獻會從事田野調查時，吳氏曾撰有〈南部農村俚諺集〉，對當地的俗諺俚語有相當深入的；加上他的職業是接近群眾的醫療工作者，對於鮮活的民間語言也相當的熟悉。因此，讀他的作品有如與村中人語的親切和自在。比如〈粗餐英雄〉裡，談到山房所種的眾多水果，吳氏以其淵博的知識，細數果子譜之後，談到：「六月雷七月泳，六月菝芝七月龍眼」，說的是季節與果子的關係；又引到臺灣俗話說：「食菝芝放銃子，食柚放蝦米，食龍眼放木耳」則是警告小孩子不要多吃不易消化的東西。這些俗諺既因押韻有著聽覺上的愉悅，又帶有老一輩的經驗傳述，讓人感到餘味無窮。其它如：「家自的，家自好；別人的，生虱母」(〈同學〉)、「害人不害己，害了家己死」(〈續狗的故事〉)、「三歲乖，四歲獃，五歲叫不來，六歲掠來刣」(〈年齡語彙〉)、「神趁金，人趁飲（案：「趁」即「賺」的意思)」、「貓來富，狗來起瓦厝」(〈亥年〉)、「丈母厝，好迌迌」、「放屁腹內風，不驚大伯抑叔公」(〈屁的故事〉)。尤其在〈大便〉一文裡，談到自己的賢內助時，引到了日本俗諺「實に家內は有り難いものだ」，吳新榮將之巧妙地臺譯成：「一個老查某，較好三個天公祖」，更令人拍案叫絕，適時

地引用俗語，往往使得文意的傳達更添加幾分妙趣。

　　吳新榮不僅善用俗語，在作品取材上則是「至宇宙之大，蒼蠅之微」（林語堂《人間世・發刊詞》）都可以拿來入文。他的作品，有一部分談詩、文、書法，題材較典雅；亦有一部分材料是常人所不取的，如「放屁」、「大便」、「痔瘡」……用莊子的話來說即是「道在屎溺中」；或用當代文學批評的語彙說，便是所謂的「醜的美學」。然而，對於這種粗俗低下的事物，作者往往能讓它峰迴路轉，產生無限巧思。我們甚至可以說吳氏隨筆中最精彩的，就是這類瑣碎敘述的作品。

4. 多音交響，風味獨特

　　吳新榮的隨筆極具特色之處在於他書寫語言的運用，揉合了多元而豐富的臺灣語言，以致形成其特殊的風味。吳新榮同輩的朋友蔡瑞洋，就相當能指出其作品的特色[40]：

> 其文章之文體與文句，巧妙運用臺灣自古以來的方言與混雜日本文化的方言，亦即日據時代真正的方言，這種文章幾乎很少見。聽吳夫人說，吳先生對於日常使用習慣的語彙，也要下種種工夫來找尋適當的字眼……我在讀他隨筆時，感覺就像站在街面那邊或市場的入口處，喚朋友聊天的那種文句不斷湧現，愉快得不得了！

　　大抵上說來，吳新榮的確能自然而流暢地將各種異質文化的語言，融合在一起，我們往往因為內容的豐富、意境的幽默、筆調的輕鬆而得到閱讀的愉快，不因語言的雜揉而感扞格不入，上面所舉的吳氏能將日本俗諺「實に家內は有り難いものだ」，作貼切的轉譯，便是一個極成功的例子。此外，如〈同學〉一文開頭，吳新榮寫道：

---

[40]摘錄自張良澤，〈總序〉，《吳新榮全集1・亡妻記》，頁17～18。

……看到許寸金同學的一文〈臺灣東十會春聚〉，我也想寫一篇有關同學的隨筆。我自己解釋「同學」（中國用語）是同一學校的，而「同窗」（日本用語）是同一學年的……我們的母校是東京醫專，即現在東京醫科大學，但是我們還是說為「東京醫專出身的」比較親熱，比較懷念。這不是「假福相」（即日語的：瘦せ我慢）的話……因為在我們眼中「東京醫學士」比「日本醫學博士」要響亮些，這也許有「家自的，家自好；別人的，生虱母」的含意。

從字裡行間我們可以看到，這並非純粹的北京話書寫，亦不是只夾雜了臺語，其中還很自然且濃厚地流動著日本語的色彩。不僅夾雜日語，由於吳氏醫學的訓練，他還兼通英語、德語，在文章裡他亦時常夾用英語乃至德語在內，使作品呈現多音交響的效果，比如以下這幾段文字：

「上馬瘋」就是「身上死」的俗言，德人說 Dersusse Tod（甜美的死），中國文獻也寫「死狀如笑」，一定很快活而死的。

——〈狗的故事〉，頁 36

仙就是超時間的人，就是所謂超人 Superman，也就是永生的人。西洋人「永生」意義為登天堂，中國人寫為「仙逝」，所以「做仙」（臺語）就是逝去的意思，何能永生？

——〈時間〉，頁 82

固然我是個影迷，但我從未選個影星看片。我看那一個影星都一樣臉相……不是「不纏仔」就是「岡市仔」。但是我特別記得一個影帝的名字曰 Garly Cooper，我在東京留學的時候，我房東的小姐常叫我 Garly Cooper，至今將近三十年……今我依然做他的影迷，欣賞他那樣シブイ（近乎「枯淡」之意）的作風。

——〈週末〉，頁 93

> 在山水亭以井泉兄為中心，我接觸最多的是逸松兄和文環兄，因此，我
> 所知道的山水亭像一個文學 center，後來他們果然組織「臺灣文學社」，
> 在日據時期為臺灣青年的文學運動，創立光榮的史頁。當時文環另被稱
> 為「臺灣的菊池寬」（菊池寬當時被日本文壇稱為「文學的大御所」），可
> 見其創作的成就。

——〈井泉兄與山水亭〉，頁 182

　　中國近代雜文大家周作人主張小品文應該有「澀味」，才雋永耐讀。所
謂「澀味」除了受作者思想性格的影響外，就語言角度而言，可以指「以
口語為基礎，再加上歐化語、古文、方言等分子，雜揉調和，使能渾然一
體，而具有獨特的語言風味」。[41]藉由上面引述吳新榮的作品，吾人的確可
從其中具體感受到臺灣文學作品，多元文化、多音交響的語言特色。

五、結語

　　綜上所述，我們可以為吳新榮《瑣琅山房隨筆》做一個總的評價：
　　第一、從空間上來說，《瑣琅山房隨筆》表現了十足的「在地性」。「鹽
分地區」是吳新榮一生所居住、所深愛、所嘔心瀝血付出的美麗土地。早
年的行醫、壯年的從政、晚年的田野調查……莫不是環繞在這個區域。他
的詩、文、小說、隨筆乃至文獻考查，所思所寫無不是這土地的一草一
木、一人一物，表現濃厚的地方色彩。難得的是，他從土地出發，又能夠
不為這塊土地所拘限而狹隘了他的胸襟和視野。豐富廣博的學問和見聞，
使他能夠從「微塵中見大千」，在尺寸間拉開歷史的長軸，在南臺灣掌握世
界的脈動。

---

[41]參考張華主編，《中國現代雜文》（西安：西北大學出版社，1987 年 9 月），頁 220。

　　第二、從內容上來說，《瑣琅山房隨筆》在臺灣文學史上，接續了自賴和以來所開啟的「醫生文學」傳統，下啟當今臺灣文壇仍固存的醫師寫作之風。不同之處在於，賴和雖是醫生作家，但是他大多數的作品是走入民間，與人民的脈搏共起伏，具有強烈的群眾性格。尤其在小說中，敘述者有時扮演的是知識分子的角色，但卻無明顯的「行醫者」的色彩。而吳新榮除部分新詩作品外，大多數的散文隨筆很明顯地是站在「醫生本位」來發言。由於醫生這行業，最足以洞悉生命的脆弱，最足以貼近地凝視死亡，也最能夠體悟存在的本質，因此，以「醫者之眼」來看社會的事事物物，他的觀察點和省思的深度誠然有其他寫作者所不能及之處。

　　第三、從語言上來說，《瑣琅山房隨筆》裡母語俗諺的靈活運用，使得寫作當時的語言情態得以再現於讀者目前。同時，由於臺灣的被殖民命運，使得跨越語言一代家所使用的語文呈現多元繁複的風貌。與吳新榮同世代的蔡瑞洋，便相當能了解這種文字書寫所具有的特殊風味及深刻義涵[42]：「我在讀他的隨筆時，感覺就像站在街面邊或市場的入口處，和朋友聊天的文句不斷湧現，愉快得不得了」；「日據時代可以說是一個絕無僅有的時代，在這時代裡，民族的自覺者如何圖存，如何演化特質的文化及文章，這一點吳先生的作品不得不說是非常珍貴的東西。」因此要了解臺灣文學，尤其是跨越語言一代作家，吳新榮是一個相當值得重視的對象。

　　第四、從風格上來說，《瑣琅山房隨筆》柔性、瑣碎的書寫取向，為鹽分地帶文學開啟了另一扇觀看世界的窗口。寫土地、寫人民的憂歡悲喜，早年吳新榮所領導的鹽分詩人群，乃採取了左翼路線，表現出悲憤凌厲的批判精神，具有陽剛之美。《瑣琅山房隨筆》上承日治時期〈亡妻記〉的柔性書寫，仍立足於斯土斯民，卻以輕鬆幽默之筆，淡淡地寫出吳新榮晚年的人生體悟與生命經驗，呈現了陰柔之美，在臺灣文學的發展史上是一個值得注意的方向。

---

[42]蔡瑞洋，〈憶新榮先生〉，《震瀛追思錄》（臺南：瑣琅山房，1977 年 3 月）。

　　當然，吳新榮的作品並非完全無缺點，他還是有一定的限制在。筆者認為《珣琅山房隨筆》除了上述的優點外，還有幾個小瑕疵：

　　第一、少數幾篇作品，因專業性較高，顯得枯燥，而減低了閱讀的趣味。比如〈養生祕術〉、〈年齡語彙〉、〈醫箴〉等篇。

　　第二、部分章篇因充分發揮隨筆「信手拈來，意盡便止」的特色，因此，難免在結構上有不夠完整或過度鬆散之感。比如：〈時間〉、〈三的哲學〉等篇。

　　第三、由於多種語言雜揉之故，字裡行間較缺乏韻律的躍動。林芳年認為如此則無法表達作者真實的意境，故而比較缺乏形象性的作品。[43]

　　雖然如此，但這些小瑕疵並不足以掩蓋《珣琅山房隨筆》的優點，對於戰後孜孜不倦自習中文，終其一生皆未廢棄文學的醫生作家吳新榮，我們還是要給予高度的肯定。

　　隨著學術界有心人的逐漸投入，臺灣文學研究的深度及廣度都逐漸在拉展。然而，大致說來，一般研究者仍以日治時期為探討對象；從文類上看，一般則多集中在小說或新詩的析論，罕有觸及散文者。筆者認為臺灣文學的研究者，實有必要再跨越一步，對一向忽略的文類做更積極的探討和了解，如此才可能更準確地把握臺灣文學的精神和特色。本文的寫作，即是這樣的一個嘗試，希望能做為引玉之磚石，期待更多研究者從不同角度、不同時代、不同文類切入，以呈現臺灣文學的豐繁面貌來。

　　　　　　──原刊於《國立中正大學學報》第 8 卷第 1 期，1997 年 12 月
　　　　　　──2000 年 4 月修訂

　　　　　　　──選自施懿琳《跨語、飄泊、釘根──臺灣新文學研究論集》
　　　　　　　高雄：春暉出版社，2006 年 6 月

---

[43] 參考林芳年，〈鹽分地帶作家論〉，《林芳年選集》，頁 388。

擺盪在「科學文明」與「文化暴君」之間

吳新榮的科學觀及其實踐上的局限

◎陳君愷*

一、前言

近代西方科學文明之傳入臺灣，大約肇始自清末臺灣開港以後，其中最明顯易見的，是西洋傳教士的「醫療傳道」與劉銘傳的「新政」。迨至日本領臺後，以西洋為師、力圖「文明開化」的明治政府，將其正在學習中的西方科學文明，帶進其第一個殖民地臺灣。而其中最重要的一項，即為西方醫學。做為一個剛加入「帝國主義者俱樂部」當「實習生」的日本，為了改善臺灣的衛生環境，以便利其統治，遂大力引進西方醫學，建立醫學教育，從而培養出許多本地的醫事人才，終至確立並鞏固了西方醫學在臺灣的地位。

在此情形下，有著西方醫學知識背景的醫生，遂逐漸形成一個特殊的群體[1]。這些醫生對臺灣醫藥衛生改善的貢獻，自不待言；但更值得我們注意的是：「西方醫學」乃是「西方科學」的一環，而日治時期的臺灣醫生是以西方醫學為其知識基礎的；因此，就另一個角度來看，臺灣的「醫生」亦是所謂的「科學家」，他們承載著西方的「科學」知識，散布在臺灣的各個角落，對西方科學的移入臺灣，從而對臺灣的文化變遷，可謂產

*發表文章時為輔仁大學歷史學系副教授，現為輔仁大學歷史學系教授。

[1]參陳君愷，《日治時期臺灣醫生社會地位之研究》（國立臺灣師範大學歷史研究所專刊 22）（臺北：臺灣師範大學歷史研究所，1992 年 10 月，初版）一書。

生了相當的作用。

　　當然，此處所謂的「西方科學」，指的是西方近代科學革命後，所逐步發展出之包含物質層面的「科學技術」，以及精神層面的「科學意識形態」。至於所謂的「移植」，也類似於人體在器官移植時，會產生「排斥」或「同化」等反應一般。這種「移植」的過程與結果，實為一富饒趣味的問題。

　　為了明瞭西方科學這種移殖的過程及其所衍生的各種現象，在此，我們不妨由微觀的角度，以醫生吳新榮（1907～1967）為例，觀察「科學」及其相關的意識形態，如何落實在類似他這樣的新知識分子身上；並且探討當他在面對與「科學」格格不入的臺灣社會時，所產生的衝突、掙扎、調適等相關問題。

　　不過，我們必須在此加以說明的是：就知識論與方法論而言，「吳新榮的思想」與「吳新榮被解讀的思想」是有所差異的；而近代科學所謂「客觀中立」的概念，是指向「真正」的「吳新榮的思想」。但由於我們對「科學」此一概念的認知，已隨著 20 世紀科學哲學的發展，而有所變化[2]；因此，我們無法「保證」我們所陳述的，是「真正」的「吳新榮的思想」。事實上，吳新榮既然為我們所認知，所以，我們亦在解讀或詮釋「吳新榮的思想」。換句話說，「吳新榮的思想」當然是被我們所建構的。在這樣的思考底下，與其宣稱我們已確切掌握了「吳新榮的思想」，不如交代我們「建構的方式」，恐怕比較適當。

　　基本上，本研究的主旨，乃試圖建立起吳新榮思想的「內在合理性」、「情境合理性」與「脈絡合理性」。所謂的「內在合理性」，乃指其思想內部的合理性，或說思想的內在邏輯，亦即符合邏輯、自我完足的才能算是思想；所謂的「情境合理性」，乃指其思想與所處外在環境互動關係的合理性，這包括其在實踐上的適應難題、表述上的因應形式、以及

---

[2] 關於 20 世紀科學哲學的發展，可參舒煒光、邱仁宗主編，《當代西方科學哲學述評》（北京：人民出版社，1987 年 1 月，初版二刷）一書。

矛盾衝突的產生暨其解決方法等；所謂的「脈絡合理性」，乃指其思想與所處時代之間的互動、及其因而產生之變化的合理性，亦即其思想的內部發展以及與所處外在環境之變遷兩者間、交互作用所產生的總體變化。

在資料方面，本論文主要係引用吳新榮已出版的作品，而這些作品乃集中於遠景版的全集與臺南縣立文化中心版的選集。全集與選集兩書所收錄者雖大都重複，但因選集中有全集未收錄的作品與近人研究，故本論文引用時大抵以全集為主、選集為輔。惟遠景版的全集中，《此時此地》一書內容，因時代因素而有所刪節，故採用前衛版的《震瀛回憶錄》。至於庋藏在吳三連史料基金會的吳新榮手稿、日記等，則因時間與篇幅所限，暫不加以徵引。筆者擬就這些已出版的資料做初步探索，從而試圖為吳新榮的科學觀，勾勒出一個大致的輪廓。

當然，做為一個跨越日治與戰後兩個時代的臺灣人作家，在吳新榮的北京語作品中，不可避免的，會夾雜著許多閩南系臺灣語與日語的語彙。但由於這些語彙並不妨礙我們對他思想的理解，為尊重原典，因此，我們將直接徵引原文，並不加以更動，僅在必要時加上按語。此外，在他的小說體自傳《震瀛回憶錄》中，他是以「夢鶴」自稱，並以「穆堂」稱其父，「朱實」稱其母，「雪芬」稱其第一任妻子的。底下在引證時，將不另行說明。

二、對「科學文明」的謳歌與禮讚

吳新榮，臺南將軍人，1907 年生。早年曾負笈臺南，就讀於臺灣總督府商業專門學校。1925 年，赴日留學，就讀於岡山市金川中學。1927 年畢業，轉赴東京，因祖父病篤而返臺。1928 年，再度赴日，旋考取東京醫學專門學校[3]。

吳新榮進入東京醫專就讀時，年方二十出頭，正是充滿熱血與理想的

---

[3] 參鄭喜夫原撰，張良澤刪補，〈附錄二：吳新榮先生事略年譜〉，收錄於張良澤主編，《吳新榮全集 8‧吳新榮書簡》（臺北：遠景出版公司，1981 年 10 月，初版），頁 135～137。

年紀。他自謂「當時我已想要做醫生就要醫治人間全體的生命，甚至要醫
治社會全體的生命」[4]。這或許可以被理解為是一個志望修習「（屬於科學
的）醫學」的醫學生、所懷抱的「遠大志向」或是「自我期許」。然而，
吳新榮本身的性向，卻是偏好文科的。事實上，吳新榮不只一次的提到他
本是「文科的人才」[5]。而身為一個自覺具有文科資性、卻接受了屬於科學
教育的醫科訓練的人，這種先天資性與後天訓練的交互作用，遂使得他的
「科學」往往帶有豐富的「人文取向」；相對的，也使他的「人文學」帶
有濃厚的「科學精神」。他在 1956 年 10 月 11 日寫給其次子南河的信中，
曾經指出：

> ……所謂「科學」的天質，雖現在想不中用甚至無利益，但後來不知不
> 覺之中可能發生作用，如我雖為文科的人才，但受過醫學的科學教育，
> 後來我對文學對生活都有科學的見解，而得進步，又有科學的知識能得
> 解決困難。[6]

很顯然的，吳新榮認為他所受的科學訓練，有助於他思考問題。至於
他文科的資性，則因為現實環境的限制，必須折衷與調和。他回憶在東京
醫專求學時的情形，指出當時「除學期考試以外，他大部分的時間，都讀
課外的書籍，和參加校外的活動。而課內的只有外科學和兒科學，比較適
合他的性格，因為外科學是根本澈底療法，不是姑息療法，即是創造性
的，不是改良性的；又兒科學主旨是積極療法，不是消極療法，即是進步
性的，不是保守性的。這樣富有革命性或將來性的科學實驗，實給他在思
想把握上有很大的作用，這也給他滿意他考入理科系統的學校，而不影響

---

[4] 吳新榮，〈眼睛疲勞〉，收錄於張良澤主編，《吳新榮全集 2・琅琅山房隨筆》（臺北：遠景出版公司，1981 年 10 月，初版），頁 161。
[5] 如張良澤主編，《吳新榮全集 8・吳新榮書簡》，頁 23；又如吳新榮，《震瀛回憶錄》（臺北：前衛出版公司，1989 年 7 月 1 日，第 1 刷），頁 113。
[6] 張良澤主編，《吳新榮全集 8・吳新榮書簡》，頁 23～24。

他在文科系統上的工作」[7]。

當時的日本社會，由於正處在昭和恐慌的漩渦裡，各種思潮風起雲湧；特別是以「科學」為名的社會主義思想，不斷的蔓延開來。身處於這樣的時代氣氛中，吳新榮也深深受到感染，而滿懷著對科學的信心。在燃燒著青春熱情的〈點滴拾錄〉一文中，吳新榮激越的說：

> 展開些你的眼界，睨視些歷史的奔流。因為歷史是人類貴重的經驗記，未來唯一的指南針。過去的歷史可說是強者——征服者的侵略史，將來的歷史也許是弱者——反抗者的鬥爭錄。[8]

而在揭示了他的基本立場之後，吳新榮對身為醫生的自己，有著如是的自我期許：

> 古舊的觀念須揚棄，新進的認識應該把握。不然他們的存在不過是一種古董品或是阿諛者。醫生不是人類的吸血鬼，也不是黃金的奴隸。醫生任何時都要為病社會的救護者，新世界的創造人。[9]

為了改造舊社會並創造新世界，於是，吳新榮做出了這樣的斷言：

> 唯有科學可解決一切，否定這句話的人，是不想努力的逃避者，須要拉他們來僧院修養，又輕視這句話的人是不知現實的夢想家，應該拉他們來瘋病院監禁。我們的時代無疑地是要打倒強權主義的時代，我們的鄉土無疑地是被搾取的殖民地臺灣。[10]

---

[7] 吳新榮，《震瀛回憶錄》，頁 113。
[8] 吳新榮，〈點滴拾錄〉，收錄於張良澤主編，《吳新榮全集 1・亡妻記》（臺北：遠景出版公司，1981 年 10 月，初版），頁 79。
[9] 同前註。
[10] 同前註，頁 80。

在前揭這幾段話中，吳新榮一方面說：「歷史」是人類貴重的經驗記、未來唯一的指南針；另一方面又說：唯有「科學」可解決一切。而分別做為唯一指針的「歷史」，與唯一解決方式的「科學」，展現在吳新榮身上，其實就是「歷史唯物論」。

事實上，在這篇由吳新榮本人從日文自譯為中文的〈點滴拾錄〉裡頭，由於戰後臺灣白色恐怖時期的思想箝制，使他在出版時，不得不隱去了一些重要的關鍵字眼[11]。例如他把其中第八則、依日文原文應譯作「我送你歷史唯物論」的句子，翻譯為「我贈你這本書」；以及將本應譯為「等到我們確定在辨證法上成為真正的同道／那時再來徹夜長談吧」的句子，迻譯成「待到我們在思想上，是真正的同志的時代，我們再來徹夜談天吧」等[12]。由此可知：吳新榮心目中的「科學」並不是單指「自然科學」，而是包括以「歷史唯物論」、「辯證法」為思想核心的所謂「社會科學」在內；至於他所關心的重點，則是「我們的鄉土」──那個「被搾取的殖民地臺灣」。

於是，修習醫學（自然科學）與懷抱歷史唯物論（社會科學）的吳新榮，遂產生了強烈的自覺意識，認為自己是個「科學者」。這可以從他多次以「科學者」自稱與自居窺知[13]。做為一個「科學者」，基於對「科學」的信仰，當他面對了他所宣稱是「半封建」的臺灣社會時，自然難以避免的，會產生許多明顯的衝突。對吳新榮而言：「科學」與「迷信」是對立

---

[11]事實上，1959 年 4 月 28 日，吳新榮就曾在日記中抱怨說：「琅琅山房隨筆集的校對已經完了，光復前所寫的幾篇有些恐觸時忌，所以此書的刊行時期不得不再考慮。說來也可笑，日據時期已發表過的文章，到這時候還要怕觸時忌，這要叫我們啼笑皆非」。見張良澤主編，《吳新榮全集 7‧吳新榮日記（戰後）》（臺北：遠景出版公司，1981 年 10 月，初版），頁 100。

[12]參吳新榮，〈點滴拾錄〉，《吳新榮全集 1‧亡妻記》，頁 81；呂興昌，〈吳新榮震瀛詩集初探〉，收錄於吳新榮原著，葉笛、張良澤漢譯，呂興昌編訂，《吳新榮選集（二）》（臺南：臺南縣立文化中心，1997 年 3 月 15 日，初版），頁 238～239、251 之註 19。

[13]吳新榮以「科學者」自稱，散見於他的許多作品中。如吳新榮，〈後來居上〉，《吳新榮全集 2‧琅琅山房隨筆》，頁 53；吳新榮，〈亥年〉，《吳新榮全集 2‧琅琅山房隨筆》，頁 76；張良澤主編，《吳新榮全集 6‧吳新榮日記（戰前）》（臺北：遠景出版公司，1981 年 10 月，初版），頁 50；吳新榮，《震瀛回憶錄》，頁 124、291。此外，亦可見與「科學者」意思相近者，如「幹科學的人」、「搞科學的人」之類，不盡舉。

的，而「科學」亦正是打破「迷信」的重要方法。

在這樣的信念下，吳新榮很自然的成為一個「無神論者」，而他也嘗以此自稱[14]。因此，他對所謂的「迷信」，自是不假辭色的大加批判。他自謂「我不信那玄學的信條是永久的道德，也不信那神祕的迷語是不變的真理」[15]。於是，吳新榮對神鬼的基本態度是不相信的。他在發表於 1955 年的〈臺南縣寺廟神雜考〉中，如此交代他的基本立場：

> 筆者幸未屬任何宗教，所以相信可能以極公平的態度加以考察，而且筆者自少就在這樣宗教的氣氛中成長的，所以相信能夠深切地了解各宗教的主旨。又筆者是個幹科學的人，所以也不能迷信地同意陰邪的橫行，又且筆者對社會政策有所主張，所以更不能盲目地附和非科學的見解。[16]

這段文字，很清楚的反映了他相信「科學是客觀中立的」的概念。而且，如果我們理解無誤的話，中間呈現出四個層次，它們應當分別意味著：1.在認知上是如何可以達到「客觀」、「中立」以及「公正」；2.在認知上是如何可以得到「深入理解」；3.認知對象應經過科學方法的檢視；4.對認知對象的見解，應經過社會科學的批判。這四個層次，可謂簡單扼要的點出了一個被宗教氣氛包圍著的科學者的理念與處境。

基本上，吳新榮認為神是人的「創造物」。他主張：

> 神明是人號（按：即命名）的，神像是人裝的，有人才有神，神不得比人類先存在。[17]

---

[14]吳新榮以「無神論者」自稱，見吳新榮，〈亡妻記〉，收錄於吳新榮，《震瀛回憶錄》，頁 318。
[15]吳新榮，〈敗北〉，《吳新榮全集 1・亡妻記》，頁 84。
[16]吳新榮，〈臺南縣寺廟神考〉（編按：原題名為〈臺南縣寺廟神雜考〉，正文據改），收錄於張良澤主編，《吳新榮全集 4・南臺灣采風錄》（臺北：遠景出版公司，1981 年 10 月，初版），頁 179。
[17]張良澤主編，《吳新榮全集 5・震瀛採訪記》（臺北：遠景出版公司，1981 年 10 月，初版），頁 272。

而他在 1955 年 12 月 31 日的日記中也寫道：

> 過年不過年，這樣時間的定長定短，這是人為的，像有神無神一樣，是
> 人類自己定的，不想過年不想有神人類都是一樣的過日。所以我根本不
> 信時間約束人類，也不信有神能支配人類，這就是自然的哲理，人類的
> 極奧，何必與時間爭人生，何必與神明論人生。[18]

對吳新榮而言：既然神是人所創造的，自然是「何必與神明論人生」了！
然而，在現實社會裡，卻總有許多人信奉或甚至是依賴神明，他認為這是
因人們的心理因素所造成的。他說：

> 到底人生幾何，這是萬古未能解決的問題，求永生不輸為狂人的行為，
> 但人們偏偏都要做狂人。所以解不決的問題，時常拿到天上去叫神明負
> 責，說做神就是永生，真是痴人說夢話，真正是夢想也不到的事。但只
> 有科學才能漸漸接近這樣理想，只有科學才能漸漸解決這樣的難題，最
> 近世界的平均年齡大有進步，即是不動的證據。[19]

很顯然的，他認為人們總愛用自己的願望看待外界事物，而不肯去認清事
實；因為「原來貧困、無學、迷信、痛苦同是兄弟」[20]，它們相因而生，成
為束縛人類的牢籠，而科學正是解決這種種盤根錯結問題的唯一方法。這
其實是一種主張「科學是點亮人類智能的火種」的啟蒙思想。

　　事實上，吳新榮對待宗教的立場，在 1963 年 5 月間與臺灣省文獻委員
會組長劉枝萬陪同法國遠東研究院施博爾（K. M. Schipper）博士一起去採

---

[18]張良澤主編，《吳新榮全集 7・吳新榮日記（戰後）》，頁 77。有趣的是：吳新榮對過年的態度，
與賴和有相當程度的類似性，值得參照。參懶雲，〈忘不了的過年〉，收錄於賴和著，林瑞明編，
《賴和全集二・新詩散文卷》（臺北：前衛出版社，2000 年 6 月，初版），頁 224～225。
[19]吳新榮，〈時間〉，《吳新榮全集 2・琑琅山房隨筆》，頁 83。
[20]吳新榮，〈給同學的一封信〉，《吳新榮全集 1・亡妻記》，頁 241。

訪臺南縣的王爺信仰時，也表現得相當清楚。他說：

> 晚上我們三人（施博爾、劉枝萬、吳新榮）鼎座於旅社，大論王爺、大
> 論神鬼，唯一的結論是「好的鬼即是神，壞的神即是鬼」。其他的結論
> 已不能摸索也不能證明，雖有心理學上的精神作用，但最好還是順從孔
> 夫子的理論：「敬鬼神而遠之」。[21]

由此可知：對於「不能摸索」與「不能證明」的事物，吳新榮基本上是採
取「存而不論」的態度，這正如同他所謂「未發現的真理雖不在人類本
身，也不能證明在神的本身」[22]，可見他的確深具當代所謂的「科學精
神」。

　　因此，吳新榮雖然信仰科學、指斥迷信，但由於他並非極端的科學主
義者（亦即「迷信科學者」），故對於「異常現象」往往保持著開放的心
態。在〈後來居上〉一文中，還有一段文字很能代表他的「科學態度」。
在該文末尾，他提及剛收到由醫師公會蔡曉峰總幹事轉來一封王清風醫師
的信，對他的隨筆〈狗的故事〉有所批評。他說：

> 我是個畏事的鄉下醫生，如遇他人一些指摘就感覺面紅心跳，甚至冷汗
> 三斗，只恐我的高血壓再有昇高。但是我是個科學者（只限鄉下的），
> 若不接納任何人對我的指摘，則差不多比中醫更為不科學。問題是關於
> 本誌第七期隨筆的末之年段一節，關於「上頭針」的用途，引葉法醫的
> 講授來指正。我的年輩雖然已上杖家，但對新科學的追求決不後他人，
> 所以我當然不信「上頭針」的效用，請王先生安心。我娶過先室後妻二
> 次，連「上頭針」都不曾看到，所以我在該文明明白白註有「傳說」二
> 字。原來「傳說」是「神話」之流，我們對「神話」不能追究科學性，

---

[21] 張良澤主編，《吳新榮全集 5・震瀛採訪記》，頁 269。
[22] 吳新榮，〈臺南縣寺廟神考〉，《吳新榮全集 4・南臺灣采風錄》，頁 204。

理論上「上頭針」不能由男人刺在下面女人的臀部，而且男人當時已在「上馬瘋」的狀態。[23]

這段文字至少有三個部分值得注意：1.吳新榮認為：做為一個科學者的基本態度，是應接受批評。所以他才說「但是我是個科學者（只限鄉下的），若不接納任何人對我的指摘，則差不多比中醫更為不科學」。2.由於吳新榮以科學態度從事文獻採集工作，所以很清楚「陳述某事」與「相信某事」是有區別的；而「陳述民間相信此事」與「自己相信此事」亦是兩回事。不過，雖然吳新榮很清楚其間的分際，但對於未有此種概念、或不知吳新榮有此概念的人，就可能以為吳新榮是相信者了！故吳新榮的行為與表述往往易於造成他人的誤解，王清風就是一例。3.關於「上頭針」，吳新榮以「理論上『上頭針』不能由男人刺在下面女人的臀部，而且男人當時已在『上馬瘋』的狀態」來證其為偽。此乃以「推理」判斷事物，亦即「理證」。這的確是一重要的「科學方法」。

在類似這樣的科學態度與方法下，於是，當他在面對世上各色各樣奇奇怪怪的事物時，總是先「嘗試」或「傾聽」，再「判斷」或「解釋」，而非直接就「指斥」或「拒絕」。例如他雖然身為一名西醫，但他在未能「證實」或「證偽」之前，也並不拒斥所謂的「民間療法」。例如他晚年頗為高血壓所苦，便曾試著飲用「柿葉汁」。不過，他也自承「我飲了這苦汁有一年之久，是否有效至今不得而知」[24]。可知經他親身實證一年之後，對於其有效與否，仍然未下定論而認為有待驗證。此外，他又曾嘗試飲用民間療法「黑雞燉仙草干湯」[25]，但他也坦承其「結果是壞了胃腸，以致食慾減退」，並且，還自我解嘲的表示「這樣減退食慾對高血壓或者有

[23]吳新榮，〈後來居上〉，《吳新榮全集 2・琑琅山房隨筆》，頁 53。
[24]吳新榮，〈粗餐英雄〉，《吳新榮全集 2・琑琅山房隨筆》，頁 47。又參吳林英良，〈未能投函的信——給幽冥之夫〉，《吳新榮全集 8・吳新榮書簡》，頁 71。
[25]吳林英良，〈未能投函的信——給幽冥之夫〉，頁 71。又參吳新榮，〈養病自語〉，《吳新榮全集 2・琑琅山房隨筆》，頁 5。

用」[26]。他同時又指出：限制食鹽、蛋白、脂肪的科學療法，對心臟或腎臟病患或許有益，但其所帶來的「無氣力」或「失元氣」等，卻往往使患者增加「罹病感」，「而添加精神刺激以致血壓再昇」；相對的，「漢方時常叫患者吃雞吃肉喝補藥，患者為之大增元氣，不論血壓是否增減，他們都感覺愉快」[27]。而將某些漢方的療效歸諸心理因素。

　　同樣的，當他在面對算命術士時，也並非直接嗤之以鼻，而是先去傾聽了解其論點，再加以自己的評論。例如他一方面批評「吃雞吃肉或者可說為非科學的藥物療法」，另一方面，他也批評「還有一個非科學的精神療法，就是信仰神鬼或迷信方士」[28]。對此，他語帶嘲諷的提及自己的一個經驗：

> 從前本地出現一位「半仙」，驚動全省的輿論界。這位「半仙」曾下凡到寒舍借電話，他的隨員介紹我說，他是「半仙」。因久仰他的芳名，我就請他垂教我的難病，他望我一望即說：「你身材高大，多高些血壓有什麼關係，反正你生活上夠平衡。」本來我未有信仰神仙的智識，但他的「平衡說」卻使我有點安慰。[29]

此外，吳新榮又提及其友人曾帶他去新竹近郊見一位盲眼相師，他自承「在我的心眼中半仙和相師何曾不是一樣的傢伙，但相師的言言句句，都給我一大驚異。他對我的過去，說得真真確確，連我在日本和一女人的關係都說出來，他又說我可能活到七十歲。本來我還不能信任這種妖術，但幾千年來所積蓄的民族經驗，和現代的統計學並無多大的差異，所以這又使我有點安慰」[30]。

---

[26]吳新榮，〈養病自語〉，《吳新榮全集 2‧琅琅山房隨筆》，頁 5。
[27]同前註。
[28]同前註。
[29]同前註，頁 5～6。
[30]同前註，頁 6。

　　由此可知：不管就傳說、醫藥或宗教而言，雖然隨其驗證的結果，他時而單純陳述，時而進行解釋，時而嘲諷批判；但不論如何，吳新榮始終保持著做為一個科學者的好奇與開放的知識態度[31]，則應該是可以斷言的。

　　因此，吳新榮雖然不信鬼神，但對於社會上存在著的各種宗教、鬼神、迷信、術數等等，他並不是單純的斥之為「無稽」，而是試圖去理解它們之所以存在的理由。事實上，吳新榮往往試圖用「科學」來建構他的「神明觀」。例如他在〈人類崇高〉一文中描述他的書房案架上所擺設的彭祖與觀音像後，如此分析道：

　　　　有時我卻也想以科學的方法，來解說時常繞在人間腦裏的幻想──神秘
　　　　的想法。前記彭祖是屬於道教的「仙」，觀音是屬於佛教的「佛」。彭
　　　　祖象徵「長壽」即是「時間」，觀音象徵「優美」即是「空間」，這樣
　　　　時間和空間相乘的結果，即是所謂「存在」，即是「宇宙的真理」，即
　　　　是「自然的原則」。假使這樣真理及原則就是「神的存在」，那麼這樣
　　　　「神」我們並不反對。[32]

可知他以其科學思想，將神佛給「象徵化」；而這個過程和西方科學革命以來，從「上帝」的觀念逐漸蛻化為「自然神」、以至「自然」的情形，頗為類似。從這裡，我們可以很清楚的看到：科學不僅是吳新榮的基本信仰，也是他解析與解構宗教的工具。

　　由於吳新榮並非極端迷信科學的人，因此，雖說他在年輕時相信「唯有科學可解決一切」，但他也理解到：科學其實是有其限制的。他曾說：「而今始知世事像科學一樣時常生出『誤差』」[33]，顯然他很清楚近代科學

---

[31]吳新榮的這種態度，與美國物理學者費曼頗為類似。參費曼（Richard P. Feynman）著；吳程遠譯，《這個不科學的年代！──費曼談科學精神的價值》（臺北：天下遠見出版公司，2000 年 9 月 30 日，初版 10 刷）一書。
[32]吳新榮，〈人類崇高〉，《吳新榮全集 2・琅琊山房隨筆》，頁 18。
[33]同前註，頁 16。

講求「效度」或「有效性」的特點。只不過，追尋「確定性」是許多人的願望，而操弄方術者往往「鐵口直斷」，以顯示其在「知識」上的「優越性」。然而，與此種態度相對的，近代科學的本質，卻是在於掌握「可控制」的「確定性」，並且容許「誤差」的存在，甚至去容許許多的「不確定感」；這當然和術士的「鐵口直斷」，在本質上有著極大的不同。所以，我們若以此對照前引吳新榮對人們總喜歡把無法解決的問題，拿到天上去叫神明負責，「說做神就是永生」為「痴人說夢話」的批評，以及直指「只有科學才能漸漸接近這樣理想，只有科學才能漸漸解決這樣的難題」的說法，我們或許可以說：這其實是吳新榮對科學「趨勢性」動態發展的「評估」，而非「確定性」的「斷語」。這其實還是一種重要的「科學態度」。

　　或許也正因為吳新榮有著這種「科學態度」，因此，隨著年齡的成長、閱歷的增加，吳新榮晚年在回顧其一生時，仍然對科學有所堅持。他說：

> 古時以數字決定命運，就是命數；現代以數字決定原理，就是科學。人間每一個人在年青時代，大多數都比較進取主義——信仰革命，而在年老時代，又大多數都比較保守主義——信仰宗教。我在此年頭，也漸漸傾向著保守主義，甚至信仰命數，但因我在年青時代，是個革命信徒，所以現在也不敢放棄科學——原理。甚至信仰一切的命數都截原理或原則來決定。一切命運也都由定理或真理來決定。[34]

他更認為：在科學發展的同時，應有相應的倫理發展。在談到醫家所奉行的醫箴時，他感慨的指出：「Hyppokrates 是紀元前五世紀的人，他的至言至今還是我們醫人所要學習的，可見科學文化的進步如何神速，而倫理文

---

[34] 吳新榮，〈「三」的觀念〉，《吳新榮全集 2・琑琅山房隨筆》，頁 143。

化依然遲遲不進；前者像表現人類的智慧，後者像表現人類的愚鈍」[35]。

我們從吳新榮在戰後初期所發表的〈颱風〉一詩[36]，很可以看出他對科學的信仰。在這首詩中，他對「科學」如此的歌頌著：

> 平和的使者「科學」最為懇篤，
> 它能為自然劃策，替人類責督；
> 策劃颱風要去掃除一切的貪污，
> 責督颱風要去洗淨凡有的罪惡。[37]

他更指出：

> 「科學秩序」不是支配，不是征服，
> 只有它可能解決人類的幸福；
> 背信者，你要同颱風奏葬曲，
> 謳歌者，你可和天地祝康樂。[38]

很顯然的，做為一個「謳歌者」，吳新榮的確對科學寄以厚望。

由於早年深受社會主義思潮的影響，吳新榮頗具唯物的傾向；如同卡爾‧馬克思（Karl Marx）一般，他既不贊成世上有可以脫離「物質」而存在的所謂「精神」，同時，他更是一位以人為本、相信人類「能動性」的人文主義者，而「科學」正是來自「人類」這種「能動性」的創造發明[39]。

---

[35] 吳新榮，〈醫箴〉，《吳新榮全集 2‧琅琊山房隨筆》，頁 67。
[36] 吳新榮這首〈颱風〉，原發表於《臺灣文化》。見鄭喜夫原撰，張良澤刪補，〈附錄二：吳新榮先生事略年譜〉，《吳新榮全集 8‧吳新榮書簡》，頁 149；又參陳芳明，〈蘇新的生平與思想初論〉，收錄於陳芳明，《殖民地台灣——左翼政治運動史論》（臺北：麥田出版公司，1998 年 10 月，初版），頁 174。又：該詩曾受到楊雲萍頗高的評價，見張良澤主編，《吳新榮全集 7‧吳新榮日記（戰後）》，頁 21。
[37] 吳新榮，〈新詩與我〉，《吳新榮全集 2‧琅琊山房隨筆》，頁 179。
[38] 同前註。
[39] 關於馬克思的人文主義關懷，可參佛洛姆（Erich Fromm）著，徐紀亮、張慶熊譯，《馬克思關於

因此，他認為世俗一般將「精神」與「物質」對立起來的思考方式，並不見得妥當；至於他本身則是「相信『物質』的存在，同時受『原則』的支配，所以沒有『物質』的存在，自然沒有『原則』的可言；而凡有的『存在』中，我們人類應該負起『最高存在』的地位」[40]。他並且揭櫫「神仙佛道，原始之號；唯一真理，人類崇高」16 個字，製為匾額，掛在案架之上，以代替「佛祖刷」[41]。他更宣稱：

> 我們相信，一切的文化是人類創造的，一切的歷史是人類推進的，一切的真理也是人類發現的，一切的假說也是人類創造的，所以我們唯有人類可信。[42]

綜合吳新榮以上種種說法，我們可以看出：吳新榮乃是個「科學人文主義者」或「人文科學主義者」；他以人為本、以科學做為知識的指導，可見科學在吳新榮心目中，有著何等重要的地位了！

三、理想的追尋：「戰鬥的醫學」與「抵抗的文學」

由於吳新榮抱持著「人文的科學觀」與「科學的人文觀」，因此，他的「科學觀」與「人文觀」是水乳交融、密不可分的。而從他的實踐與言論上看，在他心目中「科學」所指向的「人文」理想，我們認為可大別為兩個主軸：一是「戰鬥的醫學」，一是「抵抗的文學」。

在「戰鬥的醫學」方面，身為醫生的吳新榮，是以所謂「社會醫學」做為他的基本信念。東京醫專畢業後，吳新榮進入日本醫療同盟為紀念山

人的概念》（臺北：南方叢書出版社，1988 年 3 月，第 3 版）一書。
[40]吳新榮，〈人類崇高〉，《吳新榮全集 2・琅琅山房隨筆》，頁 18。
[41]同前註。此 16 個字又見吳新榮，〈臺南縣寺廟神考〉，《吳新榮全集 4・南臺灣采風錄》，頁 204。
　又參吳南河，〈爸，請聽我傾訴〉，《吳新榮全集 8・吳新榮書簡》，頁 104。
[42]吳新榮，〈臺南縣寺廟神考〉，《吳新榮全集 4・南臺灣采風錄》，頁 204～205。

本宣治而在五反田所開設的病院中服務[43]。對吳新榮而言，這是同時實踐「自然科學」與「社會科學」最好的方式。關於這段日子，他如此回憶說：

> 我在這裏研究關係社會醫學、預防醫學、民族醫學、醫療制度等等，深覺裨益良多，而且在實際醫療上我因常到工廠地帶、近郊農村、韓人住區巡診，我的醫術也隨之得到很大的進步。[44]

由於對科學抱持著極大的熱情與信念，吳新榮遂全心全力的投入醫療工作。他回想當時的心境時說：「這時候夢鶴對戀愛的看法，認為是有閒階級餘技，或是富人的把戲而已。甚至想對女人的問題消掉時間，好像對科學的冒瀆，也像對研究有罪惡」[45]。

基本上，吳新榮相信醫學是為了增進人類的福祉而存在的；但就現實的情況而言，醫學卻未必是如此。在發表於 1932 年的〈社會醫學短論〉一文中，吳新榮曾強烈批判了種族優越論式的優生學。他說：

> 原來民族醫學的含義甚善，其目的是要研究其特定民族固有的疾病及治療，這個對象應該是弱小民族或落伍民族。但現在的所謂民族醫學已變質了。他們所強調的國民的保健，使他們能夠獲得或保持世界的優越權。換言之這是非常的排他性而且反動性的，這樣學術的後果當然是失了科學性，……[46]

在此，吳新榮批判那些假借科學之名、發展「所謂民族醫學」而增強其侵

---

[43]吳新榮，〈我的留學生活〉，《吳新榮全集 1・亡妻記》，頁 97；吳新榮，《震瀛回憶錄》，頁 118。
[44]吳新榮，〈我的留學生活〉，《吳新榮全集 1・亡妻記》，頁 97～98。又參吳新榮，《震瀛回憶錄》，頁 118～121。
[45]吳新榮，《震瀛回憶錄》，頁 121。
[46]吳新榮，〈社會醫學短論〉，《吳新榮全集 1・亡妻記》，頁 214。

略資本的列強或帝國主義者，其學術是「失了科學性」的。

　　然而，此處「科學性」一詞所指涉的範疇，到底是什麼呢？對此，吳新榮指出「醫學的偏在性」，來表明當前的「醫學」乃受到「權力」的操控，並非是「中立」的。他指出：

> ……現代的醫學在利用方面已有很大的偏在性，甚至發生嚴重的階級性。雖然細菌本身不偏不黨，不論富人或是窮人都可以感染的，但誰多有感染的條件及環境是很明白的。[47]

很明顯的，吳新榮是把醫學放到社會中觀察，而非把它與社會切割開來的。

　　不過，問題是：既然吳新榮相信科學具有「客觀中立」的性質，那麼，何以醫學又會具有其所謂的「偏在性」呢？我們認為：對吳新榮而言，那是因為「應然」（ought）與「實然」（is）的差別。在吳新榮的眼中，「客觀中立」的醫學，理應是照顧那些應該受到照顧的人（特別是貧弱者），但是，由於科學被有權勢的人（包括國家、民族、資本家）所把持與操控，以致於成為遂行其野心或政治目的的工具。

　　為了解決這個問題，吳新榮遂主張醫業應該由國家來經營，患者才能得到最好的照顧。此即吳新榮的「醫業國營論」。吳新榮認為：

> 政治的目的是求人類最大多數的最大幸福，醫人的目的也是求人類最大多數的最大幸福，目的已同一，何以政治只可論「公」，而醫人只可論「私」。醫業國營論這個問題非常大，實際也要參考各國及各時代的資料，但原則上是合理的，當然是要贊成的。唯一的理由是醫業由國家來經營，才能夠期待醫療設備的完全，附帶的理由是醫業由國家來管理，

---

[47]同前註，頁 215。

才能夠對患者非營利而施最善的治療。[48]

這也就是說：若按照市場機能來運作，因為營利的考量，患者是難以獲得最妥善的照顧的。而在發表於 1938 年的〈給同學的一封信〉中，吳新榮更指出：

> 現在我們所學的大部分都是治療醫學，自然盡有的醫家都希望病人愈多愈好，與此相反，預防醫學是要預防病人使他愈少愈好。即要期待預防醫學的發達，醫業的國營是必經的道徑，就是說如果我們醫師要盡我們的天職，我們必要隸屬國家來服務才對。[49]

此即其「預防勝於治療」的概念。而一個醫生若在大賺其錢後「施捨」或「救濟」貧病，只不過是一種「假面仁術」，並未徹底的解決問題。

然而，在 20 世紀前期，不論是日本或是臺灣，就經濟上而言，仍然是資本主義掛帥，而且在短期內，也不見資本主義有崩解的跡象；於是，吳新榮認為「在現階段，唯一的對症療法是多多設置大眾病院」[50]，以期能幫助貧苦民眾。不僅如此，醫生還應該要自我覺醒，了解自己所處的「戰鬥位置」，俾去從事鬥爭。吳新榮舉例說：

> 譬如有一個結核患者來叩我們的門，雖然我們自信能夠治療他，但我們要知道用盡仁術也不能醫治他們的貧困。即使我們能夠醫治他一個人的貧困，我們也不能醫治那無數人的貧困。即可以說他們的貧困完全不是為我們醫生的搾取而致的，而是他們來找我們以前的事。疾病以前的事這不是治療的問題而是政治的問題，是政治家的問題不是醫師的問題，

---

[48] 吳新榮，〈醫界兩三題〉，《吳新榮全集 1‧亡妻記》，頁 209。
[49] 吳新榮，〈給同學的一封信〉，《吳新榮全集 1‧亡妻記》，頁 240～241。
[50] 吳新榮，〈醫界兩三題〉，《吳新榮全集 1‧亡妻記》，頁 210。又參吳新榮，〈社會醫學短論〉，《吳新榮全集 1‧亡妻記》，頁 216～217。

> 所以我時常主張「醫人不如醫國」。[51]

此處所謂的「醫人不如醫國」，正是他在〈點滴拾錄〉所自我期許的「醫生不是人類的吸血鬼，也不是黃金的奴隸」；而且在「任何時都要為病社會的救護者，新世界的創造人」！做為一位信仰社會醫學的醫生，其所擁有之深刻的「社會意識」，以及高昂的「戰鬥意識」[52]，可謂於此展露無遺。

　　事實上，吳新榮這個社會醫學的理想，一直持續到戰後，並未有太大的改變。但戰後大概是為了配合時局，曾以「民生主義醫學」一詞稱之[53]。在 1959 年「八七水災」後所發表的〈水災〉一文中，吳新榮曾評論當時臺灣所實施的勞保與公保制度。他指出：

> 醫療保險制度是社會保險制度的一大分野，近代文明國家大都實施此民生主義所展開的制度。我們做個醫人也很贊同此制度，唯我國實施的只限於勞工及公務員而已，未達到全國民一般，而且保險醫也只限於特種醫療人員，未能達到使病家自由選擇醫生的理想。[54]

此外，他在 1965 年所撰的〈紀念　國父百壽〉一文中也說：

> 但所謂社會醫學言之何易，既包含預防醫學，也包含治療醫學，復包含民族醫學，又包含體育醫學，小者自細菌醫學起，大者至保險醫學止。而社會醫學愈發達的國家，其國民愈發展，最後的目標是全民無病，這

---

[51]吳新榮，〈給同學的一封信〉，《吳新榮全集 1・亡妻記》，頁 240。

[52]按：吳新榮的這種「戰鬥意識」，可謂頗具左翼分子的特質。它除了展現在其年輕時的諸多作品中，甚至在戰後給其次子南河的信中，也曾經直接並且明白的表示：「如果我們在苦境的時候，我們不是用迎合（避重就輕——這是最卑屈的人）；而所用戰鬥的姿態和環境搏鬥。你父現在就是為此而在苦鬥中，而認此苦鬥是人生的過程」。見《吳新榮全集 8・吳新榮書簡》，頁 16。

[53]吳新榮，〈紀念　國父百壽〉，《吳新榮全集 2・珋琅山房隨筆》，頁 169。

[54]吳新榮，〈水災〉，《吳新榮全集 2・珋琅山房隨筆》，頁 69～70。

是個理想的社會，而其最受損傷的是醫師本業，就是社會醫學是開業醫
師的剋星。[55]

顯見其所主張的「社會醫學」，最終極的目標，是由國家來保障國民的健
康，以防止國民因貧病交迫而落入惡性循環。對吳新榮而言，醫學至此始
可謂之為真正的「仁術」，否則它充其量只不過是「賺錢的工具」。我們
若以此與其年輕時的主張相較，其間並沒有多大的差別；可知這種社會主
義式的理想，終其一生，都是信守不渝的。

　　在「抵抗的文學」方面，如同唐代韓愈「文以載道」的主張般，有著
強烈現實關懷的吳新榮，則試圖以「文學」承載「科學」的內容；不僅如
此，他更認為「文學」本身也可由「科學」所支撐。例如在 1954 年發表於
《臺北文物》的〈鹽分地帶的回顧〉一文中，他便自認當年在日治時期，
他乃「用正確的科學理論，牛耳著鹽分地帶」[56]。

　　如前所述：吳新榮赴日習醫時，就不僅是要「醫治人間全體的生
命」、甚至是要「醫治社會全體的生命」。而一直自認是「文科的人才」
的吳新榮，在他的生命實踐上，科學與人文是可以和諧演出的。他在〈不
但啦也要啦〉一詩中，做出如下的宣示：

南方的青年呀！
我們學醫：
不但要治自己的空腹
不但要圖家族的幸福
我們學醫：
也要治社會的病毒！

---

[55]吳新榮，〈紀念　國父百壽〉，《吳新榮全集 2．琑琅山房隨筆》，頁 169。
[56]吳新榮，〈鹽分地帶的回顧〉，《吳新榮全集 1．亡妻記》，頁 269。按：此處所謂「正確的科學理
　論」，其實是許多左翼分子對馬克思理論的習慣用語。

也要圖民族的光復！[57]

而醫學既然是社會的反映，醫學既然可以做為改造社會的方式，那麼，與社會關係密切的文學，自然更應當是如此。

基本上，吳新榮是反對「為文學而文學」之「純文學」形式的。他在1935 年發表於《臺灣新聞》文藝欄的〈象牙塔之鬼──主駁新垣氏〉一文中，強烈批判新垣宏一等人的文學觀。吳新榮認為：文學固然是獨立的學問，但它亦是社會的產物，不能脫離社會而存在。他說：

> ……文學因受文學以外的各學問的批評、賦與價值，而其價值愈高。因為藝術包含文學，跟其他科學一樣的屬於社會現象之一，亦即社會生活的一產物。假如拒絕了來自種種社會現象、社會生活的批評，則文學終會失去了批評的基準。[58]

但不少從事文學創作的人，總認為文學批評應該來自文學本身，而不應該由文學之外的學問來越俎代庖。對此，吳新榮十分尖銳的指斥這種人之「否定來自文學以外的科學之批評，便是證明他對文學以外的科學之無知」[59]。

另一方面，吳新榮雖承認新垣宏一所謂「文學是少數人的佔有物」的說法，為一個「既成事實」；但同時吳新榮也認為應該要扭轉此一既成事實，「而要求文學歸屬大眾」[60]。至於其方法則為提升大眾的境界，使大眾都有鑑賞文學的能力。然而，何以會有此一「既成事實」的存在呢？吳新榮一針見血的指出：

---

[57]吳新榮，〈不但啦也要啦〉，《吳新榮全集 1‧亡妻記》，頁 9。
[58]吳新榮，〈象牙塔之鬼──主駁新垣氏〉，《吳新榮全集 1‧亡妻記》，頁 233。
[59]同前註，頁 234。
[60]同前註。

> 大眾缺乏正確的眼光，是因為大眾被愚民化的結果。而通俗小說雜誌之
> 氾濫，是因其背後的資本勢力使然。[61]

這與他對醫學之所以未能保持「客觀中立」而有「偏在性」，乃因遭受到
「權力的操控」的觀點，可以說是相當一致的。

於是，對吳新榮而言：做為一個文學者（與做為一個醫學者相同），
當理解到其所應站定的「戰鬥位置」後，就必須去實踐、去進行抵抗或鬥
爭。他在〈被收買的文學——致郭天留〉一文中說：

> 我們所說的「偉大的歷史性藝術」，……。它是時代的苦悶——因為矛
> 盾——的象徵；它是社會進化——由於鬥爭——的記錄，我們非準此而
> 接受社會的訓練組織不可，非準此而把握真理——歷史的使命不可。[62]

至於其實踐的方式，由於吳新榮深信「加速文學文化的發展在於大眾
化」，因此，他主張「全民所有否則寧可皆無」、「亦即為了達到『全
有』，不妨採取『皆無』的手段」；總結來說，即是：「為了建設臺灣文
學，最後不得不拋棄——自殺過去的『混血兒』的方式，而勇敢的轉向—
—再生」[63]。

從這個角度來看，我們應當可以說：吳新榮的許多文學作品，都是他
「文學反映時代特性，承載社會現實」之「抵抗思想」的體現。學者陳芳
明曾將吳新榮稱為「左翼詩學的旗手」[64]，這個論斷是很恰當的；但更重要
的是：對那個時代的左翼知識分子而言，馬克思主義被視為是一種「科
學」。質言之，吾人若欲理解他的文學活動，實不能脫離他的「科學

---

[61]同前註，頁235。按：這種見解，即使拿到今天來看，也仍然是很適當的。
[62]吳新榮，〈被收買的文學——致郭天留〉，《吳新榮全集1‧亡妻記》，頁228。
[63]同前註，頁228～229。
[64]參陳芳明，〈吳新榮：左翼詩學的旗手〉，收錄於陳芳明，《左翼台灣——殖民地文學運動史論》
（臺北：麥田出版公司，1998年10月，初版）一文。

觀」。

　　吳新榮既抱持著這樣的立場，因此，到了戰後的 1962 年，當佳里地方人士倡議改組當地原有的舊詩社時，由於其父親吳萱草曾是日治時期引領地方詩壇風騷的舊詩人、以及他本身從事文獻工作等等因素，吳新榮遂受命擔任新改組的「鯤瀛詩社」社長。他雖然對此感到有點啼笑皆非，但既然受到眾人的推舉，於是，他便乾脆來個順水推舟，而試圖進行文學改良的工作[65]。

　　關於被推舉為「鯤瀛詩社」社長這件事，他在描述自己接受此一職位的心境時，如此說道：

> 現在初老時期，……。因社會經驗積多，人就會變到現實主義，昔時的羅曼主義（按：即浪漫主義）、理想主義，今也已變到像說神話仙語一樣的好笑。就是人生觀以及世界觀的改變，人就會讚美現實，順應實際，不再行荒唐無稽的冒險路線，而奉行確確實實的科學程序。[66]

但什麼是他所說的「科學程序」呢？吳新榮解釋說：

> 在此時期我們甚至讚美古董趣味或復古思想，而回頭研究李白杜甫，而接近舊詩，因而發生了科學與非科學，新與舊的矛盾思想。在此苦悶中，我們時常想以科學打進舊詩的陣營，企圖以新方法來改革舊詩的非

---

[65]關於「鯤瀛詩社」改組始末，可參張良澤主編，《吳新榮全集 5・震瀛採訪記》，頁 245～251；張良澤主編，《吳新榮全集 7・吳新榮日記（戰後）》，頁 135～138；吳新榮，〈談詩〉，收錄於張良澤主編，《吳新榮全集 2・瑣琅山房隨筆》，頁 100～102。按：吳新榮之所以擔任改組後的「鯤瀛詩社」社長，除了因其父親吳萱草在日治時期曾於佳里組織「白鷗吟社」的緣故外，也與其從事文獻工作有關。根據〈談詩〉一文云：當地方人士倡議改組佳里原有的舊詩社時，吳新榮自謂：「我是風流種子，當然我是贊成的，而且我是文獻會的負責人，當然也要協力他們」。說見吳新榮，〈談詩〉，頁 101。但實際上，早在 1952 年，當臺南縣文獻委員會獲得縣議會通過設置時，吳新榮除了在日記中表露其對參與文獻會工作的興趣，並曾經擬定幾條自認為可以有所貢獻的工作項目，其中即包括了「三、整理所謂『詩社』」。見張良澤主編，《吳新榮全集 7・吳新榮日記（戰後）》，頁 65。顯見吳新榮早已將改造舊詩社，視為其文獻工作的一環。
[66]吳新榮，〈新詩與我〉，《吳新榮全集 2・瑣琅山房隨筆》，頁 176。

科學性，所以我現在也願當一舊詩社長。[67]

如果我們的理解無誤的話，或許可以說：吳新榮此時乃是遷就現實，不得不「深入敵營」，去走文學「改革」、而非文學「革命」（如同他年輕時所抱持之「全民所有否則寧可皆無」的激烈主張）的路線。也正因如此，他才願意接下「鯤瀛詩社」社長職務，並決定將「這個舊革袋要來盛新酒，要來加添時代精神，使能趕上太空時代，而貢獻於國家社會」[68]。

至於要如何改革舊詩呢？吳新榮主張：舊詩寫作的改革，應由「形式」與「內容」兩個方向著手，他因而訂出了兩大基本原則。他說：

> 我所主張的形式是現代形式，其形式越美化，越整齊，越純粹，越簡潔就是好詩，何必什麼「律」什麼「絕」；我所主張的內容是科學精神，其精神要提高到：高潔的風度，豪放的意志，素樸的氣品，這是詩精神的基本條件。[69]

就詩的形式與內容而言，如同他在 1946 年 12 月 4 日日記中所云：

> ……詩的形式是最原始的，詩的技術是最高級的，比如小說是油畫，詩歌是版畫。詩離了他的形式就已不是詩。可能咏吟的是詩的生命，不能咏吟的已不是詩；有社會性的詩即可能大眾化，有時代性的詩即可能永存。用最短的時間，用最高的形式，可能表現全感情的就是詩。[70]

這也就是說，吳新榮認為：所謂的「詩」，應該以凝鍊的字句，表達深邃

---

[67] 同前註，頁 176～177。
[68] 吳新榮，〈談詩〉，《吳新榮全集 2・琱琅山房隨筆》，頁 101。
[69] 吳新榮，〈新詩與我〉，《吳新榮全集 2・琱琅山房隨筆》，頁 177。又參張良澤主編，《吳新榮全集 5・震瀛採訪記》，頁 273。
[70] 張良澤主編，《吳新榮全集 7・吳新榮日記（戰後）》，頁 23。

的思想，尤其應該具有「社會性」與「時代性」。基於此種想法，他還建議這些舊詩社應「社會化、組織化、研究化以防將來的衰微」[71]；而這與其年輕時的見解與作法，大抵是一致的。

　　總括言之，吳新榮一生所從事的志業，不論是「醫學」或「文學」，底下都有「科學」為其基礎，而向上的終極關懷都是「人文」。茲圖示如次。

吳新榮科學觀示意圖

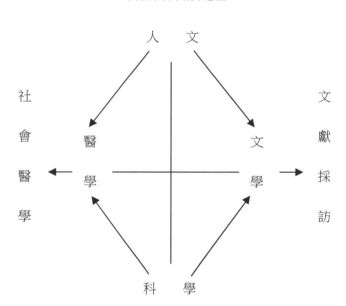

四、現實的困境：「身分的矛盾」與「處境的兩難」

　　如前所述：吳新榮自認是個「科學者」。而自認是科學者並相信科學是解決一切問題良方的吳新榮，自然希望以科學改造社會，打倒充斥於社

---

[71]張良澤主編，《吳新榮全集 5・震瀛採訪記》，頁 273。

會中的各種迷信與無知。然而，理想終歸是理想。在日本求學的學生時代，可以任其理想自由的馳騁，離開日本回到鄉土，就必須面臨許多現實上的困境。

事實上，吳新榮的習醫，本身就已是一個十分現實的問題。日治時期的臺灣人，由於受到日人的差別待遇，社會上升流動的管道有限，於是，許多人投入醫生這個行業，以取得社會地位，或是謀求生活的穩定或改善。吳新榮晚年時曾經提及他「有一種悔悟是當時在日據時期，所有的優秀青年都奔向自由職業，此爭取自由的心理我也不曾例外，所以我在家境不太好的苦難中，也到日本學到醫學，其結果是做了一輩子的田莊醫生」，而非他自己真正想擔任的「文學教授」[72]。

但吳新榮畢竟是赴日習醫、並學成返臺了。而在留日時期試圖調和其「理想」與「現實」之間的矛盾、而以「醫學」與「文學」做為其戰鬥與抵抗之武裝的吳新榮，雖滿懷著「醫國」的理想，意圖改造臺灣社會，以抵抗日本殖民統治者；但現實的世界卻並不是盡如人意的。回到臺灣開業後，吳新榮自謂「他時常不得不盡量忍受患者無理的待遇，又時常不得不唯唯是從社會所強制的假面仁術」[73]。而他在 1930 年代初期甫開業時，更曾抱怨說：

> 近來醫生愈來愈多，競爭也愈烈。有人騎摩托車出診，到處呼客卻比不上大道商人，有人以不像樣的愛克斯光線，大張廣告展寶以榨取無智的病人。所以病人也被弄到寸草不留，最後想出反攻辦法，到處宣傳醫生不德，到處撞騙侵欠藥費，他們根本對醫生不能尊敬，給你錢買你藥是他們的態度，醫癒了他們也不來感謝，醫不癒了他們就說你的藥壞。這樣一來患者也不利，到處都為被榨取的對象，醫生也不利，他們的地位

---

[72] 吳新榮，〈談詩〉，《吳新榮全集 2・琑琅山房隨筆》，頁 99～100。
[73] 吳新榮，《震瀛回憶錄》，頁 131。

都日日低下去，……[74]

他則將這種現象的產生，歸咎於「愚民政策」與「大眾的窮乏」[75]。

在理想與現實間掙扎的吳新榮，所面對的，不僅是醫業上或生活上的問題而已，還包括了他所信仰的「科學」，與臺灣社會的「迷信」之間，明顯的衝突與對立。例如 1954 年 10 月 9 日，吳新榮因涉及李鹿案，被保密局解送臺北，羈押了四個月又二日方獲釋[76]。吳新榮獲釋返家後，許多鄰近的親友都前來慰問，其中醫生鄭國楨一到吳家，就放聲大哭。吳新榮在 2 月 16 日的日記中如此寫道：

> 聞說他的老父鄭松翁，也時常往大廟為我祈禱。又聞齋堂的和尚尼姑們早晚都特為我向神佛誦經消災，我想鄭家和齋堂一定要去道謝的。[77]

基於人情世故的禮貌與體會這些鄰人的心意，吳新榮認為他應該去向「鄭家」和「齋堂」道謝，這當然可以為我們所理解；然而，這種道謝是否意味著吳新榮認為「祈禱」與「誦經消災」是有效的？顯然不是。但另一方面，我們若從被道謝者的角度來看，吳新榮的「道謝」，卻可以回過頭來做為證成其「祈禱」與「誦經消災」之有效性、甚至是證明吳新榮也信其為有效的「顯例」。而被道謝者如此「理解」的可能性不僅存在，它甚至是一種實際上常常存在於臺灣社會中的文化「誤解」。

做為一個自許為「科學者」的醫生，在面對由傳統跨向現代的臺灣社會時，吳新榮的確有著他深沉的時代苦悶。但是，文化的制約無所不在，

---

[74] 吳新榮，〈一個村醫的記錄〉，《吳新榮全集 1・亡妻記》，頁 225。
[75] 同前註。
[76] 關於李鹿案，參鄭喜夫原撰，張良澤刪補，〈附錄二：吳新榮先生事略年譜〉，《吳新榮全集 8・吳新榮書簡》，頁 153～154；又參吳南圖，〈記小雅園琅琅山房主人〉，收錄於吳新榮，《震瀛回憶錄》，頁 41。
[77] 張良澤主編，《吳新榮全集 7・吳新榮日記（戰後）》，頁 73～74。

身為「醫生」，他已為他與臺灣社會之間的扞挌不入所苦惱；而身為「人子」的吳新榮，也有著他的難處。這種難處，早在他 1932 年與毛雪結婚時就顯露出來。對於這個婚姻，他大體上是感到相當滿意的，「但在結婚的形式上夢鶴所遭遇的都使他討厭的很，母親朱實所主張的結婚形式是封建主義時代的，她主張古例舊慣，而毫不理會她的兒子是一個新進的科學者。父親穆堂所主張的結婚形式是資本主義時代的，他主張誇耀奢華，而毫不想到他的經濟是否能夠做到」[78]。事實上，「封建主義」與「資本主義」正是他這個自命為進步、擁有社會主義思想的「科學者」所難以忍受的。這個例子，可謂充分呈現出像他這樣一位受過科學教育訓練的新知識分子，在處身於當時的臺灣社會中，所面臨之「理想」與「現實」間嚴重的落差。

然而，即使吳新榮千般不願，但他終究還是接受了家中的安排。這其實並不令人感到意外。因為，以我們對臺灣社會的了解，吳新榮對於父母的這些要求，若是抵抗不從，旁人恐怕要閒言閒語，說他讀了書便不知感恩云云，才不會去在乎他是否有什麼「高遠的理想」或「正當的理由」（不論他們究竟是「不想」理解或「無法」理解）。因此，吳新榮選擇順從一途，毋寧說是「理所當然」的事。

事實上，與此類似的情形，一直不斷的出現在他與其父母互動的過程中。例如 1945 年 3 月 25 日，時值太平洋戰爭末期，自命「不信神明」的吳新榮，卻在母親的要求下，於防空壕中，為她設置觀音佛祖、五府千歲、保生大帝、中壇元帥的神位[79]。而在前一年，為了其三弟吳壽山由日返臺、所搭乘的船隻遭美軍魚雷擊沉一事，吳新榮也曾與其母親起了爭執。由於吳壽山原本預定搭乘的兩艘船均遭美軍擊沉，吳新榮遂去電阻其歸臺；但因其母親偷偷寄旅費及神符給吳壽山，在親情的召喚下，吳壽山毅

---

[78] 吳新榮，《震瀛回憶錄》，頁 124。
[79] 張良澤主編，《吳新榮全集 6・吳新榮日記（戰前）》，頁 173。

然搭乘日軍船艦返臺，終於導致葬身花蓮外海的命運[80]。其母親為此怪罪吳新榮不早寄旅費，以致害死了他弟弟，而吳新榮則答以「害死他是美國人的水雷，什麼王爺的神符都不中用」[81]。這種觀念上的衝突，其實是非常激烈的。由此可見：即便是親如母子，兩人的「世界觀」（Weltanschauung）卻完全不同[82]。

此外，又如 1958 年夏天，吳新榮長男吳南星結婚時[83]，其母親發願殺豬謝天公。按照禮俗，在豬公要屠宰以前，「必須主婚人跪在牠的面前，敬牠一杯酒，如不呢？天公就不受了」[84]；而身為主婚人的吳新榮，由於不忍拂逆老人家的意思，只好勉為其難的下跪在豬公面前敬牠酒。對此，吳新榮忍不住發了一頓牢騷。他說：

> 我自信是個科學者，又自信是個文化人，對迷信對因循極反對而鬥爭，至此年輩已有五十多年之久，我當然受不了，不願跪在豬公前敬牠酒，但想到這隻豬公是母親餵大的，母親已到古稀之年，母親為她的長孫要結婚，自數年前就餵了這隻豬公，又想到這次要結婚的是我的長男，萬事為了子孫計，這樣不過五分鐘的小事何必計較呢？[85]

對於自稱是無神論者的吳新榮而言，這真是情何以堪了！但既然因「萬事都為老人家著想」而「終於屈從了」[86]，吳新榮也只能自我解嘲的表示：

---

[80]吳壽山所搭乘的船隻遭美軍擊沉一事，參吳新榮，《震瀛回憶錄》，頁 181～182；又參張良澤主編，《吳新榮全集 6・吳新榮日記（戰前）》，頁 147、149、155～157。
[81]吳新榮，《震瀛回憶錄》，頁 182。
[82]按：在臺灣的民間社會，這種受過科學訓練而信仰無神論的兒子，與其依循傳統並虔信宗教的母親間，有著明顯的心理距離與衝突者，可謂比比皆是，吳新榮並不是特例。事實上，1950 年出生、畢業於臺大醫學院的王溢嘉，也有著類似的生命體驗。參王溢嘉，〈憂慮與意志之愛〉，收錄於王溢嘉，《失去的暴龍與青蛙》（臺北：野鵝出版社，1995 年 4 月，初版 9 刷）一文。
[83]吳南星結婚時間，參見張良澤主編，《吳新榮全集 7・吳新榮日記（戰後）》，頁 90、95。
[84]吳新榮，〈亥年〉，《吳新榮全集 2・琑琅山房隨筆》，頁 76。
[85]同前註。
[86]同前註。

在村老環視之下拜跪豬公，這是要實行我有生以來最初的權利，又是要
結束我們這一代最後的笑話，因為下一代的人們可能比我們較開明些。[87]

可知老年的吳新榮在無可奈何之餘，不得已只好寄望於可能比較開明的下
一代。

　　身為人子的吳新榮，這種無力感可謂既深且重，而且似乎難有改善的
餘地。我們發現：類似的狀況，還可以在「二二八事件」這樣一場歷史悲
劇中看到。1947 年 2 月底，二二八事件發生。這場突如其來的浩劫，讓許
多人頓時不知所措。吳新榮一家也不例外。隨著局勢的發展，吳新榮與其
父親因警覺可能遭禍而四處避難[88]。其間，他曾與其父親到南鯤鯓廟投靠其
祖父的舊部屬。吳新榮回憶說：

夢鶴看一家弄到這地步，雖知道那輩白日鬼在作祟，但人間一到逆境的
時候，時常要陷於一種宿命觀念。而且具有適當的機會，任何人都容易
盲從世俗，所以隔日的清晨，夢鶴也跟著他的父親，跪在神前祈求平
安。[89]

到了 4 月 9 日，他的父親吳萱草不幸被逮捕入獄。得知這個訊息的吳新
榮，在與家人商議並幾經考慮後，決定赴臺北自新，並期能以此舉使其父
親恢復自由。其後，他本人亦繫獄至 6 月 21 日方獲釋，而於 7 月 1 日返回
家中[90]。

　　吳新榮返家後，仍然必須籌思營救其父親。他回憶說：

翌日夢鶴回到將軍庄看他的母親朱實，朱實大喜就請庄廟的保生大帝爺

[87]同前註。
[88]參吳新榮，《震瀛回憶錄》，頁 229～238。
[89]同前註，頁 234。
[90]參同前註，頁 238～259。

來，在這神前敬謝香火以為夢鶴祝福，並叫夢鶴要在神前祈禱他的父親
平安歸來。夢鶴想假使向這個木像祈禱，而能安慰母親的心願即可以，
但單靠祈禱木像，他的父親絕不能回來，所以他決再出外奔走以期更好
的結果。[91]

經過多方奔波交涉，吳新榮終於在 9 月 3 日接獲父親改判無罪的批文，他
於是立刻前去探望他父親，而他的父親「非常喜悅並說昨夜有神托，他夢
中出現南鯤鯓廟的范王爺，指示他在此舊曆廿七日可能歸家」，結果，
「回到將軍庄恰巧是舊曆廿七日。這樣神秘的符合也許可以安慰穆堂的餘
生，夢鶴也寧願這老人家的私事儘管神明來保庇，但恐怕公家的眾事沒有
人力去做總不行的」[92]。可知對吳新榮而言，老人家要相信這些神蹟，姑且
由他；但他清楚的知道：這種種的事端，其實都是起源於人禍。

　　事實上，在經歷了二二八事件的災禍後，吳新榮曾於同年 7 月 1 日的
日記中，如此寫道：

　　　所謂「百日的災難」過了，自三月廿三日憲警來襲佳里算起，至昨六月
　　　三十日探訪父親於臺南監獄，恰好一百日間我離了家庭不在佳里。我雖
　　　不是迷信家也不是宿命論者，但已經過一百日後，我能自由歸家，這也
　　　算做一種的命運。[93]

在傳統中國社會中，許多人認為數字是染有神祕色彩的，謂之「術數」；
臺灣民間社會亦不例外。因此，「百日」似乎暗示著某種命理的神秘關
聯。然而，在《震瀛回憶錄》中，吳新榮明白表示：

---

[91]同前註，頁 260。
[92]同前註，頁 262～263。
[93]張良澤主編，《吳新榮全集 7・吳新榮日記（戰後）》，頁 29～30。

> 假使夢鶴是個命運論者，他也許相信這次的受虧是命運註定的，自三月
> 廿三日離家算起，至七月一日歸家為止，恰巧一百日間。他受了這「百
> 日災難」而歸來了，街上的朋友們都來祝賀他逃過這個「劫數」，但他
> 們誰都知道這個「天數」是「人造」的，而且這個「災難」是「不應
> 該」的。[94]

臺灣民間社會往往會將這類人世間的困厄，視為難逃的「劫數」；但吳新
榮顯然不願將其歸諸不可抗力的因素。因為如果是命定的、不可改變的，
那人類就失卻了奮鬥與努力的意義了。這正如其三子吳南圖在追憶吳新榮
時所說的：「爸！每當有巧合的事發生，您並不歸於天意，您總說那是時
間、空間交錯於一點而顯現的類似事件罷了」[95]。所以，此處所謂「百日災
難」的「百日」，在吳新榮眼中，恐怕不過是一種「巧合」；至於所謂
「命運」一詞，吳新榮也可謂對它做了新的詮解，亦即大環境所造就的
「因果關係」。但是，當眾口一辭、而將其歸諸於所謂的「劫數」，或甚
至說是「像今日這樣受難也許是風水壞了吧」時[96]，縱使吳新榮不相信這些
說法，恐怕也是百口莫辯。

　　從以上的種種事例，我們很可以看出：吳新榮為了人情世故，以及為
了符合「孝順」這個文化價值等等緣故，而一再的妥協。

　　但吳新榮的妥協並不僅止於此。當一個人遭逢橫逆之時，心理上往往
會比較脆弱，總難免會對原本堅持的信念產生猶疑而有所動搖。如同前面
吳新榮所自承的「人間一到逆境的時候，時常要陷於一種宿命觀念。而且
具有適當的機會，任何人都容易盲從世俗」一般，早在 1938 年 6 月 26 日
的日記中，由於諸事不順，吳新榮就曾發出「我能拋棄科學而追求神的信
仰嗎」的疑問[97]。1942 年 3 月，吳新榮元配毛雪病逝。其後，吳新榮於

---

[94]吳新榮，《震瀛回憶錄》，頁 259。
[95]吳南圖，〈爸！您永在〉，《吳新榮全集 8・吳新榮書簡》，頁 113。
[96]吳新榮，《震瀛回憶錄》，頁 240。
[97]張良澤主編，《吳新榮全集 6・吳新榮日記（戰前）》，頁 70。

《臺灣文學》發表了他享譽文壇的〈亡妻記〉。在這篇文情並茂、以日記體撰寫的〈亡妻記〉中，最能看出吳新榮內心的掙扎。在 3 月 28 日的日記中，吳新榮說：

> 雪芬啊！自從妳死後，我的冷靜的科學態度動搖了，毫不妥協的反迷信主張也消失了，現在回想起來的不祥預兆實在是有的，……[98]

而這些所謂的「不祥預兆」，包括了其妻在年初時曾問吳氏說「假如我拋下孩子們到很遠的地方去，你要怎辦」；以及其妻於過世的一個禮拜前，未先告知吳氏便自行赴臺南，返家後告訴吳氏說她在臺南遇見糖店的老闆和銀店的老太婆，好像她已有預知，「而先去向善良的老者們辭別似的」。此外，還有吳氏費心飼養數年的幾十隻鴿子被野貓咬死及跑光、三隻其家所豢養的小貓不知何故死亡、二女傭感染頭虱等「在通俗上也可說是凶兆」的事[99]。雖然吳新榮說「對這樣的宿命論我不服氣」[100]，但事已至此，亦只有徒呼奈何。

　　不僅如此，在守喪期間，自命為無神論者的吳新榮，卻請了木匠來製作一個佛壇以供奉其亡妻。他在 4 月 7 日的日記中，這樣解釋道：

> 雪芬啊！昨天叫木匠來我們寢室的一隅，造一個佛壇來供奉妳，妳知道我是無神論者，可是妳是信佛的，為了表示愛妳，我現在也要當妳作佛供奉，等做尾旬後打算把妳的靈位、神主遺像等，移到這佛龕來，而朝夕叫孩子們上香供奉，以訓育他們。[101]

對吳新榮而言：他本是「無神論者」，本該決絕的反對一切宗教儀式；可

---

[98] 吳新榮，〈亡妻記〉，《震瀛回憶錄》，頁 309。
[99] 同前註，頁 309～310。
[100] 同前註，頁 310。
[101] 同前註，頁 318。

是，他自己卻又在妻子過世後，為生前信佛的亡妻「造一個佛壇」以供奉之。這不免使他產生「心理衝突」，而必須做出一大堆解釋。但這其實是「心理自衛機轉」（defense mechanism）中的「合理化作用」（rationalization）。事實上，據我們的觀察：每當他面臨理想與現實間的衝突、而對現實有所妥協時，這種「合理化作用」，就會不斷的出現在他所撰寫的文字裡頭。

臺灣的葬禮是十分繁瑣的。做為臺灣社會中的一分子，深陷喪妻之痛的吳新榮，卻也不能免俗的必須虛應故事一番。他因此自承：

> 我一向崇尚科學，未曾迷信過，但向來道教的因襲，有時會支配著我的良心。[102]

而其中有些儀式，是聽從其亡妻娘家的要求而舉行的。例如在 4 月 15 日的日記中，吳新榮如此寫道：

> 今天道士帶來妳的「紙厝」，做得小巧的三層洋樓，老實說，到現在我還不信有「天堂」或「地府」，當然也不能相信把這「紙厝」燒掉了以後就能變成妳的。不過妳母親堅要我叫道士來做這「紙厝」，為了安慰這失去愛女之痛的善良的老人家，我就不計較什麼而遵照辦理了，不過，依照我的主意訂一個除掉無謂的裝飾的新式的洋樓，因為我想起妳生前和我計劃建洋樓的事。[103]

可知他雖然不信「天堂」或「地府」，但因考慮到其岳母的心情，終究還是不得不配合而請道士來做這「紙厝」；至於他本身，最多只能在枝節上略做一點修改，以表示他的「抵抗」。此外，又如 4 月 17 日的日記云：

---

[102]同前註，頁 322。
[103]同前註，頁 325～326。

> 雪芬啊！今天為了祈祝妳的冥福請道士來做「功德」，這也是應妳母親的要求而做的，所謂「瞞生人目」。但道士那毫無嚴肅氣氛的作法，使我懷疑它的意義，因此請他們盡量簡單，到晚上十一點就結束。[104]

但是到了次日，吳新榮卻又與家人在道士指導下舉行「除靈」儀式[105]。結果，吳新榮做為一個自命為「科學者」的「無神論者」，卻得遭受一堆被他視為「無智」、「迷信」者的任意擺弄。

從前面的討論中，我們可以看出：面對日治時期的臺灣社會、面對父親母親的意願與要求、面對喪妻之痛等等情境時，做為「科學者」的吳新榮，已不斷的妥協與讓步；我們若站在他的立場來看，應當很可以體會他確有其不得已的苦衷。然而，吳新榮的這種妥協與讓步，並未隨著時代的前進而減少，甚至反而是增加了；此乃因其間還有一項重要的變數必須掌握，那就是 1945 年的「臺灣光復」。

隨著日本戰敗投降，「回到中國懷抱」的臺灣，文化環境產生了巨大的改變。沉浸在勝利氣氛中的吳新榮，起初似乎尚未警覺到這樣的變化。在吳新榮於 1946 年所撰的〈佳里國校校歌〉中，他是將「祖國古文化，世界新科學」並列的[106]。這意味著吳新榮期許這些國家未來的主人翁，應同時將兩者予以繼承與吸收。

長年以來，為了對抗日本帝國主義者的文化侵略，吳新榮一直是以身為漢民族並繼承中國文化自豪的。這其實是當時許多臺灣知識分子共同的心理傾向，即使吳新榮也了解中國文化有它的缺陷。例如在他 1939 年 4 月 20 日的日記中，提到他讀完林語堂《吾國與吾民》一書的感想時說：

> 此書並無如我期待的給我們好教誨。唯一佩服的是作者的博識與對中國

---

[104]同前註，頁 326。
[105]同前註，頁 327。
[106]吳新榮，〈佳里國校校歌〉，《吳新榮全集 1．亡妻記》，頁 69。

> 民族的缺點攻擊得體無完膚。雖然他一再提倡中國固有文化，但最後極
> 力主張中國唯有法治才能得救。此說令人感服。若說我讀此書的感想，
> 則一言以蔽之：中國民族不會亡！[107]

從這段文字的文脈看來，吳新榮之所以會下「中國民族不會亡」的斷語，
恐怕不是單純的因為林語堂的「提倡中國固有文化」，而是因為林語堂
「對中國文化的反省」。我們認為：對吳新榮而言，只有通過對傳統文化
的反省，然後去繼承好的部分，革除壞的部分，方能使傳統文化獲得進步
與新生。這也許正符合他所認為的：「科學訓練」使他「對文學對生活都
有科學的見解，而得進步」的思考方式。

　　但實際上，這樣的期許，很快的就被接踵而來的殘酷現實給破壞而幻
滅了。在吳新榮的心目中：「祖國古文化」與「世界新科學」，本來應該
是可以並行不悖的；但結果事與願違，他在戰後初期所見到的「祖國古文
化」，卻往往與「世界新科學」產生衝突。他發現當時「一般的人都誤信
光復是復古，把科學和醫生都放在另一邊，而捧木偶和乩童都來做老祖
公」[108]；而且「飲漢藥以為光榮，甚至辦關乩童問神明信為國粹的發揚」
[109]。

　　不過，我們須注意的是：吳新榮雖然對中醫有所批評，但他並非「中
醫廢止論」的支持者。事實上，他原本是主張中醫應「科學化」的；而
且，這種認知還是基於歷史的理解。在 1940 年 4 月 20 日的日記中，吳新
榮如此寫道：

---

[107] 張良澤主編，《吳新榮全集 6・吳新榮日記（戰前）》，頁 81。
[108] 吳新榮，《震瀛回憶錄》，頁 202～203。
[109] 同前註，頁 289。按：這樣的看法並非吳新榮所獨有，當時不少新知識分子也有類似的見解，例
　　如蘇新。讀者可試著將吳新榮這幾段文字拿來與蘇新，〈農村自衛隊〉，收錄於蘇新，《未歸的臺
　　共鬥魂——蘇新自傳與文集》（臺北：時報文化出版公司，1993 年 7 月，初版 2 刷）一文互相比
　　較、參照，當可以發現：其基本的論述形式，可以說幾乎是一致的。

讀畢「支那文化史大系支那醫學史」，略知中國醫學發達史的大概。上古與中古大體正常的發展，但至近世變成朝廷醫學，變成御用醫學，則跑向非科學的方向。所幸由於近代政治革命的影響，又使它趨向正常軌道。將來中醫與西醫不是處於對立，中醫應該採取西醫的科學方法，加以研究改進，成功獨特的業績成果。[110]

這段歷史檢討的是非，我們姑且不論[111]；但它的確反映出與吳新榮同一時期或稍早相類似的「中醫科學化」論點。然而，戰後臺灣中醫的發展，卻渾然不是那麼一回事。很顯然的，吳新榮對臺灣「光復」後臺灣的文化環境[112]，感到極端的憂心。於是，1953 年 6 月 8 日，在給其子南河、南圖的信中，吳新榮甚至痛心的寫下「這樣不注重科學的環境，我所有的科學知識及技術已沒有用處了」這樣的話[113]。

值得注意的是：吳新榮此處所謂「這樣不注重科學的環境」一語，乃是針對包括政府當局與社會大眾對待科學的態度而發。在他後來撰寫的回憶錄中，吳新榮曾就臺灣第一位醫學博士、原任臺北帝大醫學教授的杜聰明，於戰後初期出任臺灣省政府委員一事加以評論。他說：

杜聰明是個身材矮小行動銳敏的學究，他在醫學上的成就即使日人也不敢看輕，他在光復後被任為政府的委員。這雖是表現科學者在每時代都是被重視的，但拿一個不知世事的專科學者，出來搞那樣複雜的政治問題，夢鶴想不一定是對科學的尊重。[114]

---

[110]張良澤主編，《吳新榮全集 6・吳新榮日記（戰前）》，頁 92。
[111]按：這種論述可能是基於以西方科學為判準的進步史觀，似應有可資商榷之處；但因未見《支那文化史大系支那醫學史》原書，暫不置論。
[112]關於「光復」的文化意涵，可參陳君愷，〈光復之疫──臺灣光復初期衛生與文化問題的鉅視性觀察〉，《思與言》第 31 卷第 1 期（1993 年 3 月）一文。
[113]張良澤主編，《吳新榮全集 8・吳新榮書簡》，頁 14。
[114]吳新榮，《震瀛回憶錄》，頁 204。

這也就是說：吳新榮認為戰後臺灣的政府當局，表面上似乎尊重「科學」，但實質上卻未必如此。而在這種種不利於科學發展的社會文化裡頭，特別是那些在由大陸移植而來、不適用於臺灣的醫療制度底下，橫行無阻的無照密醫以及層出不窮的醫療糾紛[115]，讓吳新榮感到極度心寒。

戰後由大陸移植來臺的醫療制度，的確是有許多缺失的。對此，吳新榮曾抱怨說：

> 有關當局以大陸的舊法則來臺灣施行，什麼甄訓、什麼考試、什麼手續，就醫師證書滿天飛，弄到理髮師、藥店員、獸科醫一夜之間變成合格醫師。[116]

其結果，搞得臺灣是「五步一診所十步一病院，加之密醫密布了每一個角落」[117]。而另一方面，由於「臺灣的醫療糾紛事件，其裏面都是只有一張嘴的名醫及掮客、訟棍在作怪」[118]，終於導致「昔時都用鑼鼓大打大吹，奉一面『醫德可風』的大匾，來敬謝一位醫生；現在同一患家都向同一醫生，以『庸醫殺人』的罪名大告大訴」的怪現狀出現[119]。更重要的是：是非黑白因而被混淆了。因此，吳新榮主張醫師公會要表揚「模範醫師」，並且以具有「社會教育」意義的廣告，來與「非科學者」競爭[120]。他更沉痛的呼籲：「為要保存我們的科學水準，非把那些掮客、訟棍甚至只有一張嘴的名醫逐出臺灣境外，臺灣不能救，中國不能救」[121]！

除了不適用的醫療制度及其所帶來的諸多問題、對臺灣的科學發展有

---

[115] 參陳君愷，〈同文化與異文化的交會點——「光復」與臺灣醫生患者間醫療關係的一個轉折〉，《臺灣風物》，第 49 卷第 1 期（1999 年 3 月）一文。
[116] 吳新榮，《震瀛回憶錄》，頁 289。
[117] 吳新榮，〈良醫良相〉，《吳新榮全集 2・琑琅山房隨筆》，頁 23。
[118] 吳新榮，〈模範醫師〉，《吳新榮全集 2・琑琅山房隨筆》，頁 29。
[119] 吳新榮，〈良醫良相〉，《吳新榮全集 2・琑琅山房隨筆》，頁 22。
[120] 吳新榮，〈模範醫師〉，《吳新榮全集 2・琑琅山房隨筆》，頁 25～29。
[121] 同前註，頁 29。

著不利的影響外，在吳新榮的眼中，宗教的復甦也是這股逆流的一環。吳新榮認為：戰後臺灣社會宗教的復甦，導因於日治末期日人的宗教壓迫。在 1955 年發表於《南瀛文獻》的〈臺南縣寺廟神雜考〉一文中，他如此分析說：

> 這種宗教壓迫，自然會發生反動，直至光復才爆發起來，一般下層的民眾以「光復」為「復古」。神像也重彫起來，寺廟也重建起來，巫覡也重橫行起來，以致健全的科學志向逆轉起來。這種可怕的風氣雖到近年來漸有改善，但在每次的選舉中常見神棍們的大揮勢力，真是使人不寒而慄。[122]

可知在吳新榮眼中：戰後臺灣宗教的復甦，不僅是反科學的，甚至也對民主發展，產生了負面的影響。而這一切問題，可以說都出在戰後臺灣「光復＝復古」的社會文化氣氛。

與此種科學環境之逆退相類似的，則是文學領域的「光復＝復古」。一般而言，在日治時期接受日本教育的臺灣知識分子，到了戰後，要將其原本以日文寫作的習慣轉變為中文，的確有其困難之處。吳新榮雖早在日治時期即曾用中文寫作[123]，但他自承「像我們這輩人，因受教育在日據時代，對國文沒有根底」[124]。這使得吳新榮覺得「臺灣光復以後，社會呈現復古氣氛，而且文字上感覺很困難」[125]。

前曾述及，吳新榮之所以願意擔任舊詩社的社長，是為了要革新舊

[122]吳新榮，〈臺南縣寺廟神考〉，《吳新榮全集 4・南臺灣采風錄》，頁 199。按：事實上，有不少在日治時期接受新式教育的知識分子，對於戰後臺灣宗教復甦的現象，感到相當的憂心。類似的見解，可參葉榮鐘，〈臺灣民族運動的領導者──林獻堂〉，收錄於葉榮鐘著，李南衡編，《臺灣人物群像》（臺北：帕米爾書店，1985 年 8 月，初版），頁9。
[123]按：吳新榮現存 1933、1935、1936、1937 年的日記，乃用中文寫作，直到 1938 年才改用日文。參張良澤主編，《吳新榮全集 6・吳新榮日記（戰前）》，頁 57〜59。
[124]吳新榮，〈養病自語〉，《吳新榮全集 2・瑣琅山房隨筆》，頁 3。
[125]吳新榮，〈新詩與我〉，《吳新榮全集 2・瑣琅山房隨筆》，頁 177。

詩；然而，來自保守派的反撲是強烈的。對此，吳新榮感慨的說：

> 我們是主張以新時代的形式及科學性的內容來表現，但是我們的主張卻
> 被他們笑為「班門弄斧」，可恨我們的努力也像「對牛彈琴」般的被抹
> 殺。[126]

由此可見：吳新榮所主張之形式與內容的改革，不僅遇到相當大的阻力，
而且還被保守派當作笑柄。因此，他無奈的表示：

> 但舊詩人們都以「揚風挖雅」的老長輩自任，叫我和他們的「無病呻
> 吟」同一步調，這又使我啼笑皆非。[127]

例如他曾在 1965 年 11 月 7 日的日記中，批評麻豆舊詩人李步雲的保守心
態。他說「先生雖被稱本縣詩界的老先輩，但其老未免老得過分，連一字
的錯音就說不為詩」。[128]

　　日治時期，臺灣的新文學作家中，雖然有一些人仍舊從事舊詩的創作
（例如賴和），但他們對無病呻吟的舊文學，一般來說是反對的。因此，
重點不在文學表現的形式，而是在其內容。事實上，早在 1953 年，他就曾
試圖對舊詩人們傳達以下這樣的訊息：

> 由我們的眼光看起來，這些都是老人們的文字遊戲，我們很盼望他們多
> 多參加各縣市的文獻事業，以發揮詩人的本色，這才是文化人的義務，
> 也才能保他們的生命。[129]

---

[126] 同前註。又參張良澤主編，《吳新榮全集 5・震瀛採訪記》，頁 273。
[127] 吳新榮，〈新詩與我〉，《吳新榮全集 2・琅琅山房隨筆》，頁 177。
[128] 張良澤主編，《吳新榮全集 7・吳新榮日記（戰後）》，頁 159。
[129] 張良澤主編，《吳新榮全集 5・震瀛採訪記》，頁 51。

而期待能將這種無聊的古典趣味，導向較具建設性的文獻工作。到了 1962
年他接任「鯤瀛詩社」社長後，更曾藉由召開聯吟大會的機會，試圖表達
其改革舊詩的看法。只可惜孤掌難鳴，在經過一番努力後，舊詩界仍然不
見起色。

　　面對這樣的情形，吳新榮也不得不自承其乃「在新詩與舊詩之隙縫中
生長的關係，對新詩的抽象的表現已不能了解，對舊詩的古典的保守也不
甚贊成」[130]。於是，他終究也只能無奈的呼籲：

> 舊詩的存在尚有其理由，但其古董的價值使人不敢苟同；新詩雖達到他
> 們的新境地，但一切的詩人要知道他們各有其時代的使命。所謂七縣市
> 或四縣市的聯吟大會，見其每況愈下，可知道舊詩界之一葉知秋，我們
> 只倡宣揚國粹鼓吹中興，恐怕趕不上時代，一時代有一時代的文化，希
> 望新時代的人，出來重建新的漢詩。[131]

這就誠如他在 1964 年 11 月 3 日寫給《笠》詩刊吳瀛濤的信中所表示的：
「我在日據時代所讀的或學的是新體詩，至光復後，因為環境的變遷，使
我不得不遷就舊詩，而至今還是受舊詩所纏絆，甚至被推做詩社長，以繼
此地方的傳統詩學。其間我苦於觀念的改變，我恨於所學的不同，而且終
於無所一成又空費時間」[132]。

　　事實上，就跨越日治與戰後兩個時代的臺灣作家而言，吳新榮能夠略
無窒礙的由日文轉向中文寫作，可以說已經算是相當難能可貴的了；但
是，問題的重點並不在語文表達能力的良窳，而在於整個臺灣文化的走
向。當臺灣的文化朝向保守逆退的「光復＝復古」的趨勢時，不僅「自然
科學──醫學」、甚至是「社會科學──文學」的發展，在在都與他所深

---

[130]同前註，頁 310。
[131]同前註，頁 311。
[132]張良澤主編，《吳新榮全集 8・吳新榮書簡》，頁 55。

切期盼的臻於「科學文明」的理想，產生了極大的距離。

五、對「文化暴君」的探索與妥協

　　綜觀吳新榮的一生，可以發現：他始終是關懷鄉土的。他的醫學實踐與文學創作，都植根在臺灣這塊土地上。而自認為是「文科的人才」的吳新榮，除了從事文學活動外，也觸及文獻採訪工作。

　　吳新榮對文獻工作的興趣頗早，至遲在日治末期，他就已於《臺灣文學》與《民俗臺灣》上發表過相關文章[133]。到了戰後初期，由於他積極參與政治活動，一度中斷。直到 1952 年，因石暘睢、楊熾昌、莊松林、賴建銘等人的到訪，加上臺南縣文獻委員會的成立，他又重燃文獻採訪工作的熱情[134]。其後，文獻採訪工作甚至成為其最重要的活動之一。

　　我們知道：在從事文獻採訪工作時，「參與觀察」與「尊重受訪者」是很重要的，特別是不應表露太明顯的立場與好惡。嫻熟文獻採訪工作的吳新榮當然深明這個道理。另一方面，身為一個被宗教氣氛濃厚的文化所環繞的醫生與地方士紳，他也有著不宜太過拂逆眾意的自覺。此外，吳新榮既從事文獻採訪工作，總難免會蒐集一些文物。據說他是頗有「收集癖」的，而其「所收集的古董有古畫、古瓷、玉器、安平壺、石劍、水煙筒、枕頭，甚至乩童或道士所用的神器等不勝枚舉」[135]。

　　由於吳新榮從事文獻採訪工作，又喜歡蒐集文物，因此，在他身上便出現了一些看似矛盾的現象。他曾自我解嘲的說：他的琅琊山房有五項奇蹟，其中有兩個是「無神論而設祭壇」、「做醫生而搞文獻」[136]。

　　這看起來「矛盾」的「奇蹟」，其實涉及了行為「表象」與內心「實

---

[133] 參柳書琴，〈吳新榮戰前作品年表初編──一九二七～一九四五〉，收錄於吳新榮原著，葉笛、張良澤漢譯，呂興昌編訂，《吳新榮選集二》（臺南：臺南縣立文化中心，1997 年 3 月 15 日）一文。

[134] 參張良澤主編，《吳新榮全集 7・吳新榮日記（戰後）》，頁 63～67。

[135] 吳南星，〈父親的生平軼事〉，《吳新榮全集 8・吳新榮書簡》，頁 81。

[136] 張良澤主編，《吳新榮全集 7・吳新榮日記（戰後）》，頁 127～128。

質」間的問題。在行為的表象上，吳新榮確是設有祭壇的；而且如前所述，他也曾經因為順應母親意願而在防空壕中設立神位。然而，問題在於：旁人要如何區分其行為是「順應」或是「自願」？若真如其所言，在防空壕中設立神位是為了母親；那麼，何以他會在 1945 年 6 月 27 日，自己「把父親珍藏的聖觀音的珠串供於防空壕的神位前，祈求平安的日子能連續」[137]？而他自己在琦琅山房的設立祭壇，又所為何來？

　　在此，讓我們仔細檢視他的相關論述，或許能夠解答這樣的疑惑。吳新榮在 1951 年 6 月 16 日的日記中，如此這般的描寫他的書房：

> 我的書齋就是琦琅山房的中廳，當然在這裡也有神位，……。案架的中央置一小案桌，這個小案桌是日本時代的遺物，即是所謂「神棚」，日本人用這個「神棚」來皇民化臺灣人，但臺灣人都沒有被皇民化，反之我利用這個「神棚」來奉祭我們的神。那麼我們的神就是什麼？在這個小案桌上我們置二個神像（或佛像又仙像），左邊是彭祖，長壽的象徵，徐清吉君贈的；右邊是觀音，優美的象徵，妻家寶藏的。[138]

而在〈人類崇高〉一文中，他解釋何以設置這案桌的因由，乃是要將其作為古董櫥。但當不明就裡的妻子也膜拜起來，使他覺得好笑：

> 我設案架的本意也想變做古董廚，但我的古董都是祀祭之器，或神佛之像，所以仍然不失案架之形態。中央安置一個乾隆時代所製的香爐，這是患者贈來的；右邊安置一尊「彭祖」的木像，這是日人留下的；左邊安置一尊「觀音」木像，這是岳父的遺品。有時我也買一束上品的香來焚拜，這座案架果然變成神秘的祭壇了。後來內人每逢年節，也都焚香

---

[137]張良澤主編，《吳新榮全集 6・吳新榮日記（戰前）》，頁 177。
[138]張良澤主編，《吳新榮全集 7・吳新榮日記（戰後）》，頁 60。

擲擲筊，以求合家平安，使我每都禁不住微微苦笑。[139]

如果吳新榮所言屬實，那麼，「誤解」在最親近的人身上就已產生，更遑論其他人？

不僅如此，吳新榮甚至也會到廟裡進香求籤。例如他在 1935 年 3 月 13 日的日記中寫道：

赤山岩的籤詩設使是無準，我們今日即何有這不可料算的惱事；而設使有準，且使我們無事通過此關，我們也當然燒大百金了。總又是盡人事、待天命而已。到這裏我們漸漸變成唯心論者，這敢不是經濟的所壓，環境的所致嗎？[140]

諸如此類的記載頗多。而其中有些記載，甚至會讓我們懷疑起他的立場。例如他在 1946 年 5 月 13 日的日記中寫道：

過午降了雨，雨量也不少。三十年來的大旱魃，告完了。今日是西港香的頭日，自透早就去鹿耳門請火，而有這好報頭，王爺公太有聖了。[141]

在日記中說「王爺公太有聖了」，吳新榮豈非虔信「王爺公」的信徒？

然而，如果我們綜觀吳新榮各種關於「求籤」、「進香」的論述，則當會發現：實情未必是如此。事實上，我們在其 1935 年 12 月 12 日的日記中，就頗可看出他的基本態度。在日記中，吳新榮如此寫道：

---

[139] 吳新榮，〈人類崇高〉，《吳新榮全集 2・琅琅山房隨筆》，頁 17。

[140] 張良澤主編，《吳新榮全集 6・吳新榮日記（戰前）》，頁 12。

[141] 張良澤主編，《吳新榮全集 7・吳新榮日記（戰後）》，頁 16。此外，吳新榮在 1965 年 6 月 26 日的日記中也曾說：「南鯤鯓廟的大祭（舊曆七月廿六日）顯然有報頭，上午下了不少的甘霖，此有靈有聖的好彩頭，給農民莫大的恩惠」。見張良澤主編，《吳新榮全集 7・吳新榮日記（戰後）》，頁 156。

午後……，順路去南鯤鯓廟參觀，我脫帽行禮而後抽一籤詩。我愛此廟
是因為要擁護這鄉土藝術，所以我若有投下賽錢是要保有民族文化。今
日我無一錢，行點頭代之，而且使參觀者不致疑我為異端者；我抽一
籤，實是實行我們的習慣。而設使能抽了好籤，我也可安慰我這數日來
不快的心情。[142]

可知吳新榮的「愛此廟」，是因為要「擁護這鄉土藝術」；他「若有投下
賽錢」，是為了「保有民族文化」；而他的「點頭」行禮與「抽籤」，則
是依循一般人的習慣，以避免被視為「異端者」；至於若抽到「好籤」，
則可以「安慰」自己一下。很顯然的，他做出上述這些行為的理由，與一
般人大不相同。此外，在 1956 年 1 月 4 日寫給其長女朱里、次子南河的信
中，吳新榮提到一次近日與三子南圖、四子夏雄的騎車出遊時說：

我們最初到你們阿姨處，……，次到南鯤鯓廟進香，並乞籤詩，籤詩指
示我們保守為好，不要出外，不要進取，這卻和我們的想法並無二致，
我想神示和人意一致時就是有靈聖了，所以我想要信此神明信此靈聖，
在來年中不再想要動，不要想他移。[143]

從這段文字看來，縱使吳新榮到廟中求籤詩，也未必是要以神意決疑；最
多只能說他以所謂「神示」，做為強化「人意」的助力而已。基本上，他
還是以人的意願為本，至於神的意願則僅是「操作的」、而非「本質
的」。

　　關於這點，吳新榮還有另一段文字，值得我們進一步加以分析。他在
1962 年 2 月 19 日的日記中寫道：

---

[142]張良澤主編，《吳新榮全集 6・吳新榮日記（戰前）》，頁 25。
[143]張良澤主編，《吳新榮全集 8・吳新榮書簡》，頁 20。

今日是元宵，佳里金唐殿各角頭，自昨日就擲筊選爐主及頭家。我們街
面屬第一角。擲筊的結果我得七筊，被選為本角的爐主，這是神意，並
不是我好事，昨夜本角的董事者來通知以前，我還不知此事。不過我來
佳里剛為三十年，其間已建家立業，住在廟鄰，關於神事絕不後人。但
我是個學人，信神不信神是另外一問題，我在此半封建社會中，若要順
利的和鄰人生活，此事絕不能放在關心之外。尤其我是研究文獻的人，
我們不能不關心本地方奉祀什麼神。[144]

可知吳新榮考量到「要順利的和鄰人生活」，所以願意擔任「本角的爐
主」；又解釋他自己「是研究文獻的人」，所以「不能不關心本地方奉祀
什麼神」。然而，正如我們在前面所指出的：當吳新榮如此配合大眾的習
俗，如何能要求別人理解他真正的想法？而這樣的行為，離其真正希望改
造社會的初衷，又豈非越來越遠？而且，用自己「是研究文獻的人」來合
理化其行為，雖有其不得不然的苦衷，但是，長此以往，要不被「誤
解」，恐怕是極為困難的了！

　　如果吳新榮的言論與行為可以代表他的思想，那麼，「吳新榮的思
想」與「吳新榮被解讀的思想」，其間是否有所落差呢？若然，又呈現出
怎樣的一種情形呢？我們發現：其中最典型的例子，是吳新榮對風水的態
度。

　　臺灣社會對風水的信仰是極為普遍的[145]。吳新榮既身處這樣的社會
中，又長期從事文獻採集工作，自然不可避免的會接觸到各式各樣的風水
傳說。那麼，吳新榮對風水的態度究竟是如何呢？我們發現：在其長子吳
南星的眼中，吳新榮是「很重視風水」的。吳南星在追憶其父親的一篇文
章中，提到他如何安葬吳新榮時，明白表示：「對風水的迷信與傳說我並

---

[144] 張良澤主編，《吳新榮全集 7・吳新榮日記（戰後）》，頁 130。
[145] 關於風水知識在臺灣社會中如何被詮釋與操作的情形，可參洪健榮，〈當「礦脈」遇上「龍脈」
　　──清季北台雞籠煤務史上的風水論述（上）（下）〉，《臺灣風物》第 50 卷第 3～4 期（2000 年
　　9 月 30 日、2001 年 1 月 30 日）一文。

不相信，但父親很重視風水，所以請了父親的好友江家錦先生看塋墓的方向、破土及安葬之時間」[146]。

　　然而，吳新榮的「重視風水」，究竟是怎麼個重視法呢？我們認為有細究的必要。在《震瀛採訪記》中，吳新榮有多處文字提及風水，而其中有幾處是頗可以看出他的態度的。例如吳新榮於 1953 年 7 月 18 日採訪鹽水鎮，他將其在市街上參訪所聽聞到的風水傳說記載下來，並加以評論。他說：

> 我們到街南的護庇宮，這裏奉祀天上聖母，曾管轄三十六庄頭，實不次於北港媽祖。當時稱「廟前十三行，廟後○○○」，可見其靈顯之盛大，而現在的中心已移北邊去了。因為廟前的「鹽水港」日見淤塞，因此已不能保持往日那樣的信仰。相傳廟前有一座「鹽水港橋」架於「鹽水港」，自是以來鹽水的地理日見變卦了。據堪輿家說鹽水的街鎮是一個鳳穴，思園和舊廳跡為兩翼，媽祖廟在鳳身，伽藍廟（已被炸燬）在鳳尾，鳳頭面向月津，造了那座橋就把鳳首切斷了。古時鹽水的老人最高興講究地理風水，當日據時代要建造鐵路的時候，鹽水港的士紳就起來反對鐵路築過該地，但自改築於新營以後，鹽水的政治經濟地位日漸被爭奪去了。[147]

在這段文字中，吳新榮以人文地理學中交通線「水路→鐵路」的變遷，解釋鹽水繁榮衰敗的原因。他指出鹽水的地方士紳因「講究地理風水」而「反對鐵路築過該地」，結果反倒成為鹽水沒落的因素，反諷的意味十分明顯。而這與他一貫的、以科學知識解析宗教的方式是一致的。

　　一般說來，中國傳統的風水術將所謂「風水地理」分為「陰宅」與

---

[146]吳南星，〈父親的生平軼事〉，《吳新榮全集 8・吳新榮書簡》，頁 84。
[147]張良澤主編，《吳新榮全集 5・震瀛採訪記》，頁 58～59。按：這與其在 1954 年 1 月 30 日臺南縣文獻會各鄉鎮採集站員座談會中所表達的立場與態度，可以說是相當一致的。參張良澤主編，《吳新榮全集 5・震瀛採訪記》，頁 117～118。

「陽宅」兩大類。「陰宅」所處置的是死人墓葬，偏重於自然形勝；「陽宅」所處置的是生人居所，偏重於人文景觀。我們且由「陰宅」與「陽宅」兩個角度，來觀察吳新榮是怎麼看待風水的。在「陰宅」方面，例如1952 年 12 月 6 日，吳新榮與臺南縣文獻委員會同仁一行，由一位農夫帶領，實地考察陳永華墓。吳新榮指稱「墓前有湖水叫做龍蝦埤，地勢和赤山岩龍湖埤略同，據那位農夫說：赤山岩是『龍蝦公穴』，這裏是『龍蝦母穴』。風景確實不錯，不但明代的地理師，就連現代的我們一看就知道是一個山明水秀的地點」[148]。

「風景確實不錯」、「山明水秀」，這是吳新榮對此一「風水寶地」所下的評語。其實，中國傳統風水術中，有所謂的「巒頭派」，該派講究地穴的「砂環水抱」，重視山勢的「來龍去脈」，亦即著眼於自然地理景觀的「形勝」與「優美」。對吳新榮而言，傳統的迷信往往導因於心理因素，因此，一處令人心曠神怡的地點，若謂之為「風水寶地」，亦不為過。從這個角度看，風水的原理原則，可以說是「今古相通」，確有其「合理」處。而基於此一觀點，若進一步推而廣之，則從「相墓」、「相城」到「相國」，其原則又何嘗不相通？因此，如同吳新榮在 1957 年 11 月 18 日的日記中所寫道的：

> 據說現任的省主席也很重視地理風水，一切的單位都要遷來此好地理的地方。我卻信生產好的地方一定好地理，草屯、霧峰都是一樣產米地，為要爭取此地方的好風水，連中央的好幾個機關都遷來這裡，……[149]

可見吳新榮說他相信「生產好的地方一定好地理」，也是著重於適宜植物生長的氣候風土。換言之，對吳新榮而言，不論是自然地理上景觀的賞心悅目或氣候的舒適宜人，對於身心健康有益的，即是「好風水」。這的確

---

[148]張良澤主編，《吳新榮全集 5・震瀛採訪記》，頁 15。
[149]張良澤主編，《吳新榮全集 7・吳新榮日記（戰後）》，頁 85。

又是一種對風水之說的「科學見解」。

在「陽宅」方面，也有類似的情形。如前揭吳新榮等人 1953 年 7 月 18 日於鹽水鎮的採訪，即為一例。吳新榮在描述了鹽水國民學校的環境，以及位於國校前面、由省議會議長黃朝琴新築的別墅「思園」後，如此說道：

> 在這裏我們想起「地靈人傑」這個字眼，但「地靈」何曾不是「歷史」造成的，因有這樣悠久的歷史，這個地方才能輩出這樣人才，……[150]

從這段話，我們可以知道：對吳新榮而言，所謂「風水」之說，與其歸諸虛無飄渺的「地靈」，還不如歸諸人文化成的「歷史」，或許較為「合理」而能為其所接受。事實上，他在 1950 年 8 月 8 日的日記中也曾指出：「有人才（人傑）地方才能發展（地靈）」[151]。吳新榮的「人文立場」，可謂於此展露無遺。

至於吳新榮對風水說最明顯的批判，則是出現在 1956 年臺南麻豆水堀頭挖寶事件上。吳新榮曾分別於 5 月 30 日、6 月 17 日兩訪水堀頭[152]，而在 6 月 17 日再訪水堀頭的田野調查紀錄中，他開宗明義的批評說：

> 在焦慮不安的時代，每一個人都想「奇蹟」的出現，而此「奇蹟」常常由「迷信」做動機。麻豆鎮水堀頭這次的「掘寶事件」，也不出此由「迷信」動機，而祈求「奇蹟」出現的。[153]

很顯然的：如同吳新榮一貫的論述方式，他仍然是將此一事件的發生，歸

---

[150]張良澤主編，《吳新榮全集 5・震瀛採訪記》，頁 57～58。
[151]張良澤主編，《吳新榮全集 7・吳新榮日記（戰後）》，頁 54。
[152]吳新榮兩訪水堀頭事，見張良澤主編，《吳新榮全集 5・震瀛採訪記》，頁 158～160、164～168。
[153]同前註，頁 164。

因於心理因素。他又指出：

> ……麻豆地方和本縣其他地方不能兩樣，在此科學昌明的時代，仍然沉醉於迷信，例如說龍頭在水堀頭，龍尾在胡丙申先生（本會委員）處。甚至有人說胡先生的先代曾做過王爺的「桌頭」，才能卜此好地理。[154]

而吳新榮與臺南縣文獻會同仁之所以再度到訪水堀頭做實地調查，乃因「本會鑒及迷信蔓延之可怕，欲期對此事件予以科學的解決」[155]。結果，經過調查發現：關於該地曾掘出「金條」的說法，雖確有其事，但發生於日治時期，當時為佃農所掘出的金條已奉還地主，人證俱在；至於傳說中清廷為了敗其「地理」、而埋下「二千領棕簑」與「二千個白碗」的所謂「龍喉穴」，據出土物推斷，則應為利用「破缺石車」（榨甘蔗用的石輪）所做的「水利工程」等等[156]。於是，吳新榮評論說：

> 利用這麼多破缺的石車，可謂廢物利用，也可表現此附近糖業之盛。但當時民智低，為要收服人心，仍要利用民眾的迷信心理，才來做此工程，在當時或許可謂明智之舉。而迷信不幸傳到今日，仍發展到一種的新迷信，而發生號召力量。因之日日才有數十乃至數百的獻工者，由各庄頭來掘寶，以致掘壞了水堀頭橋的橋基，而影響到其安全。我們已揭曉了寶藏之謎，同時又揭曉了迷信之源，如水堀頭橋西方之所謂碼頭，也經我們的考證，知其傳說之不可信。[157]

由此可知：在吳新榮的想法裡，迷信是時代的產物，有其相應的社會文化條件；但是，在脫離了該時代（亦即脫離了其相應的社會文化條件）後，

---

[154]同前註。
[155]同前註。
[156]同前註，頁 158～160、164～168。
[157]同前註，頁 166。

舊的迷信仍有其力量，而衍生為新的迷信，甚至對當代的事物（如水堀頭橋的橋基）產生了破壞力。至於吳新榮所謂「科學的解決」，其實就是對其「追本溯源」的「實察」或「考證」。易言之，縱使面對「人文」的主題，其所採取的方式，仍然可以說是屬於「科學」的。

從以上種種事證觀之，吳新榮不僅應當是「重視風水」的，而且，甚至還是「相信風水」的。只不過，正如同我們所一再強調的：吳新榮的「重視」，是把它當做社會習俗的一個重要現象來「重視」；而吳新榮的「相信」，則是「相信」古人所謂的「風水」，應有它一定的「道理」在，而他則試圖提出合理的科學解釋。

然而，也正如我們在前面所指出的：「表象的行為」常易被誤解為「實質的思想」。吳新榮似乎也察覺到這點。因此，他曾自我解嘲的提及他業餘時所從事的「所謂田野工作，大都是採訪或採集，在此工作的我們的同道，時常被人誤解為『風水師』或『看命仙』」[158]。既是「誤解」，顯然吳新榮並不自認是「風水師」。

只不過問題是：當他長期從事文獻採訪工作、並在經過這麼多的「探索」與「妥協」後，他的立場是否有從「量變」而轉為「質變」呢？就我們的觀察，應當是沒有。總體而言，吳新榮對待宗教的態度，就是他在發表於 1964 年的〈「臺南縣寺廟大觀」序〉中所指出的：

> 我是個搞科學的人，所以對神明鬼怪的存在，至今尚不敢苟同。雖然對人間之已往及未來，亦曾有一番之研究，但其渺渺者佛乎，或其飄飄者仙乎之觀念，就是對靈魂之存在，一向不得摸索。又我是個愛文化的人，所以對寺廟文化，也非常感到興趣。因為寺廟文化不僅是表現地方歷史之累積，亦是先民遺留之偉大文化財。我們在寺廟裡，可發現重要的文獻資料，又可發現現成的歷史故事。實在寺廟的存在，給我們文獻

---

[158] 吳新榮，〈玩石堅志〉，《吳新榮全集 2・琑琅山房隨筆》，頁 7。

工作無上的恩惠。[159]

而如同他對舊詩社的「改革」圖謀一般，他在深入採訪宗教的同時，也希冀對既有的宗教進行「整理」。他「主張以合理的原則來做一番的大整理」，而其原則有四：

第一原則要符合民族精神及國家傳統者才可以保存，第二原則具有文獻可徵而來歷顯著者才可以保存，第三原則沒有宗教形態內容者也可以整理，第四原則屬於陰祠邪寺流害社會也可以整理。[160]

在他的定義下：「天公」、「神農」、「關公」等屬第一原則；「媽祖」、「觀音」、「王爺」等屬第二原則；至於「屬第三原則者，如以獸骨為神，拜石頭為公等，這是侮辱人類自己的德性，應該整理」；「屬第四原則者，如『有應公』，或者屬於道教的一派，但卻使人發生恐怖的觀念，也應該由人類的腦海裏清除去」[161]。然而，就實際的歷史發展來看，他這種立場的表明，恐怕「宣示」的意義要大於「實質」的意義吧！

六、結語

自 17 世紀歐洲科學革命後，西方科學的發展日新月異。它不僅構築了科學意識形態，向自然科學以外的知識領域擴張；也隨著近代西方帝國主義的對外經略，而向非西方世界傳播。近代臺灣社會中的「科學」，便是在這樣的歷史脈絡中，始則被西洋傳教士與清廷官員、進而被新進的帝國主義者日本給移植進來的。

吳新榮出身自臺灣社會，深受傳統文化的薰陶，但他卻在經過了近代

---

[159]吳新榮，〈「臺南縣寺廟大觀」序〉，《吳新榮全集 4・南臺灣采風錄》，頁 297。
[160]吳新榮，〈臺南縣寺廟神考〉，《吳新榮全集 4・南臺灣采風錄》，頁 203。
[161]同前註，頁 203～204。

科學教育的洗禮後，轉變為一個「科學者」。做為一個「科學知識」的
「承載者」，吳新榮不能免俗的，相信所謂的「科學」能夠持續發展、並
進而解決一切問題。在他的眼裡，科學是新的、進步的、文明的、理性
的，而其與舊的、落伍的、封建的、愚昧的相對立。然而，正如同人類學
者霍爾（E. T. Hall）所說：「人們受其文化的暴力統治」。[162]做為一個身
處在文化之中的人，文化是無時無刻包圍在外、潛藏在內的「暴君」；它
不斷的「制約」、或甚至是「支配」其行為。而當一個受過「科學」訓
練、代表所謂近代「文明」的「科學者」，在重返其所出身的「文化」環
境裡、面對這樣的「暴君」時，究竟要如何因應與調適，實為一不可迴避
的難題。

　　無疑的，吳新榮是有著身為「科學者」的自覺；但除此之外，他還有
許多角色需要扮演：他一方面是個醫生、是個科學者，但他同時也為人
子、為人夫，或是必須與鄰人相處的地方士紳，而他也會遭逢政治壓迫、
亡妻等諸般橫逆。隨著其所扮演的各種角色，他必須有所調適、妥協或讓
步；並且，當他遭逢橫逆的境遇時，更不免會有所猶疑與掙扎。於是，究
竟是該籌思如何抗拒壓力、堅持理想，而由個別的科學據點，向外擴張科
學的勢力；還是讓文化脈絡介入，改變自己的科學訓練與信念，遂成為包
括吳新榮在內的這些科學者心中擺盪游移的焦點所在。而吳新榮對科學的
信仰與科學者的自我認同，使他傾向於前者。如同許多日治時期的醫生一
樣，他意欲扮演啟蒙者的角色，改造他口中這個半封建的社會。但是，文
化的因循與強大，使他頗有力不從心之感；而時局的變化，更使這種努力
變得困難重重。

　　事實上，從我們對吳新榮之「科學觀」的解析中，可以看出：吳新榮
從身為人子的妥協，到身為一個醫生或地方士紳的隨俗從眾，甚至是身為
一個文獻工作者的介入探究宗教民俗，他的立場，似乎總是在擺盪游移之

---

[162]轉引自王溢嘉，《性‧文明與荒謬》（臺北：野鵝出版社，1998 年 5 月，初版 11 刷），頁 50。

中；他所宣稱的立場，在實踐上總與理想有著相當的距離。雖說在佛教的教義中，有所謂的「方便隨順」之說；亦即「修行者」或「說法者」，可隨著不同的情境、不同的對象而採取各種不同的合適的行動。吳新榮的做法，似乎多少有著這樣的意味在。但在隨眾生智愚根性的不同而「隨相示現」時，卻難免要被癡頑的眾生所誤解。當然，這恐怕是整個人類社會的問題，不獨臺灣為然。

身為歷史研究者的我們，是可以深體吳新榮的難處的。在我們從事田野工作時，也往往有著這樣強烈的感受：我們明明知道「三太子」是出自《封神榜演義》中杜撰的人物，可是臺灣民間社會卻普遍奉其為神明。因此，當我們聽到受訪的廟祝得意洋洋的說：「某某教授不懂這些東西，都來問我哩！」時，真忍不住要為之氣結。很顯然的：這類的廟祝對所謂「田野工作」的方法、目的是一無所知的；甚至對別人「問」或「請教」這個行為的背後意涵，大概也只能想到是「我懂←→你不懂」這種簡單的、直線式的可能性，並因此滿足自己「好為人師」的虛榮心，而證成或強化己身原有的信仰。

但「三太子」和「皮卡丘」有什麼兩樣？它們同樣是人類的「創造物」，大多數的教授們恐怕也「不懂」所謂「皮卡丘」和其他「神奇寶貝」是「啥米碗糕」。所不同的是：這些廟祝只不過比那些收集「神奇寶貝」的小孩，多了一堆虛矯的自豪；並在一種似是而非的「本土化」情緒下，美其名為「文化建設」而已。然而，像這類缺乏反省能力的「本土化」，只會讓本土更加墮落。誠然，有「教授」頭銜的人，並不一定比村野鄙夫高明多少，因為我們也曾見過不少連基本邏輯都不通的教授；但是，受過嚴格學院訓練的學者，的確也有相當多的人能經由訊息的吸取，而不斷調整自己的認知結構，使自己獲得成長的。這正是「知識——科學」可貴之處。另一方面，我們雖不否認村野鄙夫有人也能因經年累月的閱歷，從而開放自己的心靈，謙虛的面對自己所不懂的事物。只不過，就我們田野工作的經驗來看，真能這樣的人，實屬鳳毛麟角。因此我們相

信：「知識──科學」的訓練有其積極意義，而且，人類不論就「知識的廣博度」、或是「吸收知識的方式」、甚至在「面對知識的態度」等層面，恐怕也都還是有著高下之別的。

誠然，不論就西方社會或東方社會而言，在近代西方科學的大纛下，確實都曾出現一批「迷信科學者」；他們對「科學」不分青紅皂白的「迷信」（動詞）與「讚揚」，並對所謂的「迷信」（名詞）不屑一顧。這種態度，的確應該加以大力批判；然而，做為一種對待知識的態度與認知世界的方法，科學或許終究仍有其可取之處。在中文裡頭，做為「名詞」的「迷信」，意指宗教、術數、靈異等現象，它往往與「科學」做為對稱詞；然而，做為「動詞」的「迷信」，卻指的是一種「態度」，亦即一種不經批判、不經檢視便去「相信」的「信仰態度」。當人們若是抱持著這種態度，則不獨「宗教」可以被人們所「迷信」，就連「科學」也可以被人們所「迷信」。

吳新榮顯然不是這種「迷信科學」的「科學者」。因此，他的「科學觀」（包括「科學態度」、「科學方法」……等），不僅值得我們重視、甚至值得我們加以效法。但更重要的是：不論我們喜歡與否，亦不論其實質內容如何，所謂的「科學」確已進入我們的社會、文化與生活之中，此誠為一不爭的事實。我們姑不論科學及其相關的意識形態「應否」移植到臺灣，而是就「既成」的歷史事實，檢討科學及其相關的意識形態，在移植到臺灣的過程中，究竟出現過怎樣的問題。以個人為例，自認為「科學者」的吳新榮，在扮演這個他所認同的角色時，其間所曾出現的種種心理衝突、角色衝突乃至於文化衝突，在在反映出這種移植過程的困境。既然有所「妥協」，既然「方便隨順」，那麼，他所堅持的信念，恐怕就不能免於要被他人「解讀」、甚至於被「扭曲」。

事實上，從「科學者」吳新榮不停奮戰的一生中，我們所閱讀到的，是強烈而深重的無力感。因此，我們不禁要懷疑：百餘年前即已「進入」臺灣的科學，是否已真正的在臺灣「生根」了？還是套句吳新榮的話來

說：當今科學之所以是「少數人的佔有物」而讓「大眾缺乏正確的眼光」，乃是「因為大眾被愚民化的結果」？吳新榮這個活生生的例子，值得我們再三的反芻與思索；並且，我們也深切期待這個研究，能夠為「西方科學在臺灣」此一研究課題，奠下一可資省察的基礎。

——選自《輔仁歷史學報》第 13 期，2002 年 6 月

由《吳新榮日記》看沖繩人的疏散體驗

◎松田良孝*
◎張良澤譯**

一、前言

太平洋戰爭末期的 1944 年秋，日本國內最接近臺灣的沖繩縣，有
11,448 人避難於臺灣。[1]接納這個「臺灣疏散」的沖繩人最多的臺南州（含
蓋現在的臺南市、臺南縣、嘉義縣、雲林縣等區域）。吳新榮日記中記載
「從琉球來的疏散民有二百餘人被分配到佳里，明日起將抵達。」（1944
年 9 月 5 日），指的就是這個「臺灣疏散」的事。

不用說，所謂「疏散」，就是把生命或重要的東西移往安全的地方保護
著。但是閱讀吳新榮日記，得知 1944 年 10 月的「臺灣沖航空戰」（臺灣海
空戰）時，臺南州周邊受到聯軍的頻繁攻擊。要保證疏散者的安全實有困
難。為此，吳新榮把自家的防空壕開放給沖繩的疏散者。從沖繩避難而來
的人們，其實不該稱為「疏散者」，而是災民吧。「臺灣疏散」與其說是確
保沖繩人的安全，不如說是把他們捲入臺灣的戰火。

本稿以「疏散」為關鍵詞，透過吳新榮的 1944 年及 1945 年日記，探
究沖繩人在臺灣所體驗的戰爭實態。

---

*日本《八重山每日新聞》記者。
**發表文章時為真理大學臺灣文學資料館館長、臺灣文學系系主任、《臺灣文學評論》雜誌主編兼
　發行人，現為真理大學臺灣文學資料館名譽館長。
[1]〈無緣故疎開セル沖繩島民ノ送還二関シ嘆願ノ件（為請願關於無緣故疏散琉球島民之送還由）〉
　（國史館臺灣文獻館所藏）所示人數。唯一具體明記臺灣疏散人數的文件。

二、「臺灣疏散」

　　大日本帝國政府於 1944 年 7 月 7 日的臨時內閣會議，決定了把沖繩縣一帶的南西諸島的老弱婦孺共計疏散十萬人的計畫。分為從那霸等沖繩本島疏散八萬人到九州；從宮古地區（宮古島為主島）與八重山地區（石垣島為主島）疏散二萬人到臺灣。宮古地區與八重山地區合稱為「先島」。從這個先島遣移二萬人到臺灣，就是所謂的「臺灣疏散」。

　　決定疏散的這一天，正是在日軍塞班島淪陷的日子。受此打擊，大日本帝國政府才判斷沖繩與臺灣的戰況緊迫。基於此判斷，才會決定「臺灣疏散」。

　　二萬人規模的臺灣疏散計畫，實際上疏散到臺灣的到底有多少？可依據的資料是沖繩同鄉會聯合會[2]的與儀喜宣氏[3]於 1945 年 12 月向臺灣省行政長官陳儀所提出的〈為請願關於無緣故疏散琉球島民之送還由〉，此文件中提到「一萬一千四百四十八人」。[4]

　　另有 1945 年 8 月 15 日日本向聯軍無條件投降以後，有一份〈沖繩縣疏開者調〉資料，該文件提示 1945 年 9 月末殘留的人數是 8,570 人。[5]〈沖繩縣疏開者調〉是由舊日本軍第十方面軍（舊臺灣軍）於戰後改組的「臺灣地區日本官兵善後聯絡部」的涉外委員長諫山春樹[6]，於 1945 年 12 月 7

---

[2] 上述文件中，關於「沖繩同鄉會聯合會」，記述如下：「本會鑑於以上之實情得貴省秘書處長官之諒解以各州廳同鄉會為會員組織創立努力會員互相〔助〕及各官廳之聯絡以救濟指導此等窮民為目的而此對策即」。「以上實情」是指疏散者的窮狀，「貴省」是指「臺灣省行政長官公署」。沖繩同鄉會聯合會副會長安里積千代的著書《一粒の麦　米軍施下の四半世紀　八十年の回顧》記載該會成立經過。

[3] 與儀喜宣（1886～1948）：舊沖繩縣島尻郡具志頭村人。曾任臺灣總督府水產試驗場長、拓楊水產會社專務取締役。（參照又吉盛清著《日本殖民地化の台湾と沖縄》，1990 年）。

[4] 從沖繩疏散來臺的分為「無緣故疏開」與「有緣故疏開」。為了來臺灣工作賺錢而有親友可依的稱為「有緣故疏開」；無親無友而避難來臺灣的，稱為「無緣故疏開」。基於 1944 年 7 月內閣會議決定而疏散者，即屬「無緣故疏開」。無緣故疏散之後，寄身於親友處而成為「有緣故疏開」的情形也有。

[5]〈沖繩縣疏開者調〉（國史館臺灣文獻館所藏）明記無緣故疏開與有緣故疏開的人數。有緣故疏開的人數是依「推算而定」，但未說明推算方法。

[6] 諫山春樹以第十方面軍參謀長迎接終戰。1945 年 11 月 4 日「臺灣軍管區（臺北）」發出至急電報〈台湾疎開沖繩縣人帰還ノ件〉，雖為明示發信者的姓名，但由「臺灣軍管區參謀長」之階級判

日向陳儀提出〈為沖繩縣疏開來臺人民請予遣送及救濟由〉所附的資料。因為〈沖繩縣疏開者調〉所使用的公文沖紙印刷「陸軍」等字,故可視為舊第十方面軍或舊日本軍成為一體的臺灣總督府所結集的資料。

〈為請願關於無緣故疏散的琉球島民之送還由〉所提示的「一萬一千四百四十八人」,與〈沖繩縣疏開者調〉所提示的「八千五百七十人」之間,相差 2878 人。此差距的由來可視為從終戰到九月末自行返回沖繩的人數與在疏散地死亡的人數之總合。

三、疏散者往佳里

1945 年 9 月未還停留於臺灣的沖繩疏散者 8,570 人,分析其疏散地及各州人數如下表:

州	人數	%	疏開地
臺北	820	9.6	七星郡內湖庄內湖、文山郡新店街。
新竹	2,053	24.0	大溪郡龍潭庄黃泥塘、桃園郡龜山庄、桃園郡八塊庄八塊、苗栗郡公館庄、苗栗郡銅鑼庄。
臺中	2,232	26.0	南投郡南投街包尾、員林郡林街。
臺南	2,564	29.9	斗六郡斗六街、斗六郡斗南街、嘉義市西門町、東石郡六腳庄大塗師、東石郡朴子街鴨母寮、新營郡新營街、新營郡白河街冀箕湖、新營郡鹽水街、新營郡後壁庄烏樹林、新營郡番社庄、曾文郡六甲庄六甲、曾文郡大內庄二重溪、曾文郡麻豆街麻豆、北門郡佳里街、臺南市東門町。
高雄	901	10.5	
合計	8,570	100.0	

斷,可知是諫山的電報。同年 11 月 12 日,國府軍大將何應欽從南京打電報給臺灣省長官公署,電文內容相似。

- 上表各州人數係依據〈沖繩縣疏開者調〉1945 年 9 月末人數。
- 疏開地尚有未能確認之地名，故上表所示並非全部。
- 北門郡佳里街係根據吳新榮日記首次確認。
- 北門郡佳里街之外，全依據大田靜男著《八重山の戰爭》（1996 年）及松田之
  調查（2005～2007 年）。
- 《八重山の戰爭》中，有下列三處無法判定地域：
  一、「車路軒」可能是「永寧庄車路墘」或「仁德庄車路墘」。
  二、「官田庄社」可能是「官田庄社子」。
  三、「湖口」可能是「北湖郡口湖庄」。

【譯者按：疏開地一欄，原文未分州屬，今略做調整，分別列於州下。】

　　其中列舉北門郡佳里街的疏散地，就是在吳新榮日記中首次發現的。
吳新榮日記具體記載疏散的佳里的日期、人數，是很難得的資料。

　　明記疏散狀況的資料，迄今只發現兩種：一為臺南縣麻豆鎮[7]，一為南
投縣南投市。[8]兩者都是依據向公所提出的「寄留登錄」而調查其人數與疏
散時期。可是南投市的情形有證言說是集體移動，但「寄留登錄」卻分成
幾批，而且死亡者竟也存在於「寄留登錄」，足見根據「寄留登錄」來把握
疏散日期及疏散人數，是有一定的限度。

　　疏散到佳里的人們也可能集體抵達後，再分成幾個時期而做成「寄留
登錄」也說不定。但根據吳新榮日記，明記二百餘人於 1944 年 9 月 6 日一
齊到達。此日記不受「寄留登錄」之限制，而能把握疏散者的行動。

---

[7]根據詹評仁 2006 年的調查：1944 年 11 月至 1945 年 12 月止，寄留登錄來臺南州曾文郡麻豆街的
沖繩疏散者 314 人。其地域分別為八重山郡＝241 人，宮古郡＝54 人，島尻郡＝13 人，首里市＝
2 人，那霸市＝4 人。出生於麻豆街者 7 人，死亡者 33 人，死亡率為 10.5%。。
[8]根據松田 2006 年調查：閱覽南投市戶政事務所戶籍登記簿，1944 年後半轉入者 37 戶，計 147
人。出生於南投市者 3 人，死亡者 12 人，死亡率為 8.2%。

四、沖繩疏散者多集中於臺南州

根據〈沖繩縣疏開者調〉，1945 年 9 月末殘留餘臺灣的疏散者 8570 之中，以停留於臺南州的人數最多，有 2564 人，占殘留人數 29.9％。（見上表）

為什麼多集中於臺南州呢？

當時為政者如何選定疏散地？其意志決定的過程迄今不明。但我們可想當局必有考慮到要給疏散者工作的場所。

1938 年（昭和 13 年）制定了國家總動員法，其中說明「國家總動員」是「戰時之際為達成國防目的且最有效發揮國家全力統籌運用人力及物力資源之謂也」。基於此，可知透過疏散而重新配置勞動力，以求更高的生產力的一面。給疏散者工作場所，亦可減輕行政單位支援疏散者生活的成本。

臺南州因嘉南大圳而充實了農業生產基礎，農產物的加工工廠亦甚發達。不難想像為政者看中這些工廠當做「疏散者工作場域」。

1944 年秋，從石垣島疏散到新營，而住進鹽水製糖會社新營製糖工廠的員工宿舍「希望莊」的一位女性（當時 26 歲）說：「抵達希望莊，得知要住進六疊榻榻米的房間，大家高興得不得了。不知道這是臺灣人疏散逃避之後留下來的房間而大為高興。」[9]

由於戰火或徵用至前線，造成工廠勞動力之不足，結果沖繩的疏散者被投入其空缺。吳新榮日記 1944 年 1 月 12 日記載「臺灣南部首次空襲」、「新營郡的鹽水附近受到輕微損害」，顯見這位女性到達新營之前，新營周邊已成攻擊目標。

這位女性其後跟石垣島來的人一齊再疏散到臺南州新營郡白河街冀箕湖，在此迎接終戰。

---

[9] 松田於 2005 年在石垣島市內的口述調查。

五、疏散地的災害

　　吳新榮所住的佳里是臺南州的一角，成了接納沖繩疏散者的一地方。
日記中有關沖繩疏散者的記載，除了上述「從琉球來的疏散民二百餘人被
分配到佳里，明日起將抵達」之外，另有同年 10 月 15 日「說到小雅園，
自從空襲以後就已開放給琉球的疏散民。提供了舊防空壕，竟然住進了五
個家庭三十餘人。」

　　此處之「空襲」，是指 10 月 12 日開始的臺灣海空戰。照說疏散者可以
安全生活的臺灣，抵達之後的一個月就遭遇空襲，於是再從疏散地轉往新
的疏散地。

　　不過，以為佳里或臺南州各地突然於臺灣海空戰時受到戰火災害，那
是錯誤的想法。

　　吳新榮日記 1944 年 1 月 12 日記載「臺灣南部首次空襲」、「新營郡的
鹽水附近受到輕微損害」、「一時在月光下，帶著家族第一次躲進防空壕」。
8 月 15 日記「北門郡首次受到轟炸」。8 月 23 日記「臺南的岳母受到疏散
命令，今日連同家具一起搬來」、「戰爭的實感漸漸逼近了」。可見沖繩的疏
散者尚未抵達之前，佳里已高漲緊張感。

　　大約十天之後，沖繩疏散民就被分配來此。接著就是臺灣海空戰。亦
即臺南州一帶戰況惡化中，來到佳里。

　　從 1944 年 1 月至 1945 年 8 月 15 日止，吳新榮日記詳細記載各街庄的
受害情形。總共有「新營郡鹽水等臺灣南部」、「北門郡」、「佳里街」、「西
港庄」、「臺南市」、「將軍庄」、「北門庄」、「曾文郡麻豆街」、「嘉義地區」
共九處。

　　有沖繩疏散民的地方是新營郡鹽水街、佳里街、麻豆街、嘉義地區，
可知受到聯軍攻擊的九處之中，近半數是疏散地。

　　從吳新榮日記中出現的戰爭與疏散的情形看來，不論是沖繩的疏散民
或是長久居住的臺灣人，都是恐懼戰爭的受害者。

臺灣海空戰第二天，即 1944 年 10 月 13 日，吳新榮開始具體考慮自己家族的疏散問題，寫道：「萬一在遭受空襲的情況下，當避難於將軍（本家）、下營（徐清吉）、北門（張善惠）、麻豆（李自尺）、白河（黃寄珍）等處。」10 月 22 日記「隨著戰爭之苛烈，從臺南疏散而來的親戚朋友愈來愈多」。可見臺灣海空戰帶給臺灣人很大的衝激。

吳新榮日記中，提到「疏散」的記述，從 1944 年 8 月 23 日的「岳母疏散」開始，到終戰的 1945 年 8 月 15 日止，共有 16 次。而最後一次的 1945 年 6 月 25 日，記曰：「與庶務課長福岡碰面，他說正找尋公所的轉移地點，所以你們也該早些逃難才好。於是趕快調度牛馬（車），並準備疏散必用的衣物、器具、書籍等。」可見整個地域都已進入非拋離鄉土不可的地步。

16 次的記述中，統計其疏散地有佳里、白河、將軍、六甲、後營、加拔、番子田共七處。其中，佳里、白河、六甲的三處所也是琉球疏散者的避難地（見上表）。

臺灣人與沖繩人不僅同樣遭遇戰爭的恐懼，連疏散的體驗也一樣。

為了逃避戰禍而疏散到臺灣的沖繩人，在臺灣又遭遇戰禍，再轉移疏散地，此皆由疏散體驗者的證言而既知。而吳新榮日記所留下的臺南州周邊的戰災紀錄，可說是這些證言的佐證。讀了吳新榮日記的戰災紀錄，證實臺灣疏散不是「疏散」的真正意義，此乃勿庸置疑。

六、瘧疾

再看看吳新榮以醫師的立場，如何記述醫療與衛生方面的問題。

〈為請願關於無緣故疏散琉球島民之送還由〉指出疏散於臺灣的沖繩縣民 11448 人之中，有 10.2%即 1162 人死亡於臺灣。文中敘曰：「疏散地多屬偏僻之境因不習慣於地方風土而犯『瘧疾』者不斷出現」。有關瘧疾一事，另一文件〈為申請沖繩縣疏開民歸還輸送並救濟由〉中，也寫到：「因惡性『瘧疾』而死亡者不斷出現。」

威脅疏散者生命的，不僅是戰火而已。疏散地的衛生狀況實關係疏散者生命的重大問題。

這兩年的吳新榮日記中，提到瘧疾的有三處。

疏散者抵達佳里一個多月後的 1944 年 10 月 16 日寫著：「雖在空襲之下，來看病的患者不但沒有減少，反而因瘧疾的流行而增加。」此「空襲之下」就是開始於 10 月 12 日的臺灣海空戰。

疏散者抵達臺灣不久，就面臨了空襲與瘧疾。

終戰十天前的 1945 年 8 月 5 日，記載：「患者之多，令人感嘆。尤其瘧疾的蔓延猖獗更叫人戰慄。」

這時期，臺灣總督府於 1945 年 8 月 8 日公佈〈關於瘧疾防遏強行的報導要領〉，依此，臺灣總督府「緊急樹立」了〈瘧疾防遏強行對策要綱〉計畫，並規定 8 月 15 日至 31 日為「瘧疾防遏強行期間」。

與此關連的是，總務長官對報導機關發表談話：「今日，尤其是礦山、工廠、事業場、中南部生產疏散地等，瘧疾的猖獗漸趨嚴重，影響戰力甚鉅。因此徹底治療與防遏對策，是與對抗外敵一樣，刻不容緩的問題。」

可見臺灣總督府深刻感受到瘧疾的威猛，與吳新榮日記中的「叫人戰慄」，持有同樣的認知。

終戰後第 4 天的 1945 年 8 月 19 日，吳新榮日記寫道：「醫師會有特別配給規那粉」。可見瘧疾問題依然沒有解決。「規那」就是瘧疾特效藥「キ二ーネ」。

9 月 16 日記載吳新榮自己也於昨日感染了瘧疾。

戰爭結束了，但瘧疾並未結束。

根據疏散於南投市的寄留登錄分析之。疏散者 147 人之中，死亡於南投的有 12 人，其中 8 人死亡於戰後[10]。不能說全死於瘧疾，但根據臺灣人的證言[11]與疏散者的證言[12]，不難推察疏散者煎熬於瘧疾之狀。可以說疏散

---

[10]松田 2006 年調查。
[11]松田於 2006 年在南投市的口述調查。

者之死多多少少都與瘧疾有關。

　　從疏散者及其關係人的證言與紀錄，臺灣總督府對瘧疾的認知，以及吳新榮日記所示的臺灣衛生狀況，三者對照起來，明顯看出不論戰前或戰後，臺灣人與疏散的沖繩人都一直為瘧疾所苦。

七、期待於私人紀錄

　　以上是分析吳新榮日記，加深對臺灣疏散的認知。可歸納如下三點：

　　1.佳里為沖繩人的疏散地，具體明示其人數與抵達日期，是吳新榮日記的可貴之處。佳里成為疏散地的事實，是由吳新榮日記首次被發現的。

　　2.包括佳里，以北門郡為中心，記錄了臺南州的戰災，頗為可貴。為了逃避戰災而疏散到臺灣的沖繩人，於此又遭逢戰災而再移動疏散地，此乃為人所知，但詳細記錄戰災情形的是吳新榮日記。獲知疏散地發生怎樣的戰災，是探索疏散者的行動與境遇的重要情報。

　　3.吳新榮以醫師的立場，記述瘧疾猖獗，值得留意。疏散到臺灣的沖繩人 11448 人之中，有 10.2％即 1162 死於臺灣，其中因瘧疾而死的人不在少數。威脅疏散者生命的，不僅戰火而已。

　　關於「臺灣疏散」的調查，近年來顯示整體相關的資料逐漸明朗，而疏開地狀況的個別把握的情況也逐漸增多。關於後者，吳新榮日記所達成的效果極其重要。

　　至於疏散計畫的策定過程，或臺灣總督府以下的殖民地統治機構與疏散者之間的關係，幾乎尚未被解明。這是「臺灣疏散」調查中最落後的一個領域。做為支援疏散者組織的「島外疏開者共助會」與「戰時援護會」，是由國史館臺灣文獻編印的《暫時體制下的臺灣史料特展圖錄》下冊（2003 年 12 月）得知的，而日本方面幾乎沒人知道。兩組織的構造與功能迄今不明。[13]

---

[12]松田於 2005 年及 2006 年在石垣島市內的口述調查。
[13]《戰時體制下的臺灣史料特展圖錄》下冊收發的〈島外疏開者共助會〉與〈臺灣戰時援護會〉文

　　臺灣疏散迄今已 60 年以上。其整體解明進入困難的階段。此次發覺吳新榮日記對疏散研究極為有益，因而期待更多存留於臺灣的日記及個人史之類的私人紀錄，提供有關疏散研究的線索。

（作者現任日本《八重山每日新聞》記者）

【譯者按：在編輯《吳新榮日記全集》過程中，我發現任何一件簡短的記事，都可去挖掘出許多關聯的問題。譬如在 1944 年及 1945 年日記中，數處提到空襲中下有沖繩人及臺灣人的疏散事。因為 2006 年 6 月，松田良孝先生曾率團來訪麻豆疏散地，得識這位熱心調查戰爭問題的記者，我們便把這兩年日記校訂本寄給他。果然，他根據此日記的數條紀事，就挖掘出六十多年來未被發現的歷史真相。既見松田先生功力之深，亦證吳新榮日記之真價。喜甚！】

件，係桂田文史工作室所藏。松田於 2007 年 4 月及 5 月往桂田文史工作，閱覽資料，確認〈島外疏開者共助會〉關連文書 12 件，〈臺灣戰時援護會〉關連文書 4 件。（臺北：國史館臺灣文獻館，2003 年，12 月）

【附圖】

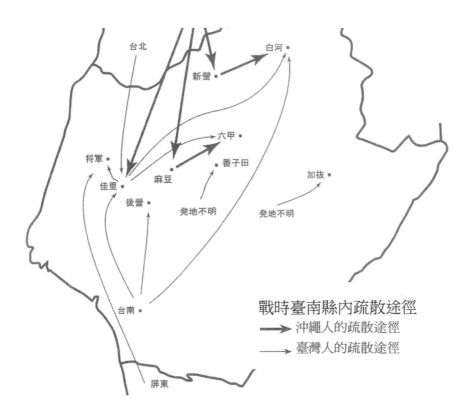

戰時臺南縣內疏散途徑
━━▶　沖繩人的疏散途徑
━━━　臺灣人的疏散途徑

・臺灣人的疏散途徑係根據《吳新榮日記》所載。

・沖繩人的疏散途徑之中,往佳里方向的係根據《吳新榮日記》所載。

・沖繩人的疏散途徑之中,往新營與白河的是同一集團,先疏散到新營而後轉往白河。另一支往
　麻豆與六甲的也是同一個集團,先疏散到麻豆,而後轉往六甲。此項係根據松田之採訪調查所
　得。

——選自《臺灣文學評論》第 7 卷第 4 期,2007 年 10 月

致　吳新榮先生（代序）

◎張良澤[*]

吳新榮先生冥福：

　　我雖然不認識您，但由於臺南名醫蔡瑞洋先生的引介，認識了您的繼室英良夫人及您的三哲嗣南圖兄，而受託編輯了您的遺文。以您的「琱琅山房」名義，私家出版了《震瀛回憶錄》、《震瀛採訪錄》、《震瀛追思錄》（合稱「震瀛三錄」。倘加上您生前自編的《震瀛隨想錄》，則合稱「震瀛四錄」），於您逝世十週年的 1977 年 3 月 27 日，舉行盛大的追思會。再於 1981 年 10 月，編輯了《吳新榮全集》共八卷，由遠景出版事業公司問世。所以雖未拜謁過您，但您的音容已深深烙印在我心中。

　　您往生於 1967 年春（享年 60 歲），那時我正好考入日本關西大學大學院（28 歲）。假若我能早些關心臺灣文獻，或早些接觸日治時代的臺灣文學的話，那麼我一定會在您生前就去拜訪您，聆聽您一生多采多姿的故事。

　　為了彌補我人生的一大缺憾，所以積極地編刊了您的遺文，更將您半生的日記隨時放在我書房。

　　那時為了編輯「震瀛三錄」，南圖兄允許我進出您的書房。當我看到您的書桌上疊了高高的一堆日記，如獲至寶，便要求南圖兄（您的文學遺產皆由南圖兄接管，而他正在金門當醫官，見面不易）讓我影印。他答應讓

---

[*]發表文章時為真理大學臺灣文學資料館館長、臺灣文學系系主任、《臺灣文學評論》雜誌主編兼發行人，現為真理大學臺灣文學資料館名譽館長。

我全部帶回家，且負擔影印費用。當時我任教的成大中文系，只有文學院
院長室購置一部影印機，我申請自費影印。您的日記簿雖然每本都由您親
手穿線裝訂起來，可是那薄薄的、粗劣的宣紙經過長久歲月，甚至有的從
地下挖出來之後，有黏在一起的，有破損的，我都要細心地一頁頁分開而
影印，所以前後大約花了半年工夫，全部印完之後，再一張張折疊，按照
您的分冊法，送去專門店裝訂兩套，共得 1933 年（昭和 8 年）至 1967 年
（民國 56 年）的 33 年分（1934 年及 1945 年缺）日記。一套連同原稿交
還南圖兄，一套由我自行保管。從此，這套日記影印本就跟著我於 1978 年
底從成大搬到日本的筑波大學；1990 年再由筑波搬到八王子市的共立女子
大學。來到共立女子大學之後，教員可任意使用最新型的影印機（可把模
糊的原稿變得更清晰），我就把碳粉開始駁落的日記影印本拆開來，重新影
印一套，並分一年一本，重新精裝燙金字。

　　旅日 25 年間，無一日不想把這套日記公之於世。數次在日本的學會上
演講吳新榮文學時，都提到此日記之重要性。果然有兩家出版社曾來洽
談，但都因怕賠本而作罷。某日，南圖兄來函稱：某日人年輕學者願意摘
錄一部分交給出版社出版。問我意見如何？我說：日本出版商只想取其精
髓，而無意呈現全貌；這是臺灣人的文化遺產，何必任人宰割？臺灣人有
志氣的話，就應自己全部出版。我知道這大部頭的書，靠民間出版社是不
可能的；而政府何時願意出錢做文化事業？實難以期待。不過，我相信總
有一天臺灣人會重視自己的文化，而政府也不得不聽從人民的聲音。

　　眼看陳水扁政府大局穩定之後的 2003 年 8 月 21 日，我約了南圖兄、
張炎憲兄（國史館館長、吳三連臺灣史料基金會董事）、劉峰松兄（臺灣文
獻館館長），一同到文建會，拜訪黃武忠處長，當面向武忠兄「陳情」出版
此日記的重要性。武忠兄是內行人，又是熱血心腸，即刻答應全力爭取經
費。果然不久就交由臺南國家文學館（館長林瑞明兄）招標，2005 年元
月，我代表擁有日記原稿（南圖兄早已把吳新榮藏書及遺稿全部捐出）的
吳三連臺灣史料基金會出席說明企畫案，幸得審查通過，我即受命正式開

始作業。（其實於 2004 年就開始打字了。）

吳新榮先生：

　　等待了整整三十年的夢，終要實現了，您知道我多麼興奮嗎？當年您每天勤奮地寫日記（有時忙不過來時，就幾天合併一起寫），也許您不想讓外人知道您的隱私，也許您只想做為個人人生的借鑑而私下反省的材料，也許您只想做為日後寫回憶錄的參考資料，總之，您大概不會想到有一個仰慕您的人要把它全部公之於世吧。

　　我之所以那麼珍愛這套日記，理由很簡單——

　　第一：我自己曾幾次下過決心要寫日記，可是每次只寫「新年新希望」，沒幾天就把精美的日記簿束之高閣。所以看到您連續寫了三十多年的日記（後來才知道您從 16 歲起就開始寫日記，則前後四十多年矣），就令我佩服得五體投地。

　　第二：臺灣的前輩作家很少留下日記的（不知是沒有寫還是日後燒毀？）；有的話，也很單薄。我看日本作家大多有寫日記的習慣，而且「日記文學」成為日本文學的一大特色。所以我意圖拿您的日記來開闢臺灣文學的新領域——「日記文學」。

　　第三：您做為一位鄉下醫生，每天忙著看病人以維持大家族的生計之外，又要忙著交際應酬、打麻將，有時也會偷偷去風流；您又愛看書，愛寫作，愛吃鱔魚麵，愛看電影，愛種花木，愛養家禽；後來又將大半精力投注於地方文史之採訪。看您每天都忙得團團轉，可是您總不忘把一天的所作所為、所見所思記錄下來。只因您忙得無暇讓您思索如何修辭裝飾，所以更顯得句句真言。雖然有些地方您不便明講（大概怕您的妻室偷看而引起家庭風波，或再度被官方查封而引來殺身之禍），但都點到為止，反而留給讀者想像的空間。要之，我讀了您的日記，就像讀一部波瀾壯闊，有高潮有低潮，情節真實而感人的大河小說。這也是我尊為臺灣日記文學之祖的理由。

第四：日記當然是記錄每天生活的瑣事，可是這些瑣事連貫了三十幾年之後，就成為珍貴的「史料」。而且這部「史料」記錄了從日治時代的繁榮期進入戰爭期，轉入戰後的動亂期，到國民黨專制的苦悶期為止。這段期間是臺灣史上變動最劇烈的時代，您不幸而生於此時代，但也有幸留下這些時代的證言。

第五：因此，這部日記除了文學價值之外，它的歷史價值更勿庸置疑。今後舉凡研究 1930 年代到 1960 年代的「臺灣個人史」、「臺灣家庭史」、「臺灣文學史」、「臺灣社會史」、「臺灣政治史」、「臺灣經濟史」，乃至「南瀛文獻史」、「臺灣物價波動史」種種，都可以從這裡取得最可信的材料。

第六：此日記使用語言有臺語、漢語、日語、外來語，亦有臺灣化的日語、日本化的臺語、臺漢混合語等多種，不但印證了臺灣語言變化的軌跡，而且保留了臺灣語言豐富的辭彙，所以此日記又多了一項「語言學價值」！

吳新榮先生：

我不願盲目地崇拜一個人。我如果把您說得太完美，恐怕您在天之靈也會感到不安。既然您很忠實地記錄了您的人生，我也該忠實地把您的日記重現出來就好，有什麼價值，應該留給每位讀者自行判斷。不過，為了出版您的日記，我的確吃了很多苦頭。在此，我也要向您訴苦——

第一：您的字跡太潦草了。當然您是寫給自己看的，他人無權責怪您；再加上埋在土裡的關係，字跡變得模糊。我請了戴嘉薇女士（漢文部分）和傳田晴久先生（日文部分）打字，打得有夠辛苦的。無法判讀的字，我用放大鏡一字字地推敲，再請南圖兄、陳金胡兄、吳逸民先生等人確認之後，好不容易才確立了文本（text）。

第二：三十多年間，您走過多少城鎮與村庄，見了多少大人物與小人物，經歷過多少大事件與小事件。這些地名、人名、事件，倘不加註解，

則讀者無法了解其意義與價值。而我所知有限，便請了學有所專的詹評仁先生、鄭喜夫先生等二十多位相關人士來協助註解，可是仍有一些得不到答案的疑難。心想當年您為什麼不多加說明，給後人一些方便呢？

第三：其中八年分（1938～1945）的日文日記必須譯成中文。幸得您同鄉人的陳金胡學兄助我一臂之力，否則我不知要苦戰幾年？而我與陳金胡學兄同屬戰後世代的日文半吊子，要翻譯您們戰前世代的日文，可真沒有信心，因此常常請教日本友人。為求忠實又傳神，有時為一句話而苦思良久，其中辛苦不足為外人道也。

第四：最繁瑣的是錯別字的校對。無論校過幾遍，仍會遺漏。因此動員了我所能動員的人力，交叉校對，可是誰又能保證完整無缺呢？

第五：您的不朽之作〈亡妻記〉上下篇，雖已有中譯文，但我仍於1978 年重新翻譯一次（發表於「聯副」）。我一邊翻譯一邊掉淚，想像您與毛雪芬女士之鶼鰈情深，彷彿人間最美滿的一對夫妻。可是當我細校您的日記時，發現您們日常生活中的諸多齟齬，煞時令我「美夢」破滅！我怕很多人會跟我一樣對心目中的「偶像」大打折扣，且詹評仁先生、陳金胡學兄以及幾位厚道的審稿委員都勸我把有損及您們形象的部分刪掉。我考慮至久，並與南圖兄商量結果，還是堅持「隻字不改」的編輯原則。因為日記的最高價值在於「真」，如果我在「局部」動了手腳，恐怕影響「全部」的可信度。何況您也是一個普通人而非聖賢，更何況您一向主張做一個真實的「普通人」比做一個虛偽的「聖人」更難得。任何人都有「光明面」與「黑暗面」，而您的「光明面」固然可讓後人追求，但您的「黑暗面」更可讓後人自省。您該不會反對吧？

第六：最大的壓力是時間。為了趕上 2007 年 11 月 12 日您的冥誕百年紀念，主辦單位的國家文學館每半年就要審稿一次，每次都由五、六位教授們來審查。他們對「學術性」的要求很嚴，提出很多意見（諸如每條「註解」要註明出處），當然對我幫助很大，可是我又要跟時間競賽，逼得我快要發瘋。我想最重要的是把日記本文忠實地呈現出來，加以簡單註釋

即可；至於詳細解說、考證等研究工作就留給後人去做吧。

吳新榮先生：

　　以上言不及義的廢話講了一大堆，我想您也不想再聽了。就此打住。

　　最後，這套日記能順利出版，應該感謝所有參與工作的人，容我在末冊的〈編後記〉中詳細介紹。

　　　　　　　　謹頌

百歲冥福！

2007 年 11 月 12 日

晚輩　張良澤　拜

於真理大學麻豆校區

──選自張良澤總編《吳新榮日記全集 1（1933～1937）》

臺南：國立臺灣文學館，2007 年 11 月

吳新榮之左翼意識
關於「吳新榮舊藏雜誌拔粹集（合訂本）」之考察

◎河原功*
◎張文薰譯**

前言

以吳新榮（1907～1967）之舊藏書籍為基礎而設立的吳三連臺灣史料研究中心，因其在臺灣史料方面的豐富收藏，在日本的臺灣研究界亦廣為人所知。

吳新榮是在 1924 年自臺灣總督府商業專門學校豫科畢業後，於翌年進入日本岡山市金川中學校，1927 自該中學校畢業後轉赴東京，1928 年進入東京醫學專門學校。在同年度的東京醫學專門學校入學考試中，共有 4000 名考生應試，200 人合格；在 200 名合格者中，有 10 人為臺灣人。吳新榮於是發起組織臺灣人留學生團體「蒼海會」，並於 1929 年 11 月創刊發行文藝雜誌《わだつみ》（譯者註：發音為「wadatsumi」，語義為海神）。另又組織「東醫南瀛會」，於 1930 年 2 月發行《南瀛》；後來發展為「東京里門會」並在 1931 年 11 月創刊發行《會報》。在以上這些刊物中，可見吳新榮發表評論、散文、詩、漢詩等多數篇章。

身為臺灣青年會成員的吳新榮，不僅對文學感興趣，對於政治更極為關注。在長達七年的日本內地留學生涯中，所閱讀之雜誌不僅包含《改

---

* 發表文章時為日本成蹊高等學校教諭、日本大學文理學部講師，現為日本大學文理學部兼任講師。

** 發表文章時為臺灣大學臺灣文學研究所助理教授，現為臺灣大學臺灣文學研究所教授。

造》、《中央公論》等綜合雜誌，更對於《戰旗》、《勞動者》、《インタナショナル》（譯者註：「international」）、《政治批判》等左翼雜誌積極涉獵。甚至返臺於故鄉經營佳里醫院後，亦持續訂購閱讀《改造》、《中央公論》以及左翼文藝雜誌《文學評論》、《文學案內》、《詩人》等誌。

一、關於「吳新榮舊藏雜誌拔粹集（合訂本）」

在吳新榮之舊藏書籍資料中，存在著每冊厚約十公分、共計 19 冊的裝訂合訂本。其中雖亦有明確標記雜誌名稱出處者，但絕大部分之合訂本內容不僅未經分類，亦不見整理過之跡象，對於利用查閱者而言極為不便。尤其甚者，是將多部雜誌分解之後，再將其中一部分拼湊裝訂，乍見之下幾無秩序可言。但仔細檢視後，將可發現此合訂本做為研究資料之價值極高。此處且將此合訂本稱為「吳新榮舊藏雜誌拔粹集（合訂本）」。[1]以下即為其明細：

	冊名	編號
1	《1923～1931 會報集》	夢鶴藏書（829.99　7679）
2	《1927～1930 論說集》	夢鶴藏書（861.6　7449）
3	《1927～1930 記錄集》	夢鶴藏書（578.18　7499）
4	《1931～1932 國際問題・文化資料集》	夢鶴藏書（578.18　7534）
5	《1931～1932 隨筆・傳記・畫報・創作集》	夢鶴藏書（861.6　7775）
6	《1931～1933 拔粹集》	震瀛藏書（861.6　7349　v.1）
7	《1933～1936 拔粹集》	震瀛藏書（861.6　7349　v.2）
8	《1936～1939 創作集（上）》	（861.6　7769　v.1）
9	《1936～1939 創作集（下）》	（861.6　7769　v.2）

---

[1]此批資料不僅各自題名未成系列（如《論說集》、《記錄集》等），書籍編號亦不見連貫；本文為行文方便，僅在文中將其統稱為「吳新榮舊藏雜誌拔粹集（合訂本）」。

10	《1936～1939 紀行・隨筆集》	（861.6　7777）
11	《1936～1939 戰爭文學集》	（861.547　7476）
12	《傳記　中國・世界》	（781　754）
13	《臺灣文藝　自第 1 卷第 1 號至第 2 卷第 6 號》	
14	《臺灣文藝　自第 2 卷第 7 號至第 3 卷第 7、8 號》	
15	《臺灣新文學第 1 卷》	
16	《臺灣新文學第 2 卷、文學案內、其他》	
17	《文學案內第 1 卷第 2 卷上》	
18	《文學案內第 2 卷下》	
19	《雜誌 詩人 全》	

二、「吳新榮舊藏雜誌拔粹集（合訂本）」之概要

　　整體而言，「吳新榮舊藏雜誌拔粹集（合訂本）」是以綜合雜誌《中央公證》、《改造》所刊載之評論或報導記事為中心，同時包含其他文類如詩、小說，亦有照片與漫畫，甚至包含了雜誌的封面等。第二冊至第六冊的五冊中，收錄有大量剪輯自左翼雜誌之記事，資料價值甚高。而第七冊至第十二冊的六冊中，則是來自《中央公論》、《改造》、《文學評論》、《文藝》、《日本評論》等雜誌的評論、報導記事、創作。關於「吳新榮舊藏雜誌拔粹集（合訂本）」，研究者如呂興昌與林慧姃等皆曾在論文中提及[2]，但皆僅止於介紹此部資料的存在，並未對其進行分析。主要原因應為「吳新榮舊藏雜誌拔粹集（合訂本）」中剪貼資料的出處難以一一辨明。

　　各冊之內容略如下：

---

[2] 呂興昌，〈吳新榮「震瀛詩集」初探〉，《吳新榮選集（二）》（臺南：臺南縣立文化中心，2003 年），頁 237～238。林慧姃，《吳新榮研究》（臺南：臺南縣政府文化局，2005 年）。

1 《1923～1931 會報集》

由吳新榮在學期間之臺灣總督府商業專門學校校友會《會報》第 4 號、金川中學校自敬會《秀芳》第 30 號、東京醫學專門學校蒼海會《わだつみ》創刊號、東京醫學專門學校內之東醫南瀛會《南瀛》創刊號及第 2 號與第 3 號、東京里門會《會報》創刊號合訂而成。從這些雜誌所刊載之作品，可窺知青年時期吳新榮之樣貌。本冊題名雖為始自 1923 年，但觀其內容年代最早的實為 1927 年 3 月所出版之臺灣總督府商業專門學校校友會《會報》第 4 號。

2 《1927～1930 論說集》

在剪輯《改造》、《中央公論》所刊載之評論與報導記事的同時，亦收集包括《勞動者》、《大眾》、《インタナショナル》、《政治批判》、《戰旗》、《臺灣》、《新臺灣大眾時報》等誌之評論與報導記事；甚至包括《學生運動》、《大眾》、《政治批判》、《農民運動》、《勞農》、《現階段》、《閃火》、《大學左派》、《プロレタリア》（譯者註：「普羅列塔利亞」）、《ナップ》（譯者註：「納普」）、《新臺灣大眾時報》等之〈創刊辭〉與〈宣言〉等。這些雜誌不僅在臺灣，連在日本內地皆頻遭禁止發行，因此其資料價值之高自不在話下。其中年代最早者為布施辰治〈臺灣統治問題所感〉，收錄於 1924 年 4 月發行之《臺灣》5-1。

3 《1927～1930 記錄集》

以《改造》、《中央公論》、《戰旗》誌上的評論與報導記事為中心，並包含一部分《インタナショナル》、《勞動者》、《農民運動》、《政治批判》、《ナップ》誌上的評論與報導記事。以《戰旗》為首之諸雜誌頻遭發行禁止，因此資料價值甚高。另一方面，本冊包含許多雜誌之封面，計有《戰旗》17 冊、《改造》、《中央公論》、《政治批判》、《社會問題研究》、《社會思想》、《法律戰線》、《勞農》、《勞動者》、《農民運動》、《大眾》、《新興科學》、《インタナショナル》、《臺灣》、《現階段》、《學生運動》、《ナップ》、《文藝戰線》、《大學左派》、《閃火》、《プロレタリア》、《新臺灣大眾時報》等共 29 份。其中《新興科學》（朝鮮語雜誌）、《閃火》在日本國會圖書館與大學圖書館中皆未見。與布施辰治關係密切的《法律戰線》，在日本國內圖書館中收藏亦甚稀。

4 《1931～1932 國際問題・文化資料集》

包括《改造》、《中央公論》之評論與報導記事，以及《プロレタリア科學》、《產業勞動時報》、《新臺灣大眾時報》、《ナップ》、《プロレタリア文

學》、《プロレタリア文化》、《前線》、《臺灣文學》、《曉鐘》、《臺灣社會經濟》、《プロレタリア詩》、《大眾の友》、《反宗教鬥爭》、《インタナショナル》誌上之評論與報導記事,其中亦有部分發行遭禁者,資料價值甚高。

5《1931～1932 隨筆・傳記・畫報・創作集》

為《改造》、《中央公論》、《プロレタリア文學》、《臺灣文學》、《戰旗》、《プロレタリア科學》、《ナップ》誌上之隨筆與傳記,《新臺灣大眾時報》、《戰旗》、《改造》、《プロレタリア文化》中之漫畫,《戰旗》、《新臺灣大眾時報》、《ナップ》、《大眾の友》、《改造》上之照片,《戰旗》、《プロレタリア文學》、《曉鐘》、《プロレタリア詩》、《改造》、《ナップ》所登之詩與小說;加上《戰旗》、《新臺灣大眾時報》、《前線》、《反宗教鬥爭》、《プロレタリア科學》、《ナップ》、《プロレタリア文學》、《プロレタリア文化》、《大眾の友》、《プロレタリア詩》、《東京磺溪會會詩》、《臺灣文學》、《臺灣社會經濟》、《インタナショナル》等共計 22 冊的封面。《東京磺溪會會誌》是被內務省禁止發行的雜誌,目前亦不存於日本國內,以誌名判斷應為彰化出身之臺北醫專生所組織之「磺溪會」的相關雜誌,其存在引人側目。

6《1931～1933 拔粹集》

包括了《改造》、《中央公論》之評論、報導記事以及創作,中另含別冊為《新臺灣大眾時報》第 2 卷第 3 號、《プロレタリア文化》創刊號、東京里門會《會報》創刊號、東醫南瀛會《南瀛》第 4 號與第 5 號之合訂本。其中《新臺灣大眾時報》為每號皆被禁止發行之刊,價值貴重。

7《1933～1936 拔粹集》

《改造》、《中央公論》、《文學評論》、《文藝》雜誌中所刊載之評論與報導及創作。

8《1936～1939 創作集(上)》

《中央公論》、《改造》、《日本評論》中所刊載之創作。

9《1936～1939 創作集(下)》

《中央公論》中的創作

10《1936～1939 紀行・隨筆集》

《中央公論》、《改造》、《日本評論》中所刊載之紀行及隨筆。

11《1936～1939 戰爭文學集》

《中央公論》、《改造》所刊載之戰記文學與戰爭紀錄。

12《傳記　中國・世界》

收錄以《中央公論》為中心，《改造》、《日本評論》所刊載之中國、全世界、日本之話題人物的記事。

13 《臺灣文藝自第 1 卷第 1 號至第 2 卷第 6 號》

收錄臺灣文藝聯盟機關雜誌《臺灣文藝》，從創刊（1934 年 11 月）到第 2 卷第 6 號（1935 年 6 月）。「臺灣文藝聯盟」為 1934 年 5 月成立於臺中之全島性文藝組織，會員總數超過 400 名（其中在臺日本人為 70 名），對於日本統治期之臺灣新文學運動的發展具有重要地位。雜誌本身的保存狀態相當良好，可惜的是封面與封底皆被剝除。

14 《臺灣文藝自第 2 卷第 7 號至第 3 卷第 7、8 號》

收錄《臺灣文藝》自第 2 卷第 7 號（1935 年 7 月）至第 3 卷第 7、8 號（1936 年 8 月），保存狀態亦佳，但亦缺封面與封底。其中第 3 卷第 1 號欠落，是由於發行禁止之故。

15 《臺灣新文學第 1 卷》

由楊逵主導之《臺灣新文學》自創刊號（1935 年 12 月）至第 1 卷第 9 號（1936 年 10 月），以及其間發行之《新文學月報》1（1935 年 12 月）與 2（1936 年 3 月）裝訂而成。《臺灣新文學》之創刊，起因於楊逵與賴和、賴明宏對於臺灣文藝聯盟心生不滿，為求臺灣新文學之同上發展，因而於臺中另創新誌。此處之《臺灣新文學》保存狀況甚佳，但不見封面與封底，以及缺遭發行禁止之第 1 卷第 10 號為其缺憾。

16 《臺灣新文學第 2 卷、文學案內、其他》

收發《臺灣新文學》自第 2 卷第 1 號（1936 年 12 月）至第 5 號（1937 年 6 月），以及《文學案內》第 1 卷第 4 號（1935 年 10 月）、第 3 卷第 1 號（1937 年 1 月）之合訂本。所謂的「其他」是指由其他雜誌所剪輯而下之篇章，包括《改造》、《中央公論》所刊載之詩歌、照片，以及美術、醫學、科學等相關報導。

17 《文學案內第 1 卷第 2 卷上》

收錄《文學案內》自第 1 卷第 4 號（1935 年 10 月）至第 2 卷第 5 號（1936 年 5 月），可惜的是封面與封底皆被剝除。雖不見由創刊號至第 1 卷第 3 號，但此三冊是所謂「準備號」刊物，份量甚薄，連日本國內之圖書館亦甚難得見。

18 《文學案內第 2 卷下》

收錄《文學案內》自第 2 卷第 6 號（1936 年 6 月）至第 12 號（1936 年 12 月），封面與封底皆被剝除。

> **19《雜誌詩人全》**
>
> 收錄《詩人》自第 3 卷第 1 號（1936 年 1 月）至第 10 號（1936 年 10 月）
> 之全十冊。之所以為第 3 卷全十冊，是因為《詩人》是做為《詩精神》
> （1934 年 2 月～1935 年 6 月　全 21 冊）之後繼而發刊之故。此系列雜誌
> 為《文學案內》之姊妹雜誌，亦具普羅列塔利亞文藝雜誌性格。在裝訂為
> 合訂本之際，其封面與封底皆已被剝除。

吳新榮由雜誌上所剪輯之評論、報導記事、創作（小說、戲曲、詩歌）總數達 860 篇（含第 16 冊《臺灣新文學　第 2 卷、文學案內、其他》之「其他」部分）、照片 441 枚、漫畫 59 頁、雜誌封面 68 冊份。在經過調查比對後，其近全數之出處已可辨明[3]，相信能對於解析吳新榮之思想來源有一定貢獻。

在雜誌合訂本方面，如《臺灣文藝》與《臺灣新文學》，在臺灣其他場所皆多少出現欠號，但「吳新榮舊藏雜誌拔粹集（合訂本）」除了發行禁止部分外全數收藏，其完整性因此格外珍貴。而可謂日本普羅文學運動最後餘暉之《文學案內》雜誌，雖亦有部分欠缺，但如此豐富完整之收藏狀況即使在日本國內亦罕見匹敵；「吳新榮舊藏雜誌拔粹集（合訂本）」中尚且包含同樣由文學案內社所出之姊妹雜誌《詩人》全冊，堪稱可貴。

三、對「吳新榮舊藏雜誌拔粹集（合訂本）」之分析

以下將分別針對吳新榮之內地留學期間以及返臺之後的閱讀傾向，以「吳新榮舊藏雜誌拔粹集（合訂本）」為對象加以考察。

（一）內地留學期間（1925 年 10 月～1932 年 9 月）

其間閱讀對象包括：

雜誌名及其發行狀況	吳所閱讀號數
《改造》	計 21 號
《戰旗》（1928 年 5 月～1931 年 12 月　全 41 號）	計 21 號

---

[3]剪輯而來之論文、報導記事、創作共計 860 篇，以及漫畫計 59 頁的出處已全數解明。唯共計 441 頁的照片中有 2 頁之出處尚未能得知。

《勞動者》（1926 年 12 月～1928 年 3 月　全 14 號）　計 10 號

《インタナショナル》（1927 年 2 月～1933 年 9 月　計 8 號
約 90 號）

《政治批判》（1927 年 2 月～1929 年 2 月　全 13 號）　計 6 號

《中央公論》　計 6 號

《プロレタリア科學》（1929 年 11 月～1933 年 10 月　計 5 號
全 53 號）

《新臺灣大眾時報》（1930 年 12 月～1931 年 7 月　全　計 5 號
5 號）

《ナップ》（1930 年 9 月～1931 年 11 月　全 16 號）　計 4 號

《プロレタリア文化》（1931 年 12 月～1934 年 1 月　計 3 號
全 18 號）

《プロレタリア文學》（1932 年 1 月～1933 年 1 月　計 2 號
全 20 號）

《文藝戰線》（1924 年 6 月～1932 年 7 月　全 95 號）　計 2 號

《大眾》（1926 年 3 月～1927 年 10 月　全 18 號）　計 2 號

《農民運動》（1927 年 4 月～1928 年　全 14 號）　計 2 號
其他

《臺灣》、《東京礦溪會會誌》、《新興科學》、《學生運　各 1 號
動》、《法律戰線》、《社會思想》、《勞農》、《社會問題
研究》、《現階段》、《閃火》、《大學左派》、《プロレタ
リア》、《前線》、《プロレタリア詩》、《大眾の友》、
《反宗教鬥爭》、《臺灣社會經濟》、《臺灣文學》、《曉
鐘》（以上於臺灣發行）

以上即是吳新榮於留學日本的七年之間所閱讀、收集進而剪輯，遂成今日
所見「吳新榮舊藏雜誌拔粹集（合訂本）」之雜誌明細；以《改造》、《戰

旗》[4]為首，共有 33 種合計 116 冊之雜誌。

　　觀其內容，除了《改造》、《中央公論》為綜合雜誌外，其他皆為左翼
雜誌。其中多數在日本國內遭發行禁止，更多是在日本國內雖可發行，在
臺灣島內卻為總督府所禁者，因此可說幾為不得見於臺灣島內之雜誌。其
他如《新臺灣大眾時報》，則是無論在日本內地或臺灣島內皆被禁止之誌。
吳新榮即使對綜合雜誌亦不失興趣（其中尤好《改造》），但《改造》、《中
央公論》合計亦不過 27 冊。單純以冊數計算亦可知，吳新榮對於左翼雜誌
《戰旗》、《勞動者》[5]、《インタナショナル》[6]、《政治批判》[7]顯現了非比
尋常的關心，與其他左翼雜誌合計高達 89 冊；可看出吳新榮對於左翼雜
誌，特別是共產主義系之刊物興趣濃厚。尤其甚者，是對於左翼雜誌之封
面的詳盡收藏，數量高達 68 份，其中為創刊號者有 15 份。由此可推知吳
新榮常流連於書店，對於被禁止發行之左翼雜誌亦運用各種管道務求取
得。[8]吳新榮所抱持左翼意識之強烈，在具內地留學經驗之臺灣知識分子間

---

[4]《戰旗》（1928 年 5 月～1931 年 12 月，全 41 冊），為「日本普羅列塔利亞藝術聯盟」（簡稱「普羅藝」）與「前衛藝術家同盟」（簡稱「前藝」）合併為「全日本無產者藝術聯盟」（簡稱「納普」）之後，所新發刊之機關雜誌。此後共產主義系的「納普」與社會民主主義系的「勞農藝術家聯盟」之對立，便反映在其各自之機關雜誌《戰旗》與《文藝戰線》之上。但《戰旗》急速成長，其發行數量甚至遠超過一般文藝雜誌《新潮》，已非《文藝戰線》所能及。發行期間遭遇 18 次的禁止發行令，但皆立即以發行「改訂版」因應對抗之。

[5]《勞動者》（1926 年 12 月～1927 年 4 月，全 14 冊），為重組過程中之日本共產黨，糾集勞動組合內之左翼活動分子，於 1926 年 9 月祕密發行之機關誌。在無產階級運動分為左中右三派彼此競爭、相互對立同時將運動推向高峰之此時期，扮演左翼勞動運動之理論領導地位。

[6]《インタナショナル》（1927 年 2 月～1933 年 8 月），由產業勞動調查所所刊行（於東京編輯，京都弘文堂印刷）。在日趨嚴苛的取締下，幾乎每號發行皆被禁甚至沒收。因主要編輯工作人員接連下獄，1933 年 8 月之第 7 卷第 9 號成其絕響，全數約發行 100 號。根據復刻版中高山洋吉之解說，其目的在於「由當時進步知識分子與學生們主導，透過共產國際（Comintern）及其分部之各國共產黨機關雜誌上所刊載之言論資料，向日本讀者宣揚傳布普羅列塔利亞國際主義」（刀江書院復刻，1973 年 7 月）。產業勞動調查所是由與日本勞動總同盟關係密切的野坂參弍於 1924 年 3 月所設立。

[7]《政治批判》（1927 年 2 月～1929 年 2 月，全 13 冊）。為產業勞動調查所之年輕所員所刊行之政治理論雜誌。

[8]如吳新榮常讀之《インタナショナル》第 7 卷第 1 號（1933 年 1 月）封面內側載有如下廣告：「給愛好左翼出版物的您！敝社開設零售部、洋書部。並備齊左翼出版物。居住在東京者敬請來社，設居於他地者可利用轉帳劃撥，前來訂購。東京市神田區表猿樂町二番地　希望閣」可知當時存在著專門陳列左翼雜誌之書店，且接受劃撥訂購。但可以想見店家與來客皆必須謹慎閃避警察之監視。

亦屬特出。

（二）歸臺時期（1932 年 9 月～1939 年 6 月）

雜誌名及其發行狀況	吳所閱讀號數
《中央公論》	計 27 號
《改造》	計 8 號
《文學評論》（1934 年 3 月～1936 年 8 月 全 31 號）	計 4 號
《文學案內》（1935 年 7 月～1937 年 4 月 全 22 號）	計 15 號
《詩人》（1936 年 1 月～1936 年 10 月 全 10 號）	計 10 號
《文藝》	計 2 號
《日本評論》	計 1 號

　　留學歸臺之後，「吳新榮舊藏雜誌拔粹集（合訂本）」中所收錄的雜誌種類明顯減少。流通於臺灣的雜誌本就不似內地般繁多，其主要原因之一為臺灣特有之「檢閱」制度，阻礙雜誌與書籍的通行。在制度條文上，臺灣與內地之「檢閱」並無重大差異；不同的是其檢查基準遠遠嚴格於內地，甚至設下多重關卡篩檢。無論是發行於臺灣島內，甚或來自島外者皆為總督府嚴格監控的對象；只要是為政者判斷對於施政有害者，皆不讓包含在臺日本人在內之臺灣住民有接觸閱覽的機會。一旦被認定是對於臺灣總督府有害之刊物，以英文或中文書寫者即禁止進口，即使原先在內地可以合法發行之報紙雜誌或出版品，皆立即禁止移入島內。[9]

　　吳新榮返臺後的一段期間內，對於《中央公論》呈現濃厚興趣，甚至以持續訂購方式取得。「吳新榮舊藏雜誌拔粹集（合訂本）」中可見自 1937年 6 月至 1939 年 6 月的二年之間，《中央公論》循號皆有文章被剪輯收錄。但為何內地留學時期對於《改造》興趣較濃，返臺後卻轉為《中央公論》之原因不明。或許與此時期之《中央公論》之方針有所調整，呈現反而較《改造》偏激之面貌，因此在臺灣禁止發行數增加有關，遂吸引吳新

---

[9]詳見拙稿〈日本統治期台湾での『検閲』の実態〉，《東洋文化》第 86 號（2006 年 3 月）。

榮的注意。但必須註明的是，單從剪輯記事無法判斷吳新榮是自內地直接訂閱，或從臺灣書店購買《中央公論》。

唯可以確知的是《文學評論》、《文學案內》、《詩人》等誌絕非自臺灣之書店取得，而是透過特殊管道由內地郵寄得來。如《文學評論》第 1 卷第 8 號（1934 年 10 月）刊載有入選小說徵選之楊逵代表作〈送報伕〉。但本期《文學評論》正因〈送報夫〉內容涉及批判臺灣總督府而遭禁止發行。故「吳新榮舊藏雜誌拔粹集（合訂本）」所收錄的〈送報伕〉絕非臺灣書店所能取得。而《文學案內》是普羅文學運動最後之文學雜誌，因為誌中屢屢呈現對於朝鮮、臺灣、滿州等地之同情與關心，因而頻遭臺灣檢閱制度所阻。同時《文學案內》之姊妹誌《詩人》，因致力於介紹歐美、蘇聯、中國等海外詩壇而成為普羅文學運動之重要據點。能夠同時完整收羅此「最後的普羅文學雜誌」之《文學案內》與《詩人》，可想見吳新榮必然是自內地直接請人郵寄而得來，甚至可大膽推測其是直接向文學案內社密購。

四、結語：吳新榮之左翼意識

在留學期間接受日本左翼思想、左翼文學洗禮之吳新榮，即使於歸臺之後仍以此為精神食糧，與日本普羅文學同行至其劃下句點。在長達 15 年之間，藉由合訂製本方式將主要報導記事、評論、創作等持之以恆留存，由此點可知吳新榮之左翼意識的一貫性。

吳新榮大量購買於臺灣無法取得之左翼雜誌，將可能會引起為政者警戒之篇章由雜誌剪下，以混亂無秩序方式裝訂成雜誌拔粹集，藉此曖昧混淆篇章之出處。此作法的用意毋寧是對於思想性的文章施以假面，以圖確能攜回臺灣。即使在返臺之後，吳新榮亦不減其對於左翼雜誌的關注；在大多數左翼雜誌已自日本閱讀市場銷聲匿跡後，仍排除困難取得普羅文學運動最後餘暉之《文學評論》、《文學案內》、《詩人》，將其與《中央公論》之記事、創作，以合訂為雜誌拔粹集的方式保存下來。

吳新榮長子吳南星曾述及對父親的回憶：

> 父親有廣泛的收集癖、以藏書來說、包括醫學、文學、科學、天文、地
> 理、歷史、政治、經濟、文獻、雜誌等。有中文的、英文的、日文的。
> 我們窮一輩子也看不完。很多雜誌都自己整理訂成合訂本。還有很多本
> 剪報、我很想不通他怎麼會有那麼多時間去整理這些報章雜誌。[10]

　　在吳南星看來，父親吳新榮將雜誌上之篇章剪輯製本之行為僅是單純
的收藏癖好，但對於吳新榮本人而言，剪輯拔粹的意義絕不僅止於此。首
先，在空間有限的自宅收藏大量雜誌絕非易事。即使可勉強收藏，其中大
量的左翼雜誌一字排開，極易招致災禍，不僅對於本人，甚至可能殃及家
庭。因此吳新榮必須採行此一看似特異之剪貼收藏之舉；就生存於日本統
治下之臺灣人而言，吳新榮的剪輯製本毋寧是高明且再為確實不過的思想
保存路徑，並且絕對安全。

　　難道不能視為身兼醫者、左翼意識分子、佳里文壇領導者、臺灣文藝
聯盟核心人物卻同時是《臺灣新文學》重要關係者之吳新榮特有的抵抗手
段嗎？

　　本稿以「吳新榮舊藏雜誌拔粹集（合訂本）」之考察為起點，今後將進
一步對吳新榮著作與日記之研究，以求闡析吳新榮左翼意識之成分，以藉
此廓清日本統治下臺灣知識分子之生存方式。

按：原文附 63 頁的「吳新榮舊藏雜誌拔粹集（合訂本）出典一覽」，因篇
幅所限，未予收錄。

——選自《臺灣文學研究集刊》第 4 期，2007 年 11 月

---

[10]吳南星，〈父親的生平軼事〉，收入張良澤主編《吳新榮全集 8‧吳新榮書簡》（臺北：遠景出版公
　司，1981 年），頁 81。

日記所見日治時期臺灣人的「打麻雀」[1]

以吳新榮等人的經驗為中心

◎陳文松[*]

（前略）這一套麻將牌[2]是得自臺南的吉山氏，已有數年了。其中一切的交友，都是始於麻將，終於麻將。一開始只是為了好玩，然後賭吃喝，賭菸酒，最後甚至於賭上金錢。種種感情的惡化及種種怠惰多由此產生。家族經常有怨言，好友有忠告。因此今天早上下定決心，將此有歷史的麻將葬入廁所。

——《吳新榮日記全集》，1940 年 3 月 8 日[3]

壹、前言

近年來，學者對於日治時期臺灣人休閒活動和娛樂的研究，已累積不少研究成果。[4]其中，呂紹理與黃慧貞皆曾經各自以「臺灣民報社」編印的

[*]成功大學歷史學系助理教授。

[1]麻雀又稱麻將，打麻雀也稱打牌。為了用語一致及兼顧史料呈現，本文中除引用日記中譯文而使用「麻將」外，行文一律使用當時用語「麻雀」一詞。

[2]日治時期臺灣人所使用的麻雀牌，目前僅知劉吶鷗留下並由其後人捐贈給國立臺灣文學館典藏，登錄號 NMTL20080280001 麻將牌。承蒙館內人員協助，筆者得以進行翻拍，謹此致謝。而劉吶鷗相關研究可參閱三澤真美惠著；李文卿、許時嘉譯，《在「帝國」與「祖國」的夾縫間——日治時期臺灣電影人的交涉與越境》（臺北：臺灣大學出版中心，2012 年）。

[3]吳新榮，〈1940 年 3 月 8 日〉，《吳新榮日記全集 4（1940）》（臺南：國立臺灣文學館，2008 年），頁 202～203。中譯文。本日記全 11 冊，起自 1933 年，終於 1967 年。戰前的部分，除 1933～1937 年的原文為中文外，1938～1945 年 8 月 15 日日本投降為止，原文為日文。目前中央研究院臺灣史研究所「臺灣日記知識庫」已將此階段日記收入，並提供全文檢索服務。

《臺灣人士鑑》為研究對象，從中分析這些社會領導階層（或稱「上流社會人士」）的「趣味」所在為何，結果雙方不約而同地都論及麻雀。

呂紹理揭舉鐵道建設與標準時間的制定對於休閒活動之推進有相當詳盡的分析，並率先以《臺灣人士鑑》中出身臺中地域的社會領導階層為分析對象，得出這些人的趣味當中包含了打麻雀和下圍棋等「靜態娛樂」[5]，這些「靜態娛樂」大多屬於本文所稱的「室內社交娛樂」。不過，呂紹理最後則指出：

> 從《臺灣人士鑑》當中，我們雖然能描繪出當時社會領導階層在休閒活動上的「傾向」，但我們無法從其中判定，他們在什麼時間、花多少時間來享受他們的休閒生活；他們儘管可有許多「興趣」，但無法顯示他們生活當中休閒活動所占的地位如何。[6]

至於黃慧貞則以整部《臺灣人士鑑》為統計對象並進行分析。有趣的是，黃慧貞指出這本由抗日運動陣營臺灣新民報社所陸續出版的《臺灣人士鑑》的「人士」們所選擇的興趣，有一個有趣的發現：

> 《臺灣人士鑑》大多數人所選擇的興趣與《臺灣民報》在報上大力推行的興趣大致相符合，如體育競技、音樂、推廣漢文等等，而對於《臺灣民報》所反對的活動不是沒人選取便是選擇人數相當少。（中略。按：

---

[4]楊永彬，〈日本領臺初期日臺官紳詩文唱和〉，收錄於若林正文、吳密察主編，《臺灣重層近代化論文集》（臺北：播種者出版，2000 年），頁 105～181；簡仔君，〈江山樓及其在日治時期紳商社交生活中所扮演的角色（1921～1940）〉（臺北：政治大學臺灣研究英語碩士學程，2007 年）；廖怡錚，〈傳統與摩登之間——日治時期臺灣的珈琲店與女給〉（臺北：政治大學臺灣史研究所碩士論文，2010 年）等。
[5]「A 靜態娛樂：盆栽、園藝、書畫、骨董、飼養、照相、文藝、俳句、漢詩、讀書、著作、遊玩、將棋、魚釣、麻雀、圍棋、撞球、酒」。呂紹理，《水螺響起——日治時期臺灣社會的生活作息》（臺北：遠流出版公司，1998 年），頁 160。
[6]同前註，頁 165。

作者舉出召藝妲、歌仔戲和麻雀為例說明。）麻將的選項雖出現在《臺灣人士鑑》中，但其比例卻也是非常的低。[7]

　　如同呂紹理所指出，日治時期臺灣社會上層階級所從事的娛樂種類雖多，並且可看出一些「傾向」[8]，但依舊無法判定花多少時間在休閒上，以及休閒活動所占的地位。更何況如麻雀這樣具有「賭博性質」的靜態娛樂，不僅隱而不顯，加上殖民政府禁賭政策與反殖民運動陣營公開反對「麻雀賭博」的立場[9]，加添其「私密」的色彩，不易成為高談闊論的話題。不過有趣的是，填寫麻雀的比例確實偏低，但公然寫出具有麻雀興趣的「人士」雖屈指可數，筆者統計仍有 11 位。[10]

　　因此，我們還是可以從這 11 位在 1934 年出版當時「公然宣稱」具有麻雀趣味的「臺灣人士」[11]，看出日治時期臺灣社會的一些「麻雀現象」。首先，依職業來看，有醫師、律師（辯護士）、教師和基層行政公務機關主管（庄長），甚至也有《臺灣新民報》監查役；其次，這 11 位當中不乏赫赫有名的人物如歐清石、劉清井和林茂生。最後，依照排列之先後，這 11 位分別是王友樹（醫師）[12]、翁鐘五（醫師）[13]、歐清石（辯護士）[14]、

---

[7] 黃慧貞，《日治時期臺灣「上流階層」興趣之探討——以《臺灣人士鑑》為分析樣本》（臺北：稻鄉出版社，2007 年），頁 198～200。

[8] 李毓嵐以張麗俊、林獻堂等傳統文人的日記所進行的研究則指出：「日治時期傳統文人的休閒娛樂大抵仍以園藝、棋藝、觀賞戲曲及廟會活動、踏青和旅行為主。不過隨著總督府將西式文明移植入臺灣，西方的球類運動和游泳、展覽會、電影、音樂逐漸為人熟知，甚至具有賭博性質的彩票和賽馬也出現在臺灣，傳統文人的娛樂活動因此更為多元和西化。」李毓嵐，《世變與時變——日治時期臺灣傳統文人的肆應》（臺北：臺灣師範大學歷史學系，2010 年），頁 291～292。

[9] 黃慧貞，《日治時期臺灣「上流階層」興趣之探討》，頁 202。

[10] 雖然本書未列入在臺日人，但當時在臺日人中，亦有被封為麻雀王之稱的杉山靖憲。他是日本山口縣人，長於文，1916 年以編纂《臺灣名勝舊跡誌》聞名。1920 年至內閣拓植局任職，1923 年轉任新化郡守，1924 年任澎湖郡守，1926 年轉任大甲郡守。興趣多樣，被稱為書畫古董麻雀王。（橋本白水，《臺灣の事業界と人物》（臺北：南國出版協會，1928 年），頁 439；影印版（臺北：成文出版社，1999 年）。轉引自林獻堂著，許雪姬、鍾淑敏主編，《灌園先生日記（二）1929 年》（臺北：中央研究院臺灣史研究所籌備處、中央研究院近代史研究所，2001 年），頁 159。

[11] 按《臺灣人士鑑》亦包含在臺日人，但筆者查閱並未有在臺日人填寫麻雀這項趣味。

[12] 臺中州新高郡魚池庄，1906 年出生，臺灣總督府醫學校畢業。其興趣有讀書、音樂、圍棋、乘馬與麻雀。臺灣新民報社編，《臺灣人士鑑》（臺北：臺灣新民報社，1934 年），頁 10。

黃福（鹽水街協議會員）[15]、楊子培（《臺灣新民報》監查役）[16]、劉清井
（醫師）[17]、林益興（太平庄助役）[18]、林長金（鹿谷庄長）[19]、林朝槐
（竹山庄長）[20]、林茂生（臺南高工教授）[21]和林爐（二林庄長）。[22]很顯
然，麻雀做為一項大眾室內社交娛樂在當時是被公認且為從事自由業和基
層公務機關人員的臺灣人所熱愛，而這些人日常所接觸（服務）的對象最
大的共同點是不分種族、不分性別、不分老少且不分階級的「大眾」，而
麻雀不但是這些人的娛樂，同時也是其建立職業社交網絡的方式之一。例
如，本文主人公吳新榮醫生即為顯例。而有些收錄其中的「人士」，雖未
寫出麻雀的興趣，但對於麻雀所具備的社交娛樂功能，卻揮發的淋漓盡
致，如林獻堂。[23]由此亦可看出，麻雀還有許多隱而不顯的部分存在。

　　1920 年代下半起，由於麻雀的「飛到臺灣」，在臺灣社會掀起一股風
潮，而隨著其流行亦逐漸衍生出「麻雀賭博」的流毒，引起臺灣社會的有
識之士大感憂慮。有關麻雀在中國史上的演變及其歷史意義，陳熙遠近年

---

[13]臺南州新營郡鹽水街，1896 年出生，臺北醫學專門學校畢業。其興趣有圍棋、麻雀與讀書。臺灣
新民報社編，《臺灣人士鑑》，頁 16。

[14]臺南市大正町，1897 年出生於澎湖，臺灣總督府國語學校，早稻田大學專門部法律科畢業。其興
趣有讀書與麻雀。臺灣新民報社編，《臺灣人士鑑》，頁 17。

[15]臺南州新營郡鹽水街，1887 年出生，經營海產物批發。其興趣有麻雀與象棋。臺灣新民報社編，
《臺灣人士鑑》，頁 64。

[16]臺中州臺中市明治町，1889 年出生，梧棲公學校畢業。其興趣有象棋、麻雀與漢樂。臺灣新民報
社編，《臺灣人士鑑》，頁 178。

[17]臺南州臺南市白金町，1899 出生，臺灣總督府國語學校肄業、臺灣總督府醫學專門學校本科畢
業，東京帝國大學醫學博士。其興趣有音樂、旅行、讀書與麻雀。

[18]臺中州大屯郡太平庄，1879 年出生，曾任霧峰公學校雇員等職。其興趣有小說、詩作、麻雀與音
樂。臺灣新民報社編，《臺灣人士鑑》，頁 209。

[19]臺中州竹山郡鹿谷庄，1886 年出生，臺灣總督府國語學校師範部乙科畢業。其興趣有麻雀、象
棋、登山與觀光。

[20]臺中州竹山郡竹山庄，1899 年出生，東京市市谷小學校、慶應義塾大學部政治科畢業。其興趣有
庭球、麻雀與讀書。臺灣新民報社編，《臺灣人士鑑》，頁 223。

[21]臺南市開山町，1887 年出生，東京帝國大學哲學科畢業。其興趣有書道、圍棋、象棋、麻雀、網
球與蹴球。臺灣新民報社編，《臺灣人士鑑》，頁 230。

[22]臺中州北斗郡二林庄，1892 年出生，曾任二林區書記等職。其興趣有旅行與麻雀。臺灣新民報社
編，《臺灣人士鑑》，頁 233。

[23]林獻堂在經營中所提到的「趣味」有旅行、登山、象棋、圍棋、詩作和音樂。臺灣新民報主編，
《臺灣人士鑑》，頁 213～214。將《臺灣人士鑑》中填寫麻雀趣味的人士列出，作為分析論述的
觀點，乃承蒙師長成功大學歷史系林瑞明教授之賜教，在此謹記謝忱。

曾專文討論[24]；而筆者亦於另文針對 1895 年到 1945 年之間日治時期殖民地臺灣麻雀的流行與流毒，不分階層、不分種族與不分性別等大眾層面已有所闡述。[25]因此本文將有別於上述偏向殖民政策與臺灣社會間之互動，而將焦點專注於日治時期個人的麻雀經驗與日常生活史的刻畫，並且以吳新榮日記為中心，期有助於理解打麻雀這項社交娛樂在個人層次的日常生活中究竟扮演何種角色，以及欲藉由打麻雀來達到何種目的。若沒有日記史料的出土，麻雀始終都是他人的「麻雀談」，無法釐清「打」麻雀與日常生活的經營究竟有著何種關聯，以及明瞭「打」麻雀的個人主體敘述。所以，透過日記史料中對於個人層面社交娛樂時間的分配與內涵進行分析，期能藉以拼湊出一種殖民地時期臺灣人日常生活中史的一個片段，而這個片段的共同點就是：透過打麻雀所營造出的個人日常性的夜生活私人社交娛樂型態。因此，打麻雀絕非單一個人所能從事的室內社交娛樂，而是多方主體的共同意願下始能構成的方城之戰，知其一可推其三。

誠如 M. Perrot 所稱「『私生活史不只是稗官野史，更是日常生活的政治史』，而與國家、經濟、社會的大歷史進行對話。」[26]同時，「私生活史做為心態史研究的一種展現，是與社會整體研究密切結合的，亦即私生活細節必須安置在整體大社會的脈絡中方可突顯其意義」[27]。而日記，正可提供綿密的私生活細節，其中透過 1920 年代中葉興起的大眾室內社交娛樂麻

---

[24]請參閱陳熙遠的力作，〈從馬弔到馬將——小玩意與大傳統交織的一段歷史因緣〉，《中央研究院歷史語言研究所集刊》，第 80 本 1 分（2009 年 3 月），頁 137～196。

[25]陳文松，〈日治臺灣麻雀的流行、「流毒」及其對應〉，《臺灣史研究》，第 21 卷第 1 期（2014 年 3 月），頁 45～93。

[26]「『有可能撰寫私生活史嗎？』（P. Aries）。針對此質疑 M. Perrot 是肯定的，前提是必須先扭轉我們的價值觀，只要能看淡英雄豪傑獨佔的歷史，私領域就會擺脫邪惡、禁忌和黑暗色彩，頓時開朗成為勞苦與歡樂、衝突與夢想的場合，它會被承認為值得探訪的人類生活重心，是具有正當性的研究對象，『私生活史不只是稗官野史，更是日常生活的政治史』，而與國家、經濟、社會的大歷史進行對話。」張人傑，《臺灣社會生活史——休閒遊憩、日常生活與現代性》（臺北：稻鄉出版社，2006 年），頁 45～46。

[27]張人傑，《臺灣社會生活史——休閒遊憩、日常生活與現代性》，頁 46。

雀風潮下，不同日記傳主間麻雀經驗的交錯疊合，實亦可呈現出在殖民統治下臺灣人日常生活中，較為隱晦且不為人所知的另一面向。[28]

　　由於目前已出版的日記當中，對於打麻雀的記述最為詳細且為日常「生活的真實記錄」者[29]，就是戲稱自己的日記為「麻雀日記」的吳新榮。因此，以下本文將以吳新榮日記為主、其他日記為輔來進行剖析，重新檢視麻雀這項大眾室內社交娛樂所帶給個人日常生活及殖民地臺灣社會的影響。而透過不同日記的排比剖析，誓將有助於後人深入了解打麻雀這項行為在殖民統治下的日常性、娛樂性和「社交政治性（Social Politics）」。

貳、從「拾仁會」到五大交友圈

一、吳新榮日記裡「無關緊要的瑣事」

　　吳新榮的日記全集，涵蓋 1933 年留學返鄉開業，一直到 1967 年因心臟病發驟然離世為止，橫跨日治和戰後，出版成 11 冊。而 1942 年 3 月前妻毛雪芬過世後三個月間所撰寫的日記，後來發表為〈亡妻記〉，成為鹽分地帶文學夥伴之一的林芳年（原名林精鏐）[30]戰後所稱「我敢大膽說一句，光復前鹽分地帶同仁們除吳新榮那篇〈亡妻記〉外，沒有其他傑作之可言。」[31]但是，對於吳新榮所留下龐大的日記，林芳年卻是有褒有貶：

---

[28]對於私人日記在歷史研究議題的開發上，曾士榮的近作就是一個很好的事例。曾士榮，《近代心智與日常臺灣：法律人黃繼圖日記中的私與公（1912～1955）》（臺北：稻鄉出版社，2013年）。

[29]「日記是生活的真實記錄。日記是自我心靈的過濾器。日記是給子孫的悲哀遺書。日記是人生的過程表。」吳新榮，〈亡妻記〉的開頭。吳新榮，《震瀛回憶錄》（臺北：前衛出版社，1989年），頁 305。

[30]林芳年乃鹽分地帶文化同仁當中，被譽為「北門七子」之一，1914 年出生，其父為傳統文人林泮，吳新榮與林泮師亦友，兩家素有親交，1930 年代中期，二十歲出頭的林芳年亦成為鹽分地帶的年輕作家。戰後任職臺糖，仍創作不斷，為鹽分地帶最多產且最長壽的作家，而其中有不少便是如上所引有關當年這些夥伴們的生活回憶。

[31]林芳年，〈小雅園與妓院〉，《林芳年選集》（臺南：中華日報出版部，1983 年），頁 290～293。

這些日子常與 T 君閒談瀏讀日記的奧秘，……T 君讚揚桑梓先輩 W 兄的熱心從事日記經營，T 君的看法與我完全相同。W 兄（按：即吳新榮）是文學圈裏的人物，同時也熱衷政治，曾經置身地方政壇多年；因此他的日記裡有描寫文學活動狀況，也有涉及地方上的政治問題，內容多采多姿。……坊間人們所經營的日記較多偏重主觀，多注重人與人之間的仇恨，及一些無關緊要的瑣事，致失去日記經營的意義，W 兄那一部日記也有出現這些僻性。[32]

文中林芳年所言「涉及地方上的政治問題」，即近藤正己對戰爭時期佳里政治勢力的分析中「舊派＝元老派＝街長派（高文瑞）」vs.「新派＝青年派（吳新榮）」，所呈現出殖民統治下爭奪地方政治公共空間領域的政治構圖[33]；至於何謂「無關緊要的瑣事」，林芳年在此文雖未明目張膽的說出，但在其回憶戰前鹽分地帶夥伴們與吳新榮「小雅園」的過往時即明言：

鹽分地帶十二位同仁之中，約有大半是高興做竹牌（按：即麻雀）之戰。當中吳新榮及 KSC（按：KSC 三人分別指郭水潭、徐清吉和陳培初）等人最熱衷這種遊戲，他們並不賭錢，但賭輸的人必需在那所妓院（按：樂春樓）設宴請賭友，有時候也會改改口味致贈日常必需品。雖非賭錢，但他們耗在賭桌上的時間太多，認為是一件最不值得的遊戲。[34]

---

[32] 林芳年，〈歷史的功用〉，《失落的日記》（臺中：晨星出版社，1985 年），頁 73～75。
[33] 近藤正己，《總力戰と台湾──日本植民地崩壞の研究》（東京：刀水書房，1996 年），頁 211。
[34] 林芳年，〈小雅園與妓院〉，《林芳年選集》，頁 292。

讓林芳年晚年認為「最不值得的遊戲」，就是「做竹牌」[35]，因為這便是吳新榮日記裡「無關緊要的瑣事」。有趣的是，吳新榮也曾在 1938 年 11 月 19 日的日記當中，留下這樣的反省：

> 今天患者很多，忙不過來。在鄉軍人會及警察課主辦的射擊會未克參加。晚上，林書館、葉向榮、黃水清三位來訪，一起打麻將，連戰連勝，終於一人得到獨勝的榮譽。獎品是「赤玉」葡萄酒四瓶、茉莉茶四罐，加上吃當歸鴨，是久違的大勝利。<u>最後我的日記會不會變成麻將日記呢？</u>就此事必須做個反省，一個禮拜玩一次是可以的，最好不要超過晚上十二點，還有一點是當然不准賭錢。[36]（按原文：「勿論カケは大禁物だ。」）

如引文所示，1938 年起，象徵戰爭時期殖民政府總動員體制的活動頻繁出現在日記當中，而白天忙於看顧病人的醫師吳新榮，一到晚上則是與三五好友打麻雀，並因獲得「獨勝」而大為興奮，且有豐厚的戰利品，這也是當時嚴格的經濟統制生活中，臺灣人社會因應政策下的「額外配給」；然而打麻雀確實影響到日常生活作息，甚至可以為「賭」而犧牲「公務」——與總動員體制相關的活動。

而從「麻雀日記」一語，正與林芳年事後的回憶相互呼應，只是，今之視為「無關緊要的瑣事」，卻是當時，至少對傳主吳新榮而言，是一件可茲紀念的「真實紀錄」，而且是牽動著個人生活作息的興奮劑與時局變化發生衝突時的避風港和緩衝墊。因此，筆者認為這些稀鬆平常、瑣碎無

---

[35]「清代社會上盛行方城大戰後，麻將得了個『竹林戰』的佳名，打麻將又叫做『看竹』。原來《世說新語》記王羲之的兒子王徽之的愛竹，說『何可一日無此君』，借到麻將上，意思就是一天都缺它不了。」史良昭，《枰聲局影——中國博奕文化》（上海：上海古籍出版社，1991年），頁 67。

[36] 吳新榮，〈1938 年 11 月 19 日〉，《吳新榮日記全集 2（1938）》，頁 326。中譯文。

關緊要的瑣事，正是今後研究戰爭動員體制下臺灣社會與臺灣人日常生活特質的「必要的」資料。[37]

　　而從結論來看，打麻雀這項「最不值得的」休閒，卻是吳新榮得以在「時勢＝戰爭時期」所限之下，從事「娛樂」、拓展「社交」，進而去迴避、適應與創造「時勢」的動力所在。

二、留學時期的拾仁會：吳新榮開始打麻雀

　　麻雀可以說是吳新榮青壯年時期，最重要的室內娛樂與社交手段。吳新榮在 1940 年 3 月 8 日與麻雀訣別的宣告中稱，「一切的交友，都是始於麻將，終於麻將。一開始只是為了好玩，然後賭吃喝，賭菸酒，最後甚至於賭上金錢。」[38]而本文所關注的不在於因麻雀而「賭吃喝，賭菸酒，最後甚至於賭上金錢」這部分，因為吃喝嫖賭原本就非關「時局」，重點在於「一切的交友，都是始於麻將，終於麻將」這段話，即何以社交網絡的形成與結束會與麻雀畫上等號，如何透過各種「交友」關係「在利益、興趣中建立認同」的呢？這句話出自吳新榮之口，亦唯有從吳新榮及當時人所留下的文獻中尋找解答，尤其是他本人的日記更是第一手原始材料。

　　由於吳新榮在 1933 年，也就是現存最早的日記中已清楚交代，1928年赴日留學東京醫學專門學校期間以及之前（商專時期）所撰寫的日記，都在 1929 年「四一六」事件中被日警沒收，一去無回。[39]而至少就在此一

---

[37] 植野弘子以吳新榮的作品，以及口述訪談臺南高女學生，來分析考察日治時期「臺南人」的「日本式」的生活文化。但她也指出：在日治時期裡被全新引進的生活方式，究竟對於臺灣社會、以及臺南地區具有甚麼樣的意義呢？「在分析此項課題之際，『口述歷史』資料是具有不小之意義的；然而這些記錄談的多半是人生的大事、重要階段或是門第的事，往往有著疏忽掉瑣碎、不經意的日常生活之傾向。在今後，去增加、累積有關日常生活方面的訪談資料，同時持續從事可充分理解生活環境與考慮到臺南之特質的日治時期研究是必要的。」植野弘子，〈日本統治時期臺南之生活文化的變化〉，收錄於《第一屆南瀛學國際學術研討會論文稿彙集——南瀛地區的歷史、社會與文化》（臺南：臺南縣文化局，2005 年），頁 19～20，未公開出版。

[38] 吳新榮，〈1940 年 3 月 8 日〉，《吳新榮日記全集 4（1940）》，頁 202。中譯文。

[39]「我寫日記是自臺南商專一、二年後起的，已寫有五、六年的時，在東京遇了日本共產黨四‧一六事件。我當時因為做一個臺灣青年會的委員，所以也受連坐被檢束而留置淀橋警察署十九工，同時我身邊所有的印刷物皆被沒收去了，其他那五、六本的日記是那官憲的絕好之材料，自其後我願破我數年前之好習慣，決心不寫日記。期間我卒業了〔於〕東京醫專，奉職了日本無產者醫療同盟，而又在將軍庄本家舉〔了〕結婚式，且在此佳里醫院承叔父之底而開業，已有四、五年了。但我今已不是實際運動家，也不是組織內的分子，所以我不寫日記的理由已無了。而且日記

時期，吳新榮「一切的交友，始於麻將」正式啟動。1932 年吳新榮在寫給當時人仍在臺灣的「準夫人」毛雪芬的兩封書信當中，留下如此的片語隻字：

> 「現在我在昭癸君[40]的房間和令堂講話。昭癸君好像去友人處打麻將。」
> 「前天在昭癸君處寫信給妳的時候，正好曾金旺君來會，便與昭癸君同往其宅一遊。<u>打了四圈麻將，喝了酒，直到天亮。</u>」[41]

由此可確知，熬夜打麻雀並喝酒是當時留學生日常生活作息的一種型態，而且不只是吳新榮如此，其未來的「義兄」毛昭癸和友人都是如此。若從稍後的發展來看，在此過程中，「牌友」毛昭癸的存在和協助，與日後順利迎娶美嬌娘毛雪芬，有非常正面的助益。在 1935 年 2 月，返臺後由吳新榮所發起的東京醫學士會所舉辦的新春同窗會聚會時，日記中如此記述著：「晚食的時，石錫純君又到，即開了打麻雀，用東京式的，個人都展昔時的力量。」[42]這裡所稱的「昔時」，更可往前推到吳新榮 1928 年剛考上東京醫專後的留學生活。吳新榮曾在回憶錄當中如此寫著：

> 這年的投考者四千餘名中，考中二百多名，在這二百多名中有十名的臺灣人。夢鶴（按：吳新榮的筆名之一）主張組織一個「拾仁會」，可惜十人中竟沒有一個人拾得有什麼仁術。他們在這敗頹的日本社會裡，有的日日都是打麻雀（將）、跳舞場、往茶館。[43]

之使命不可輕（視）的。因為寫日記可當我們生命之記錄，因為日記可為我們生命之反省！」吳新榮，〈1933 年 9 月 4 日〉，《吳新榮日記全集 1（1933～1937）》，頁 2～3。

[40]即毛雪芬之二兄毛昭癸，日後成為臺南市望族辛西淮女婿，當時亦留學東京而與吳新榮同遊。當吳新榮畢業後於東京五反田醫院工作，並由北門同鄉友人且於日後成為其政治活動導師王烏硈之介紹，與六甲望族毛氏之女毛雪芬展開交往。

[41]吳新榮等著，張良澤主編，《吳新榮書簡》（臺北：遠景出版公司，1981 年），頁 4～5。

[42]吳新榮，〈1935 年 2 月 4 日〉，《吳新榮日記全集 1（1933～1937）》，頁 78～79。

[43]吳新榮，《震瀛回憶錄》，頁 113。

由文中可推知，吳新榮打麻雀的開始，至少在 1928 年赴日本東京留學以
後，已經學會，而麻雀確實也成了當時留學生們社交聯誼的一種室內娛樂
活動。[44]而留學生打麻雀並非臺灣學生的專利，早在 1910 年代，中國留學
生胡適留美時，其日記中也頻頻留下打牌娛樂的紀錄，只是胡適不是到美
國才學會，而是留學之前，已有打牌的興趣。[45]從中國麻雀向外傳播的歷史
脈絡來看時[46]，胡適、吳新榮兩者不同的是，胡適恰似扮演麻雀西傳歐美的
先驅者之一，而吳新榮則是麻雀東傳日本後將其帶回臺灣故鄉的追風者之
一。1932 年，隨著吳新榮的返臺結婚與在佳里創業行醫[47]，麻雀也隨之飛
到位於臺灣西南海岸──即日後所稱的「鹽分地帶」。[48]

　　而從吳新榮日記中可見，在返臺成家立業後，麻雀仍是吳新榮與宗
親、留學生同窗學友們定期聚會聯誼的重要道具。以上所提毛雪芬、義兄
毛昭癸及「拾仁會」，分別代表了宗親集團（即包括自家人、岳家）和五
大交友圈中的「東京留學生集團」。

　　例如在 1935 年農曆新年期間與雪芬回岳家歡聚時，吳新榮在日記中寫
著：

> 下午，為妻子的懇請，遂與他們去六甲。昭癸、昭江兩夫婦皆在，一同
> 大喜歡迎我們。晚餐後，南星已慣這母舅之家，大揮他盡有的智識，使

---

[44]「現代（按：指相對於大正時代〔1912～1926〕）的學生，彷徨在燈紅酒綠間追求享樂……這是
一般風潮，中野〔東京地名〕的麻將俱樂部竟坐滿臺灣學生，這只不過是在享樂方面表現鄉土色
彩的一個現象而已。」劉捷原著，林曙光譯注，《臺灣文化展望》（高雄：春暉出版社，1994
年），頁 220。

[45]參見胡適著，曹柏言整理，《胡適日記全集・1》（臺北：聯經出版公司，2004 年），頁 67；同
冊，留學日記，卷 1，1911 年，幾乎每星期都有一次打牌的記述。

[46]陳熙遠，〈從馬吊到馬將──小玩意與大傳統交織的一段歷史因緣〉，頁 164～165。

[47]「一九三二年吳新榮在家人的要求下，匆促整裝返臺。返臺的目的有二：一是完成婚姻大事；另
一則是繼續叔父在佳里的診療工作。」施懿琳，《吳新榮傳》（南投：臺灣省文獻委員會，1999
年），頁 43。

[48]「所謂『鹽分地帶』是指日治時期北門郡所管的：佳里街、西港庄、七股庄、將軍庄、北門庄、
學甲庄等行政區域，約今之佳里、西港、七股、將軍、北門、學甲六個鄉鎮。除佳里外，其餘地
區大多濱海，土壤中含鹽成分濃，故名。」施懿琳，《吳新榮傳》，頁 60。

一同笑聲滿堂。後和岳母、昭川、昭江兩義兄打麻雀，岳母敗，昭川義
兄勝。[49]

而在同年底，雪芬感染瘧疾病癒後，吳新榮特地陪著雪芬返回岳家參加婚
宴，宴後也是藉由打家庭麻雀來歡聚，而且吳新榮因為大勝而樂不可支。[50]
有趣的是，毛氏全家都擅打麻雀[51]，而雪芬似乎也會打麻雀，但在日記中卻
幾乎看不到雪芬上牌桌的描述。只有一次例外，那是吳新榮為了慰勞雪芬
及其女友們，前一天協助日本長坂好子在臺南公會堂演唱會的辛勞，「所
以晚上叫雪芬招他的女朋友二、三人來打麻雀，以安慰這數日來的疲
勞。」[52]這與姻親臺南大家族辛家女主人在男主人辛西淮壽宴後，徹夜主導
整個方城之戰的角色，[53]簡直不可同日而語。

又，吳新榮為了維繫上述留學生集團中的感情，除了拾仁會、里門會[54]
外，在返臺創業後還另外陸續組織了包括旭翠會[55]、東京醫學士會臺灣支部
[56]等以學緣關係為主的定期聯誼性社交團體，大約每年元旦在不同地方召開

[49] 吳新榮，〈1935 年 2 月 3 日〉，《吳新榮日記全集 1（1933～1937）》，頁 78。
[50] 「雪芬的 Malaria 已癒了，夕上為要參加她的屬親的結婚式，和兩子去六甲。宴後即和岳母、昭
川、昭江兩義兄弟打一環麻雀，而我最勝。」吳新榮，〈1935 年 12 月 19 日〉，《吳新榮日記
全集 1（1933～1937）》，頁 168。
[51] 此處所言毛昭川夫婦亦在楊基振日記中登場，而且不論戰前與戰後與楊基振交誼甚深。例如，
1945 年 6 月 18 日楊基振母親大壽便邀請中國華北地區臺灣好友們聚餐，毛氏夫婦亦在列。「今
天有吳姊夫一家、楊信夫、王乙金、元禧、王燕、張深切、毛昭江夫妻、陳茂蟾、林權敏夫妻、
洪耀勳夫妻、張星賢、周川、鐘柏卿太太等。八點開始，九點半結束。蔡竹青君也參加，更加熱
鬧。宴會後與竹青君、毛太太、林權敏一起打麻將，贏很多。今天毛處長、林權敏、洪耀勳都醉
了。」楊基振著，黃英哲、許時嘉譯註，〈1945 年 6 月 18 日〉，《楊基振日記附書寫・詩文》
（臺北：國史館，2007 年），頁 155。
[52] 吳新榮，〈1936 年 8 月 23 日〉，《吳新榮日記全集 1（1933～1937）》，頁 241～242。
[53] 辛永清，劉姿君譯，《府城的美味時光──臺南安閑園的飯桌》（臺北：聯經出版社，2012
年），頁 50～51。
[54] 里門會：1928 年吳新榮於就讀日本東京醫專時，與留學東京的北門郡學生創辦里門會，並發行
《里門會誌》機關刊物。吳新榮，〈1938 年 1 月 1 日〉，《吳新榮日記全集 2（1938）》，頁
178～179。
[55] 由吳新榮於 1936 年元月 1 日發起此會。成員有吳新榮、黃百祿、王柏榮、林耳、林泰料、黃明
富、呂成寶、王柏青、王文滔共九名，是吳新榮在東京中野時，寄宿於旭翠寮的臺灣留學生。吳
新榮，〈1936 年 1 月 1 日〉，《吳新榮日記全集 1（1933～1937）》，頁 176。
[56] 由吳新榮所發起，於 1936 年 9 月 23 日舉行第一次大會，詳情請參見吳新榮，〈1936 年 9 月 23
日〉，《吳新榮日記全集 1（1933～1937）》，頁 248。

同窗會，參加者除了成員之外，還包括家眷或師友。而打麻雀也成為其歡宴前炒熱現場氣氛的催化劑。例如，1938 年元旦第三次旭翠會同時也是吳新榮開業五週年的日子，這一天：

> 中午過後，坐騰雲的車到臺南去，南星母子之外，呂成寶夫婦也來了，為的是參加今年將在臺南舉辦的旭翠會。
>
> 我們來到幸町的石錫純君的家集合，到會參加者如左：石錫純、王柏榮、黃百祿、林耳、黃明富、呂成寶、王文滔、吳新榮等八家族。
>
> 林泰料君已兩年未曾出席，令人心中寂然。陳清鐘君已成不歸之客，叫人傷心。<u>宴會之前，如往例先打打麻將，分成兩組比勝負，我得到最高分數，獲得冠軍，是今年度第一個勝將。</u>之後到寶美樓開晚宴。[57]

而到了 1938 年 9 月吳新榮參加母校漚汪公學校第一屆畢業生同窗會時，便已在日記中寫下「（前略）漚汪公學校第一屆畢業同學，開同學會最值得信賴的一群。與此並列的有里門會同仁，鹽分地帶同仁。這三個集團應該是我的一個地盤。」同時明言「我愛打麻將，也喜歡書籍」。[58]換言之，從上述可知，不管是宗親集團或學緣性集團，麻雀所扮演的角色多集中於年節或定期聚會，較不具日常性，但卻屬娛樂氛圍濃厚的家庭麻雀；反觀如下所述，具有強烈地緣性的鹽分地帶集團，不僅是吳新榮的「地盤」相應之成員，同時麻雀所扮演的角色更是結合前者娛樂的特性，而且更有著強烈的日常性和社交性，屬於吳新榮返臺成家立業後日常生活中不可或缺的一部分，如同閱讀書籍般。

---

[57]吳新榮，〈1938 年 1 月 1 日〉，《吳新榮日記全集 2（1938）》，頁 178～179。中譯文。
[58]吳新榮，〈1938 年 9 月 25 日〉，《吳新榮日記全集 2（1938）》，頁 304～305。中譯文。

三、成家立業期：麻雀社交的展開

　　吳新榮返臺後，如前所述，自認已非實際社會運動家，開始重新提筆寫日記。而也在同一天（1933 年 9 月 4 日）的日記裡的後半段，吳新榮寫下了個人的興趣（「趣味」）：

> 醫生無趣味不可，這是古來之習。我已為醫生，何無趣味咧。我自來佳里開業以來，除讀書以外有兩項的趣味。因為業務忙碌的關係，讀書也只限於日日的報紙（《大阪朝日新聞》、《臺灣新民報》、《臺灣新聞》、《南瀛新報》）及《日本醫事新報》、《中央公論》、《改造》等的雜誌而已。其他兩項的趣味是何呢？一者栽〔栽〕花，二者飼鳥。每早起都養餌，每夕時都沃水，這是無限的趣味可能覺。[59]

　　由此可知吳新榮行醫以來的娛樂，都屬於靜態娛樂的讀書、園藝和飼鳥。其中飼養的鳥類當中，又以養鴿最為長久，且對於當時在交通工具與道路不備的鄉下地方行醫常常需要外診的吳新榮，有非常實用的理由，即做為外診時傳送處方箋回診所的重要工具，以節省病患等藥的時間。[60]同一天日記的最末尾則如此結束：

> 晚上自家辦了小晏〔宴〕，家族、長工團圓自飲，後葉向榮氏、黃清澤氏再來即再飲。少時，吉山新一氏、黃作仁氏又來，故同出街去看普渡

---

[59] 吳新榮，〈1933 年 9 月 4 日〉，《吳新榮日記全集 1（1933～1937）》，頁 4。

[60]「他熱愛鴿子的靈性，欣賞操練、野放歸巢的樂趣，而他確實利用它做為醫療通信，在我們鄉村久久傳為美談。每當他外出『往診』時，看到在庄頭插著一面紅色旗子，就入庄看診，待為病患診療打針完後，立即飛鴿傳書，讓在醫院等待的病患家屬取得藥品趕快回家。接著他騎機車一庄跑過一庄，不出半天看診了二十幾家，完成 1930 年代交通尚落後時期不可能的醫療任務。大概是『新西醫那（na 像）神明』雅號的緣由之一吧！」吳南圖，〈緬懷小雅園〉，參見「小雅園」網站，「懷念——家族」項下（http://paradisic.org/index.php/memoir/family-members/），最後造訪：2013 年 5 月 10 日。

的狀況。這小小的佳里街也看相當的鬧熱，入廟一看，即可知普渡是佛教的宣傳機關。後同入東美樓受作仁君的好意再飲。[61]

　　由於當天適逢農曆 7 月 15 日中元普渡，而新到佳里開業的吳新榮，算是外人，為此，北門郡內的葉向榮（佳里）、黃清澤（將軍）和黃作仁（七股）等友人，相繼來訪，這些人也是不久後佳里青風會的創始會員或日後鹽分地帶文學的夥伴之一。換言之，在此並未嗅到絲毫與麻雀有關的趣味。但若重新將日記翻到前引 1940 年 3 月 8 日吳新榮與麻雀宣告訣別的日記那一天，就在「其中一切的交友，都是始於麻將，終於麻將。」的前一句：「這一套麻將牌是得自臺南的吉山氏，已有數年了。」[62]這段話時，始驚覺吉山氏即是此處所稱的吉山新一！而此人不是別人，正是當時佳里的高等刑事，「吉山氏是現在的高等刑事，而照顧我的花盆。他是個北門郡最古老的巡查，所謂萬事都比較的圍〔圓〕滿」。[63]

　　何以堪稱「最古老的巡查」？根據《臺灣總督府警察職員錄》的記載，吉山新一自 1918 年至 1934 年久任北門（庄）郡巡查，1935 年升任巡查部長，1938 年後歷任臺南警察署巡查部長和臺南州新豐郡巡查部長等職。[64]而且，吉山新一還具有相當的漢學素養，根據現存史料紀錄，他曾先後於 1923 年和 1931 年於《臺灣警察協會雜誌》和《臺灣警察時報》的「文藝」欄發表漢詩[65]，這更與吳氏一門「詩」味相投。也就是說，吳新榮由日本返臺到佳里開業後不久，便與這位負責「關照」他的日本人老巡查有了相當不錯的交情[66]，並贈予他一副麻雀牌，且據此亦可推測吉山新一也

---

[61]吳新榮，〈1933 年 9 月 4 日〉，《吳新榮日記全集 1（1933～1937）》，頁 5～6。
[62]吳新榮，〈1940 年 3 月 8 日〉，《吳新榮日記全集 4（1940）》，頁 202。
[63]吳新榮，〈1933 年 9 月 5 日〉，《吳新榮日記全集 1（1933～1937）》，頁 6。
[64]承蒙本文匿名審查人賜知，謹此致謝。經查吉山新一 1935 年起升任巡查部長，可參閱《臺灣總督府警察職員錄》（臺北：臺灣總督府，1935 年），頁 101。
[65]〈元旦試筆〉，《臺灣警察協會雜誌》第 68 期（1923 年 1 月），頁 125；〈瓜棚〉二首《臺灣警察時報》第 38 期（1931 年 9 月），頁 52～53。
[66]參見吳南圖，〈記小雅園瑯琅山房主人〉，收於吳新榮，《震瀛回憶錄》，頁 37。

是雀界的老手。而打麻雀在吳新榮日記中第一次出現，則是在兩週後吳新榮老家將軍庄的普渡。[67]

從上述 1933 年吳新榮返臺後創業第一年的日記內容（實際僅有四個月），可歸納出以下幾點：第一、由於忙於本業，麻雀做為社交娛樂手段尚未凸顯；第二、但由日人吉山新一所贈的麻雀牌，已埋下日後以打麻雀做為社交娛樂的種子；第三、由於返臺未久，且新到外地創業，因此吳新榮亟思結交同志以建立新的社會網絡，故創立北門郡未曾有的「社交機關」佳里青風會[68]，自承「青年派」，以與既存勢力相抗衡；最後，雖壯志未酬，但吳新榮並未放棄，繼思以研究文藝做為文化人的教養，而 1935 年臺灣文藝聯盟佳里支部即為此之延續。

換言之，吳新榮以青年派文化人自居，並且企圖藉由設立社交機關結合同志的意圖建立「地盤」，這是從他返臺在佳里創業起，便已非常明確。而在第一年日記的四個月記述當中，吳新榮只在將軍庄普渡時打了一次麻雀，但與其麻雀因緣極具象徵性存在、久居佳里的日人特務吉山新一，則已成為吳新榮的友人。而其所贈的麻雀牌，也在接下來的近五年（按：1934 年日記缺。1935 年到 1940 年）中，成為吳新榮日常生活悲喜劇的要角。但這並不是說從 1940 年 3 月與麻雀訣別以後，吳新榮就不再打麻雀，只是逐漸由圍棋和看電影所取代，而打麻雀已退居吳新榮日常生活娛樂的配角。[69]

四、麻雀社交「夜生活」的確立

1934 年的日記缺，因此無法得知這一年麻雀在吳新榮的社交娛樂中所扮演的角色，但是從 1935 年的 1 月 1 日一開始便出現：

---

[67]「（前略）將軍庄的普渡是我自去臺南念書未再見的，可說十數年來的久闊。後去頂頭瓦厝內招登芳氏同去舊厝，和榮宗氏打麻雀，打有兩環皆得勝。」吳新榮，〈1933 年 9 月 18 日〉，《吳新榮日記全集 1（1933～1937）》，頁 18。

[68]從 1933 年日記可知，青風會一開始的定位便在於「社交機關」，而從組織和活動內容來看，可說是一個兼具文藝色彩且祕而不宣的社交俱樂部。吳新榮，〈1933 年 9 月 10 日〉、〈1933 年 10 月 5 日〉，《吳新榮日記全集 1（1933～1937）》，頁 12～13、28～29。

[69]吳新榮，《震瀛回憶錄》，頁 147～148。

在這草地過這正月，全然不出氣分，患者即來，煩事而生，人心漸漸離反，世事漸漸險惡，這不是所謂非常時第一的現象嗎？昨夜暗眠而今朝早起，以致全日氣分不好，不得已晚上出去酒仲賣與他們打了兩環麻雀辛得大勝可以解心悶，又可以來祝賀今年的第一日。[70]

以及新年第二天的：

（前略）晚上和諸同人——水潭、培初、清吉、國津、清澤、維洲（按：原文，即莊維周）等——同去 Caffe Suzuran[71] 開飲 1935 今年的起頭（後略）。[72]

可以推知，吳新榮自返臺於佳里創業以來，對於這片新天地，尚未熟門熟路；但透過麻雀所串起的社交網絡，逐漸在佳里建立自己所屬的灘頭堡。如下引文所述彷如已經形成了「堂堂之一黨」，這些成員包括郭水潭、陳培初、徐清吉、鄭國津、黃清澤和莊維周等人。而做為社交娛樂工具的麻雀，在前述同為鹽分地帶文學家之一的林芳年於戰後的回憶中，也得到印證。而這「堂堂之一黨」相較於具有宗親關係的「血統集團」和學緣關係的東醫、留學生集團，正是吳新榮五大交友圈中的地緣性核心集團——鹽分地帶的夥伴們，也就是青年派。

　　這一集團除了吳新榮的政治導師兼師友王烏硈之外，可說是名副其實的「麻雀黨」，同時也是佳里庄地方政治的新興團體。青年派的成員大多任職於北門地區街庄役場的殖民體制地方行政末端的職員，在當時亦屬地方菁英階層。因與吳新榮一樣白天都有正職，加上有地緣之便且有志一

---

[70]吳新榮，〈1935 年 1 月 1 日〉，《吳新榮日記全集 1（1933～1937）》，頁 64。
[71]即鈴蘭（すずらん，別名君影草）咖啡店。
[72]吳新榮，〈1935 年 1 月 2 日〉，《吳新榮日記全集 1（1933～1937）》，頁 64。

同，因此到了下班後便經常有共同的時間聚會，或打發時間娛樂消遣或談正事。[73]

1937 年 11 月，吳新榮當月中有三分之一的時間都與夥伴們打麻雀，其中三天的日記全文引用如下：

11 月 6 日
晚上，和李自尺、徐清吉、陳培初、鄭國津、黃炭、林書館、莊薦、莊維周、葉向榮等大舉到樂春樓飲酒食菜，我們因何日日都打麻雀、食燒酒？第一就是娛樂，第二就是交際，第三就是時勢，等等總是表現這階級的生活。

11 月 7 日
本日患者突破七十餘名。晚上依然打遊。

11 月 10 日
晚上的酒伴少額變色，曰：方沁、葉旺丁、黃淵、洪德、林書館、陳培初、鄭國津、葉向榮、劉傳心、胡奕堂等，但是依然堂堂之一黨。[74]

而利用打麻雀前後，共談政治、文化、文學，甚至生活之中的一切大小瑣事，以至於自我反省等，也成了吳新榮的重要生活作息。且從日記當中，可以看出在這連續幾年當中，吳新榮的夜生活內涵和日常生活已產生了重大的變化。同（1937）年 11 月 17 日，吳新榮再度對於當時的日常生活作息，有如下的記述：

我正常的定型的生活，就是如下，但這是近時數個月的事：

[73]可參閱郭水潭日記，收錄於羊子喬編，《郭水潭集》（臺南：臺南縣立文化中心，1994 年），頁 200～208。本日記雖跨 1933 年到 1939 年之數年份日記，但實僅存寥寥數則。對此譯者呂興昌的按語云：「興昌案：日記原文係日文，業已焚燬，此數則乃郭氏於焚前用中文檢錄，大都有關文藝活動者。」誠可歎也。
[74]吳新榮，〈1937 年 11 月 10 日〉，《吳新榮日記全集 1（1933～1937）》，頁 353～354。

即早時有患者來訪或是來促往診的時，即起床走動、洗面；看患者了後
即食早飯，後再診療或是往診；過午後一、二點鐘即食午飯，後若無患
者即休息、讀新聞或雜誌；若疲勞的時即午睡一、二點鐘；起來的時，
若無患者即去花園飼鳩散步，待患者來即再往診；治療至<u>午後七、八點
鐘，即食晚飯或讀書或去酒仲賣打麻雀。常常去酒樓食茶</u>，回家就床，
即午前一、二點，但早起每都要八、九點鐘。[75]

由此可知，「去酒仲賣打麻雀」、「去酒樓食菜」已成為吳新榮正常生活
作息的一部分。此相較於前述 1933 年 9 月時的生活作息「每早起都養餌，
每夕時都沃水」的讀書、栽花和飼鳥的單純型態，在「夜生活」上已有很
大的「質變」。其實，吳新榮「夜生活」的變化並不始於 1937 年，這從
1935 年 1 月 12 日所記述的生活作息相對照，即可看出端倪：

這不是充實的生活嘛！早起去便所→漱口洗面→換衫→食早飯→就診→
往診→食中飯→讀新聞→就診→往診→換衫→洗手面→食晚飯→讀雜誌
→就眠，就是每日所一定的工作。而早起漱口的時，時常去後面花園吸
了一陣的好空氣。又午前中，患者少數的時，即讀新聞。而午後中，患
者多數時的新聞即自晚上讀之。午後中有時間的時，我也時常去後面花
園飼鳩觀景。<u>又晚上若有意慾的時，即出去街路散步順訪朋友。這是我
日常的生活。</u>[76]

前後相較，自開業以來白天的作息未有太大變化，因為白天要顧本業，加
上患者的多寡無法控制，所以白天的生活作息與休閒讀書、栽花與養鴿，
幾乎成了吳新榮開業行醫以來的基本生活作息，而地點就在自宅和小雅

---

[75] 吳新榮，〈1937 年 11 月 17 日〉，《吳新榮日記全集 1（1933～1937）》，頁 356。
[76] 吳新榮，〈1935 年 1 月 12 日〉，《吳新榮日記全集 1（1933～1937）》，頁 67～68。

園，該園同時也是佳里醫院附屬病室。[77]但關鍵在於晚上的夜生活，其實「訪友」云云，幾乎等於是「去酒仲賣打麻雀」。例如 1935 年 2 月 14 日的日記：「晚上和壽山、雪金等去佳里座看『乾隆君遊江南』後，和培初、國津去酒仲賣，與清吉打麻雀，大敗」。[78]而陰雨天，診所通常病患都是門可羅雀，因此更經常藉著打麻雀以打發時間。[79]

　　簡言之，由上述可知，雖然 1934 年日記從缺，但從 1935 年的日記已可看出，「打麻雀、喝酒和上酒樓食茶」的作息，已成了吳新榮夜生活的休閒娛樂模式，其中麻雀更已躍升為其「訪友時」社交娛樂的重要消遣。而到了 1937 年，吳新榮在日記更直接寫明晚上 7、8 點，「即食晚飯或讀書或去酒仲賣打麻雀。常常去酒樓食菜，回家就床，即午前一、二點」，這也難怪毛雪芬要「抗議」了。[80]

五、五大交友圈的核心「鹽分地帶集團」

　　若不算入 1934 年這一年，從 1935 年到 1940 年 3 月將麻雀牌投入糞坑為止，為吳新榮打麻雀的高峰期，平均每年打麻雀的次數約達 40 次（日），平均每月 4、5 次（日）左右。主要打麻雀的場所前三名依序為：小雅園（自宅）、酒仲賣所和南州俱樂部三處（參照表 1）。而這群「隨傳隨到」的「牌友（吳新榮後來亦暱稱為「惡友」）若與 1940 年 2 月 16 日吳新榮在日記中所記述他本身的五個交友集團上的名單相參照（表 2），[81]則以「甲、鹽分地帶集團（青年集團）」和「乙、里門會集團（留學生集團）」中的夥伴，不僅全數列名其中，且次數上也占絕大多數；而

[77]吳新榮，〈1933 年 10 月 30 日〉，《吳新榮日記全集 1（1933～1937）》，頁 37～39。
[78]吳新榮，〈1935 年 2 月 14 日〉，《吳新榮日記全集 1（1933～1937）》，頁 83。
[79]「昨日寒雨連天，晚上郭水潭、徐清吉、李自尺等又打麻雀，我又敗，後去樂春樓飲下燒酒。」吳新榮，〈1935 年 2 月 12 日〉，《吳新榮日記全集 1（1933～1937）》，頁 82。
[80]「昨夕，外診歸來，傳來便條寫著：『天氣太熱，想喝杯冰啤酒，找來的人是郭水潭、徐清吉、李自尺三人。』只要是我們這一夥應時隨傳隨到。走到富士閣，看到黃新章、陳連從、五十荒諸氏也在場。都是有趣的夥伴，可以好好喝幾杯。第二次聚會的續攤在西美樓，第三次聚會的續攤在樂春樓，今天比平時喝多了些，卻無醉意。到半夜三點，只留下我和自尺君兩人，是有原因的。歸來後，雪芬無理取鬧，我有些憤怒，為了賭氣，再起床讀書，一直到六點。」吳新榮，〈1939 年 6 月 7 日〉，《吳新榮日記全集 3（1939）》，頁 246。中譯文。
[81]吳新榮，〈1940 年 2 月 16 日〉，《吳新榮日記全集 4（1940）》，頁 188～190。中譯文。

「丙、臺南集團（商專集團）」、「丁、南瀛會集團（東醫集團）」和「戊、血統集團（宗親集團）」中，多是以聯誼、同窗會和節慶普渡等特殊日子，才會以牌會友，娛樂性居多。當然，這些集團間具有相互重疊的關係，未必都是單一性的存在，常常層層相扣、相互交集；同時，吳新榮的交友圈以及人數，當然亦不僅限於此。能列名其中的友人，乃吳新榮認為「呼之即應」且可做為人生奮鬥的「基礎」和「後盾」之人，這也可說是吳新榮的人生「仲間（夥伴）」們。其中位居最核心地位的內環自然非「鹽分地帶集團」莫屬，而這群夥伴距離核心愈近者，便是吳新榮日常生活中不可或缺的「惡友」們。[82]

【表 1】《吳新榮日記全集 1（1933～1967）》主要打麻雀之次數及地點前三名統計表

類別	打麻將地點	次數	總次數	百分比
自宅	小雅園	44	295	14.92%
俱樂部／臺南	南州俱樂部	8	295	2.71%
俱樂部／佳里	酒仲賣	36	295	12.20%

*筆者按：文中明指在家中打麻將共 26 次；從前後文推斷可能在家裡打麻將 18 次。而總次數乃包括戰後時期。由於日記有所缺漏，且不含留學期間，因此總次數當遠高於此數字。

**統計及製表：成功大學歷史系博士生蔡佩蓉。

---

[82] 即使是在吳新榮將麻雀牌丟入糞坑的前一晚，這些「惡友」依舊如例來訪邀約打麻雀。「昨夜，郭水潭、楊財寶、楊彰化等惡友們又來訪了。正好陳穿、楊萬壽兩位也來了，就一起到富士閣吃晚餐。回家後，和這些惡友打麻將，一直打到天亮。我已決心戒除麻將，永久告別它們，能玩多久就玩多久，徹底玩最後一次。」吳新榮，〈1940 年 3 月 8 日〉，《吳新榮日記全集 4（1940）》，頁 202。中譯文。

【表2】吳新榮的五個交友圈

吳新榮的五個交友圈	欄1	欄2	欄3	欄4
甲、鹽分地帶集團 （青年集團）	乙、里門會集團 （留學生集團）	丙、臺南集團 （商專集團）	丁、南瀛會集團 （東醫集團）	戊、血統集團 （宗親集團）
王烏硴	石錫純	林茂生	曾捷榮	吳丙丁
郭水潭	郭秋煌	黃百祿	謝振聲	吳掌
徐清吉	莊德信	黃寄珍	潘木枝	吳碏
陳培初	陳穿	黃錡	謝謙博	吳金龍
陳清和	黃清澤	林靴	呂成寶	洪茂茹
黃庚申	謝得宜	翁朝喜	林耳	毛昭川
葉向榮	陳其和	郭維藩	林泰料	張惠
李自尺	黃大友	謝朝安	黃明富	林泮
黃朝篇	王萬壽	郭維鐘	陳惟羆	林鎗
莊培初	黃寧崑	戴明福	陳少煌	謝順德
製表：筆者。（出處：〈1940年2月16日〉，《吳新榮日記全集4（1940）》，頁188～190。）》				

　　吳新榮曾在 1941 年發表的〈鎮上的夥伴〉乙文中，如此描述著自己當時的核心夥伴們：

　　在這鎮上曾有上十指的夥伴，老人家罵他們為「飯桶」，權勢家笑他們
　　為「壞蛋」。雖然這樣，他們夥伴都自認為地方青年的先驅者；互相勉
　　勵養成獨特的風氣。有時也談論政治，大作詩歌以自豪。有時也橫行闊
　　步於街上，遠景尚稱壯觀。假使意氣感動時，他們即舉觴大飲，假使談
　　戀愛時，他們都同憂共喜。[83]

---

[83] 原發表於《臺灣文學》（1941 年 5 月），現收錄於吳新榮著，葉笛、張良澤漢譯，《吳新榮選集・1》（臺南：臺南縣文化中心，1997 年），頁 414～416。

而這些可以「同憂共喜」的夥伴們，又是如何與吳新榮的殖民地政治參加產生連動、鞏固其「地盤」，而麻雀這項社交娛樂工具又呈現出何種面貌？

參、殖民地政治參加與麻雀一黨

一、政治參加的操盤手吳新榮及其麻雀一黨

在這方面，以吳新榮為首的青年派面對北門郡境內各種選舉，包括漁業組合、信用組合，以及街協議會員的地方公領域的機關人員改選時，這群平時一起「打麻雀、喝酒」的麻雀一黨在面對「正事（政治）」之際，則很快地轉換成政治動員組織以鞏固「地盤」，這點也可從日記中清楚看到。如前所述，吳新榮在 1939 年一度親自出馬參選並當選，但在此之前或之後，吳新榮更多次都是扮演幕後操盤手的角色。例如，1938 年 1 月 17 日有著如下的記述：

> 今夜難得地和徐清吉、鄭國津、葉旺丁等人一起打麻將。一開始我就輸了，後來稍微贏回一點，最後未能打贏，由國津君和我兩人招待一夥到樂春樓喝酒，葉向榮、陳培初兩位也來會合了。共同協商有關這次信用組合監事改選一事，協議推薦郭水潭和葉向榮兩位擔任。這是為了下次的街協議會選舉之準備工作，也就是下一期將支持佳里興的郭水潭，下營的徐清吉，佳里的葉向榮、陳培初、鄭國湞，子良廟的林精鏐等，如果至少使三人以上過半數當選即可。而我則是站在高處，祝福這些青年人的成功。[84]

而兩天後（1 月 19 日）日記透露出當時吳新榮心裡打的如意算盤是：「青年人正在躍進。五年前沒有人知道青年人的存在，不過頂多五年之後，這

---

[84] 吳新榮，〈1938 年 1 月 17 日〉，《吳新榮日記全集 2（1938）》，頁 190～191。中譯文。

個鎮上所有的機構都會被這些青年給佔有了吧！」[85]接下來一個多禮拜的日記，則詳細記述著吳新榮為了即將到來的改選而四處奔走、「運動」的過程。1月27日改選結果出爐，對此隔天的日記有著詳細而興奮的記述：

佳里青年派旗開得勝。

昨天，信用組合大會監事改選的結果，郭水潭君榮獲最高票當選；第二位還是由青年派的另一派的洪金湖君獲得；第三位是既成派的巨頭高文瑞氏的和葉向榮君同票，但因葉君較為年輕，只好讓賢。

這次的選舉成績相當佳，打敗了實力派的張、王兩人，非青年派算是全軍覆沒了。佳里青風會成立後，我們可說是腳步已經站穩，得到了光榮的勝利。最可憐的是不聽我們間接的勸告，背叛同志的林精鏐君得到最低票，慘敗。這是個人主義者、利己主義者最後的悲劇，給那些不服正當黨派的全面掌控的人一個最好的教訓。

為了紀念此次團結精神所帶來的勝利成果，和徐清吉、鄭國津、黃清澤、葉向榮、洪金湖等一起到臺南。（郭水潭君因事不克參加。黃炭君和陳培初君在臺南會合後，因事北上。）在市場吃些點心後，到天國咖啡屋、明星咖啡屋、松金樓喝些酒，到佳里已是凌晨三點。

晚上和王烏硈先生、毛昭癸、毛昭江兩位義兄、黃媽典氏等來訪。餐後，把李自尺君叫來打麻將。十一點多，他們回臺南去了。徐清吉君來了，他說此後漁業組合的理事仍是以北七股，南七股、外七股各選出兩名的構想。[86]

這場選舉結果的勝利，仍是以和選舉運動的夥伴們一起喝酒、打麻雀來收尾。對此，可說最早利用未公開的吳新榮日記進行戰時動員體制下地方政治參加研究的近藤正己，便歸納出當時吳新榮之所以成功的因素，除了之

---

[85]吳新榮，〈1938年1月19日〉，《吳新榮日記全集2（1938）》，頁192～193。中譯文。
[86]吳新榮，〈1938年1月28日〉，《吳新榮日記全集2（1938）》，頁197～198。中譯文。

前已具備運用地緣和血緣關係的動員來面對佳里街選戰的經驗外，「吳新榮加上醫師所具有的社會聲望，利用文藝團體『鹽分地帶』所構築的人脈關係而當選」，而他的兩位「不可或缺的盟友」郭水潭和徐清吉，以及「我們的夥伴」中的黃庚申都當選，成為吳新榮這群「青年派」的一大空前勝利。

> 所謂吳新榮的「青年派」，乃意味著一群對既存利益團體心存對抗、重視同志間聲息相通（原文：つながり）的新世代登場之意。他們彼此之間的共同點是接受過日本式教育具有新價值觀這點上，在此，透過選舉終於實現了協議會員的世代交替。[87]

近藤正己所稱「『鹽分地帶』所構築的人脈關係」，以及「重視同志間的聲息相通」云云，其實便是本文所強調而於當時鹽分地帶夥伴們所經常使用的「仲間」意識。而這樣的「仲間」意識，並非憑空而來，而是一種日常生活的實踐。這種地方經營人脈的基礎，可說是集血緣、地緣和不同時期不同階段重層的學緣關係所構築出來的。無獨有偶，麻雀似乎成為這些不同集團間的共同社交語言和交際儀式。

　　而這種以麻雀做為「夜生活」娛樂與交際的社交模式，其實亦早有先例可循，並且還是 1920 年代反殖民統治運動陣營的新生代吳萬成和葉榮鐘。兩人於 1931 年時，同時擔任臺灣地方自治聯盟巡迴演講隊的弁士，這一年剛好都有留下日記，雖然詳略不一但無獨有偶，這兩位傳主當時的夜生活也是「麻雀一黨」。不同的是，出身鹿港的葉榮鐘與吳新榮一樣，都是留日派；而南投出身的吳萬成則是國語學校畢業的公學校訓導，未曾出國留學。以下針對兩人日記中的麻雀經驗及其經歷，進行詳細論述，以便和吳新榮的麻雀經驗相互啟發和參照。

---

[87]近藤正己，《総力戰と台湾──日本植民地崩壊の研究》，頁 209。

二、臺灣地方自治聯盟弁士吳萬成、葉榮鐘的打麻雀

　　吳萬成，臺中州南投街人，臺灣總督府國語學校畢業後任教草屯公學校訓導，為臺灣文化協會核心人物之一草屯洪元煌的左右手兼佳婿。1929年辭去草屯公學校訓導一職，而專心投入臺灣民眾黨，並擔任草屯炎峰青年會幹部。1930 年在被臺灣民眾黨開除黨籍後，與洪元煌、葉榮鐘等人皆成為林獻堂所主導創設的臺灣地方自治聯盟本部的重要幹部。三人更擔任聯盟本部的巡迴演講隊弁士，在 1930 年聯盟創立後，前往全臺各地支部成立大會公開站臺，宣揚臺灣地方自治之政治理念。[88]

　　就在該聯盟各地支部緊鑼密鼓地創設而巡迴全臺站臺馬不停蹄之際，吳萬成及其夥伴們晚上私底下若有空檔，便與同志們徹夜打麻雀，成為其化解身心勞苦的良方。對此，吳萬成在 1931 年 2 月 9 日到 11 日的連續三天的日記當中，如此記載著：

　　舊曆 12 月 22 日　新曆 2 月 9 日
　　晚上張景源君、洪廷勳君和葉榮鐘君來，徹夜打麻雀，這是為了趣味，同時也可忘卻身心的痛苦。
　　舊曆 12 月 23 日　新曆 2 月 10 日
　　今天由於昨晚使出全力而疲憊不堪；儘管如此，還是忍著疲勞忙了一整個上午。吃完中飯後本想休息一下，無奈阿堅舅和阿成兄來訪，隨即找來張景源君，湊成四人打麻雀，打到下午四點散會。
　　舊曆 12 月 24 日　新曆 2 月 11 日
　　舉行支部聯合會議。十個支部當中有八個支部出席，與本部的人合作共計三十多名，相當熱烈地討論著，這是以往未曾有的大盛況，各自互壯聲勢。我上午缺席，洪朝東君、洪右兄和劉慶章君來訪。會議一直持續

---

[88] 陳文松，〈日治時期臺灣「雙語學歷菁英世代」及其政治實踐：以草屯洪姓一族為例〉，《臺灣史研究》第 18 卷第 4 期（2011 年 12 月），頁 82～95。附帶一提的是，前引 1945 年 6 月楊基印母親壽宴受邀請的名單中，洪耀勳即草屯洪姓一族洪清江之長子。

開到晚上八點才結束，隨即在醉月樓舉行晚宴。晚上十點起，洪朝東君等來打麻雀，打通宵。洪錫恩帶了雞肉來。[89]

　　從吳萬成的日記觀之，可以看到更早以前，那些政治運動家確實有不少人都為麻雀所迷；但在積極奔走為爭取臺灣人自治的同時，麻雀也確實讓他們的政治運動生活有所調劑和抒發，因為這些政治青年所面對的殖民統治環境，絕對比文學青年或文化人吳新榮所面臨的處境更為緊繃。而打麻雀讓這些「趣味」相投的夥伴徹夜廝殺，到了白天則轉身一變成為反殖運動四處奔波的「戰友」。

　　而相較於「吳萬成日記」的缺漏，《葉榮鐘日記》則留下較為豐富的記述，且始於 1931 年正好可與吳萬成日記相對照。

　　葉榮鐘，字少奇，1900 年出生於鹿港，受林獻堂資助兩度赴日留學。1921 年任林獻堂私人祕書兼通譯，追隨林氏奔走臺灣議會設置請願運動、參加臺灣文化協會；1927 年初臺灣文化協會分裂，再度赴日留學，1930 年自日本中央大學政治經濟學科畢業，返臺任職臺灣地方自治聯盟書記長；同時，與賴和等人創辦《南音》雜誌，以提升臺灣文化與生活內容為旨趣。1978 年因病去世，著作等身，後人將其集結《葉榮鐘全集》[90]，而《葉榮鐘日記》[91]即為其中之一，記自 1931 年至 1978 年為止，戰前日記則終於 1942 年。

---

[89]筆者譯。原文如下：

「舊曆 12 月 22 日　新曆 2 月 9 日　夜張景源君洪廷勳君　葉榮鐘君來りて麻雀遊び徹夜だ。趣味の為めには身の苦痛も忘れる。舊曆 12 月 13 日　新曆 2 月 10 日　本日は昨夜の出？りて全身つかれ切つた。それでも我慢して一朝つとめた。中食後一休みしたいと思つたけれど阿堅舅阿成兄が来訪。早速？まとめて張景源君を招いて打麻雀。四時に散會。舊曆 12 月 24 日　新曆 2 月 11 日　支部連合会議開催。十支部中から八支部の出席を見て本部の人と合せて三十余名頗る熱心に討議。未曾有の大盛況。各気炎を壯いた。自分は午前中欠勤。朝東君、洪右兄、劉慶章君来訪。會議は午後八時まで引続いてやり終わりてすぐ醉月樓にて宴会あり。午後十時から朝東君より来りて打麻雀　徹夜。錫恩が鶏をもつて来てくれた。」吳萬成，《昭和六年當用日記》（東京・大阪：株式會社積善館發行，1930 年），（1931 年 2 月 9 日至 11 日）。

[90]葉榮鐘著，葉云云主編，《葉榮鐘全集》（臺中：晨星出版社，2000〜2002 年）。

[91]葉榮鐘著，林莊生、葉云云主編，《葉榮鐘日記（上、下）》（臺中：晨星出版社，2002 年）。

　　就戰前而言，青壯年時期的葉榮鐘的室內社交休閒娛樂工具，與吳新
榮相較更是不遑多讓，包括麻雀、圍棋、象棋、四色牌和「葉子戲」。[92]其
中，打麻雀的次數多集中於 1931 年到 1938 年之間，且打麻雀的對象，雖
隨其職務變動而有所變化，但最沒有變動的「牌友」則是林獻堂之弟林階
堂的次子林變龍。[93]因此，就職務與地位而言，具有留日經驗的葉榮鐘當然
非吳萬成可比，因此葉榮鐘的社交圈遠比吳萬成來得複雜而廣泛是可以想
見的。但因對於政治運動的熱衷，兩人於 1931 年同時參與臺灣地方自治聯
盟的草創事業，勞心又勞力。

　　若對照 1931 年「吳萬成日記」所記 2 月 9 日與葉榮鐘等人打麻雀之
事，葉榮鐘在當天日記裡卻只是輕描淡寫的一句話：「下午三時回臺中」
便結束。不過，這並非兩人的第一次。稍早的 1 月 21 日和 22 日，葉榮鐘
日記如此記述著：

> 今天感到非常疲倦，沒有精神。下班後拿出《地方自治講法》翻一翻，
> 但讀不到二十頁即擱下來。因性兄（按：莊遂性）要去賴君處，要我也
> 去那兒聚餐。受晚餐之招待後一同回到性兄家，在那裡跟聘三〔張聘
> 三〕、賴君打麻將，直到十一時。[94]
> 下午雲龍君來訪，跟他和性兄去公園散步。晚上在性兄處打麻將，同伴
> 是磐石〔呂磐石，靈石的大哥〕、萬成〔吳萬成〕、性兄三人。[95]

---

[92] 「『葉子戲』一詞，初見於唐代蘇鶚《同昌公主傳》：『韋氏諸家，好為葉子戲。夜則公主以紅
琉璃盤盛夜光珠，令僧祁立堂中，而光明如晝焉。』據歐陽修《歸田隊》所述，唐代的葉子戲其
實是骰子格，是一類用骰子玩耍，類似後世陞官圖的圖版遊戲。」參考網頁：
http://zh.wikipedia.org/wiki/%E8%91%89%E5%AD%90%E6%88%B2。最後造訪：2013 年 9 月 22
日。
[93] 林變龍，林階堂次子，1907 年生，1933 年 3 月日本大學政治學部畢業，翌年入「臺灣新民報
社」，社會部記者。1938 年辭。1940 年 1 月霧峰庄庄長迄戰後。《臺灣人士鑑》（1943 年版），
頁 324～325。
[94] 葉榮鐘著，林莊生、葉云云主編，〈1931 年 1 月 21 日〉，《葉榮鐘日記》，頁 25。
[95] 葉榮鐘著，林莊生、葉云云主編，〈1931 年 1 月 22 日〉，《葉榮鐘日記》，頁 25。。

　　而且有趣的是，2 月 1 日葉榮鐘曾痛下決心不再打麻雀，理由是「它不但浪費時間，而且消磨精神。為挽回墮落的生活，整天看《改造》與《中央公論》」。[96]然而，葉榮鐘沒多久就又雀症復發，去找吳萬成打通宵了。後來，葉榮鐘如同吳新榮一樣好幾次打完之後，都深自反省，只差沒有像吳新榮那樣，把麻雀牌投入糞坑那般壯烈罷了。例如 1932 年 6 月 17日中寫著：

> 昨夜和景寮〔何景寮〕君打了一夜麻雀，累得心身疲倦非常，真是荒唐之至，這樣的惡習慣非早一日改掉不可。但是至今幾番欲改而改不掉，可見我的薄志弱行太不像樣了。[97]

　　而在 1938 年整個局勢緊繃之餘，葉榮鐘似乎終於把麻雀這項娛樂戒除了，因為已從打發時間變質為「賭上金錢」之故。在當年 9 月前兩天的日記裡，各自寫著短短一句話：「被變龍君邀去打麻將，過一夜」[98]、「決心今後要與賭博絕緣」[99]而告別麻雀。就在戒除麻雀後沒多久，吳萬成和葉榮鐘同受林變龍的招待「吟詩、唱歌」還「獨佔江山樓」。[100]

　　從與林獻堂皆屬同一陣營的反殖運動家吳萬成、葉榮鐘的日記，到前述《臺灣新民報》監查役楊子培，再到霧峰林家的麻雀賭博事件[101]，都可感受到麻雀在反殖陣營中的流行程度，可說深具「日常性」，尤其葉榮鐘、吳萬成和林變龍在 1938 年以前都曾任職《臺灣新民報》；但是另一方

---

[96]葉榮鐘，〈1931 年 2 月 1 日〉，《葉榮鐘日記》，頁 27。
[97]葉榮鐘，〈1932 年 6 月 17 日〉，《葉榮鐘日記》，頁 46。
[98]葉榮鐘，〈1938 年 9 月 1 日〉，《葉榮鐘日記》，頁 138。
[99]葉榮鐘，〈1938 年 9 月 2 日〉，《葉榮鐘日記》，頁 138。
[100]葉榮鐘，〈1938 年 10 月 12 日〉，《葉榮鐘日記》，頁 145。
[101]「八時榮鐘來，言午後一時餘烈堂氏之三太、瑞騰氏之廈門奶、季商氏之三奶、林清經之妻在林株式店打麻雀，階堂、清經在旁，皆被警察檢舉；四婦被縛以法繩而行於市上，觀者數百云云。即往五帝處問其詳細，他言與清經被罰過怠金十五元，她等四人雖適〔釋〕放，明日須再往警察署被審問云。」林獻堂著，許雪姬、周婉窈主編，〈12 月 7 日〉，《灌園先生日記（五）一九三二年》，頁 490～491。

面也必須提醒的是，殖民政府警察當局是否出手取締，則誠如日本賭博史
專家增川宏一所言，「從明治中期以來，（按：政府）已累積了許多將賭
博作為政治利用的道具的經驗了」。[102]所以發生在反殖民統治陣營中的麻
雀賭博取締事件，有時亦不能視為單純的賭博取締事件，是具有高度「政
治性」的成分。如同吳新榮日記所見，這些（曾經是）反殖社會運動家們
的日常生活中，隨時都有高等警察（特務）的進出，甚至不乏「趣味」相
投的。因此，我們也可從他們的日記中發現，為了解決某些「政治」或
「法律」事件，甚至地方選舉，也會藉由透過麻雀這類社交娛樂所形塑出
的社交空間來進行「場外交涉」，讓這類麻雀成為後人所謂的「政治麻
雀」。

換言之，1930 年代的臺灣，不論是全島性的臺灣地方自治聯盟運動
家，抑或是「鹽分地帶」的「青年派」，也不論是在臺灣政治運動的實踐
抑或是臺灣新文學的構築與突破的成就背後，一個做為凝聚同志和「仲間
意識」扮演著催化劑角色的是所謂的「麻雀黨」，或俗稱的「牌友」的社
交圈存在。如此說法，絕無貶抑反殖運動家或吳新榮等鹽分地帶夥伴的意
思；相反的，可以跳脫傳統的思維，回歸日治時期政治運動家或文學實踐
者日常生活的真實面貌，以及殖民統治下個人面對時局變化時，如何透過
麻雀這項大眾室內社交娛樂的工具「同憂共喜」，達成其凝聚「仲間意
識」、階級認同和政治參與的目的。就如同吳新榮在日記中寫的「我愛打
麻將，也愛書籍」。[103]換言之，愛打麻雀與愛書都屬於吳新榮此時期日常
生活中的重要面向，且可同時並存的。

肆、社交娛樂空間的形成與轉換

最後，為了有助於了解打麻雀本身的「日常性」、「社交性」和「娛
樂性」外，有必要進一步深化探討吳新榮及其夥伴們的活動場域，也就是

---

[102]增川宏一，《賭博 III》（東京：法政大學出版局，2005 年），頁 336。
[103]吳新榮，〈1938 年 9 月 25 日〉，《吳新榮日記全集 2（1938）》，頁 304～305。中譯文。

說社交娛樂的「空間」是如何透過打麻雀這項道具營造出來，進而培養出
「同憂共喜」的「仲間意識」？

　　打麻雀不像看電影，必須經常移動到大都市的府城，而以當時地方街
市的交通條件來看，可說是十分鐘社交圈的範圍。[104]所謂的「十分鐘社交
圈」也就是「以自宅為中心，走路（必要時騎車）十分鐘就可以到的範
圍」。以吳新榮為例，小雅園自宅位於佳里街市的中心地，不管是到隔壁
的樂春園、西美樓，或是酒仲賣，都是走路十分鐘可到的距離。相對的，
吳新榮的夥伴們從北門郡各地而來，遠者騎車、近者走路，往往也是呼之
即至的地理空間。所以，佳里地域的社交娛樂場所（空間），可說是吳新
榮與地域夥伴們的日常社交娛樂活動的範圍。而吳新榮的家——小雅園
（含小雅園隔壁的樂春樓）[105]和酒仲賣就是吳新榮與鹽分地帶夥伴們主要
的兩大社交娛樂空間。

　　根據前列表 1 的統計可知，吳新榮打麻雀的場所當中，有記載的前三
名分別為 44 次的自宅（小雅園）、30 次的酒仲賣，以及 8 次（2.71%）的
南州俱樂部。而另一未具名的「俱樂部」一處，從後述可知就是酒仲賣（6
次），由此更可凸顯出小雅園和酒仲賣這兩個場所，堪稱是自 1933 年 10
月青風會此一「社交機關」成立以來，以吳新榮為首的鹽分地帶夥伴們的
社交娛樂、文學與政治活動的雙核心亦不為過。

　　只是以往論者大都偏重於小雅園（含一旁的樂春樓），間或提及南州
俱樂部，至於酒仲賣則可說完全付之闕如。筆者認為，吳新榮等人藉由麻
雀——此一社交娛樂活動的經營，不僅建構了強固的社會網絡，更將私領
域空間小雅園轉換為公領域空間，同時亦將歸屬殖民政府具有約束力的商

---

[104]2013 年 6 月 14 日帶領本系研究生拜訪吳南圖先生時，曾針對吳新榮日記當中所提到金唐殿、酒
仲賣所、公會堂、佳里座、西美樓等公私社交、娛樂場所之相關位置和距離，吳南圖先生很輕
快地說從小雅園到這些地方，「走路都不免十分鐘（臺語）」。雖然這並沒有精確的計算，卻
是很貼近當時社會空間的形容。筆者受此啟發，故提出此一空間概念。
[105]有關日治初期酒樓飲食文化的形成與空間轉換，請參見曾品滄，〈從花廳到酒樓：清末至日治
初期臺灣公共空間的形成與擴展（1895～1911）〉，《中國飲食文化》第 7 卷第 1 期（2011 年
1 月），頁 89～142。

業空間酒仲賣轉換為青年派集團的社交空間，進而形成一種「亦私亦公、亦公亦私」的模糊空間，成為鹽分地帶「青年派」夥伴們社交娛樂、談文學、論政治的兩大據點。其實這也呼籲近藤正己所指稱南州俱樂部這類「屬於（臺灣人）自身的『社交團體』」[106]，也難怪吳新榮一開始成立這僅有寥寥數人的「社交機關」青風會時，會誇稱「自開天地以來，在這北門郡地方，大諒未見有這有意義的存在」了。以下便針對上述兩處主要社交機關的「雀戰」及其所扮演的角色，進行簡要的描述。

一、小雅園

　　林芳年戰後對鹽分地帶夥伴的回憶文章相當多，而其中〈小雅園與妓院〉一文，可說是讓後人回味當時小雅園生活點滴與文人聚會光景的最佳小品：

> 吳新榮公館的庭園號稱小雅園，是鹽分地帶同仁們高興滯留的地方。他們工作之暇常在那裡留連終日，展開著不著邊際的閒聊，因為大家都年輕，只憑著一股無可抑止的熱腔，振臂拍案叫嚷，冒充英雄角色，展示著極天真的意志表達，現在再來回想那段情景，大家只能喊一聲：「實在汗顏，真是莫名愧疚。」（中略）這所庭園不但富有詩意情調，而且打頭額舉起來，就能看到一群青樓小姐在那裡撒嬌怒吼，那是有一所妓院建築在小雅園邊。[107]

除了文學、人生與戀愛等種種話題之外，竹牌戰當然也是經常在小雅園掀起「夜戰」的。例如，1938 年 7 月 23 日與 24 日連續兩天的日記裡，更上演著鹽分地帶集團與其他集團聯軍對抗的場面：

---

[106] 近藤正己，《総力戰と台湾——日本植民地崩壊の研究》，頁 213～214。
[107] 林芳年，〈小雅園與妓院〉，《林芳年選集》，頁 290～291。文中所稱妓院，即樂春樓。

近午時分，麻豆的鄭漢及郭丙午二位來訪，說要到學甲找郭秋煌君來打麻將。下午，因此邀徐清吉君與他們對戰，結果意外吃了敗仗。輸的出錢帶客人到西美樓，佳餚四碗、啤酒一打、美妓三位，終於成了曾文區和北門區的酒戰。曾文區的划拳較弱但酒量好，最後未見輸贏，同奏凱歌回家去，已近三點，沒地方睡，所以六人再聚在一起打麻將，打到天亮。啊，痛快哉！啊，徹底啊！青春行樂當及時！[108]

不過及時行樂的結果，常常跟著就是一場自我反省。翌日的日記裡，接著如此記述著這種內心的矛盾：

麻豆鄭漢、郭丙丁兩位今晨麻將散場後就回去了；郭秋煌、徐清吉兩位則休息到八點。而我一夜未睡，天一亮就到漚汪去往診，精神還不錯，但途中做了種種反省：
到底這樣下去可以嗎？到底得到多少樂趣呢？到底得到甚麼好處呢？想一想各式各樣的娛樂，麻將如此，咖啡屋亦如此。也許看電影會較好吧，但得花相當多的時間。[109]

同年 8 月 9 日，吳新榮甚至寫到「今天真的放晴了，患者也多了一些。我得趁此機會確立私生活的改革，即禁止晚間的外出和不主動招人打麻將。」[110]只是，這樣的反省通常徒勞無功，因為就算吳新榮不主動招人，那些「惡友每晚必到，實在沒辦法」。[111]

當然，小雅園更是這群文藝青年平時高談闊論、招待外來貴賓之所。例如 1935 年 6 月 1 日臺灣文藝聯盟佳里支部成立，支部成員有郭水潭、徐清吉、鄭國津、黃清澤、葉向榮、王登山、林精鏐、陳挑琴、黃平堅、曾

---

[108] 吳新榮，〈1938 年 7 月 23 日〉，《吳新榮日記全集 2（1938）》，頁 277～278。中譯文。
[109] 吳新榮，〈1938 年 7 月 24 日〉，《吳新榮日記全集 2（1938）》，頁 278。中譯文。
[110] 吳新榮，〈1938 年 8 月 9 日〉，《吳新榮日記全集 2（1938）》，頁 284～285。中譯文。
[111] 吳新榮，〈1938 年 8 月 15 日〉，《吳新榮日記全集 2（1938）》，頁 287～288。中譯文。

對、郭維鐘及吳新榮 12 人。而在隔天的日記中，吳新榮如此記述著：「昨晚臺灣文藝聯盟本部代表及地方參加者宿於我家，其他之友皆去宿於酒仲賣。」[112]其中的「我家」就是指包含小雅園在內的佳里醫院兼自宅[113]，至於酒仲賣？續描述如下。

二、酒仲賣

除了小雅園之外，吳新榮及其夥伴們另一處社交娛樂的場所就是佳里的酒仲賣。日治時期殖民政府先後將鴉片、菸、鹽和酒等納入專賣。各地分區設置各類專賣的經銷商（日文稱賣捌人），而酒類專賣的最下層則是小賣人。而各區域內的賣捌人和小賣人又聯合組成專賣品小賣人組合，設有組合長、副組合長、理事和組合員。根據 1943 年「北門專賣品小賣人組合役員名簿」顯示，當時佳里街內各類專賣品的賣捌人分別是：菸草──三谷光太郎、酒類──方沁、鹽──本道喜代次、燐寸（即火柴）──野坂新太郎。[114]方沁是於 1936 年卸下西港庄庄長後，轉任酒類賣捌人直到 1943 年，而其助手就是女婿徐清吉。[115]因此，當 1943 年方沁卸任而徐清吉也必須離去事成定局之際，吳新榮曾在其日記中寫道：

> 徐清吉君因酒配銷所已換了主人，搬回老家下營了。幾乎有十年每晚同遊的朋友一下子搬走，有無限的惆悵。[116]

---

[112]吳新榮，〈1935 年 6 月 1 日〉，《吳新榮日記全集 1（1933～1937）》，頁 113～114。而佳里支部於翌年 12 月 26 日宣布解散。

[113]「在山房正南約五十呎處有座八角形木造涼亭，看東邊樑上橫掛著一面以古老車輪樟木浮標的字──小雅園。這座涼亭從東、西、南、北各下落三層階梯，連接那以紅磚鋪成的小道向外四射，其他四面則圍著欄干。亭中央有八角形磨石桌，繞配著八隻圓形磨石凳。這是我們童年最常嬉戲的地方。夏日晴天時經常在此用餐請客，亦是當年「鹽分地帶」文學青年與臺灣南北文藝同好聚會場所。相信常以啤酒磨墨的知己揮毫必是他們茶餘飯後的餘興。」吳南圖，〈記小雅園琄琅山房主人〉，收於吳新榮，《震瀛回憶錄》，頁 37。

[114]〈昭和十七年十一月十八日改正專賣品小賣人組合並同聯合會定期總會報告〉，中央研究院臺灣史研究所檔案室，TMB-06-06-439。

[115]林芳年，〈不寫詩的詩人〉，《林芳年選集》，頁 300。

[116]吳新榮，〈1943 年 7 月 1 日〉，《吳新榮日記全集 7（1943～1944）》，頁 192。中譯文。

　　日治時期擔任各類專賣品賣捌人或小賣人，都必須具有相當的資產和
聲望[117]，被視為殖民政府對在臺日人的優遇和對臺灣人的攏絡，雖然如此
在臺日人所占的比例仍遠高於臺灣人，可看出臺灣人要被選上並非易事。
而酒類賣捌人所在的事務所就是酒仲賣，雖屬營利事業，但可說是殖民政
府專賣體系中末端的地區分銷據點。但由於佳里酒仲賣的徐清吉，一開始
便加入吳新榮青年派的陣營，且當時更被吳新榮視為在鹽分地帶夥伴當
中，「最富實踐性」和「最值得信賴者」。[118]因此，從 1933 年到 1943 年
的十年間，酒仲賣所這個場域所扮演的文藝、社交、娛樂功能，幾乎不下
於小雅園。1938 年 6 月 1 日，吳新榮甚至認為酒仲賣所簡直就是佳里的俱
樂部：

　　晚上到煙酒配銷所（按原文：酒仲賣所）去，這兒已快形成一個俱樂
　　部。今晚分為亭子腳、應接室及客廳等三處，各自納涼雜談。喝酒的一
　　顆，賭博的一夥，談人生、戀愛的一夥。各自開花，多麼奇怪的俱樂
　　部。[119]

同時，酒仲賣所也是臺灣文藝聯盟佳里支部成立以後，鹽分地帶同仁定期
舉行例會的場所。例如 1936 年 1 月 18 日所記：

　　晚上在酒仲賣開鹽分地帶的例會，除起麻豆郭維鐘君，其他全員都出
　　席，而且陳培初、莊培初、黃炭三君也來傍聽。就中，黃君也受同人的
　　紹介，自己也聲明加入，所以陣營也漸漸堅固。可惜單單鄭國津君時常

[117]黃慧貞認為能被指定為「賣別人」或是「小賣人」，都可算是當時的「上流階層」。黃慧貞，
　　《日治時期臺灣「上流階層」興趣之探討》，頁 71。
[118]吳新榮，〈1939 年 1 月 27 日〉，《吳新榮日記全集 3（1939）》，頁 179。中譯文。
[119]吳新榮，〈1938 年 6 月 1 日〉，《吳新榮日記全集 2（1938）》，頁 249～250。中譯文。

發出個人的感情的言論，致使鹽分地帶發生病根。散會後，一同去咖啡店消遣。[120]

　　而且即使吳新榮將麻雀牌投入糞坑「暫時」不打麻雀而改打圍棋之後，酒仲賣依舊是吳新榮流連忘返之社交娛樂場所。例如 1941 年 12 月 2 日所記：

昨日下午到公會堂出席皇民奉公會。同晚是興亞奉公日，什麼地方都去不了，就到酒配銷所下圍棋。鬥不過方沁氏，連續敗北，玩到凌晨四點多。[121]

　　換言之，酒仲賣可以說在皇民化運動與總動員體制的風暴下，經常是吳新榮及其夥伴們打發所謂「皇民奉公」時的休憩所——心靈的避風港。而藉由麻雀或後來的圍棋，吳新榮如同前述吳萬成、葉榮鐘日記所示，是為了忘卻身心苦痛、與夥伴們「同憂共喜」的良方。

伍、結論

　　綜合以上所述，從 1920 年代中葉到 1940 年初之間，麻雀做為社交娛樂的工具，在吳新榮的日常生活中，可說扮演著非常重要的角色。首先，對於基礎並未穩固的佳里青年派而言，藉著日常生活中的竹牌戰，彼此之間直接或間接地凝聚出一種「仲間意識」，甚至發展成日後吳新榮所指稱的五個交友集團，其中最具核心地位的集團無它——即鹽分地帶集團（青年派）。

---

[120]吳新榮，〈1936 年 1 月 18 日〉，《吳新榮日記全集 1（1933～1937）》，頁 182。諸如此類的活動，郭水潭日記中亦有相關記述，「劉捷君自臺北來佳里訪問，我和吳新榮召集鹽分地帶同人於酒類配銷所開歡迎座談會，以『臺灣文藝』及『新文學』的統一論為主題。」郭水潭，羊子喬編，〈1936 年 3 月 12 日〉，《郭水潭集》，頁 203。

[121]吳新榮，〈1941 年 12 月 2 日〉，《吳新榮日記全集 5（1941）》，頁 284。中譯文。

　　其次，為了「同憂共喜」、為了發洩心中苦悶，他們經常聚在一起打麻雀、喝酒，順便「雜說」高談闊論；但面對屬於地方公領域的政治、行政團體改選時，這個私人性的社交團體卻馬上又化身為選舉動員的組織，吳新榮儼然成為操盤手，並且接連在鹽分地帶攻城掠地鞏固其「地盤」。

　　第三，在佳里地域社會中不同性質的日常生活空間，一則由傳統詩社改建而成私人所有的小雅園，一則為殖民政府專賣機構的末端商業空間酒仲賣所，另加上小雅園旁的樂春樓（「妓院」），竟然合構成鹽分地帶夥伴對內凝聚其「仲間意識」和對外展現其政治力量的堡壘。誠然，從日記中也可嗅出鹽分地帶的夥伴之間，並非沒有脆弱和不和諧的一面（如上述吳新榮對於林精鏐、鄭國津的批評）。

　　最後，從吳新榮日記中亦可知林茂生的「雀技」[122]，以吳新榮月平均四、五次且具多年功力下竟仍得俯首稱臣，可見其功力之深厚，這點即使林茂生本人亦始終未曾掩飾。對此，同樣出身南部的同時代人蔡培火，由於與林茂生在基督教教義解釋和政治立場上有所不同，因此曾在其日記當中數度對林茂生口出惡評，其間亦提及林茂生「不肯出席教會禮拜，有空暇就日夜搓麻將」。[123]暫時撇開蔡培火與林茂生間的個人恩怨不談，由此可知蔡培火對打麻雀的行為顯然視為一種「閑居為不善」的負面看法。可見做為大眾室內社交娛樂的麻雀，在日治時期雖具有公開且合法的一面，但在知識階層當中仍存在著截然不同的立場。

　　此外，綜合以上不同時期吳新榮日記中的麻雀經驗可知，自從 1920 年代中葉麻雀在臺灣社會大風行以來，這項介於賭博與娛樂之間的大眾室內社交娛樂工具，確實已深入臺灣人社會的日常生活當中，尤其是知識菁英階層亦因著不同目的所需，讓打麻雀這項室內社交娛樂呈現出多種不同的

---

[122]吳新榮，〈1936 年 5 月 24 日〉、〈1937 年 4 月 3 日〉，《吳新榮日記全集 1（1933～1937）》，頁 219、301。

[123]蔡培火，張炎憲總編輯，〈日記〉，《蔡培火全集（一）家世生平與交友》（臺北：吳三連臺灣史料基金會，2000 年），頁 172。本記述承蒙臺南神學院兼任助理教授王昭文之賜教，在此謹表謝忱。

面貌。若考究戰後出現的「家庭麻將」、「衛生麻將」、「政治麻將」之源頭[124]，實都可追溯到戰前。[125]而吳新榮日常生活所留下來的真實紀錄——日記，與其說是一部「麻雀日記」，毋寧說更蘊含著個人強韌生命力的展現，以及不同時期與自我、時局奮戰下，「全身全靈」苦心瀝血的心路歷程。

最後，如本文一開始所述，打麻雀對於一般人而言確實是「無關緊要的瑣事」，所以往往「隱而不顯」；然而我們從吳新榮等人戰前的日記合而觀之，卻可感受到打麻雀與日常生活往往有著一股「異於尋常」的社會張力，而這股社會張力不但存於個人內心之中，亦存在於社會上與國家政策之中。過去如此，當代亦然。足見日常生活史研究中，看似「無關緊要的瑣事」其實往往並非「無關緊要」。

參考書目：

A. 報紙

- 《臺灣日日新報》
- 《臺灣民報》
- 《臺灣警察協會雜誌》
- 《臺灣警察時報》

---

[124] 〈政治麻將〉請參見臺灣省議會第四屆第六次定期大會（1971 年 1 月），蔡介雄議員總質詢稿；〈衛生麻將〉請參見臺灣省議會第五屆第九次定期大會（1977 年 6 月），洪木村議員警務質詢稿；〈家庭麻將〉請參見臺灣省議會第五屆第十次定期大會（1977 年 10 月），戴麗華議員警務質詢稿。以上資料收藏於中華民國地方議會議事錄總庫。（http://journal.tpa.gov.tw/index.php），最後造訪：2012 年 12 月 15 日。

[125] 當然不僅只臺灣。例如楊基振日記中記述不少關於「政治麻雀」材料，且其活動場域在戰爭末期的華北（參閱楊基振著，黃英哲、許時嘉編譯，《楊基振日記附書簡、詩文》），而 1927 年劉吶鷗在上海所打的則是所謂「衛生麻雀」（康來新、許秦蓁合編，彭小妍、黃英哲編譯，《劉吶鷗全集——日記集（上、下）》〔臺南：臺南縣文化局，2001 年〕）。可見，戰前不論臺灣或中國都已產生今日所稱的「政治麻將」、「衛生麻將」和「家庭麻將」的社交娛樂模式。

B. 史料

- 中華民國地方議會議事錄總庫，http://journal.tpa.gov.tw/index.php，最後造訪：2012年12月15日。

- 羊子喬編，《郭水潭集》，臺南：臺南縣立文化中心，1994年。

- 吳新榮，《震瀛回憶錄》，臺北：前衛出版社，1989年。

- 吳新榮等著，張良澤主編，《吳新榮書簡》，臺北：遠景出版公司，1981年。

- 吳新榮著，張良澤總編，《吳新榮日記全集》，臺南：國立臺灣文學館，2008年。

- 吳新榮著，葉笛、張良澤漢譯，《吳新榮選集》，臺南：臺南縣立文化中心，1997年。

- 吳萬成，《昭和六年當用日記》，東京・大阪：株式會社積善館發行，1931年。

- 林芳年，《失落的日記》，臺中：晨星出版社，1985年。

- 林芳年，《林芳年選集》，臺南：中華日報出版部，1983年。

- 林獻堂著，許雪姬等主編，《灌園先生日記（一）至（二十六）》，臺北：中央研究院臺灣史研究所，2000～2013年。

- 胡適著，曹柏言整理，《胡適日記全集・1》，臺北：聯經出版社，2004年。

- 康來新、許秦蓁合編，《劉吶鷗全集》，臺南：臺南縣立文化局，2001年。

- 康來新、許秦蓁合編，彭小妍・黃英哲編譯，《劉吶鷗全集——日記集》（上、下），臺南：臺南縣立文化局，2001年。

- 康來新、許秦蓁合編，《劉吶鷗全集——增補集》，臺南：國立臺灣文學館，2010年。

- 楊基振著，黃英哲、許時嘉譯註，《楊基振日記附書簡・詩文》，臺北：國史館，2007年。

- 葉榮鐘著，林莊生、葉云云主編，《葉榮鐘日記（上、下）》，臺中：晨星出版社，2002年。

- 臺灣新民報社主編，《臺灣人士鑑》，臺北：臺灣新民報社，1934年。

- 臺灣總督府，《臺灣總督府警察職員錄》，臺北：臺灣總督府，1935年。

- 臺灣總督府專賣局，《臺灣酒專賣史》（上、下），臺北：臺灣總督府專賣局，1941年。
- 蔡培火，張炎憲總編輯，《蔡培火全集（一）家世生平與交友》，臺北：吳三連臺灣史料基金會，2000 年。

C. 論文

- 陳文松，〈日治臺灣麻雀的流行、「流毒」及其對應〉，《臺灣史研究》第 21 卷第 1 期，2014 年 3 月，頁 45～93。
- 陳文松，〈日治時期臺灣「雙語學歷菁英世代」及其政治實踐：以草屯洪姓一族為例〉，《臺灣史研究》第 18 卷第 4 期，2011 年 12 月，頁 82～95。
- 陳熙遠，〈從馬吊到馬將——小玩意與大傳統交織的一段歷史因緣〉，《中央研究院歷史語言研究所集刊》第 80 本第 1 分，2009 年 3 月，頁 137～196。
- 植野弘子，〈日本統治時期臺南之生活文化的變化〉，收錄於《第一屆南瀛學國際學術研討會論文稿彙集——南瀛地區的歷史、社會與文化》，2005 年，頁 19～20，未公開出版。
- 曾品滄，〈從花廳到酒樓：清末至日治初期臺灣公共空間的形成與擴展（1895～1911）〉，《中國飲食文化》第 7 卷第 1 期，2011 年 1 月，頁 89～142。
- 楊永彬，〈日本領臺初期日臺官紳詩文唱和〉，收錄於若林正文、吳密察主編，《臺灣重層近代化論文集》，臺北：播種者出版，2000 年，頁 105～181。
- 廖怡錚，〈傳統與摩登之間——日治時期臺灣的珈琲店與女給〉，臺北：政治大學臺灣史研究所碩士論文，2010 年。
- 簡仔君，〈江山樓及其在日治時期紳商社交生活中所扮演的角色（1921～1940）〉，臺北：政治大學臺灣研究英語碩士學程，2007 年。
- 吳南圖，〈緬懷小雅園〉，參見「小雅園」網站，「懷念一家族」項下（http://paradisic.org/index.php/memoir/family-members/），最後造訪：2013 年 5 月 10 日。

D. 專書

（一）中文（含譯著）

- 三澤真美惠著，李文卿、許時嘉譯，《在「帝國」與「祖國」的夾縫間──日治時期臺灣電影人的交涉與越境》，臺北：國立臺灣大學出版中心，2012 年。

- 史良昭，《枰聲局影：中國博奕文化》，上海：上海古籍出版社，1991 年。

- 呂紹理，《水螺響起：日治時期臺灣社會的生活作息》，臺北：遠流出版社，1998 年。

- 李毓嵐，《世變與時變──日治時期臺灣傳統文人的肆應》，臺北：國立臺灣師範大學歷史學系，2010 年。

- 辛永清，劉姿君譯，《府城的美味時光：臺南安閑園的飯桌》，臺北：聯經出版社，2012 年。

- 施懿琳，《吳新榮傳》，南投：臺灣省文獻委員會，1999 年。

- 張人傑，《臺灣社會生活史──休閒遊憩、日常生活與現代性》，臺北：稻鄉出版社，2006 年。

- 曾士榮，《近代心智與日常臺灣：法律人黃繼圖日記中的私與公（1912～1955）》，臺北：稻鄉出版社，2013 年。

- 黃慧貞，《日治時期臺灣「上流階層」興趣之探討》，臺北：稻鄉出版社，2007 年。

- 劉捷原著，林曙光譯注，《臺灣文化展望》，高雄：春暉出版社，1994 [1936] 年。

（二）日文

- 近藤正己，《総力戦と台湾──日本植民地崩壊の研究》，東京：刀水書房，1996 年。

- 增川宏一，《賭博 III》，東京：法政大學出版局，2005 年。

──選自《成大歷史學報》第 45 號，2013 年 12 月

輯五◎
研究評論資料目錄

作家生平、作品評論專書與學位論文

專書

1. 吳南圖編　　震瀛追思錄　臺南　珣琅山房　1977 年 3 月　330 頁

本書為吳新榮逝世 10 周年紀念文集,收錄親友追思文章。全書分 3 輯,1.「十年後的追思」:收錄鄭國滇〈才高人善——回憶吳新榮君生前不尋常的事〉、李步雲〈新榮先生與南瀛詩社〉、吳濁流〈懷念吳新榮君〉、洪冰如〈追憶畏友吳史民兄〉、黃寄珍〈手足之情〉、李君晰〈新榮兄的養兔事業〉、黃百祿〈回憶裡的新榮君〉、王錦昌〈懷念新榮君〉、黃庚申〈追憶新榮世弟〉、曾對〈回憶〉、楊雲萍〈珣琅山房之春〉、楊逵〈三個臭皮匠〉、王盡賴〈新榮先生逝世拾週年〉、張達修〈吳新榮先生追思錄題辭〉、徐清吉〈追懷知友〉、戴明福〈回憶——我奇遇了吳新榮君〉、李可讀〈吳新榮先生遺著付梓紀念〉、黃得時〈醫術・文學・鄉史・吟詠——屹立的燈塔,多彩多姿的一生〉、巫永福〈沖淡不了的記憶〉、黃生宜〈題吳新榮先生追思錄〉、吳尊賢〈追憶・新榮宗侄〉、林芳年〈吳新榮評傳〉、魏順安〈憶・新榮先生〉、林衡道〈吳新榮先生與臺南縣古蹟調查〉、妻子匿〈傾心以求〉、蘇寶藏〈我所認識的吳新榮先生〉、張簡耀〈故吳新榮兄最後晚餐回憶〉、莊金珍〈崇敬的鄉先輩〉、池田敏雄〈亡友記——吳新榮兄追憶錄〉、蔡瑞洋〈憶・新榮先生——參加告別式歸來〉、黃天橫〈吳新榮先生的追憶〉、陳秀喜〈我們的心聲〉、陳千武〈熱情詩人〉、水上明〈新榮兄をしのんで〉、陳日三〈跟吳新榮先生蒐集俚諺〉、張治華〈懷・新榮先生〉、王慶仁〈音容宛在:悼一位偉人——吳新榮先生〉、陳進雄〈追悼鯤瀛詩社吳社長〉、楊勝利〈師父教徒弟〉,共 39 篇;2.「十年前的哀悼」:收錄王詩琅〈地方文化的建設者〉、王昶雄〈悼念珣琅山房主人〉、呂訴上〈悼新榮先生〉、李騰嶽〈痛失一位道同志合的知音〉、吳瀛濤〈新榮兄書簡錄〉、林鶴亭〈悼吳新榮兄〉、施博爾（K. M. Schipper）〈回憶吳新榮先生〉、胥端甫〈吳新榮兄哀輓詞〉、連景初〈悼・新榮先生〉、徐千田〈悼・吳新榮先生〉、郭水潭〈談「鹽分地帶」追憶吳新榮〉、郭再強〈我與吳新榮先生最初之聚餐及最後之聚餐〉、陳少廷〈敬悼・吳新榮先生——並記吳新榮先生最後一次的演講〉、盧嘉興〈悼南縣文獻領導者吳新榮先生〉、諸家〈祭文、弔詞、弔詩〉、諸家〈輓聯〉,共 16 篇;3.「家族的感恩」:收錄吳榮宗〈新榮君在青少年時代之小傳記〉、毛雪芬〈御希望を喜んで實行します〉、吳林英良〈未能投函的信——給幽冥之夫〉、林永睦〈三月二十七日畢生難忘之日子〉、林吳雪金〈手足情誼墨滴〉、吳壽坤〈吾長兄〉、張清瑛〈大伯的血在我身內流著〉、林江泉,吳翠霞〈懷念慈祥可敬的伯父〉、吳南星〈父親的生平軼

事〉、翁吳朱里〈親情〉、吳南河〈爸，請聽我傾訴〉、吳南圖〈爸！您永在〉、魏吳亞姬〈盼望南下的火車〉、吳夏雄〈失落的春天〉、吳夏統〈美麗家園〉、吳夏平〈抱我！吻我〉，共 16 篇。正文前有吳三連〈吳序〉、張文環〈張序〉；正文後有吳南圖〈後記〉。

2. 吳新榮　　震瀛回憶錄　臺南　珣琅山房　1977 年 3 月　286 頁

本書為吳家自清朝以降至終戰初期之家族史。全書共 17 章：1.拓荒者吳廷谷‧開基於將軍庄；2.日本割臺亂後‧玉瓚建業中興；3.文化先驅穆堂‧苦掌戰後困難；4.古都鳳雛離巢‧夢鶴隨群爭飛；5.夢鶴留學日本‧捲入社會時潮；6.歸臺重整山河‧夢鶴參加文運；7.二次大戰勃發‧穆堂吟遊東西；8.戰中雪芬早逝‧夢鶴苦悶情海；9.夢鶴續弦英良‧日本戰敗聯軍；10.臺灣重歸祖國‧夢鶴參加黨團；11.戰場坎坷夢鶴‧回到文化故園；12.陳儀主臺失敗‧民眾四起暴動；13.事變急轉直下‧夢鶴避難鄉間；14.夢鶴受難百日‧輪流座獄五處；15.事變瘡痍深刻‧大選擁護三連；16.大陸整個變色‧國府遷到臺灣；17.戰爭本非所願‧和平亦是難求。正文前有吳新榮〈自序〉，正文後有吳南圖〈編後記〉。

3. 吳新榮　　吳新榮回憶錄　臺北　前衛出版社　1989 年 7 月　366 頁

本書為《震瀛回憶錄》更名出版，增收〈亡妻記〉。正文前有吳南圖〈記小雅園珣琅山房主人〉，正文後有張良澤〈都是因為吳新榮〉、古勳〈追憶與新榮伯的神交〉。

4. 鄭喜夫　　吳新榮先生年譜初稿　臺南　珣琅山房　1977 年 9 月　137 頁

本書依據吳新榮日記，與自傳等資料撰寫而成之年譜，記載吳新榮一生重要事跡。

5. 吳新榮　　吳新榮全集‧此時此地　臺北　遠景出版社　1981 年 10 月　184 頁

本書以《震瀛回憶錄》為基礎，刪去事涉「二二八事件」之章節。全書共 11 章：1.拓荒者吳廷谷‧開基於將軍庄；2.日本割臺亂後‧玉瓚建業中興；3.文化先驅穆堂‧苦掌戰後困難；4.古都鳳雛離巢‧夢鶴隨群爭飛；5.夢鶴留學日本‧捲入社會時潮；6.歸臺重整山河‧夢鶴參加文運；7.二次大戰勃發‧穆堂吟遊東西；8.戰中雪芬早逝‧夢鶴苦悶情海；9.夢鶴續弦英良‧日本戰敗聯軍；10.臺灣重歸祖國‧夢鶴參加黨團；11.戰場坎坷夢鶴‧回到文化故園。正文前有吳新榮〈自序〉。

6. 吳新榮　　吳新榮全集‧吳新榮日記（戰前）　臺北　遠景出版社　1981 年 10 月　178 頁

本書為吳新榮於 1933 至 1945 年終戰前夕日記節錄，呈現作者戰前生活的圖像，並記錄當時臺灣文人的往來互動與時代的動盪。

7. 吳新榮　　吳新榮全集・吳新榮日記（戰後）　臺北　遠景出版社　1981 年 10
月　173 頁

本書為吳新榮於 1945 至 1967 年逝世前日記節錄，記錄作者戰後淡出政壇、投身地
方文獻考察的轉折過程與社會變遷的面貌。

8. 施懿琳　　吳新榮傳　南投　臺灣省文獻委員會　1999 年 6 月　270 頁

本書記述吳新榮生平以及文學發展的歷程。全書共 8 章：1.家世背景及青少年成長經
驗；2.留學日本時期；3.鹽分地帶時期；4.參與政治活動與地方議會；5.家庭生活與
醫療事業；6.文獻考察與方志的編纂；7.文學活動與成就；8.終篇。正文後附錄吳新
榮照片及〈生平年表〉。

9. 林慧姃　　吳新榮研究──一個臺灣知識分子的精神歷程　臺南　臺南縣政府
2005 年 12 月　263 頁

本書為碩士論文修訂出版，藉由吳新榮參與之組織及各種活動，探究吳新榮作為一
個日據時期臺灣知識分子的精神歷程，以及其在時代中的回應與調適。全書共 6
章：1.緒論；2.吳新榮的家世背景與思想底流的形成；3.吳新榮與鹽分地帶的文學活
動；4.吳新榮與地方政治；5.吳新榮與地方文獻工作；6.結論。正文後附錄〈吳新榮
先生年表（1907─1967）〉。

10. 張良澤，吳南圖合編　　吳新榮先生百歲冥誕紀念集　彰化　秀山閣私家藏版
2007 年 11 月　180 頁

本書為親友對吳新榮的追思文章，與《吳新榮日記全集》工作同仁的校對感言之總
匯。全書收錄：吳南圖〈吳序〉、張良澤〈致・吳新榮先生（代序）〉、吳南星
〈父親的種種〉、吳黃雲嬌〈公公的身影〉、翁吳朱里〈爸爸，您知道嗎？〉、吳
南河，郭昭美〈感恩與懷念──為出版父親《吳新榮先生日記全集》而寫〉、吳南
圖〈緬懷小雅園〉、魏吳亞姬〈爸爸！我思念您！〉、吳夏雄〈生命中永遠的父
親〉、吳夏統〈百歲冥誕追思先父──兼憶與父親兩次奇特的會面〉、毛燦英〈我
記憶中的二姑丈吳新榮〉、魏汝珊〈琱琅山房主人──我的外公百年紀念〉、詹評
仁〈吳新榮先生行誼〉、劉峯松〈再讀《亡妻記》一次〉、高坂嘉玲〈失去之後，
才知道是愛〉、戴嘉薇〈我的心情日記〉、傳田晴久〈《吳新榮日記》讀後感〉、
陳金胡〈譯吳新榮先生日文日記隨想曲〉、吳登神〈我與吳新榮先生父子孫三代之
友誼〉、蕭啟源〈吳新榮先生與我家〉、潘元石〈吳新榮先生的藏書票〉、曹永祥
〈校對雜感〉、松田良孝〈由《吳新榮日記》看沖繩人的疏散體驗〉、胡紅波〈自
然令我想起《南臺灣風土記》──我讀《吳新榮日記》有感〉、黃文博〈毋免講

啥，趕緊寫〉、賴哲顯〈蹈厲風發久彌堅〉、王慶仁〈懷念吳新榮先生〉、林永昌
〈一棵小小螺絲釘的活〉、楊雅惠〈天文與人文交響〉、曾進豐〈日記，一個時
代〉、吳建昇〈工作心得〉、殷宗豪〈從南島邂逅到時空旅程〉、陳榮輝〈吳新榮
印象〉、邱雅萍〈從日記看見一位父親的容顏〉、鳳氣至純平〈日記裡語言運用的
奧妙〉、許倍蓉〈校對感想〉、薛建蓉〈校後感〉、曾瀞怡〈柚花散落，如雪之
芳〉、曾羽薇〈吳新榮〉、陳千武〈吳新榮的詩文學思想〉，共 40 篇。正文前有
〈吳新榮先生年譜〉，正文後有吳南圖〈《吳新榮日記全集》出版後記〉、張良澤
〈編後記──談日記中最大的懸案〉。

11. 吳新榮著；張良澤編　　吳新榮日記全集〔全 11 冊〕　臺南　國立臺灣文學
**　　　館　2007 年 11 月，2008 年 6 月**

本套書收錄吳新榮 1933─1967 年的日記全文。第一冊正文前有吳南圖〈序〉、張
良澤代序〈致‧吳新榮先生（代序）〉，正文後有〈吳新榮先生年譜〉。

學位論文

12. 林慧姃　　吳新榮研究──一個臺灣知識分子的精神歷程　東海大學歷史學系
**　　　碩士論文　林瑞明教授指導　1995 年　158 頁**

本論文藉吳新榮參與之組織及各種活動，探究吳新榮作為一個日據時期臺灣知識分
子的精神歷程，以及其在時代中的回應與調適。全文共 6 章：1.緒論；2.吳新榮的
家世背景與思想底流的形成；3.吳新榮與鹽分地帶的文學活動；4.吳新榮與地方政
治；5.吳新榮與地方文獻工作；6.結論。正文後附錄〈吳新榮年表（1907─
1967）〉。

13. 鄭雅黛　　冷澈的熱情者──吳新榮及其作品研究　中興大學中國文學系　碩
**　　　士論文　賴芳伶教授指導　1998 年 6 月　185 頁**

本論文藉由吳新榮成長環境以了解其人格形成的初基期，再探究其社會主義思想形
成之路徑，兼論述吳新榮東京留學時期、鹽份地帶時期，及戰後時期的文學理念。
全文共 7 章：1.緒論；2.吳新榮的成長環境及思想因緣；3.吳新榮的文學進程及文
學理念；4.吳新榮的詩歌創作；5.吳新榮的隨筆；6.歷史與自傳──《震瀛回憶
錄》；7.結論。正文後附錄〈吳新榮作品年表〉、〈吳新榮作品評論引得〉。

14. 張雅惠　　日治時期的醫師與臺灣醫學人文──以蔣渭水、賴和、吳新榮為例
**　　　臺北醫學院醫學研究所　碩士論文　林明德教授指導　2000 年**
**　　　165 頁**

本論文藉由蔣渭水、賴和、吳新榮三位醫師在非武裝抗日運動中所扮演的文化人角色，探討日治時期的政治、社會、歷史、文化、醫療與醫師之間的淵源。全文共 6 章：1.緒論；2.日治時期的臺灣政治社會環境；3.日治時期的臺灣醫療概況；4.日治時期的醫師與社會文化；5.醫師文學的探析；6.結論。

15. **林秀蓉**　　日治時期臺灣醫事作家及其作品研究——以蔣渭水、賴和、吳新榮、王昶雄、詹冰為主　高雄師範大學國文系　博士論文　龔顯宗教授指導　2002 年　459 頁

本論文研究對象為身兼醫事人員身分的作家，如蔣渭水、賴和、吳新榮、王昶雄以及詹冰，探究此五位作家之醫學教育、社會參與、文學歷程，以及作品主題與藝術成就，繼而勾勒出日治時期以來，臺灣醫事作家的社會關懷與文學面貌。全文共 8 章：1.緒論；2.日治時期臺灣醫事作家的醫學教育及社會參與；3.作家的文學歷程；4.作品的抗日主題；5.作品的醫事主題；6.作品的藝術成就；7.社會參與及主題表現的傳承；8.結論。正文後附錄〈日治時期臺灣醫事作家之作品評論引得〉。

16. **王秀珠**　　日治時期鹽分地帶詩作析論——以吳新榮、郭水潭、王登山為主　高雄師範大學國文學系國文教學碩士班　碩士論文　龔顯宗教授指導　2005 年　195 頁

本論文以日治時期「鹽分地帶集團」作為研究對象，分析集團中三位要角吳新榮、郭水潭、王登山的詩作，發掘其寫實精神及個人文學特質；最後檢視文學精神的影響與繼承，以凸顯「鹽分地帶詩作」於臺灣文學上的成就。全文共 7 章：1.緒論；2.日治時期 30 年代文學發展背景；3.鹽分地帶文學的建構；4.鹽分地帶詩作的思想者——吳新榮；5.鹽分地帶詩作的抒情能手——郭水潭；6.鹽分地帶詩作的鹽味書寫者——王登山；7.鹽分地帶文學的成就與影響。

17. **蔡惠甄**　　鹽窩裡的靈魂——北門七子文學研究　佛光大學文學系　碩士論文　朱嘉雯教授指導　2009 年　153 頁

本論文以鹽分地帶文學為研究範圍，呈現完整的文學發展脈絡，並透過鹽分地帶最具指標精神的作家「北門七子」——吳新榮、徐清吉、郭水潭、王登山、林芳年、莊培初、林清文的文學歷程與文學作品特色，探析鹽分文學的特色。全文共 5 章：1.緒論；2.鹽分地帶文學的發展軌跡；3.「北門七子」之作家及其作品特色；4.「北門七子」的鄉土文學論析；5.結論。

18. **陳祈伍**　　激越與戰慄：臺南地區的文化發展——以龍瑛宗、葉石濤、吳新

榮、莊松林為例（1937—1949）　中國文化大學史學系　博士論文
尹章義教授指導　2011 年 6 月　454 頁

本論文考察臺南地區在 1945 年政治的、文化的轉折之時所表現出的文化活動的內
容，同時觀察當時龍瑛宗、葉石濤、吳新榮、莊松林四位知識分子，在面對時代的
轉變，如何回應與調適。全文共 6 章：1.緒論；2.激越的文化批判——龍瑛宗光復
前後的文學創作；3.臺灣文學的確立——光復初期葉石濤文學的再出發；4.文化人
的轉變——吳新榮光復前後的生命歷程；5.沉默的文化搜尋——莊松林文化體系的
建立；6.結論。

19. 王靖雯　　論吳新榮的觀與家庭觀 ——以《吳新榮日記全集》為主　臺南大
　　　　　學臺灣文化研究所　碩士論文　張良澤教授指導　2014 年 7 月
　　　　　108 頁

本論文從〈亡妻記〉出發，以《吳新榮日記全集》為範疇，窺探吳新榮私領域及愛
情世界。全文共 5 章：1.緒論；2.吳新榮的愛情觀；3.吳新榮的家庭觀；4.愛情觀與
家庭觀的比重；5.結論。正文後附錄〈吳新榮略年表〉、〈吳新榮相關評論與論文
（—2009）〉。

作家生平資料篇目

自述

20. 琅琅山房主人　　鹽分地帶的回顧　臺北文物　第 3 卷第 2 期　1954 年 8 月
　　　　　頁 77—79

21. 琅琅山房主人　　鹽分地帶的回顧　日據下臺灣新文學‧文獻資料選集　臺北
　　　　　明潭出版社　1979 年 3 月　頁 373—377

22. 吳新榮　　鹽分地帶的回顧　吳新榮全集‧亡妻記　臺北　遠景出版公司
　　　　　1981 年 10 月　頁 267—272

23. 吳新榮　　鹽分地帶的回顧　南瀛文學選‧評論卷一　臺南　臺南縣立文化中
　　　　　心　1992 年 6 月　頁 12—16

24. 吳新榮　　鹽分地帶的回顧　吳新榮選集 1　臺南　臺南縣立文化中心　1997
　　　　　年 3 月　頁 455—460

25. 史　民　　新詩與我　笠　第 5 期　1964 年 2 月　頁 14—16

26. 吳新榮　新詩與我　震瀛隨想錄　臺南　琱琅山房　1966 年 11 月　頁 325
　　　—332

27. 吳新榮　新詩與我　吳新榮全集・琱琅山房隨筆　臺北　遠景出版社　1981
　　　年 10 月　頁 169—178

28. 吳新榮　新詩與我　南瀛文學選・評論卷一　臺南　臺南縣立文化中心
　　　1992 年 6 月　頁 3—11

29. 吳新榮　東京時代[1]　震瀛隨想錄　臺南　琱琅山房　1966 年 11 月　頁 3—7

30. 吳新榮　我的留學生活　吳新榮全集・亡妻記　臺北　遠景出版社　1981 年
　　　10 月　頁 95—100

31. 吳新榮　自跋　震瀛隨想錄　臺南　琱琅山房　1966 年 11 月　頁 341—344

32. 吳新榮　回憶當年（上、下）　自立晚報　1967 年 3 月 9—10 日　6 版

33. 吳新榮　自序　震瀛回憶錄　臺南　琱琅山房　1977 年 3 月　頁 1—2

34. 吳新榮　自序　吳新榮全集・此時此地　臺北　遠景出版公司　1981 年 10
　　　月　頁 3—4

35. 吳新榮　自序　吳新榮回憶錄　臺北　前衛出版社　1989 年 7 月　頁 47—
　　　48

36. 吳新榮　談詩　吳新榮全集・琱琅山房隨筆　臺北　遠景出版社　1981 年
　　　10 月　頁 99—102

37. 吳新榮　住院歸來　吳新榮全集・琱琅山房隨筆　臺北　遠景出版社　1981
　　　年 10 月　頁 113—118

38. 吳新榮　三十年來　吳新榮全集・琱琅山房隨筆　臺北　遠景出版社　1981
　　　年 10 月　頁 135—140

他述

39. 黃寄珍　黃序　震瀛隨想錄　臺南　琱琅山房　1966 年 11 月　〔2〕頁

40. 吳南圖　爸！您永在　臺灣風物　第 17 卷第 2 期　1967 年 4 月　頁 27—28

41. 吳南圖　爸！您永在　震瀛追思錄　臺南　琱琅山房　1977 年 3 月　頁 314

---

[1]本文後改篇名為〈我的留學生活〉。

—316

42. 吳南圖　爸！您永在　吳新榮全集・吳新榮書簡　臺北　遠景出版公司
1981 年 10 月　頁 113—116

43. 李騰嶽　痛失一位道同志合的朋友　臺灣風物　第 17 卷第 2 期　1967 年 4
月　頁 29

44. 徐千田　悼吳新榮先生　臺灣風物　第 17 卷第 2 期　1967 年 4 月　頁 31

45. 徐千田　悼吳新榮先生　南瀛文獻　第 13 期　1968 年 8 月　頁 60—61

46. 徐千田　悼・吳新榮先生　震瀛追思錄　臺南　珊琅山房　1977 年 3 月　頁
212—214

47. 王昶雄　悼念珊琅山房主人　臺灣風物　第 17 卷第 2 期　1967 年 4 月　頁
33—37

48. 王昶雄　悼念珊琅山房主人　南瀛文獻　第 13 期　1968 年 8 月　頁 62—65

49. 王昶雄　悼念珊琅山房主人　震瀛追思錄　臺南　珊琅山房　1977 年 3 月
頁 175—181

50. 王昶雄　悼念珊琅山房主人　王昶雄全集・散文卷 2　臺北　臺北縣文化局
2002 年 10 月　頁 63—69

51. 一　剛　故吳新榮先生簡歷　臺灣風物　第 17 卷第 2 期　1967 年 4 月　頁
43

52. 盧嘉興　悼南縣文獻指導者吳新榮先生　臺灣風物　第 17 卷第 2 期　1967
年 4 月　頁 44—47

53. 盧嘉興　悼南縣文獻領導者吳新榮先生　臺灣研究彙集　第 4 期　1967 年
10 月　頁 37—40

54. 盧嘉興　悼南縣文獻領導者吳新榮先生　震瀛追思錄　臺南　珊琅山房
1977 年 3 月　頁 229—233

55. 陳少廷　敬悼吳新榮先生——並記吳新榮先生最後一個演講　臺灣風物　第
17 卷第 2 期　1967 年 4 月　頁 48—52

56. 陳少廷　敬悼吳新榮先生　南瀛文獻　第 13 期　1968 年 8 月　頁 65—69

57. 陳少廷　　敬悼‧吳新榮先生──並記吳新榮先生最後一次的演講　震瀛追思錄　臺南　珦琅山房　1977 年 3 月　頁 222─228

58. 施博爾（K. M. Schipper）　　回憶吳新榮先生　臺灣風物　第 17 卷第 2 期　1967 年 4 月　頁 52

59. 施博爾（K. M. Schipper）　　回憶吳新榮先生　震瀛追思錄　臺南　珦琅山房　1977 年 3 月　頁 201─202

60. 呂訴上　　悼新榮先生　臺灣風物　第 17 卷第 2 期　1967 年 4 月　頁 53

61. 呂訴上　　悼新榮先生　南瀛文獻　第 13 期　1968 年 8 月　頁 69─70

62. 呂訴上　　悼新榮先生　震瀛追思錄　臺南　珦琅山房　1977 年 3 月　頁 182─183

63. 胥端甫　　吳新榮兄哀輓詞　自立晚報　1967 年 5 月 12 日　6 版

64. 胥端甫　　吳新榮兄哀輓詞　臺灣風物　第 17 卷第 3 期　1967 年 6 月　頁 56─58

65. 胥端甫　　吳新榮兄哀輓詞　中國一周　第 910 期　1967 年 10 月　頁 17─18

66. 胥端甫　　吳新榮兄哀輓詞　南瀛文獻　第 13 期　1968 年 8 月　頁 57─60

67. 胥端甫　　吳新榮兄哀輓詞　震瀛追思錄　臺南　珦琅山房　1977 年 3 月　頁 203─208

68. 林芳年　　悼文化志士吳新榮　自立晚報　1967 年 5 月 19 日　6 版

69. 郭水潭　　談「鹽分地帶」悼吳新榮　自立晚報　1967 年 6 月 14 日　6 版

70. 郭水潭　　從「鹽分地帶」追憶吳新榮　臺灣風物　第 17 卷第 3 期　1967 年 6 月　頁 51─53

71. 郭水潭　　談「鹽分地帶」追憶吳新榮　震瀛追思錄　臺南　珦琅山房　1977 年 3 月　頁 215─218

72. 郭水潭　　從「鹽分地帶」追憶吳新榮　郭水潭集　臺南　臺南縣立文化中心　1994 年 12 月　頁 248─252

73. 郭水潭　　談「鹽分地帶」追憶吳新榮　吳新榮選集 3　臺南　臺南縣立文化中心　1997 年 3 月　頁 311─315

74. 林鶴亭　　悼吳新榮兄　臺灣風物　第 17 卷第 3 期　1967 年 6 月　頁 54—55

75. 林鶴亭　　悼吳新榮兄　震瀛追思錄　臺南　琅山房　1977 年 3 月　頁 197
　　　　　　　—200

76. 連景初　　悼新榮先生　臺灣風物　第 17 卷第 3 期　1967 年 6 月　頁 60

77. 連景初　　悼·新榮先生　震瀛追思錄　臺南　琅山房　1977 年 3 月　頁
　　　　　　　209—211

78. 王詩琅　　地方文化的建設者　臺灣風物　第 17 卷第 3 期　1967 年 6 月　頁
　　　　　　　61—62

79. 王詩琅　　地方文化的建設者　南瀛文獻　第 13 期　1968 年 8 月　頁 55—57

80. 王詩琅　　地方文化的建設者　震瀛追思錄　臺南　琅山房　1977 年 3 月
　　　　　　　頁 171—174

81. 王詩琅　　地方文化的建設者　王詩琅全集·文藝創作與批評——夜雨　高雄
　　　　　　　德馨室出版社　1979 年 12 月　頁 106—110

82. 王詩琅　　地方文化的建設者　王詩琅選集·余清芳事件全貌——臺灣抗日事
　　　　　　　蹟　臺北　海峽學術出版社　2003 年 4 月　頁 267—270

83. 吳濁流　　懷念吳新榮君　臺灣文藝　第 16 期　1967 年 7 月　頁 21—22

84. 吳濁流　　懷念吳新榮君　震瀛追思錄　臺南　琅山房　1977 年 3 月　頁
　　　　　　　10—13

85. 吳濁流　　懷念吳新榮君　吳濁流作品集·臺灣文藝與我　臺北　遠景出版社
　　　　　　　1977 年 9 月　頁 173—177

86. 婁子匡　　話說人物——吳新榮與《南瀛文獻》　大華晚報　1969 年 1 月 17
　　　　　　　日　8 版

87. 婁子匡　　臺澎人物傳——吳新榮與《南瀛文獻》　臺北文獻　第 6—8 期
　　　　　　　1969 年 12 月　頁 130—132

88. 林芳年　　談新榮兄生平逸事　南瀛文獻　第 14 期　1969 年 6 月　頁 68—70

89. 吳南星　　吾父吳新榮的生平軼事　臺灣時報　1977 年 3 月 27 日　12 版

90. 吳南星　　父親的生平軼事　震瀛追思錄　臺南　琅山房　1977 年 3 月　頁

287—296

91. 吳南星　父親的生平軼事　夏潮　第 2 卷第 4 期　1977 年 4 月　頁 61—64

92. 吳南星　父親的生平軼事　吳新榮全集‧吳新榮書簡　臺北　遠景出版公司　1981 年 10 月　頁 77—88

93. 張良澤　吳新榮先生傳略——熱血愛國的詩人　臺灣新生報　1977 年 3 月 27 日　12 版

94. 張良澤　吳新榮先生傳略　臺灣時報　1977 年 3 月 28 日　12 版

95. 張良澤　吳新榮先生傳略　大學雜誌　第 105 期　1977 年 3 月　頁 20—21

96. 張良澤　吳新榮傳略——為先生逝世十週年紀念而寫　夏潮　第 2 卷第 4 期　1977 年 4 月　頁 59—60

97. 張良澤　吳新榮先生傳略——吳新榮先生逝世十週年紀念集　傳記文學　第 294 期　1986 年 11 月　頁 59—65

98. 吳南圖　編後記　震瀛回憶錄　臺南　珝琅山房　1977 年 3 月　頁 285—286

99. 吳三連　吳序　震瀛追思錄　臺南　珝琅山房　1977 年 3 月　頁 1—2

100. 張文環　張序　震瀛追思錄　臺南　珝琅山房　1977 年 3 月　頁 3—4

101. 鄭國禎　才高人善——回憶吳新榮君生前不尋常的事　震瀛追思錄　臺南　珝琅山房　1977 年 3 月　頁 5—8

102. 李步雲　新榮先生與南瀛詩社　震瀛追思錄　臺南　珝琅山房　1977 年 3 月　頁 9

103. 洪冰如　追憶畏友吳史民兄　震瀛追思錄　臺南　珝琅山房　1977 年 3 月　頁 14—15

104. 黃寄珍　手足之情　震瀛追思錄　臺南　珝琅山房　1977 年 3 月　頁 16—19

105. 李君晰　新榮兄的養兔事業　震瀛追思錄　臺南　珝琅山房　1977 年 3 月　頁 20—23

106. 黃百祿　回憶裡的新榮君　震瀛追思錄　臺南　珝琅山房　1977 年 3 月

　　　　　　　　頁 24—26

107. 王錦昌　　懷念新榮君　震瀛追思錄　臺南　玥琅山房　1977 年 3 月　頁 27
　　　　　　　　—31

108. 黃庚申　　追憶新榮世弟　震瀛追思錄　臺南　玥琅山房　1977 年 3 月　頁
　　　　　　　　32—33

109. 曾　對　　回憶　震瀛追思錄　臺南　玥琅山房　1977 年 3 月　頁 34—36

110. 楊雲萍　　玥琅山房之春　震瀛追思錄　臺南　玥琅山房　1977 年 3 月　頁
　　　　　　　　37—39

111. 楊　逵　　三個臭皮匠[2]　震瀛追思錄　臺南　玥琅山房　1977 年 3 月　頁 40
　　　　　　　　—43

112. 楊　逵　　追思吳新榮先生　夏潮　第 2 卷第 4 期　1977 年 4 月　頁 60—61

113. 楊　逵　　追思吳新榮先生　楊逵全集・詩文卷（下）　臺南　國立文化資
　　　　　　　　產保存研究中心籌備處　2001 年 12 月　頁 408—409

114. 徐清吉　　追懷知友　震瀛追思錄　臺南　玥琅山房　1977 年 3 月　頁 46—
　　　　　　　　50

115. 徐清吉　　追懷知友　吳新榮選集 3　臺南　臺南縣立文化中心　1997 年 3
　　　　　　　　月　頁 287—293

116. 戴明福　　回憶——我奇遇了吳新榮君　震瀛追思錄　臺南　玥琅山房
　　　　　　　　1977 年 3 月　頁 51—64

117. 黃得時　　醫術・文學・鄉史・吟詠——屹立的燈塔，多彩多姿的一生　震
　　　　　　　　瀛追思錄　臺南　玥琅山房　1977 年 3 月　頁 66—80

118. 黃得時　　醫術、文學、鄉史、吟詠——屹立的燈塔，多彩多姿的一生　大
　　　　　　　　學雜誌　第 105 期　1977 年 3 月　頁 13—18

119. 巫永福　　沖淡不了的記憶　震瀛追思錄　臺南　玥琅山房　1977 年 3 月
　　　　　　　　頁 81—85

120. 巫永福　　沖淡不了的記憶　風雨中的常青樹　臺北　中央書局　1986 年 12

---

[2] 本文後改篇名為〈追思吳新榮先生〉。

月　頁 60—66

121. 巫永福　沖淡不了的記憶　巫永福全集・評論卷 1　臺北　傳神福音文化公司　1996 年 5 月　頁 64—72

122. 巫永福　沖淡不了的記憶　巫永福精選集——評論卷　臺北　富春文化公司　2010 年 12 月　頁 201—205

123. 吳尊賢　追憶・新榮宗侄　震瀛追思錄　臺南　琱琅山房　1977 年 3 月　頁 87—103

124. 魏順安　憶・新榮先生　震瀛追思錄　臺南　琱琅山房　1977 年 3 月　頁 104—107

125. 婁子匡　傾心以求　震瀛追思錄　臺南　琱琅山房　1977 年 3 月　頁 112

126. 蘇寶藏　我所認識的吳新榮先生　震瀛追思錄　臺南　琱琅山房　1977 年 3 月　頁 113—114

127. 張簡耀　故吳新榮兄最後晚餐回憶　震瀛追思錄　臺南　琱琅山房　1977 年 3 月　頁 115

128. 莊金珍　崇敬的鄉先輩　震瀛追思錄　臺南　琱琅山房　1977 年 3 月　頁 116—118

129. 池田敏雄　亡友記——吳新榮兄追憶錄　震瀛追思錄　臺南　琱琅山房　1977 年 3 月　頁 119—139

130. 蔡瑞洋　憶・新榮先生——參加告別式歸來　震瀛追思錄　臺南　琱琅山房　1977 年 3 月　頁 140—144

131. 黃天橫　吳新榮先生的追憶　震瀛追思錄　臺南　琱琅山房　1977 年 3 月　頁 145—147

132. 陳秀喜　我們的心聲　震瀛追思錄　臺南　琱琅山房　1977 年 3 月　頁 148—149

133. 陳千武　熱情詩人　震瀛追思錄　臺南　琱琅山房　1977 年 3 月　頁 150—156

134. 水上明　新榮兄をしのんで　震瀛追思錄　臺南　琱琅山房　1977 年 3 月

頁 157—158

135. 陳日三　　跟吳新榮先生蒐集俚諺　震瀛追思錄　臺南　玡琅山房　1977 年
　　　　　　　3 月　頁 159—162

136. 張治華　　懷‧新榮先生　震瀛追思錄　臺南　玡琅山房　1977 年 3 月　頁
　　　　　　　163—164

137. 王慶仁　　音容宛在：悼一位偉人——吳新榮先生　震瀛追思錄　臺南　玡
　　　　　　　琅山房　1977 年 3 月　頁 165—167

138. 陳進雄　　追悼鯤瀛詩社吳社長　震瀛追思錄　臺南　玡琅山房　1977 年 3
　　　　　　　月　頁 168

139. 楊勝利　　師父教徒弟　震瀛追思錄　臺南　玡琅山房　1977 年 3 月　頁
　　　　　　　169—170

140. 李騰嶽　　痛失一位道同志合的知音　震瀛追思錄　臺南　玡琅山房　1977
　　　　　　　年 3 月　頁 184—186

141. 郭再強　　我與吳新榮先生最初之聚餐及最後之聚餐　震瀛追思錄　臺南
　　　　　　　玡琅山房　1977 年 3 月　頁 219—221

142. 吳榮宗　　新榮君在青少年時代之小傳記　震瀛追思錄　臺南　玡琅山房
　　　　　　　1977 年 3 月　頁 249—251

143. 吳林英良　　未能投函的信——給幽冥之夫　震瀛追思錄　臺南　玡琅山房
　　　　　　　1977 年 3 月　頁 254—263

144. 吳林英良　　未能投函的信——給幽冥之夫　吳新榮全集‧吳新榮書簡　臺
　　　　　　　北　遠景出版公司　1981 年 10 月　頁 63—75

145. 林永睦　　三月二十七日畢生難忘之日子　震瀛追思錄　臺南　玡琅山房
　　　　　　　1977 年 3 月　頁 264—266

146. 林吳雪金；林芳年譯　　手足情誼墨滴　震瀛追思錄　臺南　玡琅山房
　　　　　　　1977 年 3 月　頁 267—278

147. 吳壽坤　　吾長兄　震瀛追思錄　臺南　玡琅山房　1977 年 3 月　頁 279—
　　　　　　　281

148. 張清瑛　　大伯的血在我身內流著　震瀛追思錄　臺南　琄琅山房　1977 年
　　　3 月　頁 282—283

149. 林江泉，吳翠霞　　懷念慈祥可敬的伯父　震瀛追思錄　臺南　琄琅山房
　　　1977 年 3 月　頁 284—286

150. 翁吳朱里　　親情　震瀛追思錄　臺南　琄琅山房　1977 年 3 月　頁 297—
　　　301

151. 翁吳朱里　　親情　吳新榮全集・吳新榮書簡　臺北　遠景出版公司　1981
　　　年 10 月　頁 89—95

152. 吳南河　　爸，請聽我傾訴　震瀛追思錄　臺南　琄琅山房　1977 年 3 月
　　　頁 302—313

153. 吳南河　　爸，請聽我傾訴　吳新榮全集・吳新榮書簡　臺北　遠景出版公
　　　司　1981 年 10 月　頁 97—112

154. 魏吳亞姬　　盼望南下的火車　震瀛追思錄　臺南　琄琅山房　1977 年 3 月
　　　頁 317—318

155. 魏吳亞姬　　盼望南下的火車　吳新榮全集・吳新榮書簡　臺北　遠景出版
　　　公司　1981 年 10 月　頁 117—118

156. 吳夏雄　　失落的春天　震瀛追思錄　臺南　琄琅山房　1977 年 3 月　頁
　　　319—323

157. 吳夏雄　　失落的春天　吳新榮全集・吳新榮書簡　臺北　遠景出版公司
　　　1981 年 10 月　頁 119—124

158. 吳夏統　　美麗家園　震瀛追思錄　臺南　琄琅山房　1977 年 3 月　頁 324
　　　—326

159. 吳夏統　　美麗家園　吳新榮全集・吳新榮書簡　臺北　遠景出版公司
　　　1981 年 10 月　頁 125—127

160. 吳夏平　　抱我！吻我　震瀛追思錄　臺南　琄琅山房　1977 年 3 月　頁
　　　327—328

161. 吳夏平　　抱我！吻我！　吳新榮全集・吳新榮書簡　臺北　遠景出版公司

1981 年 10 月　頁 129—131

162. 吳南圖　　後記　震瀛追思錄　臺南　珣琅山房　1977 年 3 月　頁 329—330

163. 陳少廷　　懷念吳新榮先生——寫在「吳新榮先生逝世十週年紀念專輯」之
　　　　　　　前　大學雜誌　第 105 期　1977 年 3 月　頁 10—11

164. 陳少廷　　吳新榮先生逝世十週年紀念專輯　夏潮　第 2 卷第 4 期　1977 年
　　　　　　　4 月　頁 10—11

165. 吳三連　　一位可敬的知識分子——吳新榮　大學雜誌　第 105 期　1977 年
　　　　　　　3 月　頁 12

166. 王詩琅　　震瀛先生遺稿——《採訪錄》序　大學雜誌　第 105 期　1977 年
　　　　　　　3 月　頁 19

167. 王詩琅　　《震瀛採訪錄》序　王詩琅選集・三年小叛五年大亂——臺灣社
　　　　　　　會變遷　臺北　海峽學術出版社　2003 年 4 月　頁 144—146

168. 王錦昌　　懷念新榮兄　自立晚報　1977 年 4 月 7 日　9 版

169. 張文環　　讀《震瀛追思錄》有感　臺灣文藝　第 55 期　1977 年 6 月　頁
　　　　　　　42—43

170. 張文環　　讀《震瀛追思錄》有感　張文環全集・隨筆集 2　臺中　臺中縣立
　　　　　　　文化中心　2002 年 3 月　頁 61—63

171. 鐵英〔張良澤〕　　南臺灣文獻的耕耘者：吳新榮　自立晚報　1978 年 3 月
　　　　　　　13 日　9 版

172. 鐵　英　　南臺灣文獻的耕耘者　鳳凰樹專欄　臺北　遠景出版社　1979 年
　　　　　　　3 月　頁 26—27

173. 鐵　英　　烽火情誼　鳳凰樹專欄　臺北　遠景出版社　1979 年 3 月　頁 48
　　　　　　　—49

174. 羊子喬　　吳新榮簡介　鹽分地帶文學選　臺北　林白出版社　1979 年 8 月
　　　　　　　頁 73—74

175. 黃武忠　　珣琅山房主人——吳新榮　日據時代臺灣新文學作家小傳　臺北
　　　　　　　時報文化出版公司　1980 年 8 月　頁 79—82

176. 吳南圖　　家屬代序　吳新榮全集・亡妻記　臺北　遠景出版社　1981 年 10
　　　　　　　　月　頁 29—31

177. 羊子喬　　熱愛鄉土的詩人——吳新榮　春潮雜誌　第 1 期　1981 年 10 月
　　　　　　　　頁 59—60

178. 羊子喬　　熱愛鄉土的詩人——吳新榮　蓬萊文章臺灣詩　臺北　遠景出版
　　　　　　　　公司　1984 年 9 月　頁 119—126

179. 莫　渝　　追悼詩人逝世 15 年——心繫鄉土的詩人　腳印　第 5 期　1982 年
　　　　　　　　4 月　第 4 版

180. 莫　渝　　心繫鄉土的詩人——追悼詩人逝世 15 年　讀詩錄　苗栗　苗栗縣
　　　　　　　　立文化中心　1992 年 6 月　頁 86—89

181. 莫　渝　　心繫鄉土的詩人——追悼詩人吳新榮逝世 15 週年　漫漫隨筆集
　　　　　　　　苗栗　苗栗縣文化局　2005 年 4 月　頁 261—264

182. 林芳年　　小雅園與妓院——談光復前的鹽分地帶同仁們〔吳新榮部分〕
　　　　　　　　鹽的傳人　臺北　水芙蓉出版社　1982 年 8 月　頁 337—340

183. 林芳年　　小雅園與妓院〔吳新榮部分〕　林芳年選集　臺北　中華日報社
　　　　　　　　1982 年 12 月　頁 289—293

184. 黃勁連　　根觸——之二：內心的努力[3]　潭仔墘札記　臺北　水芙蓉出版社
　　　　　　　　1982 年 8 月　頁 146—150

185. 黃勁連　　根觸——之二：內心的努力　潭仔墘札記　臺北　台笠出版社
　　　　　　　　1989 年 9 月　頁 153—157

186. 黃勁連　　內心兮努力——數念吳新榮先生　黃勁連臺語文學選　臺南　臺
　　　　　　　　南縣立文化中心　1995 年 11 月　頁 82—86

187. 黃勁連　　內心兮努力——數念吳新榮先生　潭仔墘手記　臺北　台笠出版
　　　　　　　　社　1996 年 4 月　頁 135—140

188. 黃勁連　　內心兮努力——數念吳新榮先生　民眾日報　1996 年 6 月 7 日
　　　　　　　　27 版

---

[3]本文後改篇名為〈內心兮努力——數念吳新榮先生〉。

189. 黃勁連　　根觸——之二：內心的努力　放膽文章拼命酒　臺南　臺南縣立文化中心　1996 年 6 月　頁 337—341

190. 黃勁連　　內心兮努力——數念吳新榮先生　吳新榮選集 3　臺南　臺南縣立文化中心　1997 年 3 月　頁 316—320

191. 黃勁連　　根觸——之二：內心的努力　黃勁連選集　臺南　臺南縣立文化中心　1998 年 12 月　頁 150—154

192. 黃勁連　　數念吳新榮先生　臺灣時報　2011 年 8 月 2 日　16 版

193. 林芳年　　吳新榮評傳　林芳年選集　臺北　中華日報社　1983 年 12 月　頁 339—349

194. 林芳年　　吳新榮評傳　吳新榮選集 3　臺南　臺南縣立文化中心　1997 年 3 月　頁 294—310

195. 書獃子　　《浮生六記》外一章　生活日記　臺北　鄭豐喜基金會　1984 年 11 月　頁 97

196. 〔劉紹唐主編〕　　民國人物小傳——吳新榮（1907—1968）　傳記文學 第 294 期　1986 年 11 月　頁 138—140

197. 關志昌　　吳新榮（1907——1967）　笠　第 185 期　1986 年 11 月　頁 138—140

198. 張建隆　　醫民醫國一詩人——吳新榮（1907—1967）　臺灣近代名人誌‧第 4 冊　臺北　自立晚報社文化出版部　1987 年 12 月　頁 231—254

199. 張建隆　　醫民醫國一詩人——吳新榮　復活的群像——臺灣卅年代作家列傳　臺北　前衛出版社　1994 年 6 月　頁 203—216

200. 吳南圖　　記小雅園琱琅山房主人　臺灣文藝　第 117 期　1989 年 6 月　頁 120—128

201. 吳南圖　　記小雅園琱琅山房主人　吳新榮回憶錄　臺北　前衛出版社 1989 年 7 月　頁 35—43

202. 吳南圖　　記小雅園‧琱琅山房主人　南瀛文學選‧散文卷一　臺南　臺南

　　　　　　　縣立文化中心　1991 年 10 月　頁 107—116

203. 吳南圖　　記小雅園琱琅山房主人　吳新榮選集 3　臺南　臺南縣立文化中心
　　　　　　　1997 年 3 月　頁 277—286

204. 古繼堂　　鹽分地帶詩人群〔吳新榮部分〕　臺灣新詩發展史　臺北　文史
　　　　　　　哲出版社　1989 年 7 月　頁 42—45

205. 張良澤　　都是因為吳新榮　吳新榮回憶錄　臺北　前衛出版社　1989 年 7
　　　　　　　月　頁 357—358

206. 古　勳　　追憶與新榮伯的神交　吳新榮回憶錄　臺北　前衛出版社　1989
　　　　　　　年 7 月　頁 359—366

207. 王晉民主編　　吳新榮　臺灣文學家辭典　南寧　廣西教育出版社　1991 年
　　　　　　　7 月　頁 196—197

208. 高志彬　　吳新榮傳略（1907—1967）　臺灣文獻書目題解第 4 種傳記類 2
　　　　　　　臺北　國立中央圖書館臺灣分館　1991 年 12 月　頁 21—24

209. 〔黃勁連編〕　　吳新榮小傳　南瀛文學選‧評論卷 1　臺南　臺南縣立文化
　　　　　　　中心　1992 年 6 月　頁 2

210. 莊永明　　琱琅山房主人　臺灣紀事——臺灣歷史上的今天（下）　臺北
　　　　　　　時報文化出版公司　1993 年 4 月　頁 948—949

211. 林柏維　　放膽文章拼命酒——在鹽地裡耕耘文學的醫師：吳新榮　自由時
　　　　　　　報　1993 年 11 月 16 日　25 版

212. 林柏維　　吳新榮：放膽文章拼命酒——在鹽地裡耕耘文學的醫師　狂飆的
　　　　　　　年代——近代臺灣社會菁英群像　臺北　秀威資訊科技公司
　　　　　　　2007 年 9 月　頁 209—212

213. 黃勁連　　略述「鹽分地帶」的文學傳統〔吳新榮部分〕　鄉土與文學——
　　　　　　　臺灣地區區域文學會議實錄　臺北　文訊雜誌社　1994 年 3 月
　　　　　　　頁 223—224

214. 葉石濤　　日治時代新文學作家的戰後命運〔吳新榮部分〕　臺灣新聞報
　　　　　　　1996 年 2 月 15 日　19 版

215. 陳慧明　吳新榮雕像佳里揭幕———一生熱愛文學・為《南瀛文獻》扎下根
　　　基　民生報　1997 年 3 月 17 日　19 版

216. 陳文芬　吳新榮浪漫媲美《浮生六記》　中國時報　1997 年 3 月 14 日　25
　　　版

217. 巫永福　吳新榮兄二三事　吳新榮選集 1　臺南　臺南縣立文化中心　1997
　　　年 3 月　頁 5—7

218. 巫永福　吳新榮兄二三事　巫永福全集・文集卷　臺北　傳神福音文化公
　　　司　1999 年 6 月　頁 161—166

219. 巫永福　吳新榮兄二三事　巫永福精選集——評論卷　臺北　富春文化公
　　　司　2010 年 12 月　頁 155—157

220. 王昶雄　吳新榮的志節標誌：紀念塑像該豎立的[4]　吳新榮選集 1　臺南
　　　臺南縣立文化中心　1997 年 3 月　頁 8—17

221. 王昶雄　志節的座標——愛鄉志士吳新榮（上、下）　臺灣日報　1997 年
　　　4 月 1—2 日　23 版

222. 王昶雄　吳新榮的志節標誌——紀念塑像該豎立的　王昶雄全集・散文卷 2
　　　臺北　臺北縣文化局　2002 年 10 月　頁 371—378

223. 謝玲玉　吳新榮——臺灣文學就是要這樣親切　聯合報　1997 年 6 月 21 日
　　　17 版

224. 林中正　以喜悅的心分享父親的榮耀——臺灣文學名家吳新榮克紹箕裘的
　　　孩子們　國文天地　第 145 期　1997 年 6 月　頁 94—99

225. 林中正　以喜悅的心分享父親的榮耀——吳新榮克紹箕裘的孩子們　現代
　　　文學名家的第二代　臺北　業強出版社　1998 年 8 月　頁 41—48

226. 陳益裕　不一樣的視覺空間——從作家吳新榮雕像的豎立想起　臺灣時報
　　　1997 年 8 月 29 日　30 版

227. 賴澤涵　吳新榮　兒童日報　1997 年 12 月 5 日　2 版

228. 彭瑞金　吳新榮——鹽分地帶文學的領航者　臺灣文學步道　高雄　高雄

---

[4]本文後改篇名為〈志節的座標——愛鄉志士吳新榮〉。

縣立文化中心　1998 年 7 月　頁 92—95

229. 彭瑞金　吳新榮——鹽分地帶文學的領航者　臺灣新聞報　1998 年 8 月 31
　　　日　13 版

230. 彭瑞金　吳新榮——鹽分地帶文學的領航者　臺灣文學 50 家　臺北　玉山
　　　社出版公司　2005 年 7 月　頁 165—172

231. 舒　蘭　日據時期的臺灣詩壇——吳新榮　中國新詩史話（三）　臺北
　　　渤海堂文化公司　1998 年 10 月　頁 27—29

232. 彭瑞金　鹽分地帶文學的開創者　臺灣新聞報　1999 年 12 月 9 日　13 版

233. 尹子玉　日據時期留日臺籍作家——吳新榮　文訊雜誌　第 179 期　2000
　　　年 9 月　頁 33—35

234. 李懷，桂華　鹽分地帶的醫生作家——吳新榮　文學臺灣人　臺北　遠流
　　　出版公司　2001 年 10 月　頁 91—92

235. 阮美慧　回溯臺灣新詩的兩個球根：五〇年代詩壇實況——潛流的本土文
　　　學詩脈〔吳新榮部分〕　臺灣精神的回歸——六、七〇年代臺灣
　　　現代詩風的轉折　成功大學中國文學系　博士論文　呂興昌教授
　　　指導　2002 年 6 月　頁 57—58

236. 林政華　首作河洛語詩的鹽分地帶文化詩人——吳新榮　臺灣新聞報
　　　2002 年 9 月 29 日　18 版

237. 林政華　首作河洛語詩的鹽分地帶文化詩人——吳新榮　臺灣古今文學名
　　　家　桃園　開南管理學院通識教育中心　2003 年 3 月　頁 30

238. 胡珊〔陳益裕〕　鹽分地帶文學的領航人——吳新榮　臺灣月刊　第 238
　　　期　2002 年 10 月　頁 8—11

239. 陳益裕　鹽分地帶文學的領航人——吳新榮　文化的豐采‧人物的風華
　　　臺南　臺南縣文化局　2003 年 11 月　頁 38—46

240. 〔臺北文獻〕　吳新榮醫民醫國——詩人吳新榮　臺北文獻　第 6 期
　　　2003 年 6 月　頁 23—26

241. 〔編輯部〕　鹽分地帶領航詩人———吳新榮醫民醫國一詩人　書香遠傳

第 1 期　2003 年 6 月　頁 23—26

242. 沈尚良　　吳新榮・醫師出身・文學成名・坐政治牢——傳承鹽分文風命
脈・錯過行醫致富年代　民生報　2003 年 11 月 7 日　A14 版

243.〔陳萬益選編〕　　吳新榮　國民文選・散文卷 1　臺北　玉山社出版公司
2004 年 8 月　頁 304

244. 陳姿羽　　瀛海之濱淬煉文學的鹽分〔吳新榮部分〕　吾土吾民——「臺灣
文學地圖」報導與「故鄉的文學記憶」徵文合集　臺南　國家臺
灣文學館　2004 年 12 月　頁 38—42

245. 吳南圖　　緬懷小雅園[5]　鹽分地帶文學　第 1 期　2005 年 12 月　頁 28—34

246. 吳南圖　　緬懷小雅園　臺灣文學評論　第 7 卷第 4 期　2007 年 10 月　頁
31—37

247. 吳南圖　　緬懷小雅園　吳新榮先生百歲冥誕紀念集　彰化　秀山閣私家藏
版　2007 年 11 月　頁 37—43

248. 吳南圖作；黃勁連臺譯　　數念「小雅園」　海翁臺語文學　第 92 期　2009
年 8 月　頁 51—62

249. 羊子喬　　誰能料想三月會做洪水——談吳新榮及鹽分地帶同人與二二八
鹽分地帶文學　第 1 期　2005 年 11 月　頁 52—57

250. 落　蒂　　唐吉訶德吳新榮　臺灣時報　2006 年 12 月 10 日　18 版

251. 張良澤　　致吳新榮先生（代序）　臺灣文學評論　第 7 卷第 4 期　2007 年
10 月　頁 8—12

252. 張良澤　　致・吳新榮先生（代序）　吳新榮先生百歲冥誕紀念集　彰化
秀山閣私家藏版　2007 年 11 月　頁 14—18

253. 張良澤　　致・吳新榮先生（代序）　吳新榮日記全集（1933—1937）　臺
南　國立臺灣文學館　2007 年 11 月　頁 11—17

254. 吳南星　　父親的種種　臺灣文學評論　第 7 卷第 4 期　2007 年 10 月　頁
13—19

---

[5]本文後譯為臺文，改篇名為〈數念「小雅園」〉。

255. 吳南星　　父親的種種　吳新榮先生百歲冥誕紀念集　彰化　秀山閣私家藏
　　　版　2007 年 11 月　頁 19—25

256. 吳黃雲嬌　　公公的身影　臺灣文學評論　第 7 卷第 4 期　2007 年 10 月　頁
　　　20—21

257. 吳黃雲嬌　　公公的身影　吳新榮先生百歲冥誕紀念集　彰化　秀山閣私家
　　　藏版　2007 年 11 月　頁 26—27

258. 翁吳朱里　　爸爸，您知道嗎？　臺灣文學評論　第 7 卷第 4 期　2007 年 10
　　　月　頁 22—26

259. 翁吳朱里　　爸爸，您知道嗎？　吳新榮先生百歲冥誕紀念集　彰化　秀山
　　　閣私家藏版　2007 年 11 月　頁 28—32

260. 吳南河，郭昭美　　感恩與感懷——為出版父親《吳新榮先生日記全集》而
　　　寫　臺灣文學評論　第 7 卷第 4 期　2007 年 10 月　頁 27—30

261. 吳南河，郭昭美　　感恩與感懷——為出版父親《吳新榮先生日記全集》而
　　　寫　吳新榮先生百歲冥誕紀念集　彰化　秀山閣私家藏版　2007
　　　年 11 月　頁 33—36

262. 魏吳亞姬　　爸爸！我思念您！　臺灣文學評論　第 7 卷第 4 期　2007 年 10
　　　月　頁 38—43

263. 魏吳亞姬　　爸爸！我思念您！　吳新榮先生百歲冥誕紀念集　彰化　秀山
　　　閣私家藏版　2007 年 11 月　頁 44—49

264. 吳夏雄　　生命中永遠的父親　臺灣文學評論　第 7 卷第 4 期　2007 年 10 月
　　　頁 44—46

265. 吳夏雄　　生命中永遠的父親　吳新榮先生百歲冥誕紀念集　彰化　秀山閣
　　　私家藏版　2007 年 11 月　頁 50—52

266. 吳夏統　　百歲冥誕追思先父——兼憶與父親兩次奇特的會面　臺灣文學評
　　　論　第 7 卷第 4 期　2007 年 10 月　頁 47—50

267. 吳夏統　　百歲冥誕追思先父——兼憶與父親兩次奇特的會面　吳新榮先生
　　　百歲冥誕紀念集　彰化　秀山閣私家藏版　2007 年 11 月　頁 53

—56

268. 魏汝珊　珨琅山房主人——我的外公百年紀念　臺灣文學評論　第 7 卷第 4
期　2007 年 10 月　頁 51—52

269. 魏汝珊　珨琅山房主人——我的外公百年紀念　吳新榮先生百歲冥誕紀念
集　彰化　秀山閣私家藏版　2007 年 11 月　頁 61—62

270. 詹評仁　吳新榮先生行誼　臺灣文學評論　第 7 卷第 4 期　2007 年 10 月
頁 53—56

271. 詹評仁　吳新榮先生行誼　吳新榮先生百歲冥誕紀念集　彰化　秀山閣私
家藏版　2007 年 11 月　頁 63—66

272. 吳南圖　《吳新榮日記全集》出版後記　臺灣文學評論　第 7 卷第 4 期
2007 年 10 月　頁 92—99

273. 吳南圖　《吳新榮日記全集》出版後記　吳新榮先生百歲冥誕紀念集　彰
化　秀山閣私家藏版　2007 年 11 月　頁 160—167

274. 吳南圖　《吳新榮日記全集》出版後記　吳新榮日記全集（1962—1967）
臺南　國立臺灣文學館　2008 年 6 月　頁 391—400

275. 毛燦英　我記憶中的二姑丈吳新榮　吳新榮先生百歲冥誕紀念集　彰化
秀山閣私家藏版　2007 年 11 月　頁 57—60

276. 蕭啟源　吳新榮先生與我家　吳新榮先生百歲冥誕紀念集　彰化　秀山閣
私家藏版　2007 年 11 月　頁 92—93

277. 王慶仁　懷念吳新榮先生　吳新榮先生百歲冥誕紀念集　彰化　秀山閣私
家藏版　2007 年 11 月　頁 125—127

278. 邱雅萍　從日記看見一位父親的容顏　吳新榮先生百歲冥誕紀念集　彰化
秀山閣私家藏版　2007 年 11 月　頁 141

279. 曾羽薇　吳新榮　吳新榮先生百歲冥誕紀念集　彰化　秀山閣私家藏版
2007 年 11 月　頁 152—153

280. 何鳳嬌，陳美蓉　吳新榮　固園黃家——黃天橫先生訪談錄　臺北　國史
館　2008 年 5 月　頁 266—269

281. 〔封德屏主編〕　　吳新榮　2007 臺灣作家作品目錄　臺南　國立臺灣文學
　　　館　2008 年 7 月　頁 251

282. 莊曉明　　鹽分地帶詩人的文學形塑——鹽分地帶同人的生平——戀上文學
　　　情婦的診療間囚人——吳新榮　日治時期鹽分地帶詩人群和風車
　　　詩社詩風之比較研究　臺北教育大學臺灣文化研究所　碩士論文
　　　林淇瀁教授指導　2008 年 12 月　頁 59—62

283. 林衡哲　　臺灣醫師對臺灣文化、文學的貢獻——醫藥為本妻，文學為情婦
　　　的吳新榮（1907—1967）　臺灣文學評論　第 9 卷第 1 期　2009
　　　年 1 月　頁 190—193

284. 林佛兒　　紀念吳新榮文學塑像　鹽分地帶文學　第 21 期　2009 年 4 月　頁
　　　39

285. 川賴千春　　日治時期臺灣藏書票的發展〔吳新榮部分〕　文學臺灣　第 70
　　　期　2009 年 4 月　頁 59

286. 康詠琪　　「鹽分地帶文藝營」的創立——「鹽分地帶文藝營」的創立經過
　　　〔吳新榮部分〕　「鹽分地帶文藝營」研究　臺南　臺南市政府
　　　文化局　2013 年 3 月　頁 86，106—109

287. 黃文源　　從來就不是皇民！從〈路剪〉出土看蘇新及同時代的人對「皇民
　　　化運動」的回應〔吳新榮部分〕　南臺灣研究　第 2 期　2013 年
　　　12 月　頁 115—142

訪談、對談

288. 吳新榮等[6]　　北部新文學・新劇運動座談會　臺北文物　第 3 卷第 2 期
　　　1954 年 8 月　頁 2—12

289. 吳新榮等　　北部新文學・新劇運動座談會　日據下臺灣新文學・文獻資料
　　　選集　臺北　明潭出版社　1979 年 3 月　頁 251—268

290. 林清玄　　記業餘採訪家吳新榮　時報周刊　第 9 期　1978 年 4 月　頁 21

---

[6]與會者：吳新榮、林快青、廖漢臣、吳瀛濤、施學習、王白淵、林克夫、郭水潭、陳鏡波、張維
賢、楊雲萍、陳君玉、溫連卿、廖秋桂、龍瑛宗、吳濁流、呂訴上、黃啟瑞、黃得時、蘇得志、
王詩琅。

291. 林清玄　　洗落九重塵埃──記業餘採訪家吳新榮　傳燈　臺北　九歌出版
　　　社　1979 年 10 月　頁 137─143

292. 吳新榮等[7]；月中泉譯　　臺灣新文學檢討座談會　自立晚報　1979 年 5 月 7
　　　日　10 版

293. 吳新榮等；月中泉譯　　臺灣新文學檢討座談會　鹽分地帶文學選　臺北
　　　林白出版社　1979 年 8 月　頁 575─585

294. 吳新榮等　　臺灣新文學檢討座談會　楊逵全集・資料卷　臺南　國立文化
　　　資產保存研究中心籌備處　2001 年 12 月　頁 116─126

年表

295. 鄭喜夫原著；張良澤刪補　　吳新榮先生事略年譜　吳新榮全集・吳新榮書
　　　簡　臺北　遠景出版公司　1981 年 10 月　頁 135─160

296. 張建隆　　吳新榮年表　臺灣近代名人誌・第 4 冊　臺北　自立晚報社文化
　　　出版部　1987 年 12 月　頁 250─253

297. 林慧姃　　吳新榮年表（1907─1967）　吳新榮研究───一個臺灣知識分子
　　　的精神歷程　東海大學歷史學系　碩士論文　林瑞明教授指導
　　　1995 年　頁 97─158

298. 林慧姃　　吳新榮先生年表（1907─1967）　吳新榮研究　臺南　臺南縣政
　　　府　2005 年 12 月　頁 172─262

299. 柳書琴　　吳新榮戰前作品年表初編───一九二七──一九四五　吳新榮選集 2
　　　臺南　臺南縣立文化中心　1997 年 3 月　頁 374─432

300. 施懿琳　　吳新榮先生生平年表　吳新榮傳　南投　臺灣省文獻委員會
　　　1999 年 6 月　頁 231─270

301. 莊永明　　吳新榮年表（1907─1967）　文學臺灣人　臺北　遠流出版社
　　　2001 年 10 月　頁 95

302.〔胡建國主編〕　　吳新榮先生年表　國史館現藏民國人物傳記史料彙編・

---

[7]與會者：楊逵、黃清澤、曾曉青、黃炭、黃平堅、吳新榮、徐清吉、王登山、葉向榮、林精鏐、
李自尺；記錄：郭水潭。

第 28 輯　臺北　國史館　2005 年 8 月　頁 83—89

303. 謝玲玉　吳新榮年表　南瀛鹽分地帶藝文人物誌　臺南　臺南縣政府　2006 年 4 月　頁 89

304. 〔張良澤編〕　吳新榮先生年譜　吳新榮先生百歲冥誕紀念集　彰化　秀山閣私家藏版　2007 年 11 月　頁 6—11

305. 〔張良澤編〕　吳新榮先生年譜　吳新榮日記全集（1933—1937）　臺南　國立臺灣文學館　2007 年 11 月　頁 369—379

306. 許俊雅　《臺灣文藝》重要作家作品篇目表〔吳新榮部分〕　足音集——文學記憶‧紀行‧電影　臺北　萬卷樓圖書公司　2011 年 12 月　頁 195

307. 王靖雯　吳新榮略年表　論吳新榮的觀與家庭觀 ——以《吳新榮日記全集》為主　臺南大學臺灣文化研究所　碩士論文　張良澤教授指導　2014 年 7 月　頁 74—91

其他

308. 周曉婷　吳新榮紀代像落成：十六日揭幕‧配合史料展及文學作品研討會　中國時報‧雲嘉南　1997 年 3 月 7 日　16 版

309. 〔人間福報〕　吳新榮百歲冥誕‧藝文界歌聲讚　人間福報　2007 年 11 月 12 日　7 版

310. 盧萍珊　追思吳新榮‧紀念文學先驅百歲冥誕　中華日報‧雲嘉南　2007 年 11 月 12 日　B5 版

311. 吳德元　《吳新榮日記全集》新書發表後記　臺灣文學館通訊　第 18 期　2008 年 2 月　頁 68—69

312. 林佩蓉　《吳新榮日記全集》及《龍瑛宗全集》日文卷新書發表會　從臺南出發——國立臺灣文學館海外參訪紀行文集　臺南　國立臺灣文學館　2012 年 12 月　頁 31—34

作品評論篇目

綜論

313. 洪冰如　　洪序　震瀛隨想錄　臺南　琅琅山房　1966 年 11 月　〔1〕頁

314. 羊子喬　　談吳新榮及其作品　自立晚報　1979 年 5 月 4 日　10 版

315. 林芳年　　鹽分地帶作家論（上、下）〔吳新榮部分〕　自立晚報　1979 年
　　　　　　　5 月 8—9 日　10 版

316. 林芳年　　鹽分地帶作家論〔吳新榮部分〕　鹽分地帶文學選　臺北　林白
　　　　　　　出版社　1979 年 8 月　頁 42—45

317. 林芳年　　鹽分地帶作家論〔吳新榮部分〕　林芳年選集　臺北　中華日報
　　　　　　　社　1983 年 12 月　頁 387—390

318. 林芳年　　鹽分地帶作家論〔吳新榮部分〕　南瀛文學選・評論卷一　臺南
　　　　　　　臺南縣立文化中心　1992 年 6 月　頁 34—39

319. 羊子喬　　光復前鹽分地帶的文學〔吳新榮部分〕　鹽分地帶文學選　臺北
　　　　　　　林白出版社　1979 年 8 月　頁 17—32

320. 羊子喬　　光復前鹽分地帶的文學〔吳新榮部分〕　蓬萊文章臺灣詩　臺北
　　　　　　　遠景出版社　1983 年 9 月　頁 19—35

321. 羊子喬　　光復前鹽分地帶的文學〔吳新榮部分〕　南瀛文學選・評論卷 2
　　　　　　　臺南　臺南縣立文化中心　1992 年 6 月　頁 491—492

322. 龔顯宗　　淺論北門七子詩〔吳新榮部分〕　鹽分地帶文學選　臺北　林白
　　　　　　　出版社　1979 年 1 月　頁 607—609

323. 舒　蘭　　中國新詩史話——吳新榮、莊培初、徐清吉　新文藝　第 291 期
　　　　　　　1980 年 6 月　頁 70—73

324. 茅漢〔王曉波〕　　兩腳立地的醫生作家——論吳新榮和他的思想　八十年
　　　　　　　代　第 3 卷第 5 期　1981 年 12 月　頁 88—96

325. 王曉波　　兩腳立地的醫生作家——論吳新榮和他的思想　臺灣史與中國民
　　　　　　　族運動　臺北　帕米爾書店　1986 年 11 月　頁 337—366

326. 林芳年　　鹽窩裡的靈魂〔吳新榮部分〕　林芳年選集　臺北　中華日報
1982 年 12 月　頁 363—365

327. 林芳年　　鹽窩裡的靈魂〔吳新榮部分〕　南瀛文學選・評論卷一　臺南
臺南縣立文化中心　1992 年 6 月　頁 24—25

328. 宋冬陽〔陳芳明〕　　日據時期臺灣新詩遺產的重估——鹽分地帶詩人的貢
獻〔吳新榮部分〕　臺灣文藝　第 83 期　1983 年 7 月　頁 23—
24

329. 宋冬陽　　日據時期臺灣新詩遺產的重估——鹽分地帶詩人的貢獻〔吳新榮
部分〕　臺灣文學的過去與未來　臺北　臺灣文藝雜誌社　1985
年 3 月　頁 127—128

330. 宋冬陽　　家國風霜五十年——日據時期臺灣新詩遺產的重估——鹽分地帶
詩人的貢獻〔吳新榮部分〕　放膽文章拚命酒　臺北　林白出版
社　1988 年 1 月　頁 84—85

331. 陳芳明　　日據時期臺灣新詩遺產的重估——鹽分地帶詩人的貢獻〔吳新榮
部分〕　左翼臺灣——殖民地文學運動史論　臺北　麥田出版公
司　1998 年 10 月　頁 162—163

332. 陳芳明　　日據時期臺灣新詩遺產的重估——鹽分地帶詩人的貢獻〔吳新榮
部分〕　左翼臺灣——殖民地文學運動史論　臺北　麥田出版・
城邦文化公司　2007 年 6 月　頁 162—163

333. 林芳年　　抗戰時期的鹽分地帶文學人物——兼談我前半輩子的文學活動[8]
〔吳新榮部分〕　文訊雜誌　第 7、8 期合刊　1984 年 2 月　頁
70

334. 林芳年　　鹽分地帶的文學運動〔吳新榮部分〕　抗戰時期文學回憶錄　臺
北　文訊雜誌社　1987 年 7 月　頁 226—227

335. 陳千武　　光復前後臺灣新詩的演變——詩人的作品與風格〔吳新榮部分〕
笠　第 130 期　1985 年 12 月　頁 11—12

---

[8]本文後改篇名為〈鹽分地帶的文學運動〉。

336. 林芳年　　枯淡美的展現——談吳新榮的散文　臺灣新聞報　1988 年 4 月 24
　　　　　　　日　12 版

337. 林芳年　　曝鹽人的執著——談光復前鹽分地帶文學〔吳新榮部分〕　鹽分
　　　　　　　地帶‧文學選集 1　臺北　自立晚報社　1988 年 8 月　頁 6—9

338. 劉登翰，朱雙一　　郭水潭、吳新榮與鹽分地帶詩人群　臺灣文學史（上）
　　　　　　　福州　海峽文藝出版社　1991 年 6 月　頁 526—537

339. 朱雙一　　散文與戲劇創作〔吳新榮部分〕　臺灣文學史（上）　福州　海
　　　　　　　峽文藝出版社　1991 年 6 月　頁 610—611

340. 朱雙一　　日據時期的臺灣新詩〔吳新榮部分〕　臺灣新文學概觀（下）
　　　　　　　廈門　鷺江出版社　1991 年 6 月　頁 92

341. 朱雙一　　日據時期的臺灣新詩〔吳新榮部分〕　臺灣新文學概觀　臺北
　　　　　　　稻禾出版社　1992 年 3 月　頁 390

342. 黃勁連　　詩人的故鄉——略述「鹽分地帶」的詩與詩人〔吳新榮部分〕
　　　　　　　臺灣時報　1991 年 8 月 18 日　27 版

343. 黃勁連　　詩人的故鄉——略述「鹽分地帶」的詩與詩人〔吳新榮部分〕
　　　　　　　南瀛文學選‧評論卷 2　臺南　臺南縣立文化中心　1992 年 6 月
　　　　　　　頁 286—287

344. 葉石濤　　臺灣新文學運動的開展——戰爭期〔吳新榮部分〕　臺灣文學史
　　　　　　　綱　高雄　文學界雜誌社　1991 年 9 月　頁 66—67

345. 葉石濤　　臺灣新文學運動的展開——戰爭期〔吳新榮部份〕　葉石濤全
　　　　　　　集‧評論卷五　臺南，高雄　國立臺灣文學館，高雄市文化局
　　　　　　　2008 年 3 月　頁 72—73

346. 黃勁連　　鹽分的旅途——「鹽分地帶」的詩及詩人[9]——吳新榮　臺灣時報
　　　　　　　1992 年 8 月 20 日　22 版

347. 黃勁連　　鹽分的旅途——「鹽分地帶」的詩及詩人〔吳新榮部分〕　番薯
　　　　　　　詩刊‧抱著咱的夢　第 3 期　1992 年 10 月　頁 50—51

---

[9]本文後改篇名〈放膽文章拚命酒——略述日據時代鹽分地帶文學〉。

348. 黃勁連　　放膽文章拚命酒──略述日據時代鹽分地帶文學〔吳新榮部分〕　鹽分地帶文學　第 1 期　2005 年 12 月　頁 69─70

349. 陳芳明　　臺灣左翼詩學的掌旗者──吳新榮作品試論[10]　南臺灣文學景觀──作家與土地研討會　高雄　高雄縣立文化中心主辦　1994 年 7 月 16 日

350. 陳芳明　　臺灣左翼詩學的掌旗者──吳新榮作品試論（上、下）　臺灣時報　1994 年 7 月 19─20 日　22 版

351. 呂興昌　　吳新榮「震瀛詩集」初探[11]　賴和及其同時代的作家：日據時期臺灣文學國際學術會議論文　新竹　清華大學　1994 年 11 月 25─27 日

352. 呂興昌　　吳新榮「震瀛詩集」初探　臺灣詩人研究論文集　臺南　臺南市立文化中心　1995 年 4 月　頁 51─99

353. 呂興昌著；成瀨千枝子譯　　吳新榮「震瀛詩集」初探　よおがえる臺灣文學──日本統治期の作家と作品　東京　東方書店　1995 年 10 月　頁 459─521

354. 呂興昌　　吳新榮「震瀛詩集」初探　吳新榮選集 2　臺南　臺南縣立文化中心　1997 年 3 月　頁 203─252

355. 張超主編　　吳新榮　臺港澳及海外華人作家辭典　江蘇　南京大學出版社　1994 年 12 月　頁 511─512

356. 李魁賢　　殖民地詩人的典例──吳新榮　笠　第 185 期　1995 年 2 月　頁 109─111

357. 李魁賢　　殖民地詩人的典例──吳新榮　李魁賢文集 7　臺北　行政院文建會　2002 年 10 月　頁 29─31

---

[10] 本文追溯吳新榮的新詩道路，予其文學史之地位。全文共 5 小節：1.生命之鹽‧文學之花；2.左翼青年的文學道路；3.弱小民族的聲音；4.鹽分地帶的本土意識；5.結語。後改篇名為〈吳新榮的左翼詩學──臺灣新文學運動的一個轉折〉、〈吳新榮：左翼詩學的旗手〉。

[11] 本文探討吳新榮在 1965 年或更早之前的詩作。全文共 8 小節：1.前言；2.「震瀛詩集」的提出；3.「震瀛詩集」已收作品；4.「震瀛詩集」未收作品；5.吳新榮的臺語詩；6.吳新榮的左翼詩觀；7.對於戰爭體制的反應；8.結語。

358. 林慧姃　吳新榮的精神歷程——早期萌芽階段[12]　新生代臺灣文學研究的面向論文集　彰化　臺灣磺溪文化學會　1995 年 6 月　頁 262—295

359. 路　易　清白交代的臺灣文學〔吳新榮部分〕　民眾日報　1995 年 7 月 6 日　18 版

360. 陳芳明　吳新榮的左翼詩學——臺灣新文學運動的一個轉折　臺灣文學研討會　臺北　淡水工商管理學院主辦　1995 年 11 月 4—5 日

361. 陳芳明　吳新榮的左翼詩學——臺灣新文學運動的一個轉折　吳新榮選集 2　臺南　臺南縣立文化中心　1997 年 3 月　頁 253—283

362. 陳芳明　吳新榮：左翼詩學的旗手　左翼臺灣——殖民地文學運動史論　臺北　麥田出版公司　1998 年 10 月　頁 171—198

363. 陳芳明　吳新榮：左翼詩學的旗手　左翼臺灣——殖民地文學運動史論　臺北　麥田出版・城邦文化公司　2007 年 6 月　頁 171—198

364. 黃琪椿　農村與社會主義思想——吳新榮日治時期詩作析論[13]　臺灣文學研討會　臺北　淡水工商管理學院主辦　1995 年 11 月 4—5 日

365. 黃琪椿　農村與社會主義思想——吳新榮日治時期詩作析論　吳新榮選集 2　臺南　臺南縣立文化中心　1997 年 3 月　頁 284—340

366. 林慧姃　論吳新榮的精神歷程——以文學創作為中心[14]　臺灣文學研討會　臺北　淡水工商管理學院主辦　1995 年 11 月 4—5 日

367. 林慧姃　論吳新榮的精神歷程——以文學創作為中心　吳新榮選集 2　臺南　臺南縣立文化中心　1997 年 3 月　頁 341—373

368. 葉石濤　吳新榮文學的特色及其貢獻　臺灣新聞報　1997 年 1 月 22 日　13 版

369. 葉石濤　吳新榮文學的特色及其貢獻　吳新榮文學作品討論會　臺南　臺南縣立文化中心主辦　1997 年 3 月 15 日

---

[12]本文探討吳新榮早期萌芽階段，觀察其精神歷程。全文共 5 小節：1.前言；2.一個臺灣醫生人格、思想的養成；3.東京時期的政治活動；4.社會主義思想的呈現；5.結語。

[13]本文探索吳新榮各階段作品特色，找出左翼詩人的獨特樣貌。全文共 5 小節：1.理想・戰鬥；2.土地・歷史；3.徬徨・堅持；4.農村社會主義者；5.結語。

[14]本文透過吳新榮的創作，探究其精神表徵。全文共 3 小節：1.前言；2.本論；3.結論。

370. 葉石濤　　吳新榮文學的特色及其貢獻　從府城到舊城——葉石濤回憶錄
　　　　　　　臺北　翰音文化公司　1999 年 9 月 10 日　頁 129—135

371. 葉石濤　　吳新榮文學的特色及其貢獻　葉石濤全集・評論卷四　臺南，高
　　　　　　　雄　國立臺灣文學館，高雄市文化局　2008 年 3 月　頁 403—408

372. 葉石濤著；黃勁連臺譯　　吳新榮文學的特色佮貢獻　海翁臺語文學　第 89
　　　　　　　期　2009 年 5 月　頁 44—49

373. 葉石濤著；黃勁連臺譯　　吳新榮文學兮特色佮貢獻　臺灣時報　2011 年 7
　　　　　　　月 27 日　16 版

374. 葉石濤著；黃勁連臺譯　　吳新榮文學的特色佮貢獻　臺江臺語文學季刊
　　　　　　　第 2 期　2012 年 5 月　頁 96—102

375. 李敏勇　　吳新榮　傷口的花——二二八詩集　臺北　玉山社出版公司
　　　　　　　1997 年 2 月　頁 116—118

376. 葉　笛　　論吳新榮先生的「詩」　吳新榮文學作品討論會　臺南　臺南縣
　　　　　　　立文化中心主辦　1997 年 3 月 15 日

377. 陳千武　　論吳新榮先生的文學思想　吳新榮文學作品討論會　臺南　臺南
　　　　　　　縣立文化中心主辦　1997 年 3 月 15 日

378. 林瑞明　　論吳新榮的「小說、隨筆、采風」　吳新榮文學作品討論會　臺
　　　　　　　南　臺南縣立文化中心主辦　1997 年 3 月 15 日

379. 林瑞明　　人情練達即文章——吳新榮的小說、隨筆、采風　中國時報
　　　　　　　2002 年 12 月 16 日　39 版

380. 陳芳明　　吳新榮與日據時期的左翼文學　吳新榮文學作品討論會　臺南
　　　　　　　臺南縣立文化中心主辦　1997 年 3 月 15 日

381. 顏美娟　　從民族自覺到鄉土關懷——談南瀛作家吳新榮的作品　民間文學
　　　　　　　及作家文學研討會論文集　新竹　清華大學中國文學系　1998 年
　　　　　　　12 月　頁 121—133

382. 林秀蓉　　醫人、醫國的文學作家——吳新榮（上、下）　臺灣時報　1999
　　　　　　　年 11 月 12—13 日　25 版

383. 林秀蓉　醫人、醫國的文學作家——吳新榮　創世紀　第 133 期　2002 年 1 月　頁 268—273

384. 林秀蓉　醫人、醫國的文學作家——吳新榮　南瀛文獻　第 1 期　2002 年 1 月　頁 268—273

385. 陳千武　吳新榮的詩文學思想（上、中、下）　民眾日報　2000 年 1 月 2—4 日　19 版

386. 陳千武　吳新榮的詩文學思想　陳千武全集・詩走廊散步　臺中　臺中市立文化局　2003 年 8 月　頁 98—106

387. 陳千武　吳新榮的詩文學思想　吳新榮先生百歲冥誕紀念集　彰化　秀山閣私家藏版　2007 年 11 月　頁 154—159

388. 陳芳明　殖民地詩人的臺灣意象——以鹽分地帶文學集團為中心〔吳新榮部分〕　臺杏第二屆臺灣文學學術研討會——詩／歌中的臺灣意象　臺南　臺杏文教基金會主辦　2000 年 3 月 11—12 日

389. 陳芳明　殖民地詩人的臺灣意象——以鹽分地帶文學集團為中心〔吳新榮部分〕　殖民地摩登——現代性與臺灣史觀　臺北　麥田出版公司　2004 年 6 月　頁 137—160

390. 陳芳明　臺灣新文學史——寫實文學與批判精神的抬頭——三〇年代的新詩傳統〔吳新榮部分〕　聯合文學　第 185 期　2000 年 3 月　頁 145—147

391. 陳芳明　臺灣寫實文學與批判精神的抬頭——一九三〇年代的新詩傳統〔吳新榮部分〕　臺灣新文學史　臺北　聯經出版公司　2011 年 10 月　頁 145—147

392. 陳祈伍　吳新榮新詩探析——以《臺灣文藝》、《臺灣新文學》之詩為例　南榮學報　復刊第 5 期　2001 年 8 月　頁 221—244

393. 莊永明　鹽分地帶的醫生作家——吳新榮　文學臺灣人　臺北　遠流出版社　2001 年 10 月　頁 90—95

394. 陳君愷　擺盪在「科學文明」與「文化暴君」之間——吳新榮的科學觀及

　　　　其實踐上的局限[15]　輔仁歷史學報　第 13 期　2002 年 6 月　頁
　　　　161—222

395. 葉　笛　鹽分地帶的詩魂——吳新榮　創世紀　第 133 期　2002 年 12 月
　　　　頁 110—118

396. 葉　笛　鹽分地帶的詩魂——吳新榮　臺灣早期現代詩人論　高雄　春暉
　　　　出版社　2003 年 10 月　頁 159—190

397. 葉　笛　鹽分地帶的詩魂——吳新榮　葉笛全集・評論卷 1　臺南　臺灣國
　　　　家文學館籌備處　2007 年 5 月　頁 159—187

398. 邱麗敏　「二二八」書寫之創作者——吳新榮生平及其「二二八」作品
　　　　二二八文學研究——戰前出生之臺籍作家對「二二八」的書寫初
　　　　探　新竹教育大學臺灣語言與語文教育研究所　碩士論文　范文
　　　　芳教授指導　2003 年 6 月　頁 96—105

399. 陳祈伍　挫傷的心靈——吳新榮戰爭時期的思想與文學　南榮學報　復刊
　　　　第 7 期　2003 年 11 月　頁 157—191

400. 羊子喬　鹽田裡的詩魂——日治時期臺灣寫實文學的重鎮「鹽分地帶」
　　　　〔吳新榮部分〕　臺灣史料研究　第 23 期　2004 年 8 月　頁 2—
　　　　21

401. 羊子喬　鹽田裡的詩魂——日治時期臺灣寫實文學的重鎮「鹽分地帶」
　　　　〔吳新榮部分〕　鹽田裡的詩魂——羊子喬文學評論集 2　臺南
　　　　臺南縣文化局　2010 年 10 月　頁 35—64

402. 許献平　鹽分地帶新文學拓荒者——北門七子——鹽分地帶新文學領航人
　　　　——吳新榮　南瀛文獻　第 4 期　2005 年 9 月　頁 147—154

403. 王德威　左翼臺灣〔吳新榮部分〕　臺灣——從文學看歷史　臺北　麥田
　　　　出版公司　2005 年 9 月　頁 161—162

404. 葉　笛　鹽分地帶文學的靈魂——吳新榮　鹽分地帶文學　第 1 期　2005

[15]本文歸納吳新榮的出版資料，勾勒作家的科學觀。全文共 5 小節：1.前言；2.對「科學文明」的
　謳歌與禮讚；3.理想的追尋：「戰鬥的醫學」與「抵抗的文學」；4.現實的困境：「身分的矛
　盾」與「處境的兩難」；5.對「文化暴君」的探索與妥協。

年 11 月　頁 35—51

405. 葉　笛　鹽分地帶的文學靈魂——吳新榮　葉笛全集・評論卷 1　臺南　臺灣國家文學館籌備處　2007 年 5 月　頁 476—501

406. 謝玲玉　吳新榮（1907—1967）——醫生作家，熱情詩人　南瀛鹽分地帶藝文人物誌　臺南　臺南縣政府　2006 年 4 月　頁 74—88

407. 黃文成　吳新榮論　受刑與書寫——臺灣監獄文學考察（1895—2005）　中國文化大學中國文學系　博士論文　康來新教授指導　2006 年　頁 224—228

408. 黃文成　「白色恐怖」下的集體記憶——吳新榮論　關不住的繆思——臺灣監獄文學縱橫論　臺北　秀威資訊科技公司　2008 年 4 月　頁 260—264

409. 林秀蓉　日治時期臺灣小說中的醫生形象——醫生作家筆下的醫生形象〔吳新榮部分〕　中國語文　第 595 期　2007 年 1 月　頁 62—63

410. 周華斌　日治時期鹽分地帶作家的短歌與俳句吟詠——以吳新榮、郭水潭、王登山及王碧蕉的作品為例　臺灣作家的地理書寫與文學體驗　臺南　國家臺灣文學館　2007 年 3 月　頁 225—256

411. 葉　笛　也是文學因緣——「震瀛詩集」、〈亡妻記〉譯後記　葉笛全集・評論卷 3　臺南　國家臺灣文學館籌備處　2007 年 5 月　頁 256—258

412. 葉　笛　也是文學因緣——「震瀛詩集」及〈亡妻記〉譯後記　葉笛全集・翻譯卷 3　臺南　臺灣國家文學館籌備處　2007 年 5 月　頁 3—5

413. 河原功　吳新荣の左翼意識——「吳新荣旧藏杂志拔粹集（合本）」からの考察　2007 年臺日學術交流國際會議：殖民化與近代化——檢視日治時期的臺灣　臺北　亞東關係協會主辦　2007 年 9 月 8 日

414. 河原功著；張文薰譯　吳新榮之左翼意識——關於「吳新榮舊藏雜誌拔粹集（合訂本）」之考察　臺灣文學研究集刊　第 4 期　2007 年 11

月　頁 123—196

415. 河原功　吳新荣の左翼意識——「吳新荣旧藏杂志拔粹集（合本）」から
の考察　2007 年臺日學術交流國際會議學術論文集　臺北　外交
部　2007 年 12 月　頁 140—149

416. 李詮林　離島寫作與歸鄉之響——臺灣作家在日本等外國的寫作——離臺
赴日寫作〔吳新榮部分〕　臺灣現代文學史稿　福州　海峽文藝
出版社　2007 年 12 月　頁 53

417. 李詮林　日據時段的臺灣現代日語文學——楊熾昌、張彥勳、郭水潭、王
白淵、陳奇雲等日語詩人——吳新榮等鹽分地帶詩人　臺灣現代
文學史稿　福州　海峽文藝出版社　2007 年 12 月　頁 287—292

418. 王幸華　他者／主體的情境場域：醫師作家的醫病書寫——鹽分地帶的文
學領袖—吳新榮與其醫療散記　日治時期臺灣新文學之醫病書寫
研究　東海大學中國文學系　博士論文　陳萬益，李立信教授指
導　2008 年 1 月　頁 170—193

419. 陳春妤　知識分子的精神圖像與現代性想像——以楊守愚、劉吶鷗、吳新
榮為例　日治時期知識分子對殖民現代工程的批評　靜宜大學中
國文學系　碩士論文　王惠珍教授指導　2008 年 6 月　頁 87—
148

420. 張良澤　台湾文学における梁啟超と吳新栄——日本統治下のある中国知
識人と台湾知識人の台湾新旧文学に対する影響　臺灣文學評論
第 8 卷第 3 期　2008 年 7 月　頁 200—210

421. 莊曉明　鹽分地帶詩人的文學形塑——鹽分地帶同人的詩作特色——抒情
與現實的兼容並蓄——吳新榮詩作特色　日治時期鹽分地帶詩人
群和風車詩社詩風之比較研究　臺北教育大學臺灣文化研究所
碩士論文　林淇瀁教授指導　2008 年 12 月　頁 69—91

422. 藍建春主編　苦鹹的土地——吳新榮、郭水潭與鹽分地帶文學　親近臺灣
文學——歷史、作家、故事　臺中　耕書園出版公司　2009 年 2

　　　　　　　月　頁 154—163

423. 陳永興　鹽分地帶鄉土文學的園丁——吳新榮（一九〇七—一九六七）
　　　　　　　醫者情懷——臺灣醫師的人文書寫與社會關懷　臺北　印刻文學
　　　　　　　生活雜誌出版公司　2009 年 10 月　頁 66—76

424. 黃文源　雙新記——論蘇新與吳新榮的「抵抗」之道　臺灣史料研究　第
　　　　　　　36 期　2010 年 12 月　頁 73—84

425. 吳新欽　吳新榮書法敘事中的鄉土認同　2011 鹽分地帶文學學術研討會
　　　　　　　臺南　臺南市社區大學研究發展學會承辦　2011 年 6 月 11—12 日

426. 林慧婭　吳新榮民間故事采錄的認同意識和個人風格　2011 鹽分地帶文學
　　　　　　　學術研討會　臺南　臺南市社區大學研究發展學會承辦　2011 年
　　　　　　　6 月 11—12 日

427. 陳瑜霞　郭水潭與同期詩人的空間書寫——王白淵與吳新榮的旅日空間書
　　　　　　　寫　2011 鹽分地帶文學學術研討會論文集　臺南　國立臺灣文學
　　　　　　　館　2011 年 9 月　頁 561—569

428. 吳南圖　吳新榮的留真日記　鹽分地帶文學　第 39 期　2012 年 4 月　頁
　　　　　　　186—193

429. 許惠玟　跨越詩文的隨筆家——吳新榮漢詩淺談[16]　臺江臺語文學季刊　第
　　　　　　　2 期　2012 年 5 月　頁 13—37

430. 周華斌　吳新榮 ê「臺語漢文」書寫[17]　臺江臺語文學季刊　第 2 期　2012
　　　　　　　年 5 月　頁 67—95

431. 張　羽　日本殖民時期臺灣醫生作家的疾病敘事研究〔吳新榮部分〕　文
　　　　　　　學評論　2012 年第 1 期　2012 年　頁 147—156

432. 陳允元　尋找「缺席」的超現實主義者——日治時期臺灣超現實主義詩系
　　　　　　　譜的追尋與文學史再現——典律的空缺與填補：發現／尋回楊熾

---

[16]本文探討吳新榮學習漢詩的過程，與其漢詩創作特色。全文共 4 節：1.前言；2.醫學為本妻，文
　學為情婦，文獻為志業；3.有暇寫清詩，無暇寫真詩——吳新榮漢詩淺探；4.結論。
[17]本文以吳新榮的臺語詩為例，分析其臺語漢文的書寫。全文共 5 節：1.踏話頭；2.吳新榮「漢
　文」養成；3.吳新榮 ê「臺語漢文」作品；4.吳新榮對語文觀念；5.話尾。

昌〔吳新榮部分〕　臺灣文學研究學報　第 16 期　2013 年 4 月
頁 30—31

433. 邱容各　三〇年代的臺灣兒童文學：黃金時期——推動者行止——臺灣新
文學作家——吳新榮：與兒童文學擦身而過　臺灣近代兒童文學
史　臺北　秀威資訊科技公司　2013 年 9 月　頁 206—207

分論
◆單行本作品
散文
《震瀛回憶錄》[18]

434. 彭瑞金　文學家的回憶錄與文學回憶錄——四種文學回憶錄的取樣與探討
〔《震瀛回憶錄》部分〕　臺灣史料研究　第 11 期　1998 年 5 月
頁 5—6

435. 彭瑞金　文學家的回憶錄與文學回憶錄——四種文學回憶錄的取樣與探討
〔《震瀛回憶錄》部分〕　驅除迷霧找回祖靈——臺灣文學論文
集　臺北　春暉出版社　2000 年 5 月　頁 225—228

436. 林淑慧　留日敘事的自我建構——臺灣日治時期回憶錄的跨界意識〔《吳
新榮回憶錄》部分〕　臺灣國際研究季刊　第 8 卷第 4 期　2012
年 12 月　頁 165，170—173，183

《南臺灣風土志》[19]

437. 王詩琅　王序　震瀛採訪錄　臺南　琅琅山房　1977 年 3 月　頁 1—3
438. 王詩琅　王序　南臺灣風土志　彰化　秀山閣　1978 年 1 月　頁 1—3
439. 王詩琅　王序　震瀛採訪錄　臺南　臺南縣民政局　1981 年 4 月　頁 1—3
440. 婁子匡　婁序　震瀛採訪錄　臺南　琅琅山房　1977 年 3 月　頁 4—6
441. 婁子匡　婁序　南臺灣風土志　彰化　秀山閣　1978 年 1 月　頁 4—6
442. 婁子匡　婁序　震瀛採訪錄　臺南　臺南縣民政局　1981 年 4 月　頁 4—6

---

[18]本書 1981 年以《此時此地》之名出版，刪去事關「二二八事變部分」之處；1989 年再以《吳新榮回憶錄》之名出版，保留原始章節。
[19]本書後更名為《南臺灣風土志》。

443. 吳南圖　　後記　震瀛採訪錄　臺南　琱琅山房　1977 年 3 月　頁 440—441

444. 吳南圖　　後記　南臺灣風土志　彰化　秀山閣　1978 年 1 月　頁 440—441

445. 吳南圖　　後記　震瀛採訪錄　臺南　臺南縣民政局　1981 年 4 月　頁 440
　　　　—441

446. 楊寶發　　代序　震瀛採訪錄　臺南　臺南縣民政局　1981 年 4 月　〔1〕頁

文集

《吳新榮全集》

447. 張良澤　　我愛吳新榮——為《吳新榮全集》出版致讀者　臺灣文藝　第 73
　　　　期　1981 年 7 月　頁 153—172

448. 張良澤　　致讀者——代總序　吳新榮全集卷・亡妻記　臺北　遠景出版公
　　　　司　1981 年 10 月　頁 1—27

449. 張良澤　　致讀者——代總序　吳新榮選集 2　臺南　臺南縣文化局　1997
　　　　年 3 月　頁 175—202

《吳新榮全集・琱琅山房隨筆》

450. 施懿琳　　吳新榮《琱琅山房隨筆》初探　中正大學學報　第 8 卷第 1 期
　　　　1997 年 12 月　頁 49—81

451. 施懿琳　　吳新榮《琱琅山房隨筆》析論　跨語、漂泊、釘根——臺灣新文
　　　　學論集　高雄　春暉出版社　2000 年 6 月　頁 47—92

《吳新榮日記全集》

452. 傳田晴久著；張良澤譯　　《吳新榮日記》讀後感　臺灣文學評論　第 7 卷
　　　　第 4 期　2007 年 10 月　頁 69—74

453. 傳田晴久著；張良澤譯　　《吳新榮日記》讀後感　吳新榮先生百歲冥誕紀
　　　　念集　彰化　秀山閣私家藏版　2007 年 11 月　頁 81—86

454. 曹永洋　　校對雜感　臺灣文學評論　第 7 卷第 4 期　2007 年 10 月　頁 78
　　　　—81

455. 曹永洋　　校對雜感　吳新榮先生百歲冥誕紀念集　彰化　秀山閣私家藏版
　　　　2007 年 11 月　頁 96—99

456. 松田良孝著；張良澤譯　　由《吳新榮日記》看沖繩人的疏散體驗　臺灣文學評論　第 7 卷第 4 期　2007 年 10 月　頁 82—91

457. 松田良孝著；張良澤譯　　由《吳新榮日記》看沖繩人的疏散體驗　吳新榮先生百歲冥誕紀念集　彰化　秀山閣私家藏版　2007 年 11 月　頁 100—109

458. 張良澤　　編後記——談日記《吳新榮日記全集》中最大的懸案　臺灣文學評論　第 7 卷第 4 期　2007 年 10 月　頁 100—112

459. 張良澤　　編後記——談日記中最大的懸案　吳新榮先生百歲冥誕紀念集　彰化　秀山閣私家藏版　2007 年 11 月　頁 100—112

460. 吳南圖　　吳序　吳新榮先生百歲冥誕紀念集　彰化　秀山閣私家藏版　2007 年 11 月　頁 12—13

461. 吳南圖　　序　吳新榮日記全集（1933—1937）　臺南　國立臺灣文學館　2007 年 11 月　頁 9—10

462. 高坂嘉玲　　失去之後，才知道是愛　吳新榮先生百歲冥誕紀念集　彰化　秀山閣私家藏版　2007 年 11 月　頁 69—76

463. 胡紅波　　自然令我想起《南臺灣風土記》——我讀《吳新榮日記》有感　吳新榮先生百歲冥誕紀念集　彰化　秀山閣私家藏版　2007 年 11 月　頁 110—120

464. 曾進豐　　日記，一個時代　吳新榮先生百歲冥誕紀念集　彰化　秀山閣私家藏版　2007 年 11 月　頁 132—134

465. 鳳氣至純平　　日記裡語言運用的奧妙　吳新榮先生百歲冥誕紀念集　彰化　秀山閣私家藏版　2007 年 11 月　頁 142—143

466. 許倍榕　　校對感想　吳新榮先生百歲冥誕紀念集　彰化　秀山閣私家藏版　2007 年 11 月　頁 144—146

467. 河原功著；高坂嘉玲譯　　探求吳新榮的左翼思想——談「吳新榮舊藏雜誌拔粹集」與《吳新榮日記全集》　臺灣文學評論　第 9 卷第 3 期　2009 年 7 月　頁 160—164

468. 曾士榮；鄭雅怡譯　　認同 kap 戰爭：戰爭動員 kap 皇民化運動之下臺灣民族意識——用《吳新榮ê日記》作例（1937—1945）　臺江臺語文學季刊　第 2 期　2012 年 5 月　頁 38—66

469. 陳文松　　日治時期文化人日常生活中的「賭博」：吳新榮日記裡的麻雀物語　日記與社會生活史學術研討會　臺北　中研院臺史所，臺灣歷史博物館，成功大學歷史系主辦　2012 年 11 月 16—17 日

470. 陳文松　　日記所見日治時期臺灣人的「打麻雀」——以吳新榮等人的經驗為中心　成大歷史學報　第 45 期　2013 年 12 月　頁 129—176

單篇作品

471. 陳文榮　　吳新榮〈亡妻記〉讀後感　自立晚報　1979 年 8 月 21 日　10 版

472. 朱雙一　　臺灣新文學運動的重挫——散文與戲劇創作〔〈亡妻記〉部分〕　臺灣文學史（上）　福州　海峽文藝出版社　1991 年 6 月　頁 610—611

473.〔陳萬益選編〕　　〈亡妻記（一）——逝去的青春日記〉賞析　國民文選‧散文卷 1　臺北　玉山社出版公司　2004 年 8 月　頁 336

474. 曾瀞怡　　柚花散落，如雪之芬——讀〈亡妻記〉有感　吳新榮先生百歲冥誕紀念集　彰化　秀山閣私家藏版　2007 年 11 月　頁 149—151

475. 范宜如　　編織與重繪臺灣圖像——現代臺灣報導文學與散文——日治時期臺灣散文〔〈亡妻記〉部分〕　文學@臺灣——11 位新銳臺灣文學研究者帶你認識臺灣文學　臺南　國立臺灣文學館　2008 年 9 月　頁 93

476. 高坂嘉玲　　〈亡妻記〉の表と裡——《吳新榮日記全集》より論ずる　第十九屆天理臺灣學會研究大會　日本　日本天理臺灣學會主辦　2009 年 7 月 4 日

477. 李純芬　　皇民化時期臺灣人作家的喪葬文化書寫——紙短情長的夫妻之情：吳新榮〈亡妻記〉中的喪葬記錄　帝國視線下的在地民俗實踐——殖民地臺灣文學中的婚喪書寫（1937—1945）　中興大學

臺灣文學研究所　碩士論文　朱惠足教授指導　2009 年　頁 73—77

478. 曾馨霈　四〇年代葬儀文本生產與文學實踐──民俗技術與抒情敘事之交融：吳新榮〈亡妻記〉　民俗記述與文學實踐──1940 年代臺灣文學葬儀書寫研究　臺灣大學臺灣文學研究所　碩士論文　張文薰教授指導　2010 年　頁 70—83

479. 曾馨霈　抒情敘事與民俗記述之混融──析論吳新榮〈亡妻記〉　2011 鹽分地帶文學學術研討會　臺南　臺南市社區大學研究發展學會承辦　2011 年 6 月 11—12 日

480. 曾馨霈　抒情敘事與民俗記述之混融：析論吳新榮〈亡妻記〉　2011 鹽分地帶文學學術研討會論文集　臺南　國立臺灣文學館　2011 年 9 月　頁 497—518

481. 許俊雅　日治時期臺灣文學總論──帝國陰影下的臺灣新文學作品──日治時期臺灣散文的發展〔〈亡妻記〉部分〕　足音集──文學記憶‧紀行‧電影　臺北　萬卷樓圖書公司　2011 年 12 月　頁 262—263

482. 許俊雅　從困境、求索到新生──談臺灣新詩中的二二八〔〈誰能料想三月會做洪水〉部分〕　第二屆臺灣本土文化國際學術研討會論文集──臺灣文學與社會　臺北　臺灣師範大學國文學系，人文教育研究中心　1996 年 4 月　頁 336—337

483. 許俊雅　從困境、求索到新生──談臺灣新詩中的二二八──吳新榮〔〈誰能料想三月會做洪水〉〕　傷口的花──二二八詩集　臺北　玉山社出版公司　1997 年 2 月　頁 116—119

484. 許俊雅　從困境、求索到新生──談臺灣新詩中的二二八〔〈誰能料想三月會做洪水〉部分〕　臺灣文學論──從現代到當代　臺北　南天書局公司　1997 年 10 月　頁 408—411

485. 陳萬益　誰能料想三月會做洪水──二二八小說《怒濤》與《反骨》合論

〔〈誰能料想三月會做洪水〉部分〕　于無聲處聽驚雷　臺南　臺南市立文化中心　1996 年 5 月　頁 91—96

486. 李魁賢　詩人童年中的二二八經驗——鮮血染紅了故鄉的土地——明哲，〈母親的悲願〉〔〈誰能料想三月會做洪水〉部分〕　中外文學　第 25 卷第 7 期　1996 年 12 月　頁 98

487. 李漢偉　偏向「救贖／認同」的期待——以「二二八」的政治詩為例〔〈誰能料想三月會做洪水〉部分〕　臺灣新詩的三種關懷　臺北　駱駝出版社　1997 年 10 月　頁 82—83

488. 陳玉玲　二二八的新詩世界〔〈誰能料想三月會做洪水〉部分〕　中外文學　第 27 卷第 1 期　1998 年 6 月　頁 49

489. 羊子喬　鹽分地帶與二二八〔〈誰能料想三月會做洪水〉部分〕　鹽田裡的詩魂——羊子喬文學評論集 2　臺南　臺南縣文化局　2010 年 10 月　頁 73—77

490. 張秀嬌　〈誰能料想三月會做洪水〉的療傷書寫與《洪水集》　文史臺灣學報　第 7 期　2013 年 12 月　頁 69—100

491. 李漢偉　關懷窮困苦疾〔〈故鄉的輓歌〉部分〕　臺灣新詩的三種關懷　臺北　駱駝出版社　1997 年 10 月　頁 175—176

492. 林淇瀁　三種語言交響的詩篇——現代臺灣新詩——日治時期臺灣新詩發展〔〈故鄉的輓歌〉部分〕　文學　臺灣——11 位新銳臺灣文學研究者帶你認識臺灣文學　臺南　國立臺灣文學館　2008 年 9 月　頁 117

493. 羊子喬　日治時期的臺語詩〔〈故鄉的輓歌〉部分〕　鹽田裡的詩魂——羊子喬文學評論集 2　臺南　臺南縣文化局　2010 年 10 月　頁 24—25

494. 曾健民　評介「狗屎現實主義」爭論——關於日據末期的一場文學爭鬥——〈好文章、壞文章〉——吳新榮　喑啞的論爭　臺北　人間出版社　1999 年　頁 116

495. 莫　渝　〈疾馳的別墅〉　臺灣新詩筆記　臺北　桂冠圖書公司　2000 年 11 月　頁 303—305

496. 阮美慧　回溯臺灣新詩的兩個球根：五○年代詩壇實況——戰後新詩傳統的雙重「斷裂」〔〈煙囪〉部分〕　臺灣精神的回歸——六、七○年代臺灣現代詩風的轉折　成功大學中國文學系　博士論文　呂興昌教授指導　2002 年 6 月　頁 22—24

497. 涂順從　我們不是平埔族人——篤加人讀吳新榮先生〈蕭壠社剿惡故事〉有感　南瀛文獻　第 4 期　2005 年 9 月　頁 90—103

498. 林菁菁　〈四月廿六日南鯤鯓廟〉隨詩去旅遊　走入歷史的身影——讀新詩遊臺灣（人文篇）　臺北　幼獅文化公司　2007 年 6 月　頁 115—116

499. 陳偉智　戰爭、文化與世界史：從吳新榮〈獻給決戰〉一詩出發　「總力戰的文化事情：殖民地後期韓國跟臺灣比較研究」　國際學術工作坊會議　新竹　韓國聖公會大學東亞研究所，清華大學臺灣文學研究所主辦　2009 年 7 月 25—26 日

500. 陳偉智　戰爭、文化與世界史——從吳新榮〈獻給決戰〉一詩探討新時間空間化的論述系譜　戰爭與分界——「總力戰」下臺灣‧韓國的主體重塑與文化政治　臺北　聯經出版公司　2011 年 3 月　頁 7—30

多篇作品

501. 陳明台　日據時代臺灣民眾詩之研究〔〈煙囪〉、〈疾馳的別墅〉、〈農民之歌〉部分〕　文學臺灣　第 14 期　1995 年 4 月　頁 163—165，169—171

502. 陳明台　日據時代臺灣民眾詩之研究〔〈煙囪〉、〈疾馳的別墅〉、〈農民之歌〉部分〕　臺灣現代詩史論——臺灣現代詩史研討會實錄　臺北　文訊雜誌社　1996 年 3 月　頁 8—9，13

503. 陳明台　日治時代臺灣民眾詩之研究〔〈煙囪〉、〈疾馳的別墅〉、〈農

民之歌〉部分〕　強韌的精神　高雄　春暉出版社　2005 年 5 月　頁 171—172，178

504. 羊子喬　日據時期的臺語詩——臺語詩的原型〔〈阿母呀〉、〈故鄉的輓歌〉部分〕　臺灣現代詩史論——臺灣現代詩史研討會實錄　臺北　文訊雜誌社　1996 年 3 月　頁 84，88

505. 〔林瑞明選編〕　〈故里與春之祭〉、〈思想〉、〈混亂期的煞尾〉賞析　國民文選・現代詩卷 1　臺北　玉山社出版公司　2005 年 2 月　頁 105

506. 廖振富　詩與時代創傷：與「二二八事件」相關之古典臺灣詩析論——以詩人作品集為討論範圍〔〈誰能料想三月會做洪水〉、〈獄中吟〉部分〕　臺灣古典文學的時代刻痕——從晚清到二二八　臺北　國立編譯館　2007 年 7 月　頁 293—294，310

作品評論目錄、索引

507. 鄭雅黛　吳新榮作品評論引得　冷澈的熱情者——吳新榮及其作品研究　中興大學中國文學系　碩士論文　賴芳伶教授指導　1998 年　頁 182—184

508. 〔封德屏主編〕　吳新榮　臺灣現當代作家評論資料目錄（二）　臺南　國立臺灣文學館　2010 年 11 月　頁 836—852

509. 王靖雯　吳新榮相關評論與論文（—2009）　論吳新榮的觀與家庭觀 ——以《吳新榮日記全集》為主　臺南大學臺灣文化研究所　碩士論文　張良澤教授指導　2014 年 7 月　頁 92—108

其他

510. 吳瀛濤　《新榮兄書簡錄》　臺灣風物　第 17 卷第 2 期　1967 年 4 月　頁 38—43

511. 吳瀛濤　《新榮兄書簡錄》　震瀛追思錄　臺南　琅琅山房　1977 年 3 月　頁 187—196

國家圖書館出版品預行編目資料

臺灣現當代作家研究資料彙編. 55, 吳新榮 / 施懿琳編
選. -- 初版. -- 臺南市：臺灣文學館, 2014.12
　面；　公分
ISBN 978-986-04-3260-2(平裝)

1.吳新榮　2.傳記　3.文學評論

863.4　　　　　　　　　　　　　　103024269

【臺灣現當代作家研究資料彙編】55
吳新榮

發 行 人　翁誌聰
指導單位　行政院文化部
出版單位　國立臺灣文學館
　　　　　地　　址／70041 臺南市中西區中正路 1 號
　　　　　電　　話／06-2217201　　　　　傳　　真／06-2218952
　　　　　網　　址／www.nmtl.gov.tw　　　　電子信箱／pba@nmtl.gov.tw

總 策 畫　封德屏
顧　　問　林淇瀁　張恆豪　許俊雅　陳信元　陳義芝　須文蔚　應鳳凰
工作小組　汪黛姸　陳欣怡　陳鈺翔　張傳欣　莊雅晴　黃寁婷　詹宇霈　蘇琬鈞
編　　選　施懿琳
責任編輯　莊雅晴
校　　對　杜秀卿　張傳欣　莊雅晴　黃寁婷　蘇琬鈞
計畫團隊　財團法人台灣文學發展基金會
美術設計　翁國鈞・不倒翁視覺創意
印　　刷　松霖彩色印刷事業有限公司

經銷展售　國家書店松江門市（02-25180207）
　　　　　國立臺灣文學館—雪芙瑞文學咖啡坊（06-2214632）
　　　　　三民書局（02-23617511）　　　　五南文化廣場（04-22260330）
　　　　　台灣的店（02-23625799）　　　　府城舊冊店（06-2763093）
　　　　　南天書局（02-23620190）　　　　唐山出版社（02-23633072）
　　　　　草祭二手書店（06-2216872）

初版一刷　2014 年 12 月
定　　價　新臺幣 440 元整
　　　　　第一階段 15 冊新臺幣 5500 元整　第二階段 12 冊新臺幣 4500 元整
　　　　　第三階段 23 冊新臺幣 8500 元整　全套 50 冊新臺幣 18500 元整
　　　　　全套 50 冊合購特惠新臺幣 16500 元整
　　　　　第四階段 14 冊新臺幣 5000 元整

GPN　1010302583（單本）　ISBN　978-986-04-3260-2（單本）
　　　1010000407（套）　　　　　　978-986-02-7266-6（套）

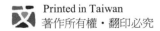